Avignon 1314: Der mächtige Orden der Templer existiert nicht mehr. Die Tempelritter wurden der Alchemie, Ketzerei und Teufelsanbetung angeklagt. Doch nicht dies und auch nicht der legendäre Schatz ist der wahre Grund für das Komplott zu ihrem Untergang ... Mitten im wildesten Sturm jagt der junge Bertrand de Comminges an der Rhône entlang in Richtung Avignon – gehetzt von den Dominikanern der Inquisition. Sie wollen verhindern, dass er zu Papst Clemens, seinem Vater, gelangt. Denn Bertrand weiß um ein gefährliches Geheimnis: Er kann das in Edelsteinen verborgene Zeichen der Templer und seine Herkunft aus dem verbotenen Wissen der jüdischen Kabbala erkennen.

Mit einem kühnen Sprung in den tobenden Fluss entkommt er seinen Verfolgern. Aber auch, als ihn das jüdische Mädchen Miriam an der Brücke von Avignon retten kann, ist Bertrands Lage verzweifelt. Wie kann er heimlich in den Palast des Papstes gelangen und mit seinem Vater sprechen, wo ihm doch die Häscher der Inquisition überall auflauern? Bertrand muss sich in Avignon Verbündete suchen, um das spirituelle Geheimnis der Templer zu retten ...

Der erste Band der spannenden Avignon-Trilogie.

Thomas R. P. Mielke arbeitete als Kreativdirektor in internationalen Werbeagenturen und ist seit Jahren als Bestsellerautor für seine historischen Romane bekannt, Erfolge wie »Karl der Große«, »Gilgamesch«, »Inanna« oder »Die Kaiserin«. Er lebt in Berlin. Sein zweiter Avignon-Roman, »Die Rose von Avignon« (Bd. 16332), sowie der dritte Teil, »Der Palast von Avignon (Bd. 16333), liegen ebenfalls im Fischer Taschenbuch Verlag vor.

Unsere Adresse im Internet: www.fischerverlage.de

Thomas R. P. Mielke

Die Brücke von Avignon

Roman

Fischer Taschenbuch Verlag

Recherchen und Mitarbeit: Astrid Ann Jabusch

Limitierte Sonderausgabe
Veröffentlicht im Fischer Taschenbuch Verlag,
einem Unternehmen der S. Fischer Verlag GmbH,
Frankfurt am Main, Mai 2006

Satz: Pinkuin Satz und Datentechnik, Berlin
Druck und Bindung: AIT Nørhaven A/S, Viborg
Printed in Denmark
ISBN-13: 978-3-596-50965-2
ISBN-10: 3-596-50965-3

Kapitel 1

Flucht aus Paris

»Das ist dein Lohn, Smaragdus ... die Strafe Gottes für den wahnwitzigen Versuch, den Papst und die Welt noch durch ein Wunder zu retten!«

Wütende Wellen schlugen über die Uferböschung des Flusses. Sie griffen nach dem jungen, vollkommen erschöpften Reiter und seinem Pferd. Unmittelbar vor einer herausgerissenen, quer über die Straße gestürzten Zypresse war alles zu Ende.

Er hätte auf dem westlichen Ufer der Rhône bleiben sollen – auch wenn es dort keine der alten Römerstraßen gab. Schon bei Lyon hatte er sich auf die östliche Flussseite geflüchtet. Aber auch dieser Teil Burgunds gehörte inzwischen zu Frankreich – ebenso wie die kleine Stadt Vienne, in der noch vor zwei Jahren ein Konzil monatelang vergeblich um das Schicksal der Templer gerungen hatte.

Obwohl er jahrelang gekämpft, verhandelt und gedroht hatte, war Papst Clemens V. schließlich doch noch unter dem Druck Frankreichs zusammengebrochen. Die kirchlichen Gerichte und Verteidiger hatten keinen einzigen Vorwurf der französischen Juristen gegen die beste aller Ordensgemeinschaften anerkannt. Dennoch hatte die ungeheuerliche Intrige die Kraft des alten und längst siechen

Heiligen Vaters überfordert. Wider besseres Wissen und gegen seinen Glauben an die Gnade des Allmächtigen hatte er nachgegeben und damit auch die letzten Templer im Königreich Philipps des Schönen dem Untergang geweiht.

»Zu spät – alles zu spät, Smaragdus!«

Der umgestürzte Baum versperrte ihm das letzte Stück der Straße nach Avignon. Aber der verzweifelte junge Mann, der eigentlich Bertrand de Comminges hieß, wollte weiter. Er allein konnte verhindern, dass nach dem schrecklichen Untergang der Templer auch noch die Heilige römische Kirche samt dem Papst in eine »babylonische Gefangenschaft« des Franzosenkönigs geriet.

Er riss sein sich aufbäumendes Pferd nach links, dann wieder nach rechts. Umsonst. Es gab keinen Ausweg aus der Falle. Einige Pfeilschussweiten flussabwärts konnte er durch Gischt und Regenschauer über dem breiten Fluss bereits die Silhouette der Stadt am weißen Kalkfelsen und die Brücke von Avignon sehen. Genau genommen hätten ihm seine Verfolger nicht mehr gefährlich werden können, denn hier, bei Sorgues, gehörten die Ufer und das Land nicht mehr zu Frankreich, sondern zum *Comtat Venaissin*.

Die Kurie hatte sich in diesen Teil des Kirchenstaates zwischen Avignon und den Alpen zurückgezogen, den Frankreichs früherer König den Päpsten vor mehr als drei Jahrzehnten für ihre Hilfe bei den grausamen Albigenserkriegen geschenkt hatte.

Für einen endlosen Augenblick zweifelte der junge Reiter an seinem Vorhaben. War es tatsächlich nur Übermut und Wahnwitz, Avignon zu erreichen, um den Papst zu retten?

»Geh nach Avignon, falls der letzte Großmeister der Templer brennen sollte«, hatte ihm sein Lehrer, der große Meister Eckhart, schon vor Jahresfrist aufgetragen. »Und füge dort aus den Botschaften über den gleichen Zeichen in drei verschiedenen Steinen wieder ein Ganzes zusammen. Das erste Zeichen im Stein stammt vom Vater, das zweite wird vom Sohn bewahrt und das dritte hat seine Kraft aus dem Heiligen Geist! Nur wenn du schneller bist als der Tod und die Dämonen aus der Unterwelt, kannst du das Geheimnis der *Armen Ritter Christi vom Tempel Salomonis zu Jerusalem* retten ...«

Großmeister Jacques de Molay war vor genau drei Wochen in Paris auf dem Scheiterhaufen gestorben. Bertrand und eine vielköpfige Menge hatten mit eigenen Augen gesehen, wie Molay und der Präzeptor der Normandie dafür bestraft worden waren, dass sie dem König von Frankreich trotz jahrelanger Folter und Kerkerhaft nicht verraten hatten, wo ihr legendärer Schatz verborgen war.

Noch als die Flammen an seinen Beinen hochschlugen, hatte der unbeugsame Großmeister den Fluch ausgerufen, dass ihm der Papst und der König von Frankreich schon bald ins Jenseits folgen sollten.

Paris war aufgewühlt nach dieser Hinrichtung. Jeder misstraute jedem. Bertrand hatte mehrere Tage gebraucht, um sich ein Pferd und einige Münzen zu beschaffen. Als es ihm schließlich gelang, Paris zu verlassen, besaß er weder einen Brief mit irgendeinem Siegel, kein Dokument, das ihm eine Audienz ermöglichte, nicht einmal eine Vorstellung davon, warum die Exzellenzen der Kurie einem neunzehnjährigen Studenten aus Paris glauben oder helfen sollten.

Und was erwartete ihn in Avignon? Wie konnten die Provence, die Grafschaft Venaissin und die Stadt am weißen Steilufer der Rhône eine Zuflucht vor der kalten Gier und der Macht Philipps des Schönen sein? Hatten die Reinen, die Katharer und Albigenser, nicht viel größere und höhere Bergfestungen gehabt und dennoch alles im Feuer der mörderischen Kreuzzüge von Frankreichs Königen mit den Päpsten als Verbündeten verloren?

Jetzt schien es so, als habe ganz allein der Franzosenkönig gewonnen, dem nicht nur zweitausend Templer, sondern auch die Päpste Bonifatius VIII. und Benedikt XI. zum Opfer gefallen waren. Hatte er sich nun auch noch den dritten Papst ausgewählt, um sich durch ihn endgültig die Kirche anzueignen?

Der Zeitpunkt für den Endkampf zwischen weltlichen Herrschern und der römisch-katholischen Kirche hätte nicht günstiger gewählt werden können. Heinrich VII., der letzte Kaiser des Heiligen Römischen Reiches, war kurz nach seiner Krönung in Rom am bösen Mückenfieber gestorben. Niemand konnte den streitenden Parteien in Italien Einhalt gebieten. Hatte Philipp der Schöne, der doch in Wahrheit wie eine alte, hässliche Eule aussah, nicht selbst Mitglied des Templerordens und sogar ihr Großmeister werden wollen? Wohnte und lebte er nicht längst im Turm der Templer mitten in Paris, in dessen Mauern er noch immer Hinweise auf die Geldverstecke vermutete? Und drängte es ihn nicht seit Jahren nach der Kaiserkrone Europas, wenn schon nicht für sich selbst, dann wenigstens für seinen jüngeren Bruder oder seinen Sohn?

Bertrand blickte sich nach seinen ausdauernden Verfolgern um. Da standen sie, kaum fünfzig Schritt flussaufwärts. Ein Dicker und ein Hagerer, auf schnellen Pferden nach vorn gebeugt in ihren klatschnassen dunklen Mänteln über den schwarzweißen Dominikaner-Kutten. Schon das wäre normalerweise unmöglich gewesen. Dominikaner hatten immer und überall zu Fuß zu gehen. Genau genommen durften sie sich nicht einmal von irgendeinem Ochsenkarren oder auf dem Muli einer fahrenden Gauklergruppe mitnehmen lassen. Diese aber gehörten zur Inquisition. Sie verfolgten und bewachten ihn seit Paris, blieben zurück, wenn er nicht wusste, wohin er abbiegen sollte, und holten auf, wenn er zu fliehen versuchte.

Sie hatten in Auxerre und Chalons an der Saône, in der Löwenstadt und zum Schluss auch noch in Valence in denselben Herbergen übernachtet, ohne ein Wort mit ihm zu reden. Er kannte sie nicht, aber sie waren wie Schäferhunde für ein einziges schwarzes Schaf gewesen, Tag und Nacht, Stunde um Stunde so dicht hinter ihm, dass er nicht entkommen konnte.

Undeutlich und nur wie einen schemenhaften Dämon sah er für einen Augenblick auch wieder den dritten seiner Verfolger. Er war stets hinter den beiden anderen geblieben und auch nie so dicht an sie herangekommen, dass er mehr wurde als eine Vermutung. Mehrere Male hatte Bertrand gedacht, der Verhüllte sei ein Spion des Königs, dann wieder war er ihm wie ein anonymer *Pénitent gris*, ein Grauer Büßer, mit Augenschlitzen in seiner Kapuze oder wie der unerbittliche Sensenmann selbst vorgekommen. Bertrand konnte nicht einmal sagen, ob es nur einer war oder mehrere, die sich auf dem langen Weg von Paris bis fast zum Mittelmeer miteinander ablösten.

Und jetzt hing er auf einem nassen, in Todesangst ausschlagenden Pferd, das immer wieder von überspülten Steinplatten abrutschte, und kam nicht weiter. Hier, wo der lehmbraune, im eisigen Frühjahrssturm aufgepeitschte Fluss die alte Römerstraße überspült hatte, musste er sich doch noch den Hunden des Herrn stellen.

Aber er wollte das nicht. Er musste zum Heiligen Vater nach Avignon – seinem leiblichen Vater.

»Drei Zeichen im Stein!«, stieß er hervor. »Welche Zeichen? Welche Steine? Ich kenne nur einen einzigen …«

Er presste die Rechte gegen die Brust und drückte gegen den Ring, den er an einer feinen, aber sehr starken Damaszenerkette auf der nackten Haut trug. Es war der alte Bischofsring seines Vaters. Der Amethyst trug eingraviert eines der drei Zeichen, die er zusammenfügen sollte …

Über ihm rauschte es, und durch die kalten Regenschauer über dem Fluss zeigte sich ein Lichtschein. Im ersten Augenblick dachte er, dass die Frühlingssonne über das Unwetter und den Mistral siegte. Doch dann sah er, dass der überirdische Lichtschein direkt über dem dunklen Band der Flussbrücke von Avignon schwebte – genau dort, wo die Kapelle des Heiligen Nicolas am zweiten Brückenpfeiler wie ein Nest aus Stein angemauert war.

Es war, als wolle ihm der Lichtschein ein Zeichen geben. Im selben Augenblick schwand seine höllische Angst vor den Häschern der Inquisition. Er wusste plötzlich, dass er bis nach Avignon gelangen konnte, selbst wenn dafür mehr als ein Wunder nötig war. Sein Gottvertrauen und Glaube wurden stärker als sämtliche Dämonen und Gewalten der Natur. Er zog sein Pferd zur Seite, drehte den Kopf und lachte zu den Dominikanermönchen hinüber. Der dritte hatte aufgeholt. Er war bereits an der umgestürzten Zypresse und an den beiden anderen vorbei. Wenn er wollte, konnte er ihm noch auf der Uferstraße am Felsen direkt vor Avignon den Weg abschneiden. Er trug tatsächlich die Augenschlitze der *Pénitents gris* in seiner Kapuze …

»Mich fangt ihr nicht!«, schrie Bertrand zurück.

Er presste seine Schenkel fester um den Leib des Pferdes und zwang es hart zur Seite. Mit einem großen Sprung stürzten sich Ross und Reiter in die reißenden Wasser.

Flussabwärts ging es zur selben Zeit ebenfalls wild zu. Hier versperrten sich Hunderte von Männern, Frauen und Kindern gegenseitig den Weg zurück nach Avignon. Sie stammten aus Frankreich und Spanien, Syrien und Afrika, Griechenland, Bayern und Köln sowie allen nordischen Königreichen.

Einige beteten laut, andere fluchten in ihren Sprachen und manche schlugen auch rücksichtslos aufeinander ein. Sie flohen von der großen Insel Barthelasse zwischen den beiden Armen des geteilten Flusses. Hier war noch am Vormittag ein großer Auftrieb bei den vielen Pilgern zum Osterfest gewesen, die nicht mehr in den viel zu kleinen und längst überfüllten Herbergen der Stadt untergekommen waren. Wer Rang und Einfluss, eine violette Soutane oder gefüllte Geldkatzen besaß, konnte noch immer ein Nachtlager, Brot und Wein in der Stadt bekommen, aber die meisten Menschen von der Insel besaßen nichts davon.

Der Beginn der Karwoche bedeutete für die christlichen Pilger eigentlich Buße und Einkehr, Fasten und Stille. Dennoch war bei den Lagerplätzen zwischen bunten Zelten und einfachen Holzhütten hinter den schützenden Büschen und Bäumen auf der Insel eine Art unerlaubter Markt entstanden. Seit der Papst in Avignon residierte, wurde zu den hohen kirchlichen Festen im Niemandsland der beiden Flussarme zwischen dem Heiligen Römischen Reich und dem Königreich der Franken von Jahr zu Jahr ausschweifender getanzt und gefeiert, gehurt und gesoffen.

Jüdische und arabische Händler aus Spanien und Nordafrika hatten längst entdeckt, dass in diesen Tagen mit geweihtem Öl, geschnitzten Heiligen aus Pfirsichkernen, winzigen Splittern vom Kreuz Jesu Christi und aus Schottland eingeführten Jakobsmuscheln mehr zu verdienen war als mit den üblichen Kräutern, Teppichen und Schmucksachen. Und wenn trotz des Verbots und der Fastengesetze auch bei Regen Musik erklang, dann tanzten Pilger, fliegende Händler und allerlei Weibsvolk nicht nur auf den Wiesen und Lichtungen, sondern am liebsten unter den Brückenbögen. Hier konnten sich Paare durch etwas größere Tanzschritte schnell aus dem Kreis in den Schatten eines Pfeilers drehen.

»*Sur le pont d'Avignon ...*«

Solange, bis die unerwartet hohe Flutwelle die Ufer der Insel überschwemmt hatte ...

»Sie sinkt! Die Insel sinkt!«, schrie irgendjemand. Mochte es Scherz oder echte Angst gewesen sein – im dichten Regen war längst nichts mehr zu erkennen.

»Nach uns die Sintflut!«

»Rettet euch in die Stadt des Papstes!«

»Auf zum Felsen in der Not ... auf zum Heiligen Vater!«

An Stufen und Rampen zur Brücke hinauf waren Tränen und Blut geflossen, einige Unvorsichtige waren auch in den Fluss gestürzt. Inzwischen drängte alles rücksichtslos in eine Richtung auf der nur fünf Schritte breiten, endlos wirkenden Brücke mit ihren zweiundzwanzig Bogen. Und dann ging es nicht weiter – kaum einen Steinwurf von der Torbefestigung mit dem ummauerten Sammelplatz zwischen Brücke und Stadtmauer entfernt. Stimmen schallten durcheinander.

»Was ist da vorn?«

»Macht das Tor auf!«

»Das große Tor …«

Die Aufregung wurde immer größer. In den fast hundert Jahren seit ihrer wundersamen Errichtung war die Brücke über die Rhône immer wieder durch Stürme und Hochwasser beschädigt und oft nur notdürftig repariert worden. Hatte der Papst nicht gerade erst umfangreiche Ausbesserungen veranlasst? Doch nun brachen an einigen Stellen bereits wieder Steine aus frischen Mörtelfugen und stürzten in den reißenden Fluss.

Immer mehr völlig durchnässte Menschen, Karren und Tragtiere drängten nach. Sie riefen und schrien in ebenso vielen Sprachen wie an den anderen Tagen in den Gassen der Altstadt. Am lautesten waren hier wie dort die kräftigen Tagelöhner von den vielen Baustellen. Einige von ihnen, die sich – nach ihren schamlos kurzen Kitteln zu urteilen – zuvor auch schon als Waffenknechte bei den verschiedensten kriegerischen Auseinandersetzungen von Flandern und bis zur Lombardei verdingt hatten, drehten sich um und zeigten den Wachen am Brückentor ihre nackten Hintern.

Sofort wurden kreischende Verwünschungen laut. Italiener, die mit ihren hohen Stimmen schon eine zu weiche Frucht auf dem Markt oder einen zufällig vor ihren Baustellen furzenden Esel als Untergang des Abendlandes und das Ende des Heiligen Stuhls bejammerten, protestierten gegen den Verfall der Sitten. Obwohl viele von ihnen schon Unwetter und Mistralstürme miterlebt hatten, klagten sie lauter als alle anderen über die Kälte, die Nässe und die Behinderung am Brückentor.

Die Fensterluken in den beiden Tortürmen am hohen

Flussufer vor dem Stadtfelsen blieben geschlossen. Über die Mauer hinweg waren die bunten Fensterscheiben im oberen Stockwerk des alten Bischofspalastes vor der Felsen-Kathedrale zu erkennen. Das gelbrot gestreifte Banner von Papst Clemens V. an der Wand über einem Balkon zur Rhône hin, das jedem Passanten auf der Brücke und jedem Flussschiff deutlich zeigte, wo sich der Heilige Vater und sein Hofstaat gerade aufhielten, ließ sich an diesem Tag nicht erkennen. Doch dann ließen Sturm und Regen für einen kurzen Augenblick nach. Sofort öffnete sich eines der Palastfenster. Ein vielstimmiger Aufschrei, halb Ehrfurcht, halb Hoffnung und Protest, flog über den gurgelnden, schäumenden Fluss und stieg von der Brücke bis zu den langsam auf den Balkon tretenden Gestalten auf.

Aber es war nicht der Heilige Vater, der die Bedrohten auf der Brücke segnen wollte. Stattdessen erkannte man die beiden wichtigsten Kardinäle des Heiligen Stuhls. Die Angehörigen der Kurie traten nicht fromm und demütig auf, sondern wie Feldherren in der nie endenden Schlacht zwischen Gut und Böse.

Zuerst kam der hoch gewachsene und mächtige Kardinal Arnaud d'Aux auf den Balkon. Der fünfzig Jahre alte Kämmerer und Erzbischof von Poitiers trug keine Kopfbedeckung. Sein wildes schwarzes Haar flatterte ebenso im Sturm wie seine blutrote Soutane. Er hatte Clemens V. bereits als *vicarius* gedient, als dieser noch Erzbischof von Bordeaux gewesen war.

Dann trat ein ebenso eindrucksvoller, aber breiter und südländisch freundlich wirkender Kardinal mit langen weißgrauen Haaren neben ihn. Niccolò da Prato gehörte zu den geheimnisvollsten und zugleich einflussreichsten Männern der Heiligen römischen Kirche. Er war der Vorsitzende des Kardinalskollegs gewesen, das den ahnungslosen Erzbischof von Bordeaux gegen den Widerstand italienischer Kardinäle wie Napoleone Orsini und Giacomo Colonna, genannt Sciarra, zum *Pontifex maximus*, dem obersten Brückenbauer, gewählt hatte. Er war es auch, der Seine Heiligkeit bei all den Fragen beriet, die den Vatikan, St. Peter und den Lateranpalast betrafen. Und er hatte vor gerade erst zwei Jahren anstelle von Clemens den inzwischen verstorbenen Heinrich VII. zum Kaiser des Heiligen Römischen Reiches gekrönt.

Plötzlich wurde es ein wenig heller um den Balkon. Es war, als würden sich die wilden, kreischenden Dämonen des Mistrals nicht an die beiden Kirchenmänner heranwagen, sondern nur empört aufjaulend um sie herumfegen. Nicht einmal die Haare und Soutanen der beiden Kardinäle flatterten noch im Sturm.

Jetzt riefen immer mehr Menschen auf der Brücke nach dem Papst.

»Hilf, Vater … Heiliger Vater! Hilf …«

Mehr war im Lärm und Geschrei nicht zu verstehen. Aber der Papst kam nicht zu seinen Kardinälen auf den Balkon – wie schon seit Wochen nicht mehr. Und viele der Gläubigen auf der Brücke fürchteten, dass die Gerüchte um den schlechten Gesundheitszustand von Papst Clemens zutrafen.

Am Ende der wogenden, schreienden Menge auf der Brücke kämpfte sich ein wackliger, zweirädriger Wagen mit hohen, mehrfach geflickten Speichenrädern voran. Er wurde von einem kläglichen Maultier gezogen, dessen Rippen und Rückgrat sich deutlich durch das Fell abzeichneten. Der Karren war viel zu schwer beladen und an der hölzernen Achse ausgeschlagen. Sobald das Maultier stehen blieb und nicht weiterziehen konnte, schnellte die wie eine Turnierlanze mit roten und gelben Bändern umwickelte Deichsel nach oben und hob das schreiende Zugtier etwas vom Kopfsteinpflaster der Brücke an.

Dann hantierte jedes Mal ein barfüßiges, etwa siebzehn Jahre altes Mädchen schnell und geübt mit dem Seilzeug, mit dem das Maultier am Wagen angeschirrt war. Sie trug ein ärmelloses, fast bis auf den Boden reichendes ausgewaschenes Leinenkleid. In der Nässe des Regens schien es, als hätte es seine kornblumenblaue Waidfärbung wie frisch aus der Rue des Teintures zurückbekommen. Sie bewegte sich wie eine der jungen Artistinnen, die zur Belustigung von Pilgern und Händlern auf der Flussinsel Bergziegen und junge Schweine über Leitern auf Balken und quer gespannte Netze aus Seilen klettern ließen und dann ins Volk riefen, dass ihre Tiere pfeifen würden, wenn sie ganz oben angekommen seien.

»Hört und seht her, Leute!«, hieß es dann zur allgemeinen Belustigung. »Mein Schwein pfeift und will auf einem Seil tanzen, wenn es die richtigen Münzen von euch riecht …«

Auch wenn noch niemals irgendjemand ein tanzendes Schwein gesehen hatte, strömten immer wieder genügend lachende Menschen zusammen, die einfach glauben wollten, was ihnen vorerzählt wurde.

So jedenfalls war es eine ganze Woche über gewesen, bis am Vormittag das schwere Unwetter über sie alle hereingebrochen war. Sie hatten ihre Ausrüstung mit dem Karren bis zum Hauptgeschäft am Ostersonntag bei befreundeten Gauklern auf der Insel lassen wollen. Doch dann war am frühen Morgen die Warnung vor einem Unwetter durch die Gassen des Judenviertels von Avignon gelaufen. Wie viele andere aus dem *Carrière* waren sie hinausgestürzt und über die lange Brücke gelaufen, um im plötzlich einsetzenden eisigen Frühlingssturm noch zu retten, was auf der Insel der vielen verbotenen Vergnügungen inmitten der Rhône noch zu retten war.

An diesem Dienstag war niemand mehr gekommen, um Kunststücke der Gaukler zu bewundern. Jeder musste für sich allein zusehen, wie er in all dem Geschrei und Gedränge, unter den kalten Regengüssen und dicht über dem schäumenden Fluss wieder zurück in die Stadt kam.

Miriam sang leise vor sich hin, während sie vor Enttäuschung und Anstrengung weinte. Wieder und wieder rutschten ihre nackten Füße über die Steine. Neben ihr wurde unwilliges Geschimpfe laut. Sie wollte nicht weinen, nicht aufgeben und nicht ihr langes kastanienfarbenes Haar um die Finger wickeln, wie sie es immer dann tat, wenn sie sich angegriffen und bedroht fühlte.

Jetzt war keine Zeit dafür.

Sie drehte sich um und warf einen bittenden, schon fast flehentlichen Blick zurück zum Wagen. Vorn vor der bunten, im Regen glänzenden Ladung aus bemalten Brettern und traurigen Vorhängen hockte vollkommen regungslos eine in sich zusammengesunkene Gestalt mit aufgeweichten und schlammverschmierten Stiefeln. Sie hatte einen schmutzigen Kittel und einen trichterförmigen, ehemals gelben Hut so weit über den Kopf gezogen, dass vom Gesicht kaum mehr zu sehen war als durch die Augenschlitze der finsteren Kapuzen von grauen Büßermönchen. Aber der Alte auf dem Wagen war keiner der *Pénitents gris*. Die meisten der drängelnden Menschen auf der Brücke hätten nicht gewusst, wer er war, doch die Bewohner von Avignon kannten ihn als den ehemaligen, vom Schicksal geschlagenen Rabbi Eliah von Carpentras.

Miriam presste die Lippen zusammen. Sie zog allein an den Seilen und bezwang mit aller Kraft das störrische Maultier. Der Großvater enthielt sich wie ein Strenggläubiger am Sabbat jeglicher Tätigkeit. In all seiner Versunkenheit ließ er zu, dass Miriam und auch das Maultier sich abquälten. Sie wusste, dass er nicht schlief, sondern aus den Worten des Alten Testaments das Chaos um sie herum in Licht und Luft, Erde und Wasser, Tiere und Menschen zu trennen versuchte. Er sann in letzter Zeit oft über die Harmonie des Weltalls nach und darüber, warum das ewige Gesetz Gottes auf dieser Erde so wenig galt.

Eliah genoss einen besonderen Ruf in der Grafschaft Venaissin. Seine Familie hatte schon immer in Avignon und Carpentras gewohnt, kaum zwanzig Meilen nordöstlich in Richtung Alpen. Es hieß sogar, dass sie von jenen ersten Flüchtlingen aus der Familie des Herrn abstammte, die nach der Zerstörung Jerusalems bis in die römische Provinz an der Mündung der Rhône gekommen waren.

Zudem galt der ehemalige Rabbi auch manchen Christen als ein bedeutender, achtbarer Mann. Schließlich war er es gewesen, der den Heiligen Vater bei seiner Krönung in Lyon aus tödlicher Gefahr gerettet und dabei seinen eigenen Sohn geopfert hatte …

Miriam war damals, bei den schrecklichen Ereignissen im November Anno 1305, erst neun Jahre alt gewesen. Inzwischen wanderte der Papst nicht mehr von einer Diözese in die andere, sondern hatte die Kurie im ehemaligen Bischofspalais von Avignon um sich versammelt. Doch die Stadt in der Rhônebiegung würde kein zweites Rom werden. Im Gegenteil – fast alle eingesessenen Bürger der

Stadt und des Umlandes hatten mehr Nachteile als Vorteile durch den Heiligen Stuhl und die Kurie. Häuser und Mieten waren nahezu unerschwinglich teuer geworden, Fisch, Fleisch und Gemüse kaum noch bezahlbar.

Der eisige Regen über dem Fluss und der Brücke wurde erneut heftiger. Niemand half dem Mädchen und dem alten Mann auf dem Karren. Jeder drängelte voran und versuchte, so schnell wie möglich zurück in die Stadt zu kommen.

Nicht einmal die kleine, wie ein steinernes Bienennest am zweiten Brückenpfeiler klebende Kapelle konnte die verstörten Menschen trösten. Obwohl einige der Menschen Weihrauch rochen, blieb die schwere Eichentür zur Brücke hin verschlossen, und auch die Fensterläden öffneten sich nicht. Angst breitete sich auf der schmalen Brückenstraße aus. Noch hielt der steinerne Übergang inmitten der dröhnenden, gurgelnden Wassermassen des Flusses. Aber wie lange noch?

Kapitel 2

Auf der Brücke

Die reißenden Wasser der Rhône waren eiskalt. Bertrand schrie vor Schmerz und Zorn auf. Sofort fuhren neue Blitze und Donner aus den Gewitterwolken in den Regennebel um ihn herum. Er konnte kaum noch die riesige Insel Barthelasse sehen, die von hier aus die Rhône bis nach Avignon in zwei Flüsse teilte. Mit aller Kraft versuchte er, sich und sein Pferd über Wasser zu halten.

Zu lange schon und zu dicht waren die gnadenlosen Hunde des Herrn hinter ihm her. Vielleicht war es doch ein Fehler gewesen, dass er bei seinem Aufbruch im Kloster von St. Jacques gesagt hatte, er wolle Meister Eckhart nach Straßburg folgen, um sich bei ihm um die Beginenhäuser zu kümmern. Der große Lehrer war schon mehrfach nach Paris berufen worden. Dann aber musste er den Allerobersten bei seinen Dominikanern doch noch zu ketzerisch geworden sein. Sein Ordensgeneral Berengar von Landora hatte ihm vor einigen Monaten trotz aller Verdienste das Lehramt entzogen und ihn zur Aufsicht über Seelenheil, Keuschheit und Frömmigkeit für mehrere Dutzende Nonnenklöster und Beginenhäuser im Süden Deutschlands nach Straßburg geschickt.

Die Beginen – Bertrand wusste nicht, warum er gerade

jetzt an die überall entstandenen Vereinigungen keuscher und in Armut lebender Frauen denken musste. Sie hatten kaum etwas mit seinen eigenen Plänen zu tun. Oder sammelten sich in ihnen nicht nur die unverheiratet gebliebenen Töchter adliger Familien, sondern auch diejenigen Weibsbilder, die mit den verfemten, verbrannten oder geflohenen Templern zu tun hatten? Die Beginen waren inzwischen zu einer lästigen Konkurrenz für die offiziell anerkannten Ordensgemeinschaften und Nonnenklöster geworden. Sie bekamen Spenden, wurden in Testamenten bedacht und ließen zu, dass ihre Schwestern heirateten, wenn sich bei dem überall herrschenden Mangel an ehrbaren Mannsbildern doch noch eine Möglichkeit ergab.

Bertrand wusste, dass die Häscher der Inquisition nur darauf gewartet hatten, ob er nach Straßburg oder nach Süden ins Rhônetal abbog. Die nächsten möglichen Fluchtpunkte waren Lyon und dann Vienne gewesen. In diesen Städten waren die wichtigsten Konzile der letzten Jahre abgehalten worden. Hier waren der Erzbischof von Bordeaux durch Frankreichs König zum Papst gekrönt und der einst mächtige Orden der Templer als eine gefährliche Organisation von Gotteslästerern angeklagt worden …

Die Templer!

Es gab sie nicht mehr. Jedenfalls nicht in Frankreich. Sie hatten den Sturz der letzten Festung Akkon im Heiligen Land vor gut zwanzig Jahren nicht überstanden, waren für das klägliche Ende der Kreuzzüge verantwortlich gemacht, der geheimen Alchemie, Sodomie, Ketzerei und Teufelsanbetung angeklagt worden. Aber das alles waren nur vorgeschobene Gründe für Verhaftung, Folter und Hinrichtung. Und nichts davon gehörte zum wahren Geheimnis ihres Untergangs.

Wer von den Tempelrittern im letzten Augenblick noch entkommen konnte, war nach Schottland, Portugal oder bis zur Marienburg des deutschen Ritterordens an der Ostsee geflohen. Die letzten Anführer saßen seit Jahren in Paris im Kerker. Und wenn Papst Clemens V. nicht half, würden auch sie schon bald öffentlich verbrannt werden!

»Die Strafe Gottes!«, schlug ihn der Sturm wie mit einer Peitsche der Büßermönche. Gleichzeitig wehrte er sich dagegen, erneut als der Fehltritt des Erzbischofs von Bordeaux dazustehen … als der »Bastard Smaragdus«, wie er vor vielen Jahren bei seinem Eintritt ins Kloster am Nordrand der Pyrenäen verspottet worden war.

Den ›Bastard‹ hatte er inzwischen überwunden. Unter den Studenten von Paris waren nicht wenige gewesen, die statt einer ehrenvollen Herkunft über genügend Beutel mit Floren und anderen Münzen verfügten, um jedes Lästermaul zu stopfen.

Auch er hatte nie Not gelitten in seinem bisherigen Leben, niemals gehungert und nicht unter Schmutz, Schwären und schrecklichen Krankheiten gelitten. Er war weder verstoßen noch geächtet, verfolgt oder gefoltert worden. Im Gegenteil: Seit er denken konnte, hatte ihn seine Herkunft mütterlicher- und väterlicherseits ebenso geschützt wie die Gnade des gütigen Gottes und die Schwingen seiner persönlichen Schutzengel. Nur selten hatte sich das Rad der Fortuna zu seinen Ungunsten bewegt. Er war nie ganz oben gewesen, aber auch niemals ganz unten, sondern ganz in der Mitte zwischen vielen anderen.

O nein! Er war keine besondere Frucht unter Gottes Schöpfungen, keine erlesene Blüte des Geistes, kein Ritter der Tafelrunde, auch nicht der Letzte der Templer. Er gehörte durch keinen Schwur und keine gotteslästerliche

Weihe zu den unseligen Ordensbrüdern wie viele Männer aus seiner eigenen Verwandtschaft, von denen jetzt die meisten tot, zu erbärmlichen Krüppeln gefoltert oder dem Wahnsinn anheim gefallen waren.

Dennoch wussten oder vermuteten zumindest seine Verfolger, dass er wahrscheinlich der einzige Eingeweihte war, der vom Geheimnis der drei Zeichen im Stein wusste und bisher kein einziges Mal von der Inquisition peinlich befragt worden war.

Drei Jahre lang hatte er völlig frei in Paris studiert – im Kloster von St. Jacques, unmittelbar an der Straße nach Orléans, und in den Häusern der Magister und großen Professoren der Sorbonne. Er hatte sich bei ihren Vorlesungen ebenso ungehindert bewegt wie in den Kirchen und in den schlimmen Gassen mit den Tavernen und ihrem Hurenvolk. Und all die Jahre hatte er nicht einmal geahnt, was er wirklich wusste …

Aber wie lange noch? Sie hetzten ihn wie ein scheues und seltenes Wild, trieben ihn vor sich her, ohne zuzuschnappen, und erfuhren dadurch immer mehr von seinen Plänen. In jeder anderen Situation hätte er das beißend kalte Wasser zwischen sich und den Häschern des Königs hinter sich noch viel länger und heftiger verflucht. Jetzt aber waren die Wogen des Flusses wie die Schwingen des Erzengels Michael, die ihn beschützten und seine Verfolger zurückbleiben ließen.

Ein Zweig schlug ihm über das Gesicht, dann wurde er zusammen mit seinem Pferd vom Fluss wieder fortgerissen. Er tauchte ein in die schlammigen Fluten, kam wieder hoch, rang verzweifelt nach Luft und schoss durch Wirbel und weiße Gischtberge. Regen vom schwarzgrauen Himmel und seltsam leuchtender Nebel über dem wild gewordenen

Fluss vermischten sich wie betörende Weihrauchschwaden in einer Kathedrale zu einem jenseitigen Raum, in dem es keinen Boden unter den Füßen und keine irdischen Fesseln für seinen sündigen Leib mehr gab.

Die beiden Kirchenfürsten in ihren roten Soutanen standen wie die Erzengel Gabriel und Michael auf dem Balkon im oberen Stockwerk des Bischofspalais von Avignon. Furchtsame Lakaien hatten die Türflügel hinter ihnen mit geschwungenen, schon rostigen eisernen Lochbändern gegen ein Zuschlagen an der Mauer gesichert. Die oberen Hälften der Türen bestanden aus geölter Leinwand, und nur die unteren waren mit buntem, halb durchsichtigem Glas ausgefüllt.

Obwohl vom Balkon am alten Bischofspalais von Avignon über die Stadtmauer hinweg die gesamte Rhône, die Brücke und sogar das Treiben auf der großen Flussinsel wie hinter den *cancelli*, dem Speisegitter bei der Ausgabe der Hostien, überblickt werden konnte, hatten die früheren Oberhirten der Diözese vieles verkommen lassen. Das *Comtat Venaissin* zwischen Rhône, Durance und Alpen gehörte schon fast vierzig Jahre zum Kirchenstaat. Solange sich kein Papst um die Exklave gekümmert hatte, war die Grafschaft von verschworenen Nachkommen der Ketzer und von ebenso vertriebenen Juden als schützende Insel zwischen dem Königreich der Franken und dem deutschen Imperium genutzt worden.

»Philipp der Schöne hat erkannt, wie wichtig ein guter Blick auf die Brücke ist«, rief der Bischof von Poitiers und deutete auf den schemenhaft sichtbaren mächtigen Wachturm, den der König von Frankreich jenseits der Insel im Fluss am anderen Ufer errichtet hatte.

»Wir wissen es auch, sonst stünden wir beide nicht hier«, gab Niccolò da Prato zurück. »Was glaubst du, warum der Heilige Vater den alten Bischof von Avignon zum Kardinal gemacht und dann fortgeschickt hat?«

Sie wussten beide, dass der alte Palast der strategisch günstigste Aussichtspunkt außer den Wachen oben auf dem *Rocher des Domes* und an den Tortürmen zur Brücke war. Für derartige Dinge hatte sich Jacques Duèse, der frühere Bischof von Avignon, weit weniger interessiert als für seinen Weinkeller in den uralten Felsenkatakomben und eine bequeme Treppe mit extra flachen Stufen zur Kathedrale hinauf. Er hatte sein Palais räumen müssen, als Clemens V. ihn vor zwei Jahren zum Kardinal von Porto ernannte und die Diözese Avignon für sich beanspruchte.

Nach seiner Wahl zum Papst und den Stationen in Poitiers, Toulouse und Carpentras hätten die Kurienkardinäle auch Montpellier mit der berühmten medizinischen Universität oder Arles mit seinen prächtigen Palästen, den römischen Bauten hoch über der Rhône und der viel größeren Kathedrale zur Stadt des neuen *Pontifex* wählen können. Nur wenige Eingeweihte wussten, warum sie ausgerechnet Avignon vorgezogen hatten. Und nicht einmal seine schlimmsten Gegner ahnten, wie geduldig der Papst alle Schmähungen und Verleumdungen ertrug, wenn er nur fernab von den Intrigen Roms bleiben konnte.

Die meisten ahnten nicht, wie krank der Heilige Vater wirklich war. Trotz seiner Schmerzen, aller Rückschläge und der schrecklichen Opfer unter den Templern träumte Clemens noch immer von einer Erneuerung der Kirche. Er wollte umkehren auf der schrecklichen Straße der Kämpfe um geistliche und weltliche Macht. Und er betete nachts, wenn er sich allein glaubte, laut um Vergebung für die Irrwege der Kreuzzüge, die verheerenden Vernichtungskriege gegen Katharer, Albigenser und Waldenser, den Verlust Jerusalems und die Mörder seiner grausam zu Tode gekommenen Vorgänger Coelestin, Bonifatius VIII. und Benedikt XI.

Ein neuer, heftiger Wolkenschwall kam wie Flussnebel von Norden her die Rhône herab. Er trieb Tierkadaver und ausgerissene Bäume, halb vollgelaufene Boote und Häuserwände vor sich her, die wie verlorene Archen nach langer Irrfahrt aussahen. Das Volk auf der Brücke sah das herannahende Unheil und schrie immer lauter.

Kardinal d'Aux zog Niccolò da Prato vom Balkon ins Innere des Hauses zurück. Der Audienzsaal im ersten Stock des Palastes war groß genug für den Bischof von Avignon gewesen – für einen Stellvertreter Gottes auf Erden wirkte er eher klein und provinziell. Nicht einmal Wandbehänge aus dem Lateranpalast in Rom konnten die Pracht des nach wie vor von den römischen Adelsfamilien beherrschten Vatikans ersetzen.

»Das ist kein Wetter für Heldenmut oder flammende Predigten vom Katheder«, sagte Arnaud d'Aux mit leichtem Tadel in der Stimme. Die beiden Würdenträger ließen sich Tücher über ihre Köpfe legen und die Haare trocknen. »Noch genießt nicht einmal der Heilige Vater und Nachfolger des Apostels Petrus besondere Rechte beim Wüten aus den Himmelsgewölben. Selbst wenn wir beide in dem Licht vorhin für das Volk schon wie verkündende Erzengel ausgesehen haben …«

»Was meinst du damit?«

»Alles, was wir bisher für den Papst und den Heiligen Stuhl bewirkt haben, kann selbst mit größtem Wohlwollen des Himmels kaum als segensreich betrachtet werden.

In den acht Jahren seit seiner Wahl haben wir Clemens ein Kainsmal nach dem anderen auf die Stirn geschrieben. Und die Verleumdungen um seine kränkliche Nachgiebigkeit und seinen Nepotismus nehmen Tag für Tag zu.«

»Ja, du hast Recht«, sagte da Prato mit einem tiefen Seufzer. Er zog sich einen der hohen Polsterstühle vom großen Tisch im hinteren Teil des Saales zur Seite, setzte sich und streckte seine nass gewordenen Füße in den roten Lederschuhen aus. Die Schuhe waren nicht mehr zu gebrauchen. Er nickte, als ein Diener vor ihm niederkniete, um sie ihm auszuziehen. »In Rom heißt es neuerdings, dass er nur durch eine angebliche Geheimabsprache mit dem König von Frankreich in einem Forst bei Bordeaux zum Papst gewählt wurde.«

»Nichts als Verleumdung! Philipp der Schöne und sein mörderischer Großsiegelbewahrer Guillaume de Nogaret haben Clemens von Anfang an durch die gefälschte Bulle in Misskredit bei den Gläubigen gebracht.«

»Wenn es nicht Sünde wäre, könnte man fast schon dem Allmächtigen danken, dass dieser Intrigant und Mörder von mindestens zwei Päpsten endlich tot ist!«

Kardinal d'Aux winkte einem weiteren Diener und ließ sich warmen, mit Pfeffer, Zimt und Nelken gewürzten, verdünnten Rotwein bringen. Dann setzte er sich ebenfalls auf einen Stuhl und streifte ohne Hilfe eines Dieners seine Stiefel ab.

»Seine Helfershelfer und Nachfolger sind längst wieder unterwegs!«, sagte er nach einem genüsslich zuzelnd geschlürften Schluck heißem Wein. »Es ist wie immer eine verdammte Frage nach der Wahrheit und der Macht. Es geht um Zeichen, ausschließlich um Zeichen und Symbole!

Was fragt das Volk denn ebenso wie viele Astrologen und Berater in den Fürstenhäusern? Sie fragen: ›Wurde dieser Papst bei der Krönung in Lyon nicht fast von einer umstürzenden Mauer erschlagen? Stimmt es nicht, dass sich Verwandte von ihm schon einen Tag später im Streit um reiche Pfründe gegenseitig umbrachten? Hat er nicht allen Verbrechen gegen die Templer ohnmächtig zugesehen?‹ Und was am Schlimmsten klingt: ›Ist er nicht längst dabei, Rom nach tausenddreihundert Jahren als Hauptstadt des Christentums aufzugeben?‹«

»Er ist noch immer Bischof von Rom und damit auch der erste von allen Bischöfen«, stellte Kardinal da Prato fest. Er gab die Tücher wieder zurück und ließ sein langes, weißgraues Haar so kämmen, dass es auf beiden Seiten seines markanten Kopfes bis auf die immer noch durchfeuchtete Soutane fiel.

»Aber nur noch so lange, wie er und wir dem König von Frankreich widerstehen können – Philipp dem Schönen und den Dominikanern mit ihrer Inquisition ...«

»Ja, sie ist grausam und gnadenlos geworden!«, sagte da Prato.

»Nein, sie ist gerecht nach allen kirchlichen und weltlichen Gesetzen. Außerdem ermittelt sie nur und verurteilt nicht.«

»Weil Wahrheit überall die Folter oder gar Verrat voraussetzt?«, fragte da Prato listig. Aber Arnaud d'Aux ließ sich nicht in die Enge treiben.

Es war, als würde er um viele Jahre zurückgeschleudert – soweit zurück, bis er an eine Hand fassen konnte, die ihn ganz fest hielt, als sie zusammen jenes Kloster an der Nordseite der Pyrenäen betraten, in das sein Vater ebenfalls als Junge eingetreten und in dem er zum Priester geweiht worden war.

Es war die Hand, die noch immer den Ring mit dem fliederfarbenen Edelstein trug, obwohl sie inzwischen als einzige von allen Bischöfen der Heiligen römischen Kirche den anderen, den Ring des Fischers tragen durfte. Der neue Papst-Ring sei noch nicht fertig, hatte ihm sein Vater geantwortet, als er danach fragte.

»Wie wird er aussehen? Ganz anders als ein Bischofsring?«

»Du bist sehr wissbegierig, mein Sohn«, hatte der gerade erst gewählte, aber noch nicht gekrönte Papst gesagt. »Aber ich will dir ein Geheimnis anvertrauen, wenn du schwörst, dass du es niemals im Leben einem anderen verrätst ... selbst im Beichtstuhl oder unter der Folter nicht ...«

»Ich schwöre!«, hatte er sofort geantwortet.

»Du musst schwören und dann vergessen, was ich dir jetzt anvertraue«, sagte der Papst. Ohne weitere Erklärungen hatte er ihn in einen anderen, fast völlig abgedunkelten Raum mit brennenden Bienenwachskerzen auf einem kleinen Altar geführt. Von einer goldenen Schale neben einer großen, aufgeschlagenen Bibel stiegen betörende Schleier von ganz besonders duftendem Weihrauch auf.

»Knie nieder, mein Sohn!«

Es war wie beim Abendmahl, aber der neue Papst sprach lateinische Worte, die sein Sohn bisher in keiner Liturgie und bei keinem Kirchgang gehört hatte. Fast schien es ihm, als würde sein Vater, der Papst, nicht in lateinischer Sprache reden, sondern in der alten *Langue d'oc*, in der auch seine Mutter hin und wieder die Lieder der Troubadoure sang.

»*Mysteria celebranda …*«, sagte er dann und legte ihm eine Oblate als Leib des Herrn in den Mund. »*Hoc est enim Corpus meum.*«

Anschließend reichte er ihm den goldenen Weinkelch. »Und nun höre, was ich nur dir sage, trink das Blut des Herrn und vergiss …«

Der Zehnjährige zögerte. Er kannte die lateinischen Sätze für die Verwandlung von Brot und Wein in den Leib und das Blut Christi nicht gut genug, aber er fühlte, wie heiße und kalte Schauder über seinen Nacken und seinen Rücken bis in seine Schenkel fuhren. Es stimmte nicht. Irgendetwas stimmte nicht …

»Es ist das Zeichen des Kreuzes im Herzen, das viele bereits verleugnen«, sagte der Papst fast schon verschwörerisch. »Die Tempelherren ebenso wie Priester, Bischöfe und Kardinäle, wie Mönche und Nonnen, Äbte, Äbtissinnen und auch die Baumeister der Kathedralen. Sie alle sind gottlos geworden und damit die wahren Ketzer …«

Er richtete sich auf, nahm den goldenen Kelch und trank selbst einen Schluck Wein.

»Das Kreuz im Herzen ist die Gravur im Edelstein meines Bischofsrings«, sagte er nochmals. »Und es wird auch die verborgene Gravur sein, die mich in meinem hohen Amt begleiten soll – entweder in meinem neuen Ring des Fischers oder im großen Rubin der päpstlichen Tiara. Und nun vergiss, bis du und ich das Zeichen aller Wahrheit und des Glaubens wieder brauchen.«

»Wann wird das sein, Vater?«

»Es kann sehr lange dauern, sogar viele Jahre. Aber irgendwann wirst du etwas über die drei Zeichen in drei Steinen hören. Dann ist der Augenblick gekommen, an dem du alles hinter dir zurücklassen und zu einem neuen

Ziel aufbrechen musst. Es kann gut sein, dass du dann zu mir willst, aber es könnte ebenso gut geschehen, dass ich dann nicht mehr bin, oder ein anderer Eingeweihter dich noch mehr anzieht.«

»Gibt es denn außer dir noch andere?«

»Ich hoffe es, mein Sohn! Ich hoffe es von ganzem Herzen und möchte es auch glauben, aber ich weiß es nicht!«

Noch ein weiterer Kardinal beobachtete an diesem Dienstag die überfüllte Brücke. Er stand ein Stockwerk unter dem Audienzsaal des Bischofspalasts und wartete seit geraumer Zeit auf den Kommandanten der Palastwache.

Pierre Godin war ebenso wie Arnaud d'Aux erst vor anderthalb Jahren beim Konzil von Vienne Kardinal geworden. Dennoch hatte er als Dominikaner sofort die Aufsicht über den gesamten Papstpalast erhalten, der nach kanonischem Recht noch immer dem Bischof von Avignon gehörte. Gleich zu Beginn seines Amtes hatten ihn einige Angehörige der *famiglia*, wie der päpstliche Hofstaat im Gegensatz zur jeweiligen *familia* der Kardinäle genannt wurde, mit der spöttischen Bezeichnung »Meister des Palastes« bedacht. Sie hatten nicht ahnen können, wie schnell Kardinal Godin diesen Titel in ein gnadenloses Regiment im Sinne des Franzosenkönigs umsetzte.

Godin war Franzose, aber er vertrug sich mit dem Italiener Niccolò da Prato wesentlich besser als mit seinem ständigen Widersacher Arnaud d'Aux aus Aquitanien. Inzwischen gab es auch unter den Priestern und Nonnen, den Torwachen und Bediensteten im Palais nur noch einen einzigen Untergebenen, der sich gelegentlich Widerspruch oder gar Ungehorsam erlaubte.

Auf diesen Mann wartete Godin, während er finsteren Gedanken nachhing. Er verstand nicht, wo der Ritter blieb, dem die gesamte Palaiswache und die Männer am Brückentor unterstanden. Die Sicherheit an allen anderen Toren gehörte in die Verantwortung der Stadt. Nur das massive Brückentor stand so dicht am päpstlichen Palais, dass es Kardinal Godin und Ritter Utz von Falkenhenn gleich nach dem Einzug des Papstes in der Stadt besetzt und für die Kurie vereinnahmt hatten.

Kardinal Godin war verstimmt. Mehr noch – er war wütend und derartig aufgebracht über die Unfähigkeit der Wachmannschaft, dass er bereits mit dem Gedanken spielte, den eitlen und wegen Saufhändeln und Zuträgerei für die Habsburger aus seinen Bergen geflohenen Ritter von Falkenhenn zu exkommunizieren und alle Beteiligten ohne den Sold der letzten Monate zu entlassen. Aber das war nicht ganz ungefährlich, denn in einigen Gebieten der Schweiz rottete sich inzwischen immer mehr Gesindel und aus Kriegsdiensten entlassenes Volk zusammen. Es hieß sogar, dass sie alle fremden Herren und ihre Soldaten aus den Bergen vertreiben und sich selbst zu einem freien Volk von Brüdern erklären wollten. Das alles konnte so gefährlich werden wie damals, als Katharer und Albigenser christlicher und brüderlicher leben wollten als die Heilige römische Kirche und der satt gewordene Klerus …

Pierre Godin ärgerte sich so sehr, dass rote Flecken auf seinem fleischigen Gesicht erschienen. Wie hatte es geschehen können, dass ein ganzer Trupp von flämischen und Schweizer Söldnern mit ihren Eisenhelmen und drohenden Hellebarden einen jungen, halb nackten und geschorenen Juden vor dem Palais entwischen ließen? Sie hatten ihn bereits vor zwei Wochen schon einmal entkommen lassen, als sie ihn aus den Zellen des Dominikanerklosters holen und in den Keller seines eigenen neuen Palais bringen sollten.

Kardinal Pierre Godin glaubte nicht an Zufälle, und bei Wundern war er äußerst misstrauisch – besonders, wenn er sie nicht selber gründlich untersucht und bestätigt hatte. Ein Gefangener der Dominikaner, der innerhalb weniger Tage zweimal in Ketten fliehen konnte, machte den Meister des Palastes nicht nur wütend, sondern krank. Natürlich ahnte er, wer dahinter steckte, aber er konnte nichts beweisen. Dennoch war ihm klar, dass bereits der Machtkampf um die Nachfolge von Clemens V. begonnen hatte.

Er brauchte diesen schlecht beleumundeten Enkel von Eliah und durfte ihn auf keinen Fall entkommen lassen. Seder Ben Ariel hatte Dinge bei den Dominikanern und in den Kellern seines neuen Palastes gesehen und gehört, die nicht für fremde Augen und Ohren bestimmt waren. Schon deshalb musste er unbedingt erneut eingefangen werden.

Godin ahnte nicht, dass der flüchtige Gefangene sogar noch sehr viel mehr wusste und in den Tagen zwischen seiner ersten und der zweiten Flucht nicht in Avignon gewesen war. Der Kardinal blickte immer ungeduldiger vom Tor herab. Er hatte Ritter von Falkenhenn sofort wieder nach unten zum Platz vor der Brücke geschickt und ihm befohlen, die großen Tore vor dem herandrängenden Volk zu schließen. Einzeln und nur nacheinander sollten sie Einlass finden – selbst wenn das Verfahren bis zur Stunde der Nachtwächter dauern sollte.

Unten, wo sich die Ungeduldigen bereits gegenseitig schlugen und zur Seite stießen, wurde die Situation immer gefährlicher. Selbst wer gewollt hätte, konnte nicht mehr zurück.

Kardinal Pierre Godin mochte nicht länger warten. Ritter

von Falkenhenn kam nicht zurück. Er sah ihn auch nicht auf der Brücke. Deshalb entschloss sich der Meister des Palastes, dorthin zu gehen, wo er d'Aux und da Prato vermutete. Es konnte nützlich sein, wenn er sie in den nächsten Tagen noch aufmerksamer als bisher beobachtete. Denn eines war ihm ebenso klar wie seinen Amtsbrüdern:

Die Lebensuhr des Heiligen Vaters war abgelaufen. Und die Intrigen um seine Nachfolge würden spätestens nach dem Osterfest offen ausbrechen.

Kapitel 3

Der Amethyst

Ein Fest, ein Fest ... sie würden ein großes Fest für seinen Eintritt ins Kloster von Comminges feiern. Ein Fest für den illegitimen Sohn das neuen Papstes ...

Am nächsten Tag hatte sein Vater ihm ernsthaft und manchmal sogar lächelnd auf alle anderen Fragen geantwortet, die Bertrand schon lange in sich trug. Und das, obwohl sie sich eigentlich kaum kannten.

Bertrand erfuhr, dass sein Vater ebenfalls in diesem Kloster am Nordrand der Pyrenäen, kaum eine Meile vom Ufer der oberen Garonne entfernt, seine ersten Weihen erhalten hatte, dass er anschließend in Poitiers und Bologna kanonisches Recht studiert hatte und dass er ein Jahr vor Bertrands Geburt sogar Bischof der Gegend zwischen den Pyrenäen und Toulouse geworden war. Anschließend war er zum Bischof von Poitiers, später dann zum Erzbischof von Bordeaux aufgestiegen.

Genau genommen hatte Bertrand ihn bisher nur von ferne gesehen, wenn Katharina de Comminges, seine Mutter, ihn auf ihren so genannten Wallfahrten zu seinem Vater mitgenommen hatte. Als Erklärung für seine Zurückhaltung hatte sie einmal angegeben, dass die Vergangenheit ihrer eigenen Familie nicht förderlich für ihn sei, es in ihr zu viele Ketzer gegeben habe. Erst jetzt, als frisch gewählter Papst, konnte er mehr für die Angehörigen beider Familien tun.

Als Erstes brachte er seinen zehnjährigen Sohn persönlich zum Ort des eigenen Anfangs. Der Zehnjährige war noch zu jung, um die Andeutungen und Wortfetzen zu verstehen, die sein Vater unterwegs mit seinen Begleitern auf ihren Pferden wechselte. Einer der stattlichsten von ihnen hieß Arnaud d'Aux. Er war bereits Beichtvater der englischen Königin Isabella de France gewesen, der Tochter von Philipp dem Schönen. Die Männer hatten von ihr und vom schwächlichen englischen König Edward II. gesprochen, dem als Erbe der Eleonore von Aquitanien und Richard Plantagenets die ganze Region von Bordeaux und Aquitanien als Lehen zustand.

Nur wenig später hatte er auch von den mörderischen Ereignissen um die beiden letzten Päpste in Italien gehört und von der heimlichen Zustimmung vieler Fürsten und Könige von der Ostsee bis nach Spanien dafür, dass der neue Papst nicht nach Rom gehen, sondern in ihrer Nähe bleiben sollte ...

Bertrand de Comminges, der junge Blondschopf, in dessen Adern wie bei seinem Vater Raimond Bertrand de Goth noch das germanische Blut der Westgoten floss, hörte auf dem Weg in Richtung Pyrenäen mehr, als er je hören durfte. Es ging dabei um Geheimnisse, die ihre Ursachen in Katastrophen des vergangenen Jahrhunderts hatten und noch größere Katastrophen im gerade erst beginnenden Jahrhundert zur Folge haben sollten.

Auf eigenartige Weise hing alles mit der Familie seiner Mutter zusammen – damit, dass sie zu den Katharern und Albigensern gehört hatten, und damit, dass sein Vater gleich fünf seiner eigenen Verwandten zu neuen Kardinälen ernennen wollte. Schon deshalb konnte nicht stimmen, was der Knabe auch schon gehört hatte: Sein Vater war kein ängstlicher Speichellecker des Königs von Frankreich!

Im Gegenteil!

Bertrand war stolz auf seinen Vater, den neuen *Pontifex maximus*. Er hatte sich immer gewünscht, nicht den Namen der Mutter, sondern den jener Familie zu tragen, die zu den Nachkommen des legendären Germanenreichs von Toulouse gehörte. Auch von ihnen waren viele bei den päpstlichen Kreuzzügen gegen die Ketzer, die Katharer und Reinen bei der Eroberung ihrer Bergdörfer wie Minerve und Burgen wie Montségur hingerichtet, auf Scheiterhaufen verbrannt oder in Städten wie Béziers einfach erschlagen und ausgerottet worden.

Für viele musste es wie Hohn erscheinen, dass nur zwei Generationen später die letzten Nachkommen der grausam Verfolgten viele der Bischöfe, Kardinäle und jetzt auch einen Papst stellten.

Der kleine Bertrand fasste den Finger, dann die Hand seines Vaters fester, richtete sich beim Gehen auf und machte größere Schritte. Er wusste, dass all die Männer in ihren schlichten Kutten am Ende des Kreuzgangs nur von einem einzigen Gedanken beseelt waren: Sie wollten zeigen, dass sie den neuen Oberhirten zutiefst verehrten. Gleichzeitig kamen sie Bertrand wie Bettler vor, die nichts anderes ersehnten, als ihm die Hand des Vaters wegzunehmen, um sie dann einer nach dem anderen mit ihren feuchten Lippen zu berühren. Er wusste, dass sie den Siegelring des neuen Papstes wollten – auch wenn es noch immer der Ring ihres ehemaligen Bischofs war.

Clemens V. trug ihn noch nicht, den neuen Fischerring,

denn dazu hatte die Zeit nicht gereicht, seit ihn die Kardinäle wenige Wochen zuvor im fernen Perugia zum Papst gewählt hatten – ihn, einen Erzbischof aus der Gascogne, die nicht einmal dem König der Franzosen, sondern Edward von England gehörte. Benedikt XI., der Dominikaner und Papst vor ihm, war schon wenige Monate, nachdem er den Ring des Fischers erhalten hatte, vergiftet worden. Und seinen Vorgänger, den starken Bonifatius VIII., hatten Bischöfe des Königs von Frankreich mit dreihundert Bewaffneten in Italien überfallen und so übel zugerichtet, dass er nach drei Tagen starb.

Mehr wusste Bertrand nicht, aber es wurde viel erzählt, und er hatte stets mit großen Ohren zugehört, wenn die Erwachsenen in der Familie seiner Mutter über diese Dinge sprachen.

Nein, es gab noch immer keine Vergebung und keinen Frieden zwischen Paris und Rom – und erst recht nicht zwischen den Franzosen im Norden und denen im Süden, deren Troubadoure in der geheimnisvollen Sprache Okzitaniens, der unvergleichlichen und bejahenden *Langue d'oc,* die großen Damen besungen hatten ...

Bertrand presste die Lippen zusammen. Noch zwei, drei Schritte, dann war es so weit. Schon senkten die Mönche die Köpfe mit ihren Tonsuren und beugten die Knie – nur um den fliederfarbenen Amethyst des Rings zu küssen.

Bertrand fürchtete sich nicht vor den Mönchen, dem Prior und dem Abt der Grammontenser. Trotzdem musste er in diesem Augenblick an all das denken, was er von seiner Mutter gehört hatte, wenn sie ihn selbst unterrichtete.

»Die Edlen Roms kämpfen jedes Mal mit Klauen und mit Zähnen darum, dass einer von den ihren zum *Pontifex maximus* geweiht wird«, hatte ihm seine Mutter erklärt.

»Sie und die Anhänger der deutschen Kaiser hassen alles, was aus Frankreich kommt. Das hat mit Karl von Anjou zu tun, der sich als König von Neapel den ganzen Vatikan unterwerfen wollte. Und natürlich mit König Philipp IV., der seinen Kanzler Nogaret mit dreihundert Bewaffneten nach Italien geschickt hat, um Papst Bonifatius VIII. in Anagni zu überfallen und nach Paris zu schleppen. Bonifatius war ein starker Mann, aber er hat den Angriff nicht überlebt. Auch sein Nachfolger Benedikt XI., der Ordensgeneral der scharfen Dominikanerhunde, überlebte den mörderischen Platz auf dem Stuhl der Päpste in Rom nur knapp neun Monate. Und das, obwohl er eilfertig den Bann gegen König Philipp IV. aufhob und alle Strafmaßnahmen gegen Frankreich widerrief.«

»Dann ist es doch gefährlich, wenn der Herr Vater Papst in Rom wird«, hatte Bertrand voller Unverständnis zu seiner Mutter gesagt.

»Gefährlicher als vieles andere auf dieser roh und gottlos gewordenen Erde«, hatte seine Mutter mit wohl gewählten Worten bestätigt. Nie zuvor und auch niemals danach hatte sie ihm gegenüber so beschwörend gesprochen – fast wie eine Fee oder Zauberin. »Doch einer muss sich ein Herz fassen und das Kreuz nehmen, wenn alles andere zerbricht, Rom und Jerusalem verloren sind und überall teuflische Pläne gegen das Vermächtnis unserer großen Ahnen reifen.«

Bertrand stolperte bei dem Gedanken daran, dass unter den Männern mit den Kutten bereits ein Mörder mit einem Dolch auf ihn und seinen Vater warten könnte. Unwillkürlich griff er die große Hand des Vaters fester. Und dann geschah das Missgeschick, das ihn fortan mit einer Mischung aus Häme und Respekt begleiten sollte:

Der Bischofsring mit dem großen fliederfarbenen Amethyst glitt vom Mittelfinger des neu gewählten Papstes. Der Zehnjährige hielt ihn fest und fuhr mit seinem eigenen kleinen Mittelfinger hinein, denn um alles in der Welt wollte er verhindern, dass der kostbare Ring zu Boden fiel.

Papst Clemens V. merkte nichts davon. Er ging weiter, löste seine Hand aus der seines Sohnes und streckte, wie schon so oft, die rechte Hand mit schlaff herabhängenden Fingern nach vorn. Der Abt, der Prior und die ersten zwei, drei Mönche des Grammontenser-Klosters setzten für den Kniefall einen Fuß vor und streckten ebenfalls eine Hand aus. Sie suchten nach dem Ring an der Hand des neuen *Pontifex*. Doch da war nichts – kein neuer Papstring und nicht einmal mehr der Amethyst des Bischofs …

Für einen langen, heißen Augenblick wurde alles still. Und plötzlich streckte der zehnjährige Sohn von Raymond Bertrand de Goth ebenfalls den Arm aus. Er kannte den Namen des fliederfarbenen Steins nicht, der Bescheidenheit und Demut beim Oberhirten einer Diözese symbolisieren sollte. Für ihn waren alle Schmucksteine Smaragde, weil das so kostbar klang.

»Hier ist der Smaragdus!«, rief er unerschrocken. »Hier, küsst den Stein … damit ihr's wisst – ich bin der Sohn des neu gewählten Papstes.«

Im selben Augenblick stieß der Abt vor Schreck die Schale mit geweihtem Wasser von einer Säule im engen Kreuzgang. Das Wasser schwappte über Bertrands Kopf. Er prustete und schluckte und hielt den Ring mit dem gravierten Bischofsstein so fest, als wolle er ihn nie wieder hergeben …

Später, als sich Erschrecken und Scham unter den Mönchen wieder gelegt hatten, begannen einige von ihnen zu scherzen.

»Smaragdus«, rief einer lachend. »Er hat den Bischofsstein Smaragdus genannt …«

Keiner der Mönche achtete darauf, wie streng und zugleich bittend der Abt die Brauen hob. Und dann huschte ein Lächeln über das Gesicht des neuen Papstes.

»Smaragdus«, sagte er nur und sah dabei seinen Sohn an, »mein Smaragdus.«

Kardinal Pierre Godin wollte wie üblich in den Audienzsaal im oberen Stockwerk des Palais gehen. Zu seinem Missfallen liefen überall im weiten Treppenhaus, auf den Fluren und vor den geöffneten Türen der oberen Räume Priester und Nonnen, Bedienstete und Vertreter der Stadt herum. Es ging im Palais des Heiligen Vaters wieder einmal wie in einem Bienenstock zu.

Godin hatte bereits die Hand ausgestreckt, um den Türvorhang zu einem Nebengemach aufzuziehen, als er eher aus Neugier als aus Vorsicht mitten in seiner Bewegung innehielt. Er neigte sich vor und lauschte der Stimme des Mannes, der schon seit Jahren eng mit dem Heiligen Vater verbunden war.

»Du weißt ebenso gut wie ich, dass es nie um die absolute, die jungfräuliche Wahrheit geht«, sagte Kardinal d'Aux im anderen Raum, »sondern stets um die Vereinbarung darüber, welche von vielen denkbaren Wahrheiten die sinnvollste ist.«

»Sinnvoll für wen?«

Das war Kardinal Niccolò da Prato, der dem letzten deutschen Kaiser Heinrich VII. anstelle des Papstes in Rom die Krone aufgesetzt hatte. Godin lächelte kaum merklich. Er wusste nur zu gut, dass da Prato Verbindungen pflegte, die nicht nur zum Generalmagister der Dominikaner in Paris, sondern auch nach Rom, Straßburg und bis zu den deutschen Königen reichten. D'Aux dagegen war hervorragend über alles unterrichtet, was in Aquitanien und dem Süden von Frankreich sowie im Königreich England und bei den noch immer aufsässigen Schotten geschah. Diesmal jedoch schien es nicht um weltliche Herrscher zu gehen, sondern um den Mann, der einmal der mächtigste und reichste Herr einer Ordensgemeinschaft gewesen war.

Kardinal Godin hielt unwillkürlich die Luft an, um kein Wort der beiden anderen zu verpassen.

»Du weißt so gut wie ich, dass Jacques de Molay mit seinem widerspenstigen Geist auch seine früheren Geständnisse widerrufen hat«, sagte d'Aux. »Weder Berengar de Landora als Generalmagister der Dominikaner noch Meister Eckhart als dessen Gegenspieler haben Molay retten können. Wie uneinsichtig er tatsächlich war, beweisen auch seine letzten Worte auf dem Scheiterhaufen …«

»Mir schnürt sich heute noch der Leib zusammen, wenn ich an diese Worte denke«, stimmte da Prato zu. »›Wir sterben unschuldig‹, hat er noch in den Flammen gerufen, ›aber im Himmel gibt es einen Richterstuhl, vor dem die Schwachen nie erfolglos Berufung einlegen. Vor diesen Richterstuhl entbiete ich den Papst binnen vierzig Tagen, und euch, Philipp, erwarte ich in einem Jahr.‹«

»Das rief er sicherlich, weil er glaubte, er könne sich noch im allerletzten Augenblick vor den Flammen schützen. Aber anders als seine Geständnisse konnte er diese Prophezeiung nicht mehr widerrufen.«

»Vielleicht wollte er das auch nicht – ebenso wenig wie vor vier Jahren Marguerite Porète mit ihrer Schrift über die einfachen Seelen, die du ja als Spionin bei ihm eingeschleust hast …«

»Eine großartige Christin mit einem reinen Herzen und einem alle überstrahlenden Verstand!«

»Was die Dominikaner und den König nicht daran hinderte, sie öffentlich für ihre ketzerischen Ansichten in Paris verbrennen zu lassen …«

»Weil sie verstockt war und nicht gestehen wollte, was ihr der Großmeister der Templer verraten hatte …«

»Was ist die Wahrheit für den, der die Macht über die Wahrheit hat?«, fragte d'Aux fast schon spöttisch.

»Dürfen wir denn zulassen, dass nach den Mysterien um den Gral und das Heilige Blut der Merowingerkönige, nach der Vernichtung der Templer und dem Verschwinden ihres Schatzes auch noch ihr geheimes Wissen endgültig verloren geht?«

»Das Geheimnis der Templer? Oder ein viel älteres und größeres?«

»Ja, das Geheimnis der Templer!«, schnaubte Niccolò da Prato erregt. »Und das der Kathedralen, der Wunder und letztlich auch des Heiltums aller echten Reliquien und der Kraft unseres Glaubens! Du weißt ebenso wie ich, dass es die Antworten auf alle diese Fragen schon einmal gab! Und ich bin überzeugt davon, dass der Heilige Vater allein durch seine Herkunft und die Überlieferungen seiner Familie viel mehr weiß, als er jemals offenbart hat.«

»Genug davon! Ich halte nichts von Ammenmärchen, von teuflischem Afterglauben und von den Gerüchten um jenen Ring, den er nach seiner Wahl zum Papst an seinen Sohn vererbt hat.«

»Verliehen«, korrigierte Niccolò da Prato. »Vergiss nicht, dass kein Papst, der immer auch Bischof von Rom ist, seinen Bischofsring an einen anderen weitergeben soll – auch dann nicht, wenn er in seiner neuen Würde den Petrusring tragen darf.«

»Tatsache ist aber, dass ihm der Großmeister der Templer genau diesen Ring geschenkt hat, als er Bischof von Comminges wurde und noch Bertrand de Goth hieß!«

Die Stimme von d'Aux kam Godin ungewöhnlich laut vor. Er wunderte sich, denn es klang ganz so, als hätte der engste Vertraute Seiner Heiligkeit bereits vor Sonnenuntergang einen Becher Wein zu viel getrunken.

»Gibt es einen Grund, warum du diesen Namen betonst?«

Godin hielt die Luft an. Er beugte sich so weit es ging vor. Doch da eilte der Mann, den er die ganze Zeit gesucht hatte, über die breite Treppe nach oben. Godin knirschte mit den Zähnen. Er konnte nur hoffen, dass ihn der Anführer der päpstlichen Wache nicht bemerkte.

Er schwamm, sah keine Mönche mehr, keine Mauern – aber auch kein Ufer und keine Bäume. Alles um ihn herum war eins. Neben ihm prustete das Pferd mit weit aufgerissenem Maul und großen Zähnen. Und dann tauchte eine riesige, gleichmäßig gebaute Mauer aus hell leuchtenden Brückenbögen mitten im Wasser auf. Die wilden Fluten spritzten schon fast bis an die oberen Biegungen. Er sah die steinernen Bollwerke, die wie bei einem Schiffsbug die Fluten und hohen Wasser teilen sollten. Sie waren fast völlig überspült. Er spürte, wie ihm das Pferd durch einen Strudel weggerissen wurde. Der zweite, nein dritte Bogen kam auf ihn zu. Und dann sah er die zweistöckige Kapelle an einem fast überfluteten Brückenpfeiler.

Die kleine Kirche ragte wie eine Festung über die Brücke

hinaus. Es war, als würde er mit hoher Geschwindigkeit gegen die Eingangspforte zum Paradies zutreiben. Und dann prallte sein schutzloser, entkräfteter Körper direkt neben der Kirchenmauer im Wasser gegen die Brücke von Avignon. Unwillkürlich griff er mit einer Hand nach einem Ring.

Es war kein Bischofsring und nicht der Fischerring des Papstes, sondern eine schmiedeeiserne Klammer, wie sie auch die Brücken in Paris für die Fackeln besaßen. Gleich darauf sah er das Gesicht eines Mädchens zwischen dem steinernen Geländer und der Kapelle auf der Brücke. Es war, als öffnete sich in diesem Augenblick für sie und ihn der Himmel.

Die Wolken rissen tatsächlich auf. Viele der Menschen auf der Brücke erinnerten sich an das Wunder und das Zeichen des Himmels, durch das vor einem Jahrhundert der einfache Schafhirte Benezet auf himmlischen Ratschluss und mithilfe eines Engels einen riesigen Felsbrocken als ersten Grundstein für die Brücke von Avignon in die Rhône gestürzt hatte. Für einen winzigen Moment der Ewigkeit zeigte ein schmaler Sonnenstrahl vom Firmament auf das kleine Gotteshaus an der umtosten Brücke über die Rhône. Die Eichentür öffnete sich, dann streckte ein junger Priester mit flammend rotem Haarschopf den Kopf ins Freie. Auch oben im Palais des Papstes sah eine Gestalt in roter Soutane mit an, was nun geschah.

»Warum heißt man wohl *de Goth* in einer Gegend, in der vor sieben Jahrhunderten die Westgoten das erste germanische Königreich auf römischem Boden errichten durften.«

»Das Tolosianische Königreich.«

»Genau das meine ich«, sagte Kardinal d'Aux leise und

verschwörerisch. »Das Königreich von Toulouse ... mit dem verschollenen Schatz seines Königs Alarich, der zu einem großen Teil aus dem stammte, was vom *Imperium Romanum* in tausend Jahren aus aller Welt zusammengetragen wurde und angeblich mit dem gestorbenen König im Fluss Busento vergraben sein soll.«

»Man hat mehrfach vergeblich nach diesem Schatz im Fluss gesucht.«

»Ebenso vergeblich wie nach dem Ordensarchiv und den zwölf Pferdelasten Silbermünzen aus dem Schatz der Templer, die der Großmeister mitbrachte, als Clemens ihn zu Beratungen über einen neuen Kreuzzug aus Zypern zurückrief!«

Kardinal da Prato runzelte die Stirn.

»Du meinst doch nicht, dass die Berichte und Vermutungen über die beiden Schätze miteinander zu tun haben.«

»Doch, Niccolò! Genau das meine ich!«, sagte d'Aux beschwörend. »Denn es gibt noch eine weitere Verbindung.«

»Und die wäre?«

»Kathedralen«, sagte Kardinal d'Aux. »Gotische Kathedralen! Geplant und begonnen in der gleichen Zeit, in der unser Orden der armen Ritter vom Tempel Salomonis zu Jerusalem entstand.«

»Das ist nicht neu, obwohl wir uns geeinigt haben, dass erst Abt Suger von St. Denis als der Begründer der neuen, gotischen Bauweise gilt.«

»Wieder nur eine Frage der vereinbarten Wahrheit«, sagte d'Aux verächtlich. »Er hat nur umsetzen lassen, was lange vor ihm bekannt war. Mindestens fünfhundert Jahre lang bekannt, wenn du meine Meinung wissen willst ...

seit den christlichen Westgoten, ihrem krausen Barbarenschmuck, den wir heute an jedem Fialtürmchen unserer gotischen Kathedralen sehen, und durch Alarichs Schatz. Und wenn du mich fragst, geht alles noch viel weiter zurück ... bis zu König Salomon oder sogar zum legendären König Nimrod nach Babylon, der so hoch bauen wollte, dass er die Sterne am Firmament berühren und Gott den Allmächtigen von seinem Thron stürzen konnte.«

»Ich kenne all diese gefährlichen Gedanken ebenso gut wie du«, sagte da Prato. »Aber was haben Clemens und sein kleiner Bastard Bertrand mit all dem zu tun?«

Arnaud d'Aux lachte fast schon vergnügt.

»Zwischen dem Toulouse der Goten und dem Comminges unseres Papstes gibt es unweit der alten römischen Festungsstadt Carcassonne einige liebliche Hügel, in denen bereits die gallischen Bauern ihre Vorräte in kugelförmig ausgehobenen und von oben verschließbaren Erdhöhlen versteckten. Später erhielten diese Hügel den Namen *Alarichberge* ... und so heißen sie heute noch.«

»Was bedeutet das schon?«

»Alarich, der König der Westgoten, starb in Süditalien, und zwar lange bevor sein Volk mit einem neuen König bis nach Gallien zog. Alarich war niemals in den nach ihm benannten Bergen.«

»Vielleicht ein Memorial, eine Erinnerung an ihn.«

»Gewiss doch!«, sagte Kardinal d'Aux. »Jedes Geheimnis erhält eine Erinnerung. Und zumeist ist ein Schlüssel erforderlich, um das Verborgene zu öffnen. Das kann ein Zeichen sein wie das Kreuz, ein Duft wie Weihrauch, eine Gebetsformel oder eine geweihte Hostie.«

Die beiden mächtigsten Männer der Kurie sahen sich in die Augen. Sie kannten und vertrauten einander. Aber sie wussten auch um die Gefahren, durch die ihr Glaube in mystische und dämonische Sphären abgleiten konnte.

»Ich verstehe«, sagte da Prato schließlich. »Es kann auch ein Mensch sein, der noch nicht weiß, was in ihm steckt …«

»Und du meinst, dieser Mensch wird nach Avignon kommen?«, fragte d'Aux fast schon zu laut. Da Prato hob nur die Schultern. Er legte einen Finger auf die Lippen, aber das konnte Kardinal Godin hinter dem Vorgang im Nebenzimmer nicht sehen.

Miriam sah, wie der Kopf eines Pferdes unter ihr in den Fluten der Rhône auftauchte. Gleich darauf sah sie ein Gesicht unter einem Büschel weizenblonder Haare – ganz so wie bei einer nach der Ernte auf dem Feld vergessenen und vom Gewitterregen weggespülten Garbe. Totes Vieh und auch menschliche Körper, die den Fluss hinabtrieben, kamen von Zeit zu Zeit vor. Sie hatte davon gehört, aber noch nie einen schwimmenden Leichnam gesehen – und erst recht keinen, der ein so blasses und junges Gesicht hatte wie der, der jetzt zusammen mit dem Pferdekopf gegen den Brückenbogen prallte.

Ihr eigenes Zugtier am Karren stand gerade still. Ohne groß nachzudenken warf sie das Seil über den Rand der Geländermauer. Sie wusste nicht, was sie sich davon erhoffte. Doch dann geschah das Wunder.

Wie ein großer Vorhang aus Sonnenlicht und weißen Federn wischte ein Engelsflügel vor ihr an der Brücke entlang. Fast schien es, als würden die Spitzen der Flügelfedern das Seil ihres Karrens aufnehmen und um die Handgelenke des jungen Mannes knoten, der sich wie zufällig am Fackelring festklammerte.

Im selben Moment wurde das Pferd neben ihm unter die Brücke gespült und verschwand. Miriam wurde plötzlich ganz ruhig. Niemand sagte ihr, was sie tun musste. Sie blickte auf die Leine, die Arme und den Kopf im Wasser, dann warf sie sich herum und stieß gegen das Maultier. Weiter vorn rückten die Wartenden ein, zwei Schritte vor.

Erneut hielt das Maultier an. Und wie ein Kran riss die bänderumwickelte Deichsel alles nach oben. Der Mann aus dem Fluss rutschte am steinernen Geländer hoch und stürzte gleich darauf neben den Füßen des Mädchens zu Boden. Sie konnte sich nicht bücken, musste den Wagen mit dem Großvater und dem Maultier festhalten. Entsetzt sah sie, wie das linke der großen Karrenräder genau auf den Kopf des gerade erst geretteten Unbekannten zurollte …

Kapitel 4

Eliahs Karren

Und plötzlich kam Hilfe! Eine sehnige Gestalt mit kurzem Kittel huschte schnell und todesmutig auf dem nördlichen Geländer bis zur kleinen Kapelle am zweiten Brückenpfeiler. Im Gegensatz zu allen anderen auf der Brücke bewegte sie sich von Avignon weg, in Richtung auf das französische Ufer der Rhône. Niemand auf der Brücke ahnte, dass eben diese fliehende Gestalt schuld an dem wilden Durcheinander war.

Die Erscheinung mit dem wild flatternden Umhang der Grauen Büßer hatte die Kapuze übergezogen, in der es nur zwei schmale Augenschlitze gab. Jetzt floh sie im Schutz des Unwetters. Dabei benutzte sie die Kette an ihren Händen wie die Gewichte eines Artisten auf schwankendem Seil. Irgendwo über dem schäumenden Fluss trudelten ein paar Pfeile aus den Tortürmen wirkungslos in die Wellen. Kein noch so guter Bogenschütze hätte den Fliehenden durch den Sturm erreichen können.

Erst an der Kapelle über dem zweiten Brückenpfeiler schien das Ende gekommen. Die Gestalt schwankte. Ihre Büßerkapuze flatterte über die nackten, geschundenen und zerschlagenen Schultern zurück, dann balancierte sie unmittelbar vor Miriam und ihrem Wagen und setzte zum

Sprung auf die Brückenstraße an. Miriam erkannte, was geschehen musste. Sie schrie laut wie nie zuvor in ihrem Leben, ließ das Seil zum Zaumzeug des Maultiers fahren und warf ihren Körper nach vorn.

Im selben Augenblick stürmte der Priester der kleinen Kapelle vor. Es schien fast so, als habe er nur auf den flüchtigen Gefangenen aus der Stadt gewartet. Geduckt und mit flammend roten Haaren sprang er zwischen Miriam, den Burschen mit dem Büßergewand und den Bewegungslosen auf den Pflastersteinen.

Miriam stieß so hart mit dem Büßer zusammen, dass sie sich unwillkürlich aneinander festklammerten, ehe sie gemeinsam zu Boden stürzten. Dennoch hatte sie erkannt, wer aus der Stadt fliehen wollte. Es war ihr Bruder, ihr sieben Jahre älterer Bruder.

Sie hatte ihn fast ein Jahr lang nicht gesehen. Als Junge hatte er die allerbeste Ausbildung bei seinem Großvater in der *Schul*, der Synagoge von Carpentras, erhalten. Als ihr Vater in Lyon verunglückte, hatte der Älteste der Geschwister seine Studien abgebrochen und war davongelaufen. Erst Jahre später tauchte er wieder auf. Er hatte inzwischen einige Sprachen gelernt und konnte neben hebräisch und provenzalisch auch noch lateinisch, spanisch und französisch lesen, schreiben und sprechen. Dazu verstand er etwas Englisch, Deutsch und Arabisch.

Damals hatte Miriam sogar die Vermutung gehabt, dass ihr Bruder getauft und wegen der Ereignisse in Lyon in irgendeinem Kloster versteckt worden war. Sie und der Großvater hatten ihn nie darauf angesprochen, und er selbst hatte auch nie gesagt, wo er gewesen war. Doch trotz aller Fähigkeiten und Begabungen hatte er sich immer wieder großspurig über alle Anweisungen des Großvaters, ihrer Religion und der Tradition ihres Volkes in der Diaspora hinweggesetzt.

Ganz nach Lust und Gelegenheit hatte er sich als Schiffsjunge auf der Rhône, als Abschreiber von Dokumenten für begüterte Studenten oder als Handelsgehilfe in *Fondacos,* den italienischen Handelshäusern an den Küsten des Mittelmeers, durchgeschlagen. Als sie zuletzt von ihm gehört hatte, sollte er als Schmuggler von Kriegsgerät und Waffen für verschiedene Auftraggeber unterwegs gewesen sein. Er war längst kein aus dem Nest gefallener Vogel mehr, sondern eine kluge diebische Elster, die sich ohne jede Achtung vor irgendwelchen Regeln alles nahm, was sie bekommen konnte.

Eigentlich hieß er Seraphim, doch seit dem unbegreiflichen Unglück bei der Krönung von Papst Clemens V. hatte er den alten Namen nicht mehr benutzt. Weil sie den Tod seines Vaters Ariel nicht verhindert hatten, wollte er nicht mehr mit den sechsflügligen Wächterengeln in Verbindung gebracht werden. Und da er olivhäutig wie ein Pirat von den Küsten Arabiens war, eine kräftige Nase und dunkles Lockenhaar hatte, nannte er sich selbst von da an *Seder* Ben Ariel, was bei ihm spöttisch und zugleich geheimnisvoll so viel wie »Vielfalt der Fragen« bedeuten sollte – ganz wie die Vielfalt der symbolischen Speisen, aus denen beim Passahfest zur christlichen Osterzeit die Ordnung aller Dinge gebildet wurde. Als sie noch klein waren, hatten sie oft *Seder* gespielt, weil dabei alle kindlichen Fragen erlaubt waren: Warum essen wir ungesäuertes Brot? Was ist das Geheimnis der bitteren Kräuter? Warum lehnen wir uns wie einst die Römer beim Essen links an?

All das schoss ihr durch den Kopf, während die beiden anderen sich bückten und den Körper des Fremden im letzten Moment vor dem tödlichen Rad wegzogen. Gleichzeitig hielt Seder die Glieder der eisernen Kette zwischen seinen Handgelenken mit einem Aufschrei vor das Karrenrad. Es war wie immer bei ihm – was anderen Unheil und Schmerzen gebracht hatte, wurde wie durch ein Wunder sein unverschämtes Glück. Die Kettenglieder waren nicht zusammengeschmiedet, sondern ließen sich wie bei einem Gauklerkunststück von Artisten durch eine geschickte Drehung öffnen. Miriams Bruder lachte nur und ließ seine kräftigen Zähne sehen.

»Mal etwas anderes als Katzen, Hunde und Vögel mit gebrochenen Flügeln, wie du sie sonst immer aufgesammelt hast!«, rief er ihr zu.

Sie war zu erschöpft für eine Antwort. Für einen kurzen Augenblick ließen Sturm und Regen nach. Er sah sie an, dann packte er den Blonden zusammen mit dem Priester und wuchtete ihn quer über die zusammengelegten Bretter ihrer Verkaufsbude. Wie zufällig rutschte dabei eine goldene Kette mit einem Schmuckstein vom Hals des fast Ertrunkenen. Miriam streckte die Hände aus. Die Kette riss und der Stein glitt ihr aus den Fingern. Sie achtete kaum darauf, sondern starrte ihren Bruder an.

»Warum bist du hier?«, rief sie durch das Tosen des Flusses unter ihnen. »Und wo wolltest du hin?«

»Ich habe den Knaben hier seit Paris beschattet!«, rief er laut und immer wieder nach Luft schnappend zurück. »Doch dann ist dieser Dummkopf oben bei Sorgues mit seinem Pferd in den Fluss gesprungen! Seine Verfolger ... Dominikaner ... hätten mich fast erwischt. Aber nicht mit Seder Ben Ariel! Ich war besser als diese verdammten Hunde und habe mir an einem Stall zum Schein selbst Büßerketten angelegt und dann eine graue Kutte beschafft – alles in der Hoffnung, diesen Burschen vor anderen hier an der Brücke aufzufischen! Vielleicht gibt mir der Kaplan Comyn ja Asyl in seiner Kirche.«

Der Rothaarige aus der Brückenkapelle hatte es gehört, schüttelte energisch den Kopf und wehrte sofort mit beiden Händen ab. Er tat so, als hätten sie sich nie zuvor gesehen.

»Warum ... warum wollten sie dich einfangen und in Ketten legen?«, rief Miriam.

»Die trage ich als Jude schon seit Jahrhunderten«, gab er laut auflachend und mit einem herausfordernden Blick auf den Priester zurück. »Aber wenn du es ganz genau wissen willst, dann hilf mir jetzt. Ich muss wieder in die Stadt zurück und einem der Rotkittel berichten! Am besten, du versteckst ihn und mich auf dem Wagen. Sag bei den Wachen einfach, dass es Großvater Eliah schlecht geht, dann lassen sie dich durch.«

»Ich verstehe kein Wort von deinen Lügen und aufgeblasenen Geschichten!«, rief sie. »Du hast dich nicht ein Jota verändert, seit du fortgegangen bist.«

»O doch, geliebte Schwester!«, lachte er. »Ich bin Kurier der ehrenwertesten Kardinäle ... Beschützer der Unschuldigen und Streiter für Gott den Allmächtigen.«

»Die Wachen kennen mich«, antwortete Miriam und wischte sich ein paar verwehte nasse Haare aus dem Gesicht. »Denkst du, sie hätten nichts gesehen?«

»Niemand rechnet damit, dass ein gerade erst Geflohener dorthin zurückkehrt, wo er gesucht wird. Außerdem gibt es genug anderes in der Stadt zu tun. Und dann möchte ich wissen, wie es dem Fisch geht, den du dir aus dem Fluss geangelt hast. Er sieht nicht sehr appetitlich aus, aber ...«

»... aber was?«

»Er könnte ein *gefillter Fisch* sein!«, grinste Seder.

»Ich würde ihn hier behalten«, rief der Priester. »Aber er braucht vielleicht einen Arzt.«

Seder stieg mit nackten Füßen in die Speichen eines Rades, ließ sich auf die Bretter fallen, kippte überflüssiges Regenwasser aus den Stoffbahnen über dem halb ertrunkenen jungen Mann und hüllte sich mit ihm zusammen wie ein Bündel Teppiche in die nassen Stoffe ein.

Der rothaarige Priester und Miriam sahen sich an. Kalter Regen peitschte über ihre Gesichter, doch es war, als würden sie sich gegenseitig ein klein bisschen für die Güte Gottes bedanken wollen.

Hinter dem Vorhang des Audienzsaals verschluckte sich Kardinal Godin fast vor Erregung.

Endlich!

Endlich hatte er von den beiden wichtigsten Beratern des Heiligen Vaters die Bestätigung jenes ungeheuerlichen Verdachtes, der schon seit vielen Jahren zu den erbitterten Kämpfen, zum gewaltsamen Tod mehrerer Päpste, zur Flucht der Kurie nach Avignon und letztlich auch zum Untergang der Tempelritter geführt hatte.

Sie gaben untereinander zu, dass sie selbst Ketzer waren!

Sie sprachen von uralter Magie und Zauberei, von geheimen Botschaften in den Köpfen, von Wahrsagerei und von verschlüsselten Zeichen in Steinen. Godin konnte kaum fassen, was er hinter dem Vorhang versteckt hörte. Genau das war es, was er und Berengar von Landora, der Generalmagister der Dominikaner, lange schon vermutet hatten. Doch wenn zutraf, was die beiden anderen Kardinäle besprachen, dann tickte bereits eine Uhr für den letzten

Schlag, der nicht mehr aufzuhalten war. Dann nämlich teilten der Heilige Vater und sein Sohn ein Wissen, das unweigerlich verloren ging, wenn einer von beiden seinen Teil mit ins Grab nahm.

Godin bemühte sich, so leise wie möglich zu atmen. Obwohl er am ganzen Körper zitterte und ihm der Schweiß über die Stirn lief, zwang er sich, weiter den beiden anderen Kardinälen zu lauschen.

»Ich kenne eigentlich nur einen Menschen, der nach dem Feuertod der letzten großen Templer den Schlüssel für das geheime Wissen in sich tragen könnte«, sagte Kardinal d'Aux nach einer langen Pause. »Ich habe viele Jahre nicht an ihn gedacht. Auch Seine Heiligkeit hat ihn nie mehr erwähnt. Aber seit Meister Eckhart nicht mehr in Paris ist, überkommen mich hin und wieder eigenartige Gedanken.«

»Du meinst, dass unser Papst neulich im Fieberschlaf mehrmals das Wort ›Smaragdus‹ murmelte?«

»Genau das meine ich ... und dann den Fluch des Großmeisters. Ich glaube nicht, dass wir die letzten Worte Molays auf dem Scheiterhaufen sonderlich fürchten müssten. Es war wohl mehr Enttäuschung darüber, dass er nach vielen Jahren Kerker und Folter doch noch brennen musste. Aber ich denke doch, dass zwischen seinem Tod, dem Fluch und dem Sohn des Papstes mit diesem eigenartigen Namen eine Verbindung bestehen könnte.«

»Kennst du diesen ... äh ... Smaragdus?«, fragte Kardinal da Prato. »Oder einer der anderen Kardinäle?«

»Nein, niemand hier kennt ihn«, sagte d'Aux. »Selbst Seine Heiligkeit hat seinen Sohn nur ein einziges Mal gesehen ... damals, als er ihn von seiner Mutter abholte und in das Kloster der Grammontenser von Comminges brachte.

Seither hat sich genau genommen niemand mehr für den Knaben interessiert, bis ich eher zufällig hörte, dass er bei Meister Eckhart in Paris studiert hat.«

»Eckhart ist schon fast ein Jahr in Straßburg. Ich weiß nicht, was er dort noch mit Molay oder dem Sohn des Papstes in Paris zu tun haben könnte.«

»Meister Eckhart wurde die Überwachung sämtlicher Beginenklöster im deutschen Süden übertragen. Und die erwähnte Ketzerin Margherita Porète, die ja mit Molay sprechen konnte, war schließlich eine Begine. Ich weiß, dass sie von vielen adligen Damen in Aquitanien und der Gascogne unterstützt wurde. Auch von der inzwischen verstorbenen Katharina de Comminges. Sie hatte viele Möglichkeiten, irgendetwas bei ihren Brüdern oder Schwestern der Armut oder auch bei ihren Gönnerinnen anzudeuten, ehe sie selbst auf dem Scheiterhaufen brannte.«

Die beiden Kardinäle schwiegen eine Weile. Godin konnte nur hören, dass sie zu den Fenstern gingen. Erst als sie weiter in den Raum wanderten, hörte er wieder, was sie sagten.

»Verstehst du jetzt, warum ich den Sohn Seiner Heiligkeit beobachten ließ, seit Großmeister Molay auf der Insel in der Seine gebrannt wurde?«, fragte d'Aux. »Ich habe geahnt, dass er nach dem schrecklichen Fluch des Großmeisters gegen Seine Heiligkeit aufbrechen würde, um hierher zu kommen. Und ich bin sicher, dass Meister Eckhart ihm eingetrichtert hat, dass er zu seinem Vater gehen soll, falls mit dem Großmeister etwas passiert.«

»Und nicht nur du hast das geahnt«, flüsterte Kardinal Pierre Godin hinter dem Vorhang im Nebenraum. Er fühlte sich bestärkt und zufrieden wie schon lange nicht mehr.

»Mir war klar, dass Bertrand de Comminges, der von

manchen ja Smaragdus genannt wird, auch von anderen überwacht wird. Doch selbst wenn die besten Hunde des Herrn ihn hierher verfolgen, werden die Dominikaner eine Begegnung mit seinem Vater verhindern.«

»Du meinst, sie werden ihn einfangen und umbringen?«

»Im Gegenteil! Sie wollen doch, dass er redet, und wir werden genau aufpassen, was sie erreichen …«

»Bist du von allen guten Geistern verlassen?«, fragte da Prato entsetzt. »Du kannst doch keine Dominikaner auf den Sohn des Heiligen Vaters loslassen! Was ist, wenn das Großmeister Berengar oder auch unser Dominikanerkardinal erfahren …«

»Hätte ich Grammontenser oder Hospitaliter zu seinem Schutz einsetzen sollen?«, fragte d'Aux spöttisch. »Fußkranke Pilger oder gar auffällig gerüstete Ritter mit Helmbusch, Schwert und rotgelb gestreiftem päpstlichen Wappenschild? Nein, Niccolò! Als ich von Molays Feuertod erfuhr, habe ich sofort einen sehr fähigen und sehr rücksichtslosen jungen Juden mit einigen Brieftauben aus Carpentras nach Paris geschickt. Gift bekämpft man am besten mit Gift, Feuer mit Feuer und scharfe Hunde mit noch schärferen! Und eine der Tauben ist bereits zurückgekommen. Der Sohn des Heiligen Vaters befindet sich auf dem Weg hierher …«

»Wissen die Wachen an den Toren Bescheid?«

»Nicht eine einzige«, antwortete Kardinal d'Aux. »Niemand in Avignon soll wissen, wen ich erwarte. Nicht einmal Seine Heiligkeit selbst.«

»Oh, das wird Ärger geben!«, sagte da Prato sofort. »Die schwarzen, grauen und weißen Büßer liegen auf allen Straßen im Streit mit den Mönchen der Inquisition, weil sie sich weigern, ihre Gesichter unter den spitzen Kapuzen zu zeigen.«

»Sei unbesorgt«, lachte Kardinal d'Aux. »Ich kenne das Spiel mit falschen Kostümierungen aus meiner Zeit in London und weiß, wie weit ich damit gehen darf. Außerdem hielten sich selbst unter uns Kardinälen schon immer Kuckuckseier auf, die nicht einmal zu Priestern geweiht waren ...«

»Meinst du hier und jetzt?«

»Ich weiß es nicht«, seufzte Kardinal d'Aux. »Aber ebenso wenig, wie man unter den Kapuzen der *Pénitents* mit ihren schmalen Augenschlitzen erkennen kann, ob eine weiße, graue oder schwarze Seele darunter steckt, weiß jemand, wer hier am Hof des Heiligen Vaters gegen ihn und für ganz andere Herren arbeitet.«

»Du hast einen Verdacht?«, fragte Niccolò da Prato.

»Ich wäre der glücklichste Mensch unter dem Himmelszelt, wenn ich nicht mehr als einen Verdacht hätte.«

Unter ihm knarrte es wie in einem schwankenden Boot. Ihm wurde schlecht. Er wollte die Augen öffnen, aber der Fluss und der Schlag beim Aufprall an der Brücke hatten seine Augen wie mit Töpferlehm verklebt. Er erbrach sich. Ein Schwall von schwarzer Bittergalle und übel schmeckendem Flusswasser ergoss sich über seine Hände, die er wie zum Gebet vor seinen Mund gepresst hielt.

Es regnete noch immer. Donner und Blitze wie diese kamen ihm wie die neuen, schrecklichen Berichte vom Fegefeuer vor, mit denen überall die Menschen noch mehr an ihre Sündhaftigkeit erinnert wurden. Er selbst wusste längst nicht mehr, wovor er floh und was er eigentlich in der Stadt der Engelsbrücke suchte. Ja, er erinnerte sich, dass die Brücke von Avignon von einem Erzengel und einem gottesfürchtigen Hirten erbaut worden war. Aber was hatte das mit ihm und den Dominikanern zu tun, die seit Paris hinter ihm her waren?

Nur dass er holpernd und nicht auf seinem Pferd über eine lärmende Straße fuhr, das war ihm so bewusst wie in einem klaren Traum. Oder war alles gar kein Traum mehr, sondern bereits der Übergang in eine andere Welt? War er dem Fluss des ewigen Vergessens entkommen? Hatten ihn Engel auf die Brücke geholt, um ihn aus allen Katastrophen hinüber in das Paradies zu bringen?

Er fühlte, wie ihm sämtliche Knochen wehtaten und rote Funken vor seinen Augen tanzten. Laute Stimmen wie von Wachen klangen auf. Dann eine helle angenehme Mädchenstimme. Die dunkle feuchte Höhle rumpelte weiter. Es schien bergauf zu gehen, denn er rutschte langsam nach hinten. Und dann berührte er einen Arm, eine Hand und eine Art Ring …

Ein schriller Schreck fuhr ihm durch alle Glieder. Das war kein Eisenring an einem Brückenpfeiler – aber auch kein Ring des Bischofs oder gar des Papstes! Mit klammen Fingern tastete er weiter.

Kettenglieder!

Aber nicht um seine Arme, seine Beine, sondern um die eines anderen.

Oben im Bischofspalais sehnte ein anderer sich nach der Gnade Gottes. Die Augenblicke mehrten sich, in denen Clemens V. lieber wieder Kardinal, Erzbischof von Bordeaux, Bischof von Comminges oder ganz einfach der Grammontensermönch Bertrand de Goth gewesen wäre. Er wusste längst, dass er keine Kraft mehr hatte. Wofür oder wogegen sollte er noch kämpfen? Und wozu kniend beten, wenn er allein nicht mehr aufstehen konnte?

Er hob die Hände und wartete, dass der einzige Mensch, dem er voll und ganz vertraute, hinter ihn trat und ihn mit großer Kraftanstrengung vom Boden aufhob …

Der Schlafraum des Papstes im oberen Stockwerk des Palais war schon seit dem Spätherbst des vergangenen Jahres auch der Raum, in dem er sich fast ständig aufhielt. Seit er im Sommer nach monatelanger Erholung in Carpentras nach Avignon zurückgekehrt war, hatte er sogar darauf verzichtet, sich in der Sänfte zur Kathedrale oder zu einer der Prozessionen bringen zu lassen.

Neben dem breiten Himmelbett enthielt das eher bescheidene Gemach als einziger Raum im ganzen Haus einen Kamin. Kardinal Jacques Duèse hatte ihn von Steinmetzen aus seiner Heimatstadt Cahors setzen lassen, als er noch Bischof von Avignon war. Es hieß, dass der vorangegangene Bewohner des Palais in seinem Alter von fast siebzig Jahren oft fröstelte, weil er zu lange als Kanzler König Roberts von Anjou an dessen hitzigem Hof in Neapel gelebt hatte. Inzwischen wusste auch der Heilige Vater die Marotten des halsstarrigen Mannes zu schätzen, den er selbst zum Kardinal gemacht und nach Porto geschickt hatte. Fenster, Türen und der hölzerne Fußboden des Kaminraums waren so sorgfältig gegen Zug und feuchte Nebel vom Fluss her abgedichtet worden, dass selbst der Mistral nicht ausreichte, um die Vorhänge an den Fenstern zu bewegen.

Obwohl es nach dem julianischen Kalender bereits Frühling war, loderte ein kleines, wärmendes Feuer im Kamin. Da ihm auch das nicht reichte, hatte der Papst zur weißen Soutane auch noch sein erzbischöfliches *Pallium* wie ein Tuch gegen Erkältung um den kurzen, stämmigen Hals gelegt. Eigentlich war das drei Finger breite weiße Schulterband aus ungefärbter Lammwolle mit den gestickten schwarzen Seidenkreuzen für besondere liturgische Anlässe gedacht, doch Clemens glaubte fest daran, dass ihn sein *Pallium* auch gegen Ansteckungen und Intrigen im eigenen Palast beschützte. Als eine weitere Merkwürdigkeit seiner Kleidung hatte sich Clemens angewöhnt, auf Schuhe oder Stiefel zu verzichten und seine Füße so oft wie möglich mit dicken Strümpfen aus ungefärbter Schafwolle zu wärmen.

»Willst du ins Bett zurück?«, fragte Arnaud d'Aux. Clemens schreckte wie aus dem Halbschlaf auf.

»Nein, bring mich zu meinem Sessel am Fenster.«

Der Kardinal tat, wie Clemens wünschte. Er ließ ihn so in die Polster sinken, dass er auf den Fluss hinaus blicken konnte. Dann tupfte er dem Heiligen Vater die Schweißtropfen von Stirn und Nasenflügeln.

Sein schwerer, steif gewordener Körper schmerzte den Papst an vielen Stellen, und in seinem Leib rumorte es schlimmer als bei den hitzigen Disputen, nach denen er beim Konklave in Vienne vor genau zwei Jahren und in seiner Bulle *Vox in excelso* den Untergang des Templerordens besiegelt hatte.

Aber er hatte sich nicht unterworfen – auch wenn die Anhänger Philipps des Schönen diese Unwahrheit überall verbreiteten. Es hatte auch keinen richterlichen Beschluss gegen die Templer gegeben. Im Gegenteil: sie waren freigesprochen worden. Schon dadurch setzte sich der König bei jedem weiteren Schritt gegen Angehörige des Ordens selbst ins Unrecht.

Freispruch durch das zuständige Gericht und Auflösung durch den Heiligen Stuhl – damit hätten alle ihr Gesicht wahren können. Aber das war nicht geschehen, denn eine der Bedingungen aus dem stillschweigenden Übereinkommen zwischen den geistlichen und weltlichen Herrschern konnte nicht erfüllt werden. Philipp der Schöne erhielt keine Schätze. Sie waren einfach nicht vorhanden – weder im Turm der Templer in Paris, der als reichste Schatzkammer der Welt gegolten hatte, noch in den aufgelösten *Komtureien*, in den Schatzkästen der Templerburgen, den Verwaltungen oder auf den Schiffen.

Es gab sie einfach nicht, jene legendären Säcke voller Floren und anderer Goldmünzen, geschweige denn Wechsel auf Verrechnungseinheiten wie die großen Tournois.

Aber nicht nur der Schatz der Templer, auch ihr vielbeschworenes Geheimnis war einfach nicht auszumachen. Niemand schien es zu kennen, und keiner vermochte zu sagen, um was es sich dabei eigentlich gehandelt hatte.

Dennoch gab es noch immer Wissende …

Auch Papst Clemens V. hatte zu den Eingeweihten gehört, als er noch Bertrand de Goth hieß und Erzbischof von Bordeaux gewesen war. Jetzt aber war er vergesslich und müde geworden … viel zu müde für weitere Intrigen und Erinnerungen, die er nicht haben durfte. Es wurde Zeit, dass er seine sterbliche Hülle verlassen und seine Seele endlich ganz in Gottes Hand legen konnte.

Kapitel 5

Der rote Kaplan

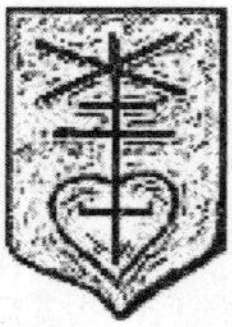

Eliah von Carpentras war keineswegs so alt und gebrechlich, wie er sich manchmal gab. Er hockte auf seinem alten Karren, starrte auf den Schwanz des Maultiers und bewegte sich kaum. Niemand, der ihn so sah, hätte vermuten können, dass er einmal Rabbiner in Carpentras gewesen war und weit mehr als ein Haus in der Rue Jacob im Judenviertel von Avignon besaß. Dennoch hatte er sich von Anfang an so unauffällig und bescheiden wie irgend möglich in Avignon benommen.

Er hatte das Haus im *Carrière* nicht zufällig erworben. Schon als sich abzeichnete, dass Clemens V. mit seinem Hofstaat für eine Weile nach Avignon ziehen würde, hatten die Ältesten der jüdischen Gemeinden in der Grafschaft Venaissin und einige erfolgreiche Geldwechsler aus benachbarten Städten wie Montpellier, Arles und Marseille beschlossen, das *Carrière* gegen alle Spekulanten, Aufkäufer der Kurie, Notare der Stadt und des fernen Grafen der Provence zu schützen.

Jüdische Familien, die schon länger in Avignon lebten, sollten auch weiter dort wohnen, wo sie ihre Häuser in der Stadt hatten. Wer aber neu eingewiesen und vermittelt wurde, durfte nur noch im *Carrière* siedeln, mieten oder mit einem günstigen Kredit der Synagogen bauen. Auf diese Weise war das Judenviertel viel schneller organisiert und auf die Kurie samt allen Mitziehenden vorbereitet als die übrige Stadt. Dort hatte auch fünf Jahre nach dem Einzug des Heiligen Stuhls mancher Händler und Zunftmeister noch nicht begriffen, was eigentlich geschah.

Viele von ihnen glaubten noch immer, dass die kleine ummauerte Stadt am Kalkfelsen der Rhônebiegung nach wie vor ein beschaulicher, vergnügter und nicht sonderlich aufregender Platz war. Mehr als tausend Jahre seit den ersten Römern hatte ein steter Strom von Kriegern, Händlern, Pilgern und Gesindel stromauf und stromab die Stadt unempfindlich gemacht gegen wirkliche Veränderungen und nachgiebig für vorübergehende Belastungen.

Nur in einem Punkt waren sich alle einig, die schon vor dem Einzug des Papstes und der Kurie in Avignon gelebt hatten: Mochten die neu Hinzugezogenen und die Schmeißfliegen des Heiligen Stuhls wie Eroberer auftrumpfen und sich in der Stadt oft genug wie eine ungeordnete, schamlos wütende Armee verhalten – gegen die wahren Eckpfeiler der Stadt kamen sie nicht an. Nicht gegen die Gastfreundschaft, die in der Umgebung noch immer durch die drei Zedernbäume für Wasser, Verpflegung und Übernachtung ohne jedes Entgelt standen. Nicht gegen die in Jahrhunderten geschulte Geduld der Menschen. Und nicht gegen den Stolz, dessen älteste Wurzeln noch von den keltischen Ahnen stammten.

Manch einer der provenzalischen Stammbäume reichte bis zu den Römern und Hellenen, den Flüchtlingen aus Palästina und den sesshaft gewordenen Kriegern Allahs aus den großen Sarazenenkriegen zurück. Es gab viele Familien, in denen das Leid und die Kraft aus langer Verfolgung zur heiligen Tradition gehörten. Auch die Überlebenden der Katharer und Albigenser gehörten dazu.

Doch einmal im Jahr, wenn das Frühlingshochwasser kam, drängten die Pilger von allen Seiten in die Stadt. Sie wollten zum Fest der Auferstehung in der Nähe des Papstes sein.

Seit aber die Kurie und viel neues Volk in ihrem Anhang wie die sieben Plagen in Ägypten über Avignon hergefallen waren, war die Insel der gerade noch geduldeten Vergnügungen beinahe über Nacht umgeschlagen in eine Hölle unerlaubter Sünden mit harschen Grobheiten und Betrug beim Spiel, Schlägereien um jede Schöne und einem babylonischen Kauderwelsch der Sprachen und der Laute.

Eliah und seine Enkelin erlebten das alles bereits zum fünften Mal mit. Doch nie zuvor war das Hochwasser so gefährlich und die Flucht der Pilger von der Insel so dramatisch gewesen. Vielleicht lag es daran, dass zwar Ostern und das jüdische Passahfest mit dem Frühlingsneumond zusammenhingen, nicht aber mit dem Auftauchen des Mistrals. Der eisige Sturmwind aus dem Norden kam, wann er wollte. Nach den uralten Bauernregeln dauerte er drei, sechs oder neun Tage, und alle beteten, dass nach drei Tagen Schluss sein würde.

Diesmal hatte alles nur einen Tag und eine Nacht gedauert. Und doch war der Fluss wilder und höher angestiegen als in vielen Jahren zuvor. Eliah hatte bemerkt, dass in den Jahren, in denen der kalte Passah-Mistral sich nicht lange genug austoben konnte, das giftige Mutterkorn im Getreide üppiger wucherte als sonst. Das bedeutete aller Erfahrung nach, dass man wieder die Juden verantwortlich machen und mehr erschlagen an den Straßenrändern finden würde. Man musste vorsichtig sein in den nächsten Monaten – besonders dann, wenn sich auch noch der Fluch des verbrannten Großmeisters der Templer erfüllte und entweder der Papst oder der König von Frankreich starben.

Noch war die Zeit für Clemens V. nicht gekommen. Er hatte eine halbe Stunde geschlafen. In dieser Zeit waren Bedienstete im Kaminzimmer gewesen, hatten die Kissen des Bettes aufgeschüttelt und etwas warmen Würzwein gebracht. Die Wolken rissen auf und die Sonne des späten Nachmittags schien dem Papst wärmend ins Gesicht. Clemens öffnete die Augen. Er sah hinunter auf den strudelnden Fluss und erkannte noch immer dicht an dicht gedrängt viel Volk im Gegenlicht.

Zusammen mit dem Kardinal an seiner Seite beugte er sich etwas zur Seite, und dann sahen beide, dass tatsächlich einer der großen Torflügel am Brückenbollwerk geschlossen und der andere nur halb geöffnet war. Wagen und Karren wurden von den durchnässten und gestikulierenden Wachen immer nur einzeln in die Stadt gelassen.

Die beiden Kleriker konnten nicht erkennen, was mit den Wagen im Inneren der Toranlage geschah. Obwohl über den Bergen von Villeneuve, der französischen Rivalin von Avignon auf der anderen Seite der Rhône, wieder Sonne und Streifen blauen Himmels sichtbar wurden, blieb es über der Brücke und am Brückentor finster. Die dunklen Wolken und die Nebel zogen mit den tosend schäumenden Fluten weiter in Richtung Arles, zur Carmague und zur Küste. Aber von Norden her musste über Nacht noch viel zorniges Unwetter nachziehen, bis der Mistral sich für einige Wochen irgendwo über den Weiten des Mittelmeers verlor …

Jeder, der das Tor passiert hatte, lief die steile Straße im Inneren der Stadt hinauf. Die Tiere vor den Karren bekamen die Peitsche zu spüren, damit sie möglichst schnell einen sicheren Abstand zwischen sich und die Wachen am Brückentor brachten.

»Ich fürchte, ich ahne, was das bedeutet und wer das verursacht hat«, sagte der Heilige Vater, nachdem die Dienstboten das Kaminzimmer verlassen und die Tür geschlossen hatten. »Kardinal Godin wütet inzwischen, als sei er als Meister des Palastes nicht nur für meine Sicherheit verantwortlich, sondern zugleich mein Gefängniswärter und der Inquisitor von Avignon.«

»Er ist nun mal Dominikaner und untersteht dem Befehl seines Ordensgenerals Berengar von Landora.«

»Der gerade erst den ehrenwerten Meister Eckhart von Hochheim aus Paris vertrieben und in die Wüste geschickt hat.«

»In eine Wüste mit fünfundachtzig Frauenklöstern«, verbesserte der Kardinal mit leichtem Schmunzeln. »Manch einem von unseren Brüdern wäre das wohl als Paradies vorgekommen.«

»Meister Eckhart ist auch schon über fünfzig Jahre alt.«

Der Kardinal hob nur die Schultern. Clemens ließ sich zurückfallen und schloss für einen Moment die Augen. Sein Freund und Berater musterte ihn mit einem langen, fast liebevollen Blick. Nein, das war nicht mehr der kämpferische Erzbischof von Bordeaux, der gegen alle Widerstände Roms und die Gier Philipps des Schönen den Heiligen Stuhl nun schon acht Jahre lang verteidigt hatte.

Erst acht Jahre oder schon acht Jahrzehnte? Und wie viele schreckliche Demütigungen, Stunden der Scham und der Verzweiflung, wie viel Niedertracht durch die Großen der Welt, Intrigen, Betrug und Verrat durch geweihte Diener der Heiligen Kirche, wie viele Wölfe unter seinen Schafen hatte der Allmächtige für diesen Hirten zugelassen?

Niemand wusste besser als Kardinal Arnaud d'Aux, wie oft Clemens V. gezweifelt hatte, wie schwach er gewesen war, als es um die Aufgabe der edelsten Krieger des Kreuzes gegangen war. Aber es stimmte nicht, was alle Welt inzwischen glaubte und ihm vorwarf: Er hatte die Tempelherren und den gesamten Orden niemals verraten, verleugnet oder beschuldigt. Aber er hatte nicht entschieden genug für sie gekämpft, war weder ihrer Verhaftung noch ihrer Folterung und ihrer Vernichtung mit flammendem Zorn entgegengetreten, wie es noch Bonifatius VIII. bis zu seinem Tod gewagt hatte.

Und nun zogen sich die finsteren Wolken aus dem Norden ebenso über Avignon zusammen wie die Mistral-Unwetter.

Ganz plötzlich kam wieder Bewegung in das Gedränge auf der Brücke. Man kannte das. Auch in der Stadt reichte es manchmal schon, dass irgendeiner der Großen, der Adligen oder Kardinäle eine Straße in der viel zu eng gewordenen Stadt überqueren wollte. Dann sperrten Knechte, Mönche der Kurie oder Bewaffnete den Weg für alles gewöhnliche Volk, ihre Karren und Wagen, die Lastenträger und Viehtreiber.

Auf einmal kontrollierte keiner der Wächter mehr die Karren und Wagen, die sich inzwischen auf dem Wendeplatz zwischen Brücke und Torbollwerk angesammelt hatten. Wer nichts zu transportieren hatte, war bereits durch das offene Tor im Inneren der Stadt verschwunden. Nur noch ein Dutzend besonders auffällige oder zu ärmlich wirkende Karren und Tragetiere warteten auf Einlass. Und dann wurden sie mit ein paar Händlern, die sie vom Markt her kannten, ebenfalls in die Stadt gewinkt.

Miriam hatte rasch das Tor passiert, und niemand hatte ihr peinliche oder neugierige Fragen gestellt. Sie führte das Maultier mit dem Karren am Bischofspalais vorbei über den total verwüsteten Platz, an dem seit einigen Jahren der Markt abgehalten wurde. Die Anordnung stammte noch vom alten Bischof Duèse. Sie war die Antwort darauf, dass am alten Markt vor dem Friedhof von Sankt Peter und Paul immer öfter die Schweine aus den schlichten Gattern ausgebrochen waren und dann die Gräber aufgewühlt hatten. Darüber hatten sich zwar nicht die Toten beschwert, aber die Weiber und Mädchen, die sich im Lorbeergebüsch ein paar Geldstücke hinzuverdienen wollten, wenn die Waren verkauft oder die meisten Männer in den Kneipen und Tavernen eingekehrt waren.

Miriam fuhr am *Rocher des Domes* vorbei wieder hangabwärts in Richtung Osten. Sie wollte möglichst schnell ins *Carrière*, das Judenviertel auf der anderen Seite des Felsens. Im Stadtteil Balance auf der Westseite des Felsens zum Flusshafen hin, wo seit der Römerzeit die jüdische Synagoge gestanden hatte, durften sie nicht mehr leben. Vor knapp hundert Jahren hatte hier ein Christenbischof sein Palais gebaut und ihnen dafür einen Platz auf der Ostseite zugewiesen. Miriam kannte weder die Gründe dafür noch bedauerte sie den Umzug sämtlicher Juden, der noch immer von einigen Alten beweint wurde.

Nur wenig später bog der Maultierkarren in eine schmale Gasse ein, an deren Ende noch die Überreste einer römischen Stadtmauer zu sehen waren. Sie fuhren langsam durch die Rue Peyrollerie, die Straße der Kesselflicker, und an der Kirche Peter und Paul vorbei. Dann nahmen die engen Straßen der unteren Stadt und des jüdischen Viertels sie wieder auf.

Es schien, als wären die Häuser rings um die Synagoge durch die Unwetter und die immer wiederkehrende Plage des kalten Mistrals zu einem einzigen Häusergewirr zusammengebacken. Im Gegensatz dazu konnte sie überall Wunden in der übrigen Stadt sehen – Bauflächen mit Trümmerhaufen und hochragenden Balken, über denen die Bergketten der Alpen und der Mont Ventoux mit seinem weißen Gipfel viel näher wirkten, als sie wirklich waren.

Jetzt aber nahmen in der gesamten Stadt die Bauleute und Händler ihre laute Arbeit wieder auf. Über den Lärm hinweg riefen sie sich über Straßen und Bauplätze hinweg zu, was sie gesehen, erlebt oder gerade erst gehört hatten.

Dem päpstlichen Hofstaat mit Dutzenden von Bediensteten waren Handwerker und Händler gefolgt – zumeist aus der Toskana und den Städten Oberitaliens. In den vergangenen vier Jahren hatte sich die zuvor eher verträumte Stadt in eine einzige, fast durchgehend italienisch geprägte Baustelle verwandelt. Ein Dutzend Kardinäle mit ihrem eigenen Hofstaat hatten sich die besten Häuser der Stadt angeeignet, und nicht immer war es bei den Käufen sonderlich christlich zugegangen.

Inzwischen platzte die Stadt aus allen Nähten, und viele neue Gebäude entstanden bereits vor der Stadtmauer und dem Flüsschen Sorgue, das wie der Graben eines großen Burgwalls die Stadt im Süden und Osten umschloss.

Miriam wusste von ihrem Großvater, dass der Kirche

vor dem Umzug von Carpentras in den Bischofspalast nur eine Templerkommende und ein Haus der Hospitaliter innerhalb der Stadt gehört hatte. Jetzt planten und bauten vor der Stadtmauer im Osten die Augustiner und Karmeliter, im Süden Franziskaner, im Westen zwischen Stadt und Fluss die Dominikaner größere Klöster. Schon war in der Stadt selbst kaum noch Platz für all die zugezogenen Handwerker, Bauleute und Tagelöhner, für Künstler und Vagabunden, Kleriker, Händler und Diebe.

»Die Juden waren wieder die Letzten«, sagte der Heilige Vater mit einem tiefen Seufzer. Er hatte noch etwas im Kaminzimmer geschlafen. Und nun, nach einem Schälchen Cassoulet, wie es in seiner Heimat aus Bohnen, Entenfleisch und Knoblauchwurst zubereitet wurde, und einem zweiten Becher mit heißem Würzwein fühlte er sich besser.

Genau genommen war noch immer Fastenzeit, aber die Medici des Heiligen Vaters hatten nach Einblick in ihre astrologischen Kreise und Tabellen beschlossen, dass die Gesundheit des Heiligen Vaters wichtiger sei als allzu starre Fastenregeln.

Dennoch wussten alle, das er in dieser wichtigsten Woche der Christenheit nicht mehr in die Kathedrale von Avignon gehen oder mit einer Sänfte gebracht werden konnte. Weder die Ärzte noch die für ihn verantwortlichen Kurienkardinäle wollten riskieren, mit einem Sterbenden aus der Messe zurückzukehren. Sie ließen ihn seinen Gedanken nachgehen, die ihn beschäftigten und gnädig ablenkten.

»Dabei ist eigentlich verwunderlich, wie wenig Juden wir hier in Avignon haben und wie viele es in den vergangenen Jahren in ihrer Stadt Carpentras und in unserer Grafschaft geworden sind.«

Er ging bedächtig zum großen Tisch in der Mitte des Raumes. Es war, als wollte er allen in seiner Nähe noch einmal beweisen, was er durch ungebrochenes Gottvertrauen und die Kraft seines Glaubens bewirken konnte.

Die Bediensteten hatten eines der beiden großen Fenster etwas geöffnet und mit einer Schnur festgebunden. Draußen wehte es noch, aber es stürmte nicht mehr so stark. Aus eigener Kraft goss er sich aus einer Kanne mit arabischen Verzierungen und dicken Edelsteinen in zwei der bereitstehenden, ebenfalls kostbaren Becher Wein aus dem eigenen Gut nördlich der Stadt ein. Krug und Becher waren ihm von Marco Ambrogio, einem seiner wichtigsten italienischen Händler in der Stadt, geschenkt worden. Nur wenige Eingeweihte wussten, dass der erst dreißigjährige Kaufmann bei seinen ausgedehnten Reisen hin und wieder auch in geheimer Mission des Papstes unterwegs war. Er reichte einen der gefüllten Becher an Arnaud d'Aux.

»Noch nicht herausragend«, sagte er, »aber in ein paar Jahren wird dieser Wein des Bischofs von Avignon zu den Kostbarkeiten der Grafschaft zählen.«

»Ein Châteauneuf du Pape«, sagte der Kardinal mit einem nachsichtigen Lächeln. »Obwohl er eigentlich der Wein des Bischofs oder Kardinals nach der Burg heißen müsste, die unser etwas verschwenderischer Jacques Duèse in den Weinbergen an der Durance angeblich als Sommerhaus begonnen hat.«

Sie tranken einen Schluck, während die Nacht den Tag ablöste. Einige Lakaien brachten schweigend Leuchter mit duftenden gelben Bienenwachskerzen. Sofort verbreitete sich ein angenehmes Licht im Wohnraum des Papstes.

»Die Juden können froh sein, dass sie in diesen gottlosen Zeiten in diesem Teil des Kirchenstaates einigermaßen sicher leben dürfen«, antwortete der Vertraute des Papstes. »Wir können bei allen Vorbehalten nicht auf sie verzichten, wenn Avignon wachsen und zum neuen Rom werden soll.«

»Wie Recht du hast«, sagte Clemens V. »Seit ich die Templer so schrecklich verleugnen musste, um unsere Heilige römische Kirche zu retten, ist niemand mehr da außer den Juden, der sich auf Geld versteht. Ich jedoch ... ich komme mir seither nicht wie der Nachfolger Petri, sondern wie der von Judas vor.«

»Das halbe *Comtat Venaissin* besteht inzwischen aus Juden«, sagte Arnaud d'Aux mit einem nachdenklichen Seufzer. »Nun ja, vielleicht noch nicht das halbe, aber man spricht inzwischen schon von den *Juifs du pape* – den Juden des Papstes, wenn es um die Vertriebenen aus Frankreich geht, die hier wieder Freunde, Verwandte und eine neue Heimat finden.«

»Vielleicht ein kleines Stück vom Paradies und vom Gelobten Land, das ihnen erst die Römer, dann die Mamelucken, schließlich die Kreuzritter und jetzt die Sarazenen immer wieder vorenthalten haben.«

»Willst du Avignon tatsächlich zum neuen Rom oder gleich zu einem himmlischen Jerusalem für die Henker des Herrn machen?«, fragte der Kardinal missbilligend. Er war der Einzige unter den Purpurträgern, der so mit dem Heiligen Vater reden konnte. Sie kannten sich schon aus der Kinderzeit, seit sich die verzweigte Verwandtschaft der de Goths zu Familienfesten auf dem Land der Gascogne trafen. Clemens blickte den Neffen lange an.

Arnaud, der inzwischen auch schon fast fünfzigjährige Bischof von Poitiers, war bereits in Bordeaux sein Freund und Stellvertreter gewesen. Er hatte sich als Botschafter des Heiligen Stuhls in Paris und in England bewährt und sich bei König Eduard II. und dessen Ehefrau Isabella de France so viel Vertrauen erworben, dass beide ihn zu ihrem Beichtvater ernannt hatten. Arnaud war erst seit einem Jahr Kardinal. Dennoch hatte er als Vorsitzender im Prozess gegen die Templer ihren Freispruch erreicht. Seitdem sahen Philipp der Schöne und die Nachfolger von Guillaume de Nogaret in ihm einen noch größeren Feind als im kränkelnden Papst.

»Auch wenn es dem König von Frankreich und einigen meiner Kardinäle nicht gefällt, sage ich, dass wir gerade jetzt mehr Juden brauchen«, sagte der Papst. »Die Familie unseres Erlösers ist nach der Flucht aus Palästina hier in der Provence gestrandet. Juden und Araber haben das Land mehr als wir Christen geprägt. Und wenn das Heilige Land für uns ebenso verloren ist wie das unheilige Rom, dann kann von hier … aus dieser Stadt, dieser Grafschaft der Weltuntergang, die Apokalypse und der Sieg Satans verhindert werden!«

»Also doch ein neues Jerusalem schon hier auf Erden?«

»Nein, mein lieber Arnaud, das soll durch die Kathedralen geschehen. Von Anfang an galten sie als die Brücken und Treppenstufen aus buntem Licht bis zum Thron des Allmächtigen. Daran glaube ich nach wie vor mit ganzem Herzen, auch wenn noch niemals eine Kathedrale die letzte, ursprünglich geplante Vollendung und Bestimmung erfahren hat. Bei alledem, was unsere Kirche und ihre Baumeister in den vergangenen Jahrhunderten getan haben, fehlt irgendetwas. Wir sind wie totes Holz, aus dem stets neue Figuren und Erscheinungsformen mit grober Hand herausgeschnitzt werden.«

»Was willst du damit sagen?«

»Wir haben keinen Saft mehr in uns, treiben keine frischen Knospen, leben nicht mehr so, dass wir blühen und betörend duften können wie die Veilchen und der Lavendel auf den Feldern.«

»Waren die Katharer vor hundert Jahren oder die Templer unserer Zeit denn etwas Neues? Oder wollten sie nur das Alte als Tradition verewigen?«

»Ich fürchte, du verstehst mich nicht«, sagte der Papst mit einem tiefen Seufzer. »Keiner der Kardinäle, der Könige und Fürsten sollte sein Maul aufreißen und mich schmähen, weil ich in einer Grafschaft residiere, die dem Kirchenstaat gehört, und nicht im elendigen, hasserfüllten und zerstrittenen Rom der römischen Kanaillen wie den Orsinis und Colonnas! Was werfen sie mir vor? Ist denen und euch allen niemals aufgefallen, wie selten Päpste im vergangenen Jahrhundert in Rom gewesen sind? Ich habe ihre Abwesenheit aus der Ewigen Stadt einmal Woche für Woche und Jahr für Jahr nachgerechnet. Weißt du, was dabei herauskommt? Ich sage es dir: vierzig Jahre! Nur vierzig Jahre in einem vollen Jahrhundert! Und ich bin gerade erst vier Jahre hier in Avignon, und davon in den Sommermonaten auch in Carpentras oder im kühleren Priorat Groseau bei Malaucène …«

»Du redest lange, wenn du eigentlich etwas verbergen willst«, sagte Kardinal d'Aux. Er lächelte sehr nachsichtig.

»Aber vielleicht sind uns die Worte ja gegeben, damit sie uns beschützen und unsere wahren Gedanken verbergen …«

Kapitel 6

In der Rue Jacob

Der Karren erreichte das Haus, in dem Miriam mit ihrem Großvater wohnte. Sie ließ das Maultier anhalten und schloss die eine kleine Pforte im Hoftor auf. Behände stieg sie über den fast kniehohen, hölzernen Rahmen, der streunende Hunde und Katzen, aber auch Geister und Dämonen aus der Tiefe abhalten sollte. Innen im geräumigen, aber bereits dunklen Hof lief sie sofort auf die Tür des Hauses zu, das nun seit vier Jahren ihr Zuhause war. Sie eilte durch die schmale, mit Steinplatten gepflasterte Diele in die Küche und entzündete eine Öllampe mit einem Schirm an der Glut im großen Herd.

Sie dachte daran, wie bedächtig es in der Stadt zugegangen war, als sie und einige andere im März des christlichen Jahres 1309 mit gebührendem Abstand hinter dem Gefolge von Papst Clemens V. von Carpentras aus bis nach Avignon gezogen waren. Damals war sie dreizehn Jahre alt gewesen, und ihre nackten Füße hatten schon nach der halben Strecke geblutet. Auf dem fast zwanzig Meilen langen, steinigen Weg hatte sie viel geweint. Sie hatte nicht verstanden, warum ihr Großvater ausgerechnet dem obersten Priester der Christen folgte, bei dessen Krönung in Lyon ihr eigener Vater und einige andere umgekommen waren …

Ohne besondere Hast ging sie wieder über den Hof und hängte die Lampe an einen Haken der inneren Hausmauer. Dann sah sie hinaus. Nach links, zur östlichen Stadt hin, konnte sie die Mauern der Synagoge auf dem Place Jérusalem erkennen. Dort war niemand auf der Rue Jacob zu sehen. In der Richtung, aus der sie gekommen war, schöpften im Schein von Fackeln einige Frauen und Männer Wasser aus einem vollgelaufenen Keller. Es waren Juden aus dem Norden Europas, die wohl geglaubt hatten, dass es in dem sonst so milde anmutenden Klima der Provence keine verheerenden Stürme und Unwetter wie bei ihnen geben könne.

Eliahs Haus in der Mitte der Rue Jacob hatte in Richtung Norden, aus der mehrmals im Jahr der kalte Mistral kam, keinerlei Fensteröffnungen. Zur Straße hin waren bei Tag erst in der oberen Etage fünf Fensteröffnungen sichtbar. Zwei davon gehörten zum Arbeitsraum des Großvaters, zwei weitere zum Raum der leichteren Waren und Muster, die der Großvater nicht nur bewachte, sondern auch schnell für Besucher und Gäste zur Hand haben wollte. Hinter dem letzten Fenster lebte sie selbst, wenn sie nicht im Haus, im Hof oder in der Stadt unterwegs war. Genau genommen stand der kleine Raum dahinter ihrem älteren Bruder zu. Da Seder sich aber nur wenige Tage im Jahr gezeigt hatte, war sie mit ihm und dem Großvater überein gekommen, dass Seder zwar alle Rechte am Raum zur Straße hin behielt, sie selbst aber dort wohnen durfte, solange er damit einverstanden war. Als Gegenleistung zahlte sie ihrem Bruder einmal im Jahr eine Münze als Abgeltung.

Sie öffnete die eisernen Riegel des Hoftors. Von außen konnte niemand sehen, dass die Bohlen auf der Innenseite mit schwerem Rüstungsblech und quer gelegten Eisenketten verstärkt waren.

Hinter der glatten Hauswand aus mächtigen, sorgsam verfugten Feldsteinen befand sich ein großer Wohn- und Versammlungsraum, der nur auf der anderen Seite Fenster, einen eigenen Eingang und eine Küche mit Vorratskammer und einem Kellergewölbe für Wein und gewisse Waren besaß, die nicht herumliegen oder von anderen gesehen werden sollten.

Miriam führte das Maultier mit dem Karren in den Hof, nahm ihm das Zaumzeug ab und ging einmal um es herum, um zu sehen, ob es sich im hastigen Aufbruch und all dem Gedränge verletzt hatte. Dann führte sie es in seinen kleinen Stall neben einem Schuppen mit schrägem Dach an der Rückwand des Hofes. Nur zwei Schritte vor der Stalltür stand ein Pfahl mit Klettersprossen und einem leeren, hölzernen Taubenhaus an der Spitze. Die Brieftauben, auf die Eliah stets stolz gewesen war, waren erst vor kurzem in einer bewölkten Nacht Opfer von Dieben geworden. Miriam hatte sich ihre Gedanken darüber gemacht, aber nichts gesagt.

Bis auf ein paar kleine Schrammen, die schon wieder verschorft waren, konnte sie im schwachen Licht der Öllampe keine Verletzungen an ihrem Maultier entdecken. Sie steckte einige Möhren aus der ersten Ernte in eine hölzerne Krippe und füllte den leeren Wassertrog. Als sie sich wieder dem Karren und seiner Ladung zuwandte, bemerkte sie, dass das Hoftor noch offen stand.

Sie musste all ihre Kraft aufwenden, um die schweren Torflügel wieder zu schließen. Erst als auch die kleine Pforte mit einem schmatzenden Geräusch zugeschlagen und verriegelt war, bewegte sich etwas auf dem schräg stehenden Karren.

»Du hast dir sehr viel Zeit gelassen«, tadelte der Großvater. »Was für ein schrecklicher Tag für einen alten Mann!«

Sie kannte das schon und überhörte die Klage, denn gleich darauf straffte sich der Körper des Dreiundsechzigjährigen. Mit erstaunlich kraftvollen Bewegungen schälte er sich aus den Tüchern und Ziegenfellen.

»Sieh zu, dass du für den da und deinen Bruder heiße Brühe beschaffst«, sagte er dann. »Seder und ich bringen ihn erst einmal ins Kellerbad, um ihn zu reinigen. Wenigstens äußerlich, denn an seine Seele komme ich nicht heran. Ich möchte nur wissen, was ihr euch dabei gedacht habt!«

»Ich habe nur getan, was selbstverständlich war ...«

»Das habe ich gesehen!«, unterbrach er. »Ein Dutzend andere auf der Brücke ebenfalls. Wenn mich nicht alles täuscht, sogar der Papst oben an den Fenstern vom Palais und sein Freund, der Kardinal d'Aux.«

»Hätten wir den Mann unter der Brücke ertrinken lassen sollen?«, protestierte sie ohne Furcht. Ihr Großvater winkte nur ab. »Das Pferd hätte uns sicher mehr eingebracht als dieser spacke Goy, der noch nichts ist und bestenfalls wie einer dieser weichlichen Studenten aussieht.«

»Woher willst du das wissen?«

»Ach was! Los, komm schon, sonst ersticken er und dein meschuggener Bruder noch im Gestank in dem Karren! Ich möchte schwören, dass wir schon bald Besuch bekommen werden. Bis dahin muss hier alles nach Knoblauch und Lavendel duften.«

Noch roch es in Eliahs Hof so streng wie in der Straße der Färber am Flüsschen Sorgue direkt vor der Stadtmauer. Das Unwetter hatte auch in der Rue Jacob die Abtritte und

Gossen in den schmalen Lücken zwischen den einzelnen Häusern aufgewühlt. Eliah schnäuzte sich über den Handrücken hinweg. Mit einem schnellen Blick überprüfte er die Ladung auf dem Karren. Dann wickelte er seinen Enkel aus den Tüchern.

»Bist du verletzt?«, fragte Eliah streng. Er hatte Seder seit Monaten nicht mehr gesehen. »Wo warst du eigentlich die ganze Zeit?«

»Nur Schmerzen von den Büßerketten. Und ich war in einem verdammten Folterkeller der Dominikaner.«

»Ein halbes Jahr lang? Hier in Avignon? Und ich habe nichts davon gewusst?«, fragte Eliah ärgerlich. »Das glaubst du doch selber nicht!«

»Sie haben mich zuerst in ihrem Kloster vor der Stadtmauer festgehalten. Es wäre mir wegen einiger riskanter Geschäfte und ein wenig Eifersucht eines Kardinals wahrscheinlich schlecht ergangen, wenn ich nicht auf allerhöchsten Befehl herausgeholt und in die Katakomben im *Rocher des Domes* gebracht worden wäre. Es hieß, ich würde frei kommen, wenn ich heimlich deine Brieftauben organisiere und nach Paris bringe.«

»Warum heimlich? Warum konntest du mich nicht ganz einfach fragen?«

»Weil das, was ich tun sollte, niemand wissen durfte – nicht einmal du! Aber ich beschaffe dir neue Täubchen, sobald ich die Gelegenheit dazu habe.«

»Was sind das für geheime Geschäfte, aus denen du nicht einmal einen Vogel bezahlen kannst?«, schnaubte Eliah erbost. »Habe ich dich dafür jahrelang unterwiesen? Und hast du nichts Besseres bei den Christen gelernt? Außerdem waren die Höhlen im *Rocher des Domes* keine Katakomben von Christen. Das sagt man nur in Avignon.

In Wahrheit gehen die Gänge und Aushöhlungen bis in die Zeit der Menschen vor der Sintflut zurück.«

»In die Zeit Abrahams und Noahs?«, spottete Seder. »Dann müssten hier auch Spuren der Arche oder der Überlebenden der Sintflut zu finden sein!«

Eliah starrte ihn an, ohne zu antworten. Was wusste denn sein weit herumgekommener Enkel in seiner ganzen Überheblichkeit von den Geheimnissen des Landes und der Vergangenheit – ja, von den Höhlen an der Dordogne, in denen Männer, die er kannte und denen er vertrauen konnte, Zeichnungen gesehen hatten – Bilder von fliegenden Himmelsstieren, schrecklich zottigen Orks wie in den Überlieferungen der Griechen und der Babylonier aufmerksam beschrieben mit riesenhaften Ohren und Stoßzähnen, die wie die Tuben und die Krieghörner der römischen Legionen aufgebogen waren.

Nichts wusste Seder! Absolut nichts! Ihm missfiel seit Jahren, was sein kluger, skrupellos gewordener Enkel tat, aber er konnte ihn andererseits auch verstehen. »Ich will nicht wissen, wen du bestohlen und belogen oder um sein Hab und Gut gebracht hast. Ich will nur eines wissen: Hast du bei deiner Flucht jemanden erschlagen, geschwängert oder am Sabbat Blut berührt?«

»Nein.«

»Dann fass mit an! Der Knabe muss trocken gelegt werden!«

»Wäre das nicht eher etwas für Miriam?«, grinste Seder. »Sie ist im Alter, in dem ein Weib das lernen sollte ...«

Eliah warf ihm nur einen einzigen flammenden Blick zu.

»Schon gut, schon gut!«, wehrte Seder ab. Wortlos ergriffen die beiden den Fremden und trugen ihn über den Hof. Miriam öffnete die Haustür, aber Eliah wollte keine weitere Hilfe. Er ging in der Diele an einer ungewöhnlich prächtigen Treppe mit Steinstufen und einem schweren, holzgeschnitzten Geländer in die obere Etage vorbei in die Küche. Ohne zu keuchen trugen die beiden den Ohnmächtigen bis zur Kammer mit Vorräten. Es dauerte eine Weile, dann hatte Eliah trotz seiner Last eine versteckte Tür zum Keller hinter einem hölzernen Regal geöffnet.

Seit er in Avignon lebte, hatte er sich angewöhnt, in der Öffentlichkeit weißhaarig, alt und betulich aufzutreten. Niemand außer den Freunden und Angehörigen der Familie musste erfahren, dass sein weißes Haar nur eine Perücke, sein eingefallen wirkendes Gesicht nur gespielt und seine zittrigen Bewegungen Theater waren. Es war nicht gut, wenn andere erkannten, wie viel Gesundheit, Kraft und Energie noch immer in dem alten Juden steckten.

»Los jetzt, lass ihn hinunter!«, befahl er. »Und du wäschst dich ebenfalls und bleibst bei ihm, bis ich dich wieder nach oben hole.«

»Was? Ohne Licht und frische Luft da unten? Ich war lange genug in Gefängnislöchern.«

»Du weißt, wo die Tür ist«, sagte Eliah hart. »Aber du wirst nicht weit kommen heute Nacht. Sie passen auf, und sie suchen dich! Die Dominikaner ebenso wie die Stadtwachen.«

»Aber ich habe nichts getan!«, stieß Seder beschwörend hervor. »Glaub mir doch, Großvater! Es ist alles nur eine Verfolgung ... falsch Zeugnis gegen mich ... Schikane von Menschen, die uns seit Jahrhunderten hassen! Einer der wichtigsten Vertrauten des Papstes hat mich schließlich herausholen lassen und mit einem gefälschten Brief und einigen Tauben nach Paris geschickt.«

»Mit einem gefälschten Brief und *meinen* Tauben?«

»Ja, aber nicht mit allen …«

»Und wo sind sie jetzt, du missratener Sohn meines Sohnes? Hörst du noch irgendeine? Nein? Nichts mehr? Ja, jetzt weißt du es: sie sind weg … sämtliche Brieftauben sind weg!«

Seder zog den Kopf ein und antwortete nicht. Gemeinsam schleppten sie den blonden Fremden über die dunkle Kellertreppe tiefer. Sie legten ihn in der Finsternis ab, dann ging Seder kettenschlagend wieder nach oben und holte eine Laterne aus Terrakotta mit einem blakenden Kerzenstummel. Erst jetzt wurde sichtbar, wie eigenartig der Kellerraum geformt war. Die Schatten der beiden Männer glitten über die gewölbte Decke. An einer der Schmalseiten des Raumes befand sich ein in den Fels gehauener Altar mit einem Leuchter und einer geschlossenen Thora-Rolle. Genau gegenüber begann ein kaum einen Schritt breiter Gang. Nach drei, vier Schritten versperrte eine mit Eisenbändern beschlagene, oben abgerundete Tür den weiteren Weg.

Sie trugen den blonden Fremden an alten Schemeln und Waschgerätschaften vorbei bis zu einer hölzernen Liege neben einem quadratischen dunklen Loch im Boden. Ein eisernes Geländer führte an einer Seite hinab. Als Seder mit der Laterne in die Öffnung leuchtete, wurden Stufen im Stein bis in eine klare, schwarze Wasserfläche sichtbar – fließendes Wasser, das trotz des Unwetters und der schmutzigen Strudel auf den Straßen draußen nicht von oben, sondern sauber aus einer kleinen Öffnung in der Wand kam.

»Wasch dich und dann ihn!«, befahl der Großvater. Er wartete nicht auf Zustimmung oder Widerspruch. »Wir bringen ihn in das Schlafzimmer deiner Eltern, wenn du fertig bist.«

Er erwachte davon, dass es in der Dunkelheit nach Brot roch – nach Brot und Rosmarin, Knoblauch und Lavendel. Ein wohliges Gefühl überkam ihn in den glatten warmen Laken, obwohl sich alles bis tief unter seine Haut an Wasser zu erinnern schien – an strömendes, gurgelndes, schäumendes Wasser des großen Flusses. Und dann an eiskaltes, ungeheuer klares und ins Fleisch schneidendes Wasser …

Er stöhnte auf und wälzte sich herum. Das Zittern seiner Glieder kam nicht von der Kälte des Wassers. Er waren die Erinnerungen an Vorstufen zur Hölle, die seinen nackten Körper züchtigten wie einen armen Sünder, dem mehr als eine Buße auferlegt war.

»Was tust du hier, Smaragdus?«, flüsterten seine Lippen. »Und wo bist du eigentlich?«

Er tastete mit beiden Händen das Laken links und rechts von seinem Körper ab, streckte die nackten Beine aus und bewegte vorsichtig den Kopf. Er spürte ein Brennen an der Stirn und ein dumpfes Kissen an seinem Kopf. All seine Glieder fühlten sich schwer wie in Blei eingegossen an. Gleichzeitig schwebte er und konnte sich an nichts mehr erinnern – ganz so wie in der Kathedrale von Notre Dame, wenn er und andere Studenten sich in manchen Nächten den Spaß gemacht hatten, zu viel betäubenden Weihrauch in der Sakristei abzubrennen.

»Nein«, sagte er dann wie durch eine plötzliche Erkenntnis. »Wer sie auch sind, die dich in dieses wunderbare Bett gelegt haben, sie wollen dich nicht umbringen, und für den Sarg ist es zu breit und viel zu weich gepolstert!«

Also lebte er noch und würde dies auch noch eine Weile weiter tun, wenn er sich anständig benahm und keine Fehler machte. Zutiefst erleichtert über die angenehme Bewertung seines Daseins ließ er sich in die Kissen zurück sinken.

Aber wer war er?

Ein nackter, kürzlich erst gebadeter und betörend wohl riechender Mann. Ein junger Mann. Mit straffer, glatter Haut, klarem, vielleicht noch etwas einfältigem Verstand und einem weichen Bartflaum im Gesicht. Mehr konnte er in der Dunkelheit nicht erkennen und erinnern. Er spürte, dass er eigentlich immer noch ein großes Kind war. Es drängte ihn nicht nach ritterlichen Ehren bei verbotenen Turnieren, nicht nach Siegen in irgendwelchen Kämpfen und nicht nach königlichen Auszeichnungen oder öffentlichen Ehren.

Trotzdem spürte er, dass noch etwas fehlte. Er hieß Bertrand de Comminges, genannt Smaragdus. Der seltsame Spottname stimmte ihn in gewisser Weise fröhlich, auch wenn das angesichts des Ernstes der Lage nicht angemessen schien.

Gut, und was weiter? Wo kam er her? Wo war er? Und was wollte er – entweder dort, wo er hergekommen war, oder dort, wo er sich gegenwärtig befand. Wollte er dort sein, wo er war? Noch während er überlegte, fand er die Art, wie er sich Fragen stellte, etwas ungewöhnlich. War sein Geist verwirrt worden? Oder war das etwa überhaupt eine Krankheit, an der er litt? Eine Krankheit, bei der sich ein junger, äußerlich sauberer und unversehrter Mann allein auf einem Lager befand, das er noch nie zuvor so warm und weich gefühlt und genossen hatte. Ganz plötzlich hatte er einen Verdacht: Konnte dieses wunderschöne Gefühl etwas mit dem lieblichen Wesen zu tun haben, das seit seinem Erwachen wie eine Fee, ein Engel vor seinem inneren Auge schwebte?

Miriam.

Ja, so hieß die reine Jungfrau, die ihn aus dem Fluss des Todes und des Vergessens gerettet hatte … Mariam bei den Juden, Maryam im Koran und Maria bei den Christen, ein uralter Name, dessen Bedeutung dennoch niemand erklären konnte.

Er spürte, wie sich ganz langsam doch noch ein leiser Schmerz wie von einer langen Nadel durch die Muskeln seines Leibes bohrte. Die übertriebene und gänzlich unbegründete Fröhlichkeit fiel von ihm ab wie die grüne Schale von einer unreifen Walnuss.

»Sorge dich nicht, Smaragdus«, murmelte er wie bei einem heimlichen Gebet. »Schauet die Lilien auf dem Felde, wie sie wachsen, sie arbeiten nicht, auch spinnen sie nicht. Ich sage euch, dass auch Salomo in all seiner Herrlichkeit nicht gekleidet gewesen ist wie eine von ihnen.«

Verwirrt hörte er sich selber zu. Er hatte keine Idee, warum er gerade jetzt und gerade hier die Worte aus dem Matthäus-Evangelium aussprach. Was hatten Lilien mit seiner Nacktheit gemein? Und wie passte der Name Miriam zum weisen Judenkönig Salomon?

Seine Ratlosigkeit wuchs.

»Komm endlich, neuer Tag!«, stöhnte er. »Warum quälst du mich so schwer? Auf was lässt du mich warten, und was verbirgst du in der Finsternis in mir und um mich herum?«

Und plötzlich fürchtete er sich so sehr vor dem Unbekannten, den unsichtbaren Dämonen einer fremden Nacht, dass er am liebsten aufgesprungen wäre und laut geschrien hätte. Dann aber fiel er in einen tiefen fiebrigen Schlaf zurück.

Die Glocken läuteten bereits in aller Frühe, als sei nichts gewesen. Sie riefen nicht zur Frühmesse in die Kirchen von Avignon, sondern waren ein lärmendes Dankgebet nach dem überstandenen Frühjahrsunwetter. Noch konnte niemand die Schäden an den Gebäuden und Baustellen der Stadt, in Gärten und Feldern, am Ufer des Flusses und an der Brücke beziffern.

Der Tag begann warm, voller Blütenduft und schon fast schwül. Überall in der Stadt dampfte es von den letzten Regenschauern der Nacht. In den abwärts führenden Straßen und Gassen rund um den *Rocher des Domes* plätscherten kleine Bäche über Pflaster und Rinnenränder, von denen einige urplötzlich an Kreuzungen oder direkt vor Häusern wieder im Erdboden verschwanden. An anderen Stellen sprudelten kalkweiße Wasserfontänen wie aus Bergquellen. Nach und nach erwachte das Leben nach der Unwetternacht in den Häusern und Höfen von Avignon.

Nur in der Rue Jacob blieb alles ruhig. Die Bewohner der Häuser im *Carrière* hatten gelernt, dass sie sich zu keiner anderen Zeit mehr zurückhalten mussten als in der letzten Fastenwoche der Christen. Zumindest bis zum Mittagsgeläut war es daher sicherer, wenn sie sich nicht auf den Straßen zeigten.

Miriam war schon früh aufgewacht. Sie lauschte wie sonst auch für einige Minuten mit geschlossenen Augen den Geräuschen von draußen. Dann aber erinnerte sie sich an ihren Fang aus dem Fluss. Sie lächelte, reckte sich und holte tief Luft. Ob er schon wach war?

Mit Schwung stand sie auf. Wie auch an anderen Tagen schürte sie zuerst das Feuer und rückte den Topf für den Morgenbrei zurecht. Anschließend kümmerte sie sich um die Tiere und die Sauberkeit in den unteren Räumen des

Hauses. Erst dann ging sie mit einer Öllampe in den Keller und wusch sich neben dem Becken der ehemaligen *Mikwe*. Wie stets achtete sie darauf, das nichts von ihrem Waschwasser in das Becken lief.

Wieder oben, kochte sie den Gerstebrei fertig und untersuchte nach der alten Vorschrift einige getrocknete Feigen darauf, ob sie Würmer oder Insekten enthielten. Dann nämlich wären sie »nach der Zucht des Vaters und dem Gebot der Mutter« unrein gewesen. Gleich darauf hörte sie Schritte auf der Treppe.

»Er schläft noch«, sagte Eliah, als er herunterkam. Er ging zum Hausaltar und blieb für einige Zeit vor ihm stehen. Dann setzte er sich an den großen Tisch. »Du solltest ihm eine Schale mit Fleischbrühe heiß machen.«

»Ich habe kein Fleisch gekocht in den Tagen, an denen wir auf der Insel im Fluss gehandelt und als Gaukler gearbeitet haben.«

»Dann gib mir vom süßen Brot, das noch vom letzten Sabbat übrig ist, und für deinen Bruder ungesäuertes Brot«, sagte Eliah und deutete nach oben. »Und mach für ihn – weil er als Christ das nicht essen soll – einen gebackenen Apfel mit einer guten Füllung aus Mandeln, Honig und ein wenig Mohnsaft gegen seine Schmerzen. Er hat sich hart gestoßen, als er gegen die Brücke prallte.«

»Darf ich zu ihm?«

Sie wusste nicht, warum sie so ausdrücklich fragte. Der Großvater schien keine Bedenken zu haben und nickte ohne zu zögern.

»Nimm Ringelblumensalbe mit«, sagte er und löffelte über den Napf gebeugt seinen Brei. »Ich sehe zu, dass ich die restlichen Ketten von den Gliedmaßen deines missratenen Bruders schlagen kann. Und ich weiß wirklich nicht, welche der Strafen Gottes schlimmer für uns ist – das Unwetter, das uns um den Verdienst von einer Woche auf der Insel gebracht hat, der Fremde aus dem Fluss oder dein widerspenstiger Bruder, den wir inzwischen wie einen ausgebrochenen Sklaven verstecken müssen.«

Er stand auf, nahm sich einen irdenen Krug aus der Küche und stieg in den Weinkeller hinab. Wer nur einen Keller im Haus in der Rue Jacob suchte, würde Wein finden, einen längst verschütteten Gang und sonst nichts. Schon seit Urzeiten gab es im Kreidefelsen und in der Altstadt unterirdische Gänge. Kelten und Römer hatten an ihnen gebaut, dann Flüchtlinge aus Palästina, in der Stadt eingeschlossene Sarazenen und schließlich Gruppen von Ketzern, die sich vor knapp hundert Jahren aus dem Languedoc in die Grafschaft Venaissin gerettet hatten. Viele der Gänge waren inzwischen eingestürzt, aber noch immer diente das Labyrinth verschiedensten Menschen als Zuflucht und Verbindung zwischen verschiedenen Vierteln der Altstadt.

Miriam hantierte in der kleinen, sonnigen Küche. Als der Bratapfel zu duften begann, kam der Großvater wieder aus dem Keller.

»Die Büßerketten sind ab«, sagte er. »Aber er sitzt in der Falle und kann heute nicht mehr auf die Straße. Gott schütze uns vor Augen, die irgendetwas gesehen haben, und vor den üblichen Gerüchten!«

Er stellte den gefüllten Weinkrug ab und stieg die Treppe hinauf. Seine Enkelin nahm die Schale mit dem noch heißen Honigapfel und folgte ihm vorsichtig. Eliah hatte die Tür zu seinem Wohnraum offen gelassen. Er schaute aus dem Fenster und verbarg sich hinter einem herabhängenden Wandteppich.

»Ich habe es geahnt«, sagte er nur. »Und nicht einmal die Schellen haben uns gewarnt. Der Sturm hat sie beschädigt.«

Jedes Mal, wenn Fremde im Auftrag des päpstlichen Hofes oder der Stadtoberen in die Rue Jacob oder eine andere Gasse des *Carrière* kamen, setzten sich winzige Glöckchen in den Höfen und Kellern wie die Schellen im Netz von Vogelfängern in Bewegung. In solchen Momenten der Gefahr erfüllte ein leises, schon fast himmlisches Klirren und Klingen das Judenviertel. Je nach der Art, wie kleinere oder größere Glöckchen aus Eisenblech, Kupfer oder Glas bewegt wurden, konnten die Eingeweihten erkennen, welche Warnung durch die Altstadt lief.

»Wer ist es?«, fragte sie in seinen Arbeitsraum hinein.

»Das Übelste von allen Unglücken!«, schnaubte ihr Großvater. »Dominikaner, begleitet von einem extra scharfen Hund aus dem Palast des Papstes.«

«Von Kardinal d'Aux?«, fragte sie verwundert.

»Der wäre eher eine gute Nachricht«, antwortete Eliah. »Nein, diesmal haben die Dominikaner gleich ihren Meister des Palastes mitgebracht.«

»Kardinal Pierre Godin kommt allein ins *Carrière?*«

»Nein, nicht allein, sondern mit Dominikanern, einem halben Dutzend Bütteln, drei schwer bewaffneten Rittern, Dienern, Waffenknechten und einem Schwarm von Kindern hinter sich.«

»Dann ist die Rue Jacob ja schon fast ebenso verstopft wie die Brücke gestern Nachmittag«, meinte Miriam und lachte halb bitter und halb amüsiert. Sie hatte keine Angst vor dem klerikalen Auftrieb, obwohl sich plötzlich unsäglicher Zorn mit Trauer in ihr mischte. Gegen ihren Willen schossen ihr Tränen aus den Augen. Sie wollte nicht, dass der Großvater sie wieder weinen sah. Und sie wollte nicht, dass erneut jemand schon in den Morgenstunden geholt und weggebracht wurde, sei es ihr Bruder oder der schöne fremde Mann.

Sie unterdrückte ein Schluchzen und wandte sich schnell um.

Kapitel 7

Mord und Attentat

Mit zwei, drei Schritten erreichte sie das Schlafzimmer, in dem ihre Eltern niemals eine Nacht verbracht hatten. Es war von Anfang an vollständig eingerichtet worden und doch leer geblieben.

Sie ging auf den schlafenden jungen Mann zu. Für einen langen Augenblick blieb sie neben dem großen Bett stehen. Der Fremde hatte keine ernsthaften Verletzungen. Nur eine verschrammte, rot und blau schimmernde Beule verunzierte seine hohe Stirn unter kindlich gelocktem Blondhaar. Er hatte die festen, vollen Lippen unter einer leicht schiefen Nase geöffnet. Sie bewegten sich, als ob sie sprechen oder schmecken wollten, während er schwer atmete.

Miriam betrachtete das Gesicht des Fremden und spürte, wie ihre Trauer durch ein ganz neues Gefühl verdrängt wurde. Es schien ihr wie der erste Sonnentag im Frühling. Sein helles Haar, ja selbst die glitzernden Bartstoppeln ließen den Fremden aus dem Fluss wie einen Engel aussehen. Nur der hellblond bis über beide Mundwinkel reichende Schnurrbart passte so gar nicht zu ihrer Vorstellung. Sie hatte jedenfalls noch nie gehört, dass Engel Bärte trugen – nicht einmal die Engel der bärtigen Stammväter, die wie Samson mit vollem Haar gesegnet waren.

Sie trat noch einen Schritt näher und beugte sich über sein Gesicht.

»Ja, Vater«, flüsterte er. »Es geht um das Kreuz im Herzen ... in Avignon ...«

Sie lauschte noch eine Weile, konnte aber nichts mehr verstehen. Mit ihren Fingerspitzen strich sie dem schönen Fremden ganz leicht über die Bartstoppeln auf seinen Wangen. Mit der Kuppe ihres Zeigefingers berührte sie seine Lippen. Ohne dass es ihr selbst bewusst wurde, stellte sie die Schale mit dem Apfel auf eine kleine Nachtkonsole ab.

Sie legte ihre Hand auf seinen Arm und spürte eine eigenartige, fast schon brennende Wärme, die sie wie eine unsichtbare Kraft an ihm festhielt. Ihr Herz begann wie wild zu schlagen, als sie mit der flachen Hand über seine Schulter und dann über seine straffe Brust strich. Sie wagte kaum, seine kleinen nussbraunen Brustwarzen zu berühren.

Langsam sank sie auf den Rand des Lagers und streckte ihre Beine aus. Sie beugte sich noch weiter über ihn. Mit einem weiten Bogen strich sie über den weichen blonden Flaum in der Mitte seiner Brust, dann tiefer bis zum sanften und verlockend etwas eingesunkenen Tal seines Leibes zwischen den Horizonten seiner Rippenpaare. Sein Bauchnabel war schön geformt wie eine weiße Rose in einem kleinen Brunnen. Sie blickte auf das Leinentuch, mit dem seine Hüften und Beine abgedeckt waren.

Für einen endlos langen, verträumten und ängstlichen Augenblick fühlte sie eine große Neugier und Verlockung in sich. Sie wusste, was sich unter dem dünnen Laken versteckt hielt. Oft genug war sie in Orange und anderen Städten an der Rhône an alten Römerstatuen vorbei gegangen. Einige trugen lederne Harnische und Hüftröcke zu wohlgeformten Marmorbeinen, andere, die manchmal sogar griechische Athleten darstellten, waren völlig nackt. Aber irgendetwas stimmte hier nicht. Der junge Fremde im Bett ihrer Eltern hatte kein kleines, zierliches Gemächt wie manche Standbilder von Legionären. Was sich unter dem Tuch abzeichnete, deutete in ihrer Vorstellung eher auf einen griechischen Phallos hin, der von aller Erdenschwere befreit und wie mit unsichtbaren Engelsflügeln aufgestiegen war.

Sie hatte sich schon oft gefragt, warum bei Tagelöhnern und betrunkenen Söldnern unter ihren kurzen Kitteln immer nur hängende Gemächte zu sehen waren. Sie passten überhaupt nicht zu den kunstvollen Abbildungen auf antiken Vasen.

Für einen kurzen Moment bedauerte sie, keine griechische Hetäre zu sein. Die Götter der Antike und die Weiber im Alten Testament hatten in ihrem Alter mehr gesehen als sie in ihrer strengen Zucht durch den Großvater Eliah.

Sie hob das Leinentuch an. Atemlos blickte sie auf den Phallos, der hoch aufgerichtet im Licht der Sonne glänzte. Sie biss sich auf die Lippen, schüttelte den Kopf und konnte doch nicht wegsehen. Im selben Augenblick spürte sie, wie sie von seinem Arm ganz vorsichtig umfangen wurde. Sie wollte schon erschrecken, aber er lächelte sie mit geschlossenen Augen an.

Sein Arm zog sie an seine Seite. Sie lag bereits halb neben ihm, als seine Lippen die ihren berührten. Heiß und nach edlen Salben duftend streichelten sie einander wie die Flügel von Schmetterlingen, Elfen oder verliebten Nymphen. Die Lippen sagten alles, auch als sie stürmischer und fester küssten, sich öffneten, nicht mehr voneinander lassen wollten und beide Körper beben ließen. Sie küssten und umschlangen sich, als gäbe es nichts anderes mehr in einer dunklen Welt.

Plötzlich schien sie wieder zu erwachen. Sie drückte ihn zurück, schüttelte schon fast verärgert ihren Kopf und richtete sich wieder auf. Wie konnte sie den völlig fremden Mann küssen, wenn unten vor dem Haus bereits der Meister des Palastes mit Bewaffneten und schwarzweiß gewandeten Dominikanern aufzog? Das Blut hämmerte und dröhnte in ihren Schläfen, am Hals und an den Schenkeln. Alles um sie herum drehte sich, als sie aufstand und zu den beiden Fenstern eilte, die ihr Großvater geöffnet hatte, um Sonnenlicht und erste Frühlingswärme in den Raum zu lassen.

Die Fenster befanden sich auf der rückwärtigen Seite des Hauses. Über den Schuppen und zwei einstöckige Häuser mit gewölbten gelblich roten Dachziegeln konnte sie über die tiefer liegenden Dächer der halben Altstadt hinwegsehen. Das junge Mädchen holte tief Luft, bis sie ganz langsam ruhiger wurde. Aber immer noch schluckte sie und zitterte am ganzen Körper. Sie merkte plötzlich, dass sie zwar zum Fenster hinaussah, in ihren Gedanken aber in die entgegengesetzte Richtung und zum Bett zurück schaute. Verwirrt schüttelte sie den Kopf und ballte die Hände zu Fäusten.

»Nein!«, stieß sie hervor, um ihre Gedanken und Gefühle wieder zu zähmen. Sie wollte das nicht. Es war unmöglich, vollkommen undenkbar! Schlimm genug, dass sie eine Welle von Mitgefühl für ihn empfunden hatte. Das aber hätte sie auch für ein ertrinkendes Zicklein, einen Singvogel im Netz des Fängers oder einen verfolgten Sklaven empfunden. Was auch passierte, sie würde sich niemals in einen Christen verlieben! Auch dann nicht, wenn er ein himmlischer Bote oder sogar ein blond gelockter Erzengel war, der mit einer geheimnisvollen Botschaft in die Stadt des Papstes gekommen war!

Zu viel wusste sie von dem, was ihrem Volk in den vergangenen Jahrhunderten an Erniedrigung geschehen war. Und zu viel, was ihr selbst widerfahren und ihr nur Tränen und Härte im Herzen eingebracht hatte. Sie wollte nicht wieder daran denken, aber die seltsame, friedliche Stille nach dem Unwetter war wie der Tropfen Mohnsaft, mit dem sie den Fremden beruhigt hatte. Sie verlor sich traurig in den Erinnerungen und vergaß darüber den Mann im großen Bett.

Auch jetzt, über acht Jahre später, gab es noch keine Antwort darauf, ob die tragischen Zwischenfälle bei der Krönung von Papst Clemens V. nur ein Unglück mit mehreren Toten oder ein von seinen Feinden geplanter und beinahe erfolgreich durchgeführter Anschlag auf das neue Oberhaupt der Kirche gewesen war. Miriam war bereits dreimal mit ihrem Großvater an jener Stelle in Lyon gewesen, an der eine Mauer aus Ziegeln und Marmorsäulen just in dem Moment eingestürzt und auf die Straße gekippt war, als der gerade erst gekrönte Papst in feierlichem Ornat und mit der edelsteingeschmückten Tiara auf einem Prozessionspferd entlangritt. Er war vom Pferd gestürzt, und ein großer Rubin als der wertvollste aller Edelsteine in seiner Dreifachkrone war anschließend nicht mehr aufzufinden.

Mehrere Männer aus seiner Begleitung waren von Steinbrocken erschlagen worden. Aber auch harmlose und unbeteiligte Zuschauer wie ihr Vater kamen um, deren einziges Vergehen ihre Neugierde gewesen war. Ihr älterer Bruder war damals mit einigen Schrammen davongekommen. So erzählten es alle, und Miriam hatte die Geschichte so lange geglaubt, bis sie Seder eines Nachts, als er sich allein glaubte, dabei beobachtet hatte, wie er ein Kästchen aus Rosenholz mit goldenen Schnallen öffnete.

Das Kästchen hatte mehrere große, sehr wertvoll wirkende Edelsteine enthalten. Einer davon sah durch den schmalen Türspalt wie jener seit dem Unglück vermisste Rubin aus der Papstkrone aus, der andere hatte sie an den fliederfarbenen Ring eines Bischofs erinnert.

Sie hatte weder den Großvater noch ihren Bruder auf das angesprochen, was ihr seit jener Nacht nicht mehr aus dem Kopf ging. Sie wusste, dass beide weitreichende Verbindungen hatten und dass es kaum etwas gab, das sie nicht beschaffen konnten. Aber sie wollte nicht glauben, das ihr Großvater oder ihr Vater irgendetwas mit dem seltsamen Unfall in Lyon zu tun hatten. Oder pflegten die beiden etwa heimlich Verbindungen mit den damals ebenfalls anwesenden Franzosen um König Philipp den Schönen und seinen mörderischen Kanzler Guillaume de Nogaret? Lyon gehörte mittlerweile ganz zu Frankreich, und der Papst war immer noch nicht nach Rom zurückgekehrt. In Italien schlugen sich die Großen gegenseitig die Köpfe ein, vergifteten sich und stahlen, was sie nur kriegen konnten.

Und Seder? Sie wusste nicht genau, ob sie ihm wirklich eine derart verwerfliche und geldgierige Tat wie ein Attentat auf den Papst zutrauen konnte oder nicht. Ihr Bruder mochte ein Dieb sein, ein Betrüger und ein listiger Pläneschmied, aber er war kein Mörder und erst recht kein Held, auf den andere sich verlassen würden. Sie liebte ihn, obwohl sie nahezu alles schrecklich fand, was er sagte oder tat.

In Avignon gab es viele, die weit Schlimmeres planten

und durchführten als das, was sie von Seder zu hören bekam. Außerdem war er immer noch ihr Bruder. Inzwischen der Einzige, der ihr noch geblieben war, dachte sie beklommen.

Unten im Erdgeschoss wartete Eliah auf den erbarmungslosesten von allen Kardinälen, die er inzwischen kennen gelernt hatte. Nicht auszudenken, wenn dieser Mann eines Tages der Nachfolger von Clemens V. werden sollte!

Für Eliah war der Meister des Palastes ein Herodes und Pontius Pilatus zugleich. Bei all seiner Verbindlichkeit und seinem überkorrekten Auftreten schätzte Pierre Godin die scharfe, verletzende Form des Humors, über den im Grunde nur er selbst und seine Lakaien lachen konnten. Dann gab er sich jovial und menschenfreundlich, aber er wusste nicht, was Herzensgüte und Vergebung, Nachsicht und wirklicher Humor bedeuteten.

Eliah hatte oft genug in seinem Leben miterlebt, wie nach Jahren mit sehr viel Arbeit und guten Geschäften aus heiterstem Himmel der Zorn Jehovas oder die Willkür eines Kardinals wie Pierre Godin herabfahren und auf einen Schlag alles zerstören konnte. Dann nützten ihm und anderen Juden weder Schutzbriefe noch bischöfliche oder königliche Edikte. Viele Familien der alteingesessenen Juden stammten ebenso wie ihre arabischen und später islamischen Nachbarn von den Küsten des östlichen Mittelmeers. Doch selbst die friedfertigsten und glücklichsten von ihnen, die schon seit der Vertreibung aus dem Gelobten Land in der Provence genannten Gegend zwischen dem Mittelmeer und den Alpen wohnten, mussten inzwischen ebenso Willkür und Gesetzlosigkeit erdulden wie die bedauernswerten Flüchtlinge aus dem Norden.

Alle Welt erregte sich inzwischen über den angeblichen Justizirrtum und die Foltergeständnisse nach der Verhaftung von zweitausend Tempelrittern. Sie wurden dafür bedauert, dass sie zuerst zu reich und dann über Nacht arm geworden waren, dass sie nach Schottland und Deutschland, Portugal und Masuren fliehen mussten. Doch kaum jemand sprach darüber, dass zur selben Zeit mehr als hunderttausend Juden ohne irgendein Gerichtsverfahren, ohne Beistand und ohne den geringsten Anspruch auf irgendein Menschenrecht vom König des Frankenreiches verjagt wurden.

Mehr als tausend Jahre nach der ersten Vertreibung aus Jerusalem befanden sich die Juden in der Diaspora erneut auf der Flucht. Die meisten stammten aus dem Languedoc, der Grafschaft Toulouse und den ehemaligen Hochburgen der Katharer und Albigenser in den Schwarzen Bergen. Ihr einziges Verbrechen war, dass sie jahrzehntelang der Toleranz der Reinen und der Rechtgläubigen zwischen dem muselmanischen Spanien und dem christlichen Königreich der Franken im Norden mehr vertraut hatten als ihren eigenen Erfahrungen aus den vergangenen Jahrhunderten. Sie wurden nach den Kreuzzügen vom Papst in Rom und von Philipp dem Schönen noch nachträglich in einen Topf mit den angeblichen Gotteslästerern und Ketzern geworfen und als die großen Feinde der durch Gott gegebenen christlichen Ordnung angesehen.

Nur ganz wenige Orte boten ihnen eine neue Zuflucht. Seltsamerweise gehörten die Grafschaft Venaissin und die Stadt Avignon unter Papst Clemens V. dazu. Hier hatten Philipp der Schöne und seine grausamen Häscher keinen Zutritt. Fast schien es so, als würde sich der neue Papst ganz bewusst gegen die Vertreibung der Juden durch den skrupellosen König von Frankreich stellen.

Trotz alledem machten sich die Juden keine Illusionen mehr. Denn auch hier hatten viele von ihnen Gasthöfe und Güter, Villen und Handelshäuser in der Stadt und am Fluss längst verloren – vielfach erzwungen durch die päpstlichen Anordnungen über den Verkauf von Anwesen an einen der gerade erst ernannten Kardinäle aus der Familie, die jetzt auf dem Heiligen Stuhl saß.

Noch vor der Messe in der Kathedrale besuchte Kardinal d'Aux erneut den Heiligen Vater im Kaminzimmer. Sie beteten zusammen, während er im Bett liegen blieb.

»Wer übernimmt heute die Heilige Messe in meiner Kirche?«

»Niccolò.«

»Das ist gut«, sagte Clemens. »Ich möchte nicht, dass sich Pierre Godin zu weit nach vorn drängt, wenn es mir schlecht geht.«

»Du siehst heute viel besser aus als gestern.«

»Es geht mir ganz und gar nicht gut!«, protestierte der Heilige Vater. »Siehst du nicht, wie sehr ich leide und mich empöre gegen die Ungerechtigkeit, die mir und uns allen widerfährt?«

»Willst du tatsächlich als schwaches Opferlamm gelten? Als Papst, der nach außen hin Kirche und Orden verrät, der Rom und seinen Bischofssitz aufgibt und an der Grenze Frankreichs als schwächster Gegner eines hochfahrenden Königs von Frankreich gilt ...«

»Das denken ohnehin fast alle über mich.«

»Niemand, der die Tatsachen kennt und bezeugen kann, dass du stets gegen Philipp und für die Templer warst.«

»Tatsache ist, dass ich weitaus mehr Juden als Templer retten konnte«, gab Clemens V. zurück. In den letzten Wochen und Monaten ging es bei seinen Disputen mit seinem engsten Vertrauten fast nur noch um die Schuld, die er sich mit seiner Entscheidung gegen die Templer aufgeladen hatte. »Tatsache ist auch, dass Philipp jenseits des Flusses dort inzwischen machen kann, was er will. Auf Englands ersten König Edward konnte ich mich verlassen, aber Edward der Zweite ist ein schwacher Lüstling, der dem großen Herrscher in Paris nichts entgegensetzen kann. Und was den deutschen Kaiser Heinrich den Siebenten anbetraf …« Er zögerte, lächelte kurz und schüttelte dann den Kopf. »Wie du weißt, hatte ich Heinrichs Gesandten bereits vor fünf Jahren, als ich noch in Poitiers zu Gast war, versprochen, dass ich ihm zu Mäŕia Lichtmess des Jahres 1312 persönlich die Kaiserkrone aufsetzen werde – und zwar in Rom.«

»Ja, und nicht du hast ihn dann im Vatikan gekrönt, sondern dein Kardinal da Prato. Dabei wäre Heinrichs Besuch in Rom eine hervorragende Gelegenheit für dich gewesen, den deutschen Herrscher für dich einzunehmen und seine Differenzen mit König Robert von Neapel zu schlichten. Hier in Avignon hätten wir damit einen weiteren Verbündeten, denn Robert von Anjou ist nun einmal auch unser Graf der Provence. Jetzt ist Heinrich tot, und eine Rückkehr nach Rom kommt für uns in der nächsten Zeit nicht in Frage.«

»Ich weiß«, sagte Clemens und seufzte tief. »Ich habe in den vergangenen Wochen schon daran gedacht, nach Bordeaux zurückzukehren. Ich will dort sterben und nicht in dieser Grenzstadt hier oder im mörderischen Rom.«

»Wenn wir Avignon aufgeben, gerätst du endgültig in Gefangenschaft des Königs von Frankreich«, protestierte d'Aux sofort. »Bordeaux und die Gascogne mögen noch immer englisch eingestellt sein, aber ein derartig schwacher englischer König wie Edward würde dich keine Stunde lang gegen Philipp den Schönen verteidigen! Der Heilige Stuhl in Bordeaux … da könntest du gleich wieder nach Lyon ziehen, das ja inzwischen auf Beschluss der Bischöfe dort französisch geworden ist.«

»Und Rom bleibt ein Schlangennest«, seufzte der Papst. »Doch statt offener Diskussion beschwert sich alle Welt darüber, dass ich vertrauenswürdige Neffen und keine dekadenten Zweitgeborenen aus irgendwelchen römischen Familien zu meinen Kardinälen gemacht habe.«

»Das war ganz sicher sinnvoll«, sagte Kardinal d'Aux, »aber vielleicht nicht immer klug. Inzwischen besteht die Hälfte von unseren zwei Dutzend Kardinälen aus unseren Verwandten.«

»Scheinheiligkeit!«, schnaubte der Papst. »Vorwürfe der Vetternwirtschaft gehören seit Jahrtausenden selbst für aufrichtige Fürsten zu den klebrigsten und übel riechendsten Gerüchten!«

Eine der beiden nur angelehnten Fenstertüren öffnete sich mit leisem Knarren. Irgendwo war noch ein Rest des Regens in den Rahmen hängen geblieben. Das Wasser vom Vortag spritzte bis vor das Bett des Papstes. Der Kardinal klingelte nach Bediensteten. Sofort stürzten zwei der livrierten Diener herbei. Von der anderen Seite des Wohnraumes kam ein weiß und schwarz gekleideter Dominikanermönch mit einem Stapel kleiner Leinentücher, an denen sich der Papst und seine Gäste normalerweise die Finger nach der Waschung zum Mittagsmahl abtrockneten.

D'Aux presste schweigend die Lippen zusammen. Er war sicher, dass beide gelauscht hatten, und nahm sich ebenfalls ein Tuch. Er trocknete Gesicht und Hände ab, dann verscheuchte er die allzu eilfertigen Diener und blickte aus dem Fenster.

»Ist noch etwas zu sehen?«, rief der Papst.

»Die Flutwelle ist längst vorbei und der Himmel strahlt wieder blau wie eh und je«, antwortete der Kardinal, »aber es schwimmt noch viel Gerümpel und Unrat zum Meer.«

Er sagte etwas ganz anderes, als er dachte. Seit den eigenartigen Vorfällen auf der Brücke von Avignon hatte er keine Nachricht mehr über Bertrand erhalten. Auch von Seder Ben Ariel war nichts mehr zu hören.

»Dann lass bitte das Fenster auf und geh zur Messe«, sagte der Heilige Vater. »Ich will noch eine Weile die Stille des Morgens am Karmittwoch genießen und für mich allein beten.«

Sie wusste nicht, wie lange sie traurig in der strahlenden Frühlingssonne stand. Noch immer stiegen die Bodennebel in den durchnässten Hügeln und Weinbergen auf. Immer wenn sie die Nebel über den Hügeln sah, klang ein altes Lied wieder in ihr auf, das ihre Mutter oft gesungen hatte, als sie noch Kinder waren.

Leise, ganz leise und um den schönen fremden Mann nicht zu stören, summte Miriam die Melodie jenes Troubadours, der als »Mönch aus Montaudon« bekannt geworden war. Selbst größte Klosterzucht und sein härenes Hemd hatten das Feuer seines ritterliches Bluts nicht dämpfen können. Da er Waffen nicht mehr führen durfte, stritt er mit Gesang und scharf geschliffenen Versen. Er beschimpfte sogar Gott, weil er die Farben auf der Erde zuließ, mit denen sich die Frauen die Fältchen und die kleinen Spuren ihres Alters verdecken und wegschminken konnten.

»Wenn Gott gewollt hätte, dass wir nicht altern, hätte er allen Frauen unvergängliches Wangenrot und ein faltenloses Gesicht bis zum Tod verliehen«, sang Miriam leise die Begründung des Troubadours, um gleich darauf mit dem Gegenargument zu antworten, bei dem ihre Mutter stets die Brauen hochgezogen und gelächelt hatte: »Doch wenn Gott gewollt hätte, dass sich Mägdelein und Weib nicht verschönern dürfen, hätte er sicherlich all die vielen schönen Farben und Düfte von der Erde verbannt. Die Veilchen von Narbonne ebenso wie den Lavendelduft ...«

Sie konnte nicht verhindern, dass ihr jedes Mal, wenn das Lied des falschen Troubadours durch ihren Kopf ging, Tränen über die Wangen rannen. Vielleicht lag es daran, dass dieses alte Lied niemals im nördlichen Französisch von Paris, der *Langue d'oïl* gesungen wurde, sondern in der Sprache, mit der sie selbst vor ihrer Flucht aus Okzitanien, dem Land des Südens, aufgewachsen war – der Sprache ihrer Kindheit, der melodisch-schönen *Langue d'oc ...*

Es war die Sprache der Troubadoure, der Minne und der edlen Ritter, die ihre Dienste und ihr Leben der Dame ihres Herzen schenkten. Aber es war ebenfalls die Sprache des großen Widerstandes gegen Prunk, Völlerei und Unzucht, der Gesang der Aufrichtigen und Reinen. Sie waren von Päpsten und Königen als gefährliche Ketzer und Gotteslästerer jahrzehntelang bekämpft, verfolgt, auf ihren Fluchtburgen wie Montségur ausgehungert und in unbeugsamen Städte wie Béziers oder Minerve zu Tausenden ermordet oder in die mörderischen Opferfeuer getrieben worden.

Und dann, als es offiziell keine Katharer, Albigenser und Reinen zwischen Toulouse und Septimanien mehr gab, hatten sich die Gnadenlosesten das geraubte Land, Grafschaften, Kirchenschätze und schließlich auch noch das Hab und Gut der Juden geteilt, ehe auch jene fast hundert Jahre nach dem Beginn des großen Mordens aus dem Languedoc ebenso vertrieben worden waren wie Juden im Frankenreich, die niemals etwas mit den Katharerkriegen zu tun gehabt hatten.

Sie holte noch einmal tief Luft, dann drehte sie sich um. Im selben Augenblick durchfuhr sie ein gleißender Lichtstrahl, noch heller als die Sonne im Sommer über der Provence.

Er lag mit nacktem Oberkörper und halb zurückgeschlagenem Laken über den schmalen Hüften im Bett. Lichtfunken spielten in seinen blonden Engelslocken wie in einem Heiligenschein, seine Lippen waren halb geöffnet und seine hellblauen Augen strahlten sie mit so wunderbaren Lachfalten in den Winkeln an, dass sie sich selbst plötzlich hilflos und nackt fühlte.

»O mein Gott, hilf mir!«, dachte sie nur noch, dann musste sie sich am Fensterbrett abstützen.

Nach dem Tod des Vaters beim Unglück von Lyon hatte Miriams Mutter noch zwei Jahre in Carpentras gelebt und war dann gestorben. Auch ihre drei Geschwister, zwei Jungen und ein Mädchen, die zwischen Seder und ihr geboren worden waren, lebten nicht mehr. Einer der beiden Jungen hatte sich mit achtzehn Jahren beim Sturz von der Schweineleiter auf der Flussinsel das Genick gebrochen, der andere war beim Schwimmen in den Strudeln der Durance ertrunken. Rachel, die Schwester, war erst im vergangenen Jahr ein Opfer des vergleichsweise sicheren Lebens in der Grafschaft Venaissin geworden. Während sich in anderen

Gegenden jüdische Mädchen und Frauen nach den Regeln der Talmudschulen und dem deutschen *Buch der Frommen* des legendären Rabbi Juda Ben Samuel Hachassid in Regensburg sogar als Nonnen verkleiden durften, wenn sie befürchten mussten, auf gefährlichen Wegen vergewaltigt zu werden, war das bisher in der päpstlichen Grafschaft nicht nötig gewesen.

Rachel war gerade achtzehn Jahre alt geworden, als sie ohne Arg auf dem Weg von Carpentras nach Avignon in eine Gesandtschaft des Bischofs von Bremen geraten und so grausam vergewaltigt worden war, dass sie schon halb tot war, als man sie endlich in die Rue Jacob brachte. Auch sehr viel Geld von Eliah und einige der besten, an der Universität von Montpellier ausgebildeten Ärzte hatten nichts mehr ausrichten können. Sowohl der Rabbi als auch die Abordnung der gewählten Würdenträger aus der Judenstraße hatten am päpstlichen Hof vorgesprochen und eine Untersuchung des Verbrechens erreichen können. Aber kein Anwalt und kein Kardinal war bereit gewesen, Anklage gegen die Deutschen zu erheben. Sie behaupteten, dass sie in einem Notstand im Namen des Herrn gehandelt hätten.

»Wir haben das Judenmädchen beim Hostienfrevel ertappt«, behauptete der Anführer der Deutschen. »Mindestens fünf von uns haben gesehen, wie sie in einer Waldlichtung geweihte Hostien durchstochen hat, um zu erkunden, ob das Blut des Herrn aus ihnen fließt …«

Noch nie zuvor war eine derartige Verleumdung in der Provence oder in Avignon erhoben worden. Aber der Papst wusste nur zu gut, dass genau diese Gerüchte besonders in den nördlichen Diözesen und Städten mit einträglichem Judenhandel sprunghaft zunahmen. Hostienfrevel und versiegende Brunnen tauchten immer häufiger in den geheimen Berichten an ihn auf. Und je mehr darüber gesprochen oder gerichtet wurde, umso gefährlicher wurde es für die Juden.

Nach einem langen Gespräch mit Vertretern der Juden in Carpentras und Avignon hatte er deshalb entschieden, dass nichts geschehen sollte. Außer den unmittelbar Beteiligten wusste nur Miriam, dass das Verbrechen an ihrer älteren Schwester nicht verfolgt und öffentlich verurteilt werden sollte, um keine Nachahmer aufzuwiegeln.

»Je schärfer wir die Missetaten gegen euch beklagen, umso verlockender wird es für Unbelehrbare und Fanatiker des Glaubens, dem nachzueifern, was verdammt sein sollte!«

Mit diesem abschließenden Urteil der kirchlichen Richter war der Vorgang beendet. Eher beiläufig hatte die apostolische Kammer auch noch versprochen, dass zwei Jahre lang kein Haus der Juden in Avignon, Carpentras, Malaucène und in Pernes, der Verwaltungshauptstadt der Grafschaft, enteignet oder unter Druck gekauft werden sollte. Das Versprechen galt sogar für die Häuser unmittelbar neben dem Priorat von Groseau, obwohl der Papst sich gern in dem kleinen Kloster am Beginn der Bergstraße zum Mont Ventoux aufhielt.

Miriam warf noch einen Blick auf den schönen Fremden, dann lief sie aus dem Zimmer.

Kapitel 8

Inquisition

Kardinal d'Aux bemerkte schon während der Messe im Dom, dass einer der Bischöfe fehlte. In einer überschaubaren Stadt wie Avignon mit weniger als siebentausend Einwohnern und nur einer Brücke über den Fluss ließ sich nicht sehr viel lange geheim halten. Erst recht nicht, wenn in einem der höchstgelegenen Gebäude das alte Bischofspalais stand, von dem aus argwöhnische Augen nahezu alles innerhalb der Mauern, auf der Brücke und über den Fluss hinweg beobachten konnten.

Was auch geschah – es geschah fast immer öffentlich. Seltsamerweise blieb dennoch das getuschelte Wort bei Messen oder Märkten manchmal viel länger vertraulich als Gespräche, die streng abgeschirmt hinter dicken Mauern in den privaten Räumen der Reichen und der Mächtigen geführt wurden.

An diesem Mittwoch in der Karwoche hatten der Mistral und die Überschwemmung der Rhône den üblichen Austausch von Klatsch und Neuigkeiten vor und nach den Messen keineswegs behindert, sondern bis zu allerheftigsten Gerüchten angefacht. Nur einige Alteingesessene, die sonst immer pünktlich kamen, fehlten diesmal. Dafür waren viele Fremde und erst in jüngster Zeit in der Stadt

Zugezogene in der Kathedrale aufgetaucht, hatten sich suchend umgesehen und kaum noch Platz gefunden. Das hohe Kirchenschiff wurde zum Marktplatz, in dem es lauter und aufgeregter zuging als sonst.

Kardinal d'Aux hatte in einer einfachen schwarzen Soutane eine halbe Stunde in einem Beichtstuhl der Kathedrale gesessen und einfach zugehört, was an Stimmen und Gesprächen vor dem Holzschnitzwerk vorbeiwanderte. Einige der alteingesessenen Familien, der Ratsherren und der Händler in der Stadt hätten ihn bei geöffneter Tür als Kämmerer des Papstes erkannt, aber für die meisten blieb der Bischof von Poitiers einfach einer der vielen Angehörigen der Kurie, die wie teure schwarze Raben nach den besten Saatkörnern in der Stadt pickten. Viele von ihnen wohnten sogar kostenlos und von der Stadt bezahlt, weil ihre Anwesenheit andere nachzog, die dann die überhöhten Preise zahlen mussten.

Kardinal d'Aux hatte die Feier der Messe übernommen, die früher auch von Seiner Heiligkeit zelebriert worden war. Der hohe Kirchenraum war überfüllt wie eine gestrandete Arche. Dicht an dicht standen die Menschen, um ihrem Schöpfer dafür zu danken, dass bei allen Schäden und allem Unglück nicht noch mehr Vieh ertrunken, nicht noch mehr Weinstöcke aus dem Boden gespült und nicht noch mehr Vorräte verdorben waren.

Kaum einer der eingesessenen Bewohner von Avignon haderte mit den Strafen des Himmels und der erneuten Willkür des eisigen Mistrals. Sie kannten all das seit Jahrhunderten.

Stürme und Hochwasser gehörten zur Côte du Rhône in der Grafschaft Venaissin wie der frische Lavendelduft im Sommer und die fröhlichen Stunden auf der Insel Barthelasse. Nur einige der fremden Baumeister und Gesellen, gerade erst zugezogene Maler und Handwerker und Angehörige ausländischer Gesandtschaften am Heiligen Stuhl wirkten noch immer so erschreckt und verstört, als hätten sie nur durch ein Gnadengeschenk des allmächtigen Gottes eine schreckliche Sintflut überlebt.

Auch Kardinal Arnaud d'Aux gewöhnte sich nur mühsam an das Janusgesicht der sonst so paradiesisch wirkenden Region. Er trug inzwischen prachtvollen Ornat: eine Soutane aus rotem Stoff mit einer Reihe von drei Dutzend Knöpfen an der Vorderseite, ein rotes *Zingulum* mit Quasten, dazu ein rotes römisches *Kollar* als steife Kragenleiste, rote Strümpfe, die rote *Mozzetta*, ein roter *Pilleolus* aus Seidenmoiré und ein *Rochett* aus weißem Leinen. Sein Habit wurde durch ein handtellergroßes silbernes Brustkreuz mit Karneolen, Turmalinen und einem bohnengroßen Rubin in der Mitte ergänzt. Er trug den Bischofsring mit seinem Amethyst und einen Hirtenstab, in dessen Krümmung an der Oberseite die Lazarusszene aus dem Neuen Testament in Elfenbein eingeschnitzt war.

Im Gegensatz zu vielen anderen Priestern, Bischöfen und Kardinälen ging der knapp Fünfzigjährige aufrecht und stolz. Er wollte einfach nicht wie ein zur Messfeier geneigter Priester auftreten, sondern eher wie ein Feldherr vor einer großen Schlacht. Bei aller Demut musste die Kirche nach seiner Ansicht viel mehr kämpfen und Stärke zeigen. Viele Jahre lang war das auch die feste Überzeugung des Heiligen Vaters und die von Kardinal Niccolò da Prato gewesen.

Seit aber Clemens krank war, stand er mit da Prato fast allein. Andere einflussreiche Kardinäle hatten sich spürbar und schon fast ungehörig zurückgezogen, obwohl sie eigentlich zum engeren Verwandtenkreis des Heiligen Vaters in der Gascogne und in Aquitanien zählten. Im anderen Lager rüsteten sich die Orsinis und Colonnas samt ihren Anhängern längst wieder zu einer neuen Schlacht um die Tiara. Sie konnten sicher sein, dass sie die volle Unterstützung des Franzosenkönigs bekommen würden. Die Lage war gefährlich.

Kardinal d'Aux betrachtete die festlich geschmückten Kanoniker und die vielfältigen Würdenträger des päpstlichen Hofstaates im viel zu engen Chor des Altarraums. Einige von ihnen hatten vor den Besuchern in den vorderen Reihen des Kirchenschiffs zusammenrücken müssen. Inzwischen hatten sich wie üblich viele der wichtigen Bürger von Avignon eingefunden. Der Bürgermeister war ebenso mit seinem herausgeputzten Weib und seinen vier halbwüchsigen Kindern gekommen wie Mitglieder des Rates und fast alle Meister der Handwerkerzünfte.

D'Aux entdeckte zwischen allen anderen auch Fremde, denen man noch immer ihre Herkunft aus Italien oder Süddeutschland, den Diözesen von Trier, Mainz und Köln, aus Flandern und sogar aus Spanien ansah. Avignon kam ihm auch jetzt viel zu klein für alle Angehörigen des Heiligen Stuhls und die Gläubigen von Rang und Namen vor.

Er dachte wie schon öfter in den vergangenen Wochen daran, ob sich Avignon als Residenz der Päpste überhaupt halten konnte, wenn Clemens V. nicht mehr war. Die schleichende, langsam verzehrende Krankheit des Heiligen Vaters war nicht mehr aufzuhalten, wenn nicht sehr bald der junge Mann auftauchte, den er und Clemens zum letzten Mal gesehen hatten, als er noch ein halbes Kind gewesen war.

»Smaragdus«, murmelte der Kardinal mit einem Lächeln, das bitter und zugleich hoffnungsvoll war.

Entgegen seinen Gewohnheiten kam Kaplan Mel Comyn zu spät an der Kathedrale an. Er hatte nicht mit so vielen Besuchern gerechnet. Bei gutem Wetter las Mel Comyn selbst als Kaplan der kleinen Kapelle von St. Nicolas auf der Brücke die Messe. Nach dem Unwetter musste die kleine Kirche zunächst geschlossen bleiben. Niemanden drängte es nach dem großen Sturm aus der Stadt und auf die Brücke. Und wieder waren Geländersteine und Bodenplatten aus der gerade erst reparierten Brücke herausgebrochen. Der Kaplan hatte deshalb die kleine zweistöckige Kirche am zweiten Brückenpfeiler nur früh am Morgen besucht und war dann so schnell wie möglich in die Stadt zurückgeeilt. Die Ministranten schritten bereits von der Sakristei in den Altarraum. Es wäre seine Aufgabe gewesen, sie zu überwachen. Er sah, wie Kardinal d'Aux zur Sakristei kam, kleidete sich sehr schnell um und ging ebenfalls in den Kirchenraum. Es war so eng, dass niemandem das Durcheinander in den vorgeschrieben Wegen und Abläufen der Messe auffiel.

»Wo ist Godin?«, flüsterte Kardinal d'Aux dicht vor dem Altar dem auffällig rothaarigen Chorherren zu.

»Zusammen mit dem Ritter Falkenhenn und zwei Mönchen im *Carrière*«, antworte der Kaplan. Er schwenkte eine dichte Weihrauchwolke aus einen Räucherkessel. Arnaud d'Aux hatte den jungen Schotten aus London mitgebracht. Mel Comyn war von seiner adligen Familie zur Ausbildung bei den dortigen Templern geschickt worden – nur wenige Monate bevor sein Vetter John Comyn in der Greyfriars-Kirche in Dumfries von Robert the Bruce im Streit um den Anspruch auf die Krone Schottlands erstochen worden war. Zuvor hatte John Comyn zusammen mit Bruce und dem aufständischen Braveheart William Wallace gegen den englischen König Edward I. gekämpft und einmal sogar gesiegt. Kaplan Mel Comyn mochte die Engländer nicht, doch Robert the Bruce war als König der Schotten unerträglich. So stand er wie alle anderen treu zum Heiligen Stuhl.

Der Mord in der schottischen Kirche hätte zu einer stärkeren Unterstützung Englands durch den Vatikan führen können, wenn nicht – ja, wenn nicht der König von Frankreich zugleich den Orden der Templer über Nacht ausgelöscht hätte.

Nichts blieb danach, wie es war. Mel Comyn gehörte seit sieben Jahren zur *familia* des Kardinals – jener Gruppe von Auserwählten, die jeder Würdenträger der Heiligen römischen Kirche wie eine echte Familie um sich versammelte. Er hatte inzwischen die höheren Weihen empfangen, doch der Mord von Greyfriars konnte nicht ungesühnt bleiben, und Kaplan Mel Comyn stand wie seine leiblichen Verwandten noch immer in schottischer Blutfehde gegen Robert the Bruce.

Es war dieses Geheimnis, das drei Männer der Kurie miteinander verband – den Kardinal als ehemaligen Beichtvater des englischen Königshauses, Kaplan Comyn als ehemaligen Templerschüler und Rächer der wahren schottischen Helden sowie Papst Clemens V., der von alledem wusste.

Der Heilige Vater konnte Rache und Vergeltung nicht billigen. Er kannte das schreckliche Gefühl, wenn die Empörung über Verbrechen und Unrecht das alttestamentarische Gesetz von Auge um Auge, Zahn um Zahn und damit neue Sünden legitimieren wollte. Aber er wusste auch, dass Mel Comyn nie stark genug sein würde, dem mörderischen König der Schotten zu vergeben. Er würde ihn töten, sobald er in seine Nähe kam. Nur über den Zeitpunkt und die Methoden war noch nicht entschieden. Zu viel musste bedacht werden – in Schottland ebenso wie in England und Frankreich, dem Imperium und Italien. Und zuallererst in Avignon. Kaplan Mel Comyn hatte Zeit. Er war sogar bereit, auf einen nächsten Papst zu warten, einen, der ihm vergeben würde, wenn er den durch Kirchenmord auf den Thron gekommenen König der Schotten bestrafte …

Das wunderschöne, engelsgleiche Mädchen hatte kaum das sonnenhelle Zimmer verlassen, als ein neues Geräusch Bertrand zusammenfahren ließ. Er kam sich immer noch wie in einem Traum vor. Er wollte sehen, was unten auf der Straße im Hof und im Haus geschah, als ihm jemand eine Hand auf die nackte Schulter legte.

Sie war so kalt, als hätte sie an diesem Sonntag noch keine Sonne auf der Haut gespürt. Seit er von seinem Vater zum ersten Mal hinter Klostermauern gebracht worden war, hasste und fürchtete Bertrand jeden, der sich von hinten anschlich und ihm ohne Grußwort und jede Warnung die Hände auf seine Schultern legte. Er hatte nichts dagegen, wenn starke Finger nach einem Bad oder einem Lauf durch morgenfrische Wiesen seine Muskeln kneteten, wenn er mit Olivenöl eingerieben und ausgiebig massiert wurde. Aber nicht heimlich, wie eine verbotene Liebkosung oder eine allzu vertraut wirkende Geste von Brüdern, denen wegen gewisser Neigungen überall die schwersten Strafen drohten.

»Nein, sag jetzt nichts!«, sagte eine junge Männerstimme, die ganz und gar nicht sanft und schmeichelnd wirkte. Er wollte sich schon räuspern, aber die Stimme wurde von selbst leiser: »Ich bin es, dein Begleiter aus den nassen, stinkenden Stoffbahnen auf dem Maultierkarren meines Großvaters Eliah. Er und meine allerliebste kleine Schwester Miriam müssen zuvor noch ganz andere Dreckschweine als uns beide auf ihrem Karren transportiert haben!«

»Was geht hier vor?«, fragte Bertrand. »Und was ist eigentlich passiert?«

Seder ließ seine Schultern los und warf sich neben ihn auf das zerwühlte Lager. Sein Gesicht und sein Körper glichen einer abgemagerten römischen Marmorstatue, nur etwas dunkler, olivfarbener und mit kurzen, flauschigen schwarzen Haaren auf Brust und Unterarmen, den Wangen und am Kopf.

Sehr seltsam, dachte Bertrand, warum trug er die Haare so kurz, als wären sie erst vor ein paar Tagen abrasiert worden?

»Gefängnislöcher«, kam sofort die Antwort, obwohl Bertrand nichts gefragt hatte. »Ich bin übrigens Seder Ben Ariel, der letzte Enkel des ehrenwerten Juden Eliah von Carpentras, dem das Haus hier im *Carrière* von Avignon gehört. Und vaterlos, seit diese Mauer bei der Krönung eures Papstes in Lyon eingestürzt ist und meinen Vater nebst ein paar Christen erschlagen hat.«

»Das tut mir Leid. Mein Name ist ... Smaragdus ... »

Er stockte unwillkürlich. Ein heißer Schauder rann durch seine Adern. Irgendetwas mit seiner Erinnerung stimmte nicht. »Ich meine ... Bertrand von Comminges«, korrigierte er mühsam. »Ich glaube, ich war Student bei Meister Eckhart an der Sorbonne in Paris.«

»Meinst du etwa Eckhart von Hochheim aus Thüringen?«, fragte der junge Jude. »Dann irrst du dich, denn dieser Mann lebt längst in Straßburg oder ist zu Fuß in Süddeutschland unterwegs.«

Bertrand verlor vor den Schmerzen in seinem Kopf fast das Bewusstsein. Er wusste nur noch, dass er den anderen von sich selbst ablenken musste. Zu tief steckte die Furcht vor den Verfolgern und dem schrecklichen Fluss noch in ihm.

»Hast du eben Avignon gesagt?«, fragte er mühsam.

»Was stört dich daran?«, fragte Seder zurück und lachte. »Oder dachtest du, wir Juden hätten nur Maultierkarren und würden ständig wie in diesem Lied auf der Brücke tanzen?«

Bertrand ließ sich von der Fröhlichkeit Seders nicht anstecken. Die beiden jungen Männer hätten nicht unterschiedlicher sein können. Obwohl er aus der Nähe besehen nicht sehr kräftig wirkte, strotzte Seder nur so vor Tatendrang und Lust am Leben. Bertrand fühlte sich allein schon durch die Ausstrahlung von Rücksichtslosigkeit und Stärke des anderen bedroht. Er kam sich fast wie eine Jungfrau vor, als er keusch und verschämt das dünne Laken höher zog. Auch er glühte innerlich, und seine hellen Augen sprühten Feuer. Aber es war eine andere, ihm ganz unbekannte Kraft, mit der er noch nicht umgehen konnte. Sie war so unerwartet und überraschend in ihm ausgebrochen, dass ihn die Wogen seiner Gefühle noch mehr überschwemmten als die Fluten der Rhône.

»Die Brücke ... wie bin ich auf die Brücke gekommen?«

»Du bist an einem Pferd hängend gegen sie geprallt, und wir haben dich herausgezogen.« Seder grinste ein bisschen.

»Mit Hilfe eines schottischen Priesters vor seiner Kapelle übrigens und die ganze Zeit natürlich bestens von mir überwacht …«

Bertrand schüttelte ungläubig den Kopf.

»Meine Ketten auf der Brücke waren nur Lug und Trug«, sagte Seder mit einem breiten Grinsen. »Ich habe sie erst kurz zuvor wieder angelegt, um einige der Kardinäle hier zu täuschen. Sie sollten glauben, dass ich mich hier in der Nähe versteckt gehalten habe. Es war nämlich kein Zufall, dass ich vor ein paar Wochen aus den Kerkern von Kardinal Godin entkommen und heimlich nach Paris gereist bin. Kardinal d'Aux wollte, dass ich einen Brief im Kloster von St. Jacques abgebe und dann dem Studenten folge, der angibt, dass er sich zu einer Reise zu Meister Eckhart aufmacht.«

Bertrand schüttelte verständnislos den Kopf.

»Dann war der Brief an mich gar nicht von Meister Eckhart und du wusstest von Anfang an, wer ich bin.«

»Wusste ich nicht!«, widersprach Seder Ben Ariel. »Weder das eine noch das andere. Der Brief lag versiegelt in einem zweiten an den Abt des Klosters, und dich habe ich stets nur aus sicherer Entfernung gesehen. Ich habe mich viel mehr nach den beiden Dominikanern gerichtet, die dich beschattet haben.«

Trotz aller Prahlerei und Offenheit Seder Ben Ariels entging Bertrand nicht, das der kein Wort darüber sagte, warum er eingekerkert und geschoren worden war.

»Und nun bist du mit einer Beichte an der Reihe«, sagte Seder schließlich. »Warum hast du Narr dich in den Fluss gestürzt? Bestand denn irgendeine Gefahr, nachdem die beiden Mönche dich tagelang mit gebührendem Abstand verfolgt haben?«

Bertrand holte tief Luft. In seinem Kopf drehte sich alles. Und plötzlich sagte er:

»Eigentlich habe ich nur ein Problem.«

»Kannst du darüber reden?«

Bertrand schürzte die Lippen. Er sah den anderen prüfend an, dann sagte er: »Ich bin ein Bastard und der Sohn des Papstes.«

Seder Ben Ariel riss die Augen auf. Theatralisch wie auf einer Vagantenbühne öffnete er beide Arme, dann stolperte er wie durch gespielte Ehrfurcht aus dem Tritt gebracht soweit zurück, bis er mit Kopf und Rücken an die Wand schlug.

»Und das muss mir passieren!«, stieß er so übertrieben hervor, dass Bertrand von einem Augenblick auf den anderen misstrauisch aufsah. Seder legte noch mehr Theatralik in seine Gesten. Seine Augen begannen vor Aufregung zu glänzen. »Ein Bastard unseres Papstes! Weiß irgendjemand davon? Weiß er selbst, dass du hier bist? Oder andere, dass du kommen wolltest?«

Bertrand schüttelte den Kopf. Dann sagte er: »Du wusstest es, oder?«

Die beiden ungleichen jungen Männer blickten sich an.

»Nein«, antworte Seder schließlich. »Ich wusste nur, dass irgendjemand hier in Avignon einem anderen einen Strich durch seine Pläne machen wollte.«

Er zögerte und musterte noch einmal den jungen Mann, der sich als Sohn von Clemens V. ausgab.

»Du bist nicht unverschämt genug, um dir eine derartige Lüge auszudenken!«, entschied er schließlich. »Also vertraue ich dir, wenn auch mit größter Vorsicht. Tatsache ist, dass mich Kardinal Arnaud d'Aux, der Kämmerer des Papstes, aus einem Kerker der Dominikaner hier in Avignon geholt hat, was, wie du sicherlich gehört hast, nicht ganz einfach ist …«

»Du warst im Kerker? Als Jude oder Ketzer?«

Seder platzte laut los. Er prustete, schlug sich auf die Schenkel und hielt sich gleich darauf den Mund zu.

»Du bringst mich noch derart zum Lachen, dass wir uns beide hier verraten! Für Juden braucht man keinen Grund, um sie zu erschlagen oder einzusperren! Und Ketzer? Ja, das bin ich auch, weil ich nicht daran glaube, dass euer Jesus göttlicher war als derselbe Mann, der bei uns als der Prophet Isa anerkannt wird, und von dem wir Juden der Provence auch ein wenig abstammen …«

»Du meinst …«

»Josef von Arimathia, Maria Magdalena, den Gral, die Merowinger und die ganzen anderen Überlieferungen. Aber das alles war nicht der Grund dafür, dass ich im Kerker saß.«

»Sondern?«

Seder Ben Ariel hob die Schultern.

»Weiß man's?«, fragte er. »Vielleicht ein eifersüchtiger Ehemann, vielleicht ein Bischof oder Kardinal, dem ich in die Geschäfte gespuckt habe … es gibt so viele Dinge, die andere nicht mögen.«

»Du wirst noch immer verfolgt?«

»Ich habe dich und die verfolgt, die unten nach uns fragen!«, sagte Seder und grinste. »Die Stadt wird in den nächsten Tagen ziemlich voll sein. Trotzdem halte ich es für sinnvoll, wenn weder du noch ich Klerikern über den Weg laufen. Ich könnte ebenso erkannt werden wie du. Also werden wir Kirchenmäuse spielen – arm, nackt und nie zu fangen!«

»Was hast du vor?«

»Mich interessiert, was wirklich dein Problem ist, du schöner Mönch und Bastard eures Heiligen Vaters.«

Er spitzte seine Lippen und schmatzte ihm einen Kuss zu. Bertrand presste die Zähne zusammen. Allmählich wurde ihm Seders Frechheit zu viel.

»Ich bin kein Mönch, sondern Student an der Sorbonne in Paris.«

»Das stört mich weniger als deine Höflichkeit und ausgesprochen lästige gute Erziehung. Wach doch mal auf, Mann! Wenn sie dich einfangen, scheren sie dich ebenso wie alle anderen, die sie zu allererst demütigen und ganz klein stutzen wollen! Du bist ein Goldstück, edler Bertrand von Comminges oder auch de Goth! Ein ungeschliffener Diamant, der in den richtigen Händen ein Vermögen wert sein kann!«

»Ich verstehe kein Wort. Du sprichst in Rätseln.«

»Du kommst nicht einmal an den ersten Wachen am Papst-Palais vorbei, wenn du behauptest, ein Sohn von Clemens V. zu sein! Sie hängen dich, zerreißen dich auf der Streckbank, mästen dich mit Jauche und treiben Splitter unter deine Fingernägel ... solange, bis du nur noch wimmerst oder herausschreist, dass du ein kleiner, gotteslästerlicher Lügner, ein Hostienpieker, Brunnenvergifter und widerlicher Teufel bist, der sich am Blut von gerade erst getauften Kindern labt.«

»Du machst mir keine Angst! Du nicht!«

»Nein?«, echote Seder Ben Ariel. »Ich glaube dir ja, aber zeig mir einen einzigen Beweis für deine ungeheuerlichen Behauptungen. Hast du ein Schreiben, einen Bürgen, ein Muttermal oder irgendetwas anderes, das dich bei einer peinlichen Befragung retten könnte?«

Erst jetzt begriff Bertrand, was er zuvor nie bedacht hatte. Ihm war nie wichtig gewesen, wie viele ihn hinter den Mauern des Klosters von St. Jacques und in den Gassen des Universitätsviertels in Paris kannten. Hier aber, im neuen Mittelpunkt der Kirche und der Christenheit, war er ein Niemand ... weniger noch als ein barfüßiger Pilger. Aber irgendwie musste er zu seinem Vater gelangen!

Der Kardinal kannte den Grund dafür, dass Eliahs Haus in der Rue Jacob unten zur Straße hin keine Fenster hatte. Er wusste auch, das die unten zugemauerte Fassade nichts mit dem kalten Mistral zu tun hatte, wie es bei vielen Häusern in Avignon und der Umgebung üblich war.

Godin erlaubte nur den beiden Dominikanermönchen, ihn in den Hof zu begleiten. Der Jüngere trug die Psalter und das Gebetbuch des Kardinals in einer mit Heiligenfiguren bestickten Leinentasche, der Ältere hatte sich einen abgeschabten flachen Kasten aus Pinienholz an einem gewebten Band mit provenzalischen Mustern über die Schulter gehängt. Die übrigen Begleiter mussten auf der Straße zurückbleiben.

Eliah wusste nur zu gut, was für ein mächtiger Mann Godin war, und dass dieser mit König Philipp und seinem furchtbaren Großsiegelbewahrer Guillaume de Nogaret Vereinbarungen getroffen hatte, von denen nicht einmal der Papst irgendetwas ahnte. Doch die beiden Mönche in seiner Begleitung hatte er noch nie gesehen. Er würde nicht behaupten, dass er sie alle kannte, die am Hof des Papstes beschäftigt waren oder im Kloster zwischen der Stadtmauer und dem Hafen am Fluss lebten. Dennoch kamen ihm die beiden ebenso fremd vor wie der junge blonde Bursche oben im Zimmer seines toten Sohnes.

»Du weißt, wen wir suchen?«, fragte der Meister des

Palastes ohne Umschweife, nachdem er kurz in den Schuppen im Hof und in den kleinen Stall mit dem Maultier geblickt hatte und dann ohne besondere Aufforderung ins Haus gegangen war. Er deutete auf den älteren der beiden Mönche.

»Dies übrigens ist Bruder Wulfram von unserer ehrwürdigen Ordenshochschule der Predigtbrüder in Köln … zuletzt Schreiber bei Meister Eckhart in Paris, von dem du sicherlich gehört hast.«

Eliah neigte seinen Kopf zum Gruß. Selbstverständlich kannte er wie viele andere, die mit Schriften und Büchern zu tun hatten, den längst berühmten Lehrer an der Universität. Nach Thomas von Aquin war der Thüringer der Einzige, der mehrmals auf einen Lehrstuhl der Sorbonne berufen worden war. Und ebenso selbstverständlich hatte Eliah in den vergangenen Wochen auch von den Gerüchten gehört, dass sich die Inquisition der Dominikaner nach den Templern inzwischen weitere Opfer suchte.

Obwohl Godin es immer wieder leugnete, hatten sie den Templer-Großmeister Jacques de Molay jahrelang in Paris eingekerkert. Eliah war längst klar gewesen, dass der letzte Großmeister der Templer nie wieder frei sein würde. Fürsten und Könige konnten keine schwärenden Geschwüre brauchen, die ihren Glanz verdunkelten. Selbst Gefängnisse und Folterkeller waren nicht sicher genug, um einen Unschuldigen wegzusperren.

Eliah musste sich zwingen, seine Abneigung gegen die Mönche aus Paris nicht allzu deutlich zu zeigen. Noch nie zuvor hatte er einen Dominikaner oder irgendeinen anderen Kirchenmann gesehen, der mehr dem Bild vom feisten, weinseligen und dabei stets grinsenden Klosterbruder entsprach als dieser Wulfram. Der etwa Dreißigjährige strotzte von innerer Zufriedenheit und nur äußerlich vorgetragener Demut.

»Und dieser junge Bruder ist eigentlich ein Krieger unseres Herrn«, stellte der Meister des Palastes den schlanken, beherrscht auftretenden Begleiter des Dicken vor. »Frère Jules stammt aus dem Kloster von St. Jacques, ebenfalls in Paris, aber er hat schon manch allzu frechen Ritter aus dem Sattel gehoben und ungezählten Wegelagerern auf seine Art das Evangelium beigebracht.«

Er lachte über seinen eigenen Scherz und wandte sich den beiden zu. »Setzt euch!«, sagte er dann.

Eliah nahm die Eigenmächtigkeit des Kirchenfürsten in seinem Haus hin wie das Wetter. Schon das geringste Aufmucken über das unverschämte und selbstherrliche Benehmen des Kardinals wäre unklug gewesen und hätte nur die Atmosphäre verfinstert. Es gab andere Wege und Möglichkeiten, Godin zu begegnen.

Sie setzten sich an den großen hölzernen Tisch in der Mitte des fensterlosen Raumes im Erdgeschoss. Obwohl weder der vergoldete siebenarmige Leuchter an der Stirnseite des Saals, der in jüdischer Tradition die sieben Tage der Schöpfung symbolisierte, noch die kleineren Öllampen an den Wänden angezündet worden waren, fiel genug Sonnenlicht durch die weit geöffnete Tür zum Hof. Trotz der schon fast sommerlichen Wärme trug der Kardinal noch immer die schwarze Wintersoutane mit rot eingefassten Knopflöchern, roten Knöpfen, dazu einen schwarzen, ärmellosen Übermantel mit einem schmalen Hermelinkragen und die ebenfalls mit Hermelinpelz verzierte Kappe, die seine Ohren und die halbe Stirn verdeckte. Er hatte Stiefel aus weinrot gefärbtem Ziegenleder an und trug bestickte Wollhandschuhe mit vergoldeten Kappen an Daumen und Zeigefinger.

Miriam brachte einfache Pokale mit gutem Wein und stellte sie wie eine gehorsame Dienstmagd zuerst dem Kardinal, dann ihrem Großvater und schließlich den beiden Mönchen hin. Der jüngere der Mönche starrte sie mit verhaltener Begehrlichkeit an, während der ältere die Augen schloss und genüsslich schnupperte, als sie mit dem Geruch von frisch gebackenem Brot und Bratapfel mit Honig in ihrem Kleid an ihnen vorbeiging.

»Ich bin kein Esel und ich habe auch nur ein altes Maultier!«, sagte Eliah und nippte erst an seinem besten Wein, nachdem Kardinal Pierre Godin aus seinem Glas gekostet hatte.

»Nicht schlecht«, sagte er und schnalzte ein paar Mal mit der Zunge. »Woher kommt der Tropfen? Etwa aus eurer Judenhochburg Carpentras?«

»Nein, aus der Hauptstadt Eurer Grafschaft«, antwortete Eliah. »Dieser Wein wächst in den Hügeln vor den Brunnen von Pernes. Es gibt genügend Wald dort, der die Reben vor dem Mistral schützt.«

Der Kardinal trank genüsslich den halben Becher leer. »Ich will ganz offen mit dir sein, Eliah«, sagte er dann. »Wir haben uns bisher recht gut verstanden. Ich will auch nicht darüber richten, dass du in deinem Haus gelegentlich zu Feiern einlädst, für die nach eurem Brauch und unserer Zustimmung eigentlich die neue Synagoge am Place Jérusalem vorgesehen ist. Ich spreche nicht von diesem Raum hier oder von der zweiten *Mikwe* in deinem Keller. Ich will nur wissen, wo er ist …«

»Ihr meint …«

Godin lächelte kühl. »Genau den meine ich! Wo ist die Gestalt, die ihr auf deinem Wagen gestern Abend hierher gebracht habt?«

Kapitel 9

Über die Dächer

»Du hast mich gewaschen? Nackt gewaschen?«

»Was stört dich daran? Du siehst gut aus und kannst stolz auf deinen Körper sein.«

»Er wird ebenso wie meine Seele und mein Verstand eines Tages dem Gekreuzigten geweiht.«

»O nein! Nur das nicht in diesem Haus und meines Tateleben Bett! Es darf nicht wahr sein, dass ich einen Klosterbruder ... einen Priester ... in unserer *Mikwe* gewaschen habe!«

Bertrand schüttelte verständnislos den Kopf.

»Ich bin kein Priester«, sagte er beruhigend. »Jedenfalls noch kein richtiger mit den großen Weihen. Ich habe nur im Kloster von Comminges die allerersten der niederen Weihen erhalten. Das bedeutet überhaupt nichts, weißt du ...«

»Dein Wort in Gottes Ohr!«, meinte Seder mit einem schweren Seufzer und stand auf. Er ging durch den Sonnenschein am Fenster hin und her, reckte sich, rollte den Kopf nach allen Seiten und schwenke seine Arme wie der Meister einer musikalischen *Kumpaney*. »Da wir nun aber beide trotz des Unwetters gesehen wurden, sind die Päpstlichen jetzt wie zur großen Inquisition angerückt.«

Bertrand legte seine Stirn in Falten, presste die Lippen

zusammen und versuchte nachzudenken. Erinnerungsfetzen wirbelten ihm durch den Kopf. Er spürte klopfende Schmerzen in der Stirn.

Seder lachte und beugte seinen Oberkörper ruckartig nach vorn. Dann ging er bis zu einem Alkoven in der Seitenwand, in dem verschiedene Kleider hingen und prüfte eines nach dem anderen.

»Lass dir nur Zeit«, sagte Seder. »Jetzt werden wir uns beide erst einmal in saubere Kittel kleiden und so durch die Stadt schlendern, wie es für zwei Tagelöhner oder gar Gesellen von irgendeinem Bauplatz in der Stadt am Sonntag nach der Messe schicklich ist.«

»Bist du nicht Jude?«, fragte Bertrand unvermittelt.

»Das bin ich und das bleibe ich, aber zumeist bin ich gerade das, was mir am meisten nützt. Ich habe nie den dummen, unbequemen Spitzhut getragen und auch den Kreis aus gelbem Stoff an der linken Schulter nicht. Nicht jeder von uns Juden ist als Märtyrer und Opferlamm geboren. Ich jedenfalls nehme mir, was mir verweigert wird.«

»Du musst dich nicht erregen«, beschwichtigte Bertrand. Er nahm einen mit Walnussschalen rotbraun gefärbten Kittel, den ihm Seder hinhielt, und einen einfach ausgewebten Stoffgürtel. Sie kleideten sich an, dann blickten sie gemeinsam in den Hof hinunter. Die Tür zum Maultierstall war halb geöffnet, ebenso der Schuppen an der Rückseite des Hofs.

»Die Stadt wird immer mehr zu einer Goldgrube für alle, die etwas vom Geschäft verstehen und ein Händchen für besondere Gelegenheiten haben«, sagte Seder und leckte sich genüsslich über die Lippen. »Obwohl – man muss schon aufpassen, denn die Hunde sind nicht so dumm wie manche Büttel oder Nachtwächter …«

Bertrand nickte, obwohl er nicht so recht verstand, auf was Seder hinauswollte. Die Sonne stand schon schräg am klaren, fast wolkenlosen Himmel, und von den Weinbergen stiegen keine Morgennebel mehr auf. Irgendwo bellte ein Hund. Ein paar Kinder lärmten in den Nebenstraßen des *Carrière,* und Frauen schimpften mit ihren hellen Stimmen in den Höfen, während sie mit den Töpfen in den Küchen klapperten.

Es roch nach Knoblauch, Kräutern und gesottenem Fisch, der in den meisten Häusern der Stadt keine Seltenheit in der letzten Fastenwoche war. Bertrand dachte an das Unglück, das ihm mit einem Pferd und dem Fluss im Unwetter passiert sein musste. Zugleich freute er sich über die Sonne über den Weinbergen, die Geräusche aus der Stadt und die Gerüche, die ihm ganz anders vorkamen als in Paris.

Die Farben und das Licht, Gerüche und Geräusche waren ihm so vertraut, als hätte er sie vor langer Zeit schon ebenso betörend wahrgenommen. Nur sehr tief drin in ihm klang ein Echo aus längst vergangenen Tagen auf, aus einer Zeit, in der er noch ein Kind gewesen war und bei der Mutter im fernen Bordeaux gelebt hatte. Dort waren die Gerüche und Geräusche ähnlich gewesen wie in Avignon – und ganz anders als in der verstaubten Strenge des Klosters von St. Jacques an der Porte d'Orléans in Paris und in den Häusern der Sorbonne.

Seder zerstörte die zarten Keime seiner Erinnerung.

»Hörst du?«, fragte er, hob eine Hand und bedeutete ihm, einen Moment zu warten. Dann schlich er sich auf nackten Sohlen aus dem Schlafgemach in den Flur der oberen Etage. Bertrand sah, dass er durch einen weiteren Raum bis zu den Fenstern auf der anderen Seite des Hauses ging und hinaussah. Gleich darauf kam er zurück.

»Wie ich befürchtet habe!«, flüsterte er. »Wir müssen fort, und zwar beide und das so schnell wie möglich!«

»Man munkelt, dass ein Reiter lebend aus dem Fluss geborgen werden konnte«, berichtete Kardinal d'Aux dem Heiligen Vater. »Und dass vielleicht zwei gestern Abend noch im Kloster vor der Stadt angekommene Dominikaner aus Paris etwas damit zu tun haben.«

»Wer sagt das?«

»Kaplan Comyn, unser Schotte«, antwortete der Kardinal. »Er spricht zwar schlecht französisch, aber er ist ein großer Freund der *Langue d'oc* und kennt sehr viele Lieder der alten Troubadoure.«

»Was hat das eine mit dem anderen zu tun?«

»Jeder von uns braucht seine kleinen Geheimnisse«, sagte der Kardinal und lächelte. Es war nicht wichtig, und den Papst beschäftigten ganz andere Gedanken, trotzdem plauderte d'Aux mit leichten Worten weiter: »Genau genommen sind wir Gascogner ja ebenso als Fremde hier wie die Dominikaner aus dem Norden Frankreichs oder die zugezogenen Italiener und die vielen anderen, die früher in der ewigen Stadt Rom und jetzt hier vom Nektar und Ambrosia des Heiligen Stuhls schlecken wollen. Wenn man gehässig wäre, könnte man auch Schmeißfliegen zu all den weltlichen und geistlichen Schmeichlern sagen, die nur aus Eigennutz um deine Gnadensonne kreisen ...«

»Gibt es denn keine anderen mehr?«, fragte der Papst, ohne sich umzudrehen. »Gläubige Christen, die sich um das Seelenheil und nicht um ihre Wänste sorgen?«

»Doch, der Kaplan Comyn ist ein derart geradliniger und aufrichtiger Mann. Lass mich erklären, was ich meine ...«

Clemens V. nickte abwesend und blickte weiter auf die stille Brücke über den Fluss hinaus. Sie war gesperrt. Nicht nur, weil das Wasser des Flusses noch immer höher stand als sonst, sondern wohl deswegen, weil direkt hinter der Kapelle über dem zweiten Brückenpfeiler ein Stück der Straße ausgebrochen war. Solange dieser Schaden nicht behoben war, hielten es die Verantwortlichen auf beiden Seiten wohl für sicherer, keine Karren zuzulassen. Nur einige Pilger, Boten und Schadensbeschauer mit bunten Ärmeln und verwegenen Hüten bewegten sich mit großer Vorsicht an der unzerstörten Seite in beide Richtungen.

»Mein kleiner Sohn Smaragdus«, sagte der Papst. »Ich würde sehr gern wissen, was aus ihm geworden ist.«

Der Kardinal hielt unwillkürlich die Luft an. Er saß am großen Tisch in der Mitte des Raumes und war damit beschäftigt, kleine bunte Strohblumen aus einem Kästchen zwischen die Seiten seines alten Breviers zu legen. Als er aufsah, entdeckte er ein versonnenes, beinahe wehmütiges Lächeln im sonst sehr krank wirkenden Gesicht des Papstes.

»Ich denke oft daran, was wohl aus uns allen, den Templern, der noblen Dame Katharina von Comminges und meinem Sohn geworden wäre, wenn sich die Italiener im Konklave von Perugia durchgesetzt hätten, um einen anderen zu wählen. Meinst du, ein Sciarra Colonna oder Napoleone Orsini als Nachfolger von Benedikt XI. hätte den Untergang der Templer eher verhindern können als ich?«

»Sie waren exkommuniziert und bei Philipp dem Schönen untergekrochen.«

»Ich weiß, aber ich frage mich dennoch, wann ich meinen größten Fehler gemacht habe. Kann es sein, dass dieser unselige Gedanke an einen neuen Kreuzzug nicht nur mich und die Könige zu sehr beschäftigt hat, sondern auch den Großmeister der Templer?«

»Es wird nie wieder einen Kreuzzug nach Jerusalem geben!«, sagte der Kardinal. »Eher ziehen die Nachfolger der Templer mit dem deutschen Ritterorden in den Osten oder als Christusorden von Portugal aus über die Meere. Die Zeit der Templer war einfach abgelaufen. Sie hatten sich in ihrer Größe und ihrem Reichtum überlebt. Was sollten sie denn noch mit ihrer Insel Zypern, Tausenden von Schlössern und Ländereien, in denen zum Schluss alle einfachen Brüder wie Sklaven oder Fronknechte arbeiteten? Die Templer hatten nach dem Verlust von Akkon, der letzten Bastion vor der Küste des Heiligen Landes, keine große Aufgabe mehr, keine Idee und kein heiliges Feuer.«

Papst Clemens V. drehte sich zu ihm um und sah ihm direkt in die Augen.

»Seit wann weißt du, dass mein Sohn Bertrand in der Stadt ist?«

»Ich habe nichts dergleichen ...«

»Arnaud! Mein lieber Bruder in Christo! Wie lange kennen und vertrauen wir uns schon? Und wie lange warst du mein Stellvertreter? Als wir gehört haben, dass der unglückliche Jacques de Molay den Feuertod gestorben ist und dann von seinem Fluch gegen uns hörten, hast du doch selbst den nichtsnutzigen Enkel vom ehrenwerten alten Juden Eliah mit einem gefälschten Brief von Meister Eckhart und Brieftauben nach Paris geschickt. Du hast sogar dafür gesorgt, dass Eliahs Enkel dafür aus dem Kerker von Godin entkommen konnte. Und sollte dein Kurier nicht eine

Brieftaube auffliegen lassen, sobald mein Sohn Bertrand in Paris aufbricht?«

»Keine von diesen Tauben ist hier angekommen«, schnaubte der Kardinal. »Doch woher ... woher weißt du ...«

»Es leben viele Menschen in unseren Familien, mein geliebter Sohn und Bruder. Hunderte, wenn ich das richtig einschätze. Unser Hofstaat ist noch immer offener als Königsburgen oder die Klöster irgendwelcher Orden. Ich habe mir erlaubt, gelegentlich bei deinem Freund, dem Schottenkaplan Mel Comyn, zu beichten. Als Dank für meine Huld hat er mir mancherlei erzählt.«

»Das war mir schon bekannt«, sagte Kardinal d'Aux. Er bemühte sich, seine Verwunderung zu verbergen. »Aber ich war in London Beichtvater und verstehe ein ganz anderes Englisch als du aus unseren Jahren in Bordeaux«, sagte der Kardinal. »Und der Kaplan könnte auch irgendetwas missverstanden haben, was Küchenmädchen auf dem Markt oder die Juden reden, die in den letzten Jahren vor den Franzosen über die Rhône zu uns geflohen sind. Unser Kaplan in der Kapelle auf der Brücke ist manchmal auch ein Hitzkopf ... ein schwarzes Schaf, um das ich beten muss.«

Erneut huschte ein Hauch von Spott über das Gesicht des Papstes. Sein Kämmerer fühlte sich plötzlich nicht mehr wohl in seiner Haut. Er hatte schon seit Monaten nicht mehr damit gerechnet, dass Clemens V. noch einmal scharfsinnige Gedanken haben würde.

»Du nimmst den schottischen Kaplan in deine Gebete auf?«

»Er hat mir gebeichtet, dass Robert the Bruce, der Schottenkönig, ein elendiger Kirchenmörder ist. Und er trägt deswegen einen Zorn in sich, der kein ›*ego te absolvo*‹ kennt.«

»Ist er deswegen ein Spion der Engländer?«

»Nein, er verachtet auch Edward II., den er für einen nichtsnutzigen Schwächling und Vasallen von Philipp dem Schönen hält.«

»Dann steht dein Schotte also auch nicht auf der Seite Frankreichs«, meinte der Papst spöttisch. »Und warum weichst du meiner Frage aus?«

»Weil ich besorgt bin«, sagte der Kardinal aufrichtig. »So besorgt, wie in all den acht Jahren seit deiner Krönung zum *Pontifex maximus* in Lyon nicht mehr! Ich fürchte nämlich, dass du und ich doch noch einen entscheidenden Fehler gemacht haben. Um uns herum bricht die alte Ordnung zusammen, und wir verhalten uns, als wären sämtliche Bedrohungen der letzten Jahre nur Unwetter, die über Nacht weiterziehen.«

»Ist es nicht so?«, fragte Clemens mit einem milden Lächeln. »Sind wir nicht alle Kinder in Gottes Hand?«

»Wie du meinst«, sagte Kardinal d'Aux unsicher. Er wollte nicht mehr daran denken, wie oft er in den Jahren, in denen er Bertrand de Goth und dann Clemens V. ein Freund und aufrichtiger Berater gewesen war, geraten hatte, strengere Anweisungen zu geben. Gewiss, in einigen der Bullen war das auch geschehen, aber das reichte längst nicht mehr. Nicht einmal Dominikaner-Kardinal Pierre Godin kümmerte sich als Meister des Palastes noch darum, ob er im Sinne des Heiligen Vaters handelte oder nicht.

D'Aux war sicher, dass Kardinal Godin nach dem Fluch des Großmeisters gegen Clemens V. alles daran setzte, seinerseits an die Geheimnisse der Templer und das höchste Amt der katholischen Kirche zu gelangen.

Die Zeit war knapp, wenn Clemens V. tatsächlich innerhalb eines Monats starb. Denn jeder, der sein Nachfolger werden wollte, musste über mehr als die übliche Hausmacht verfügen!

Bertrand und Seder waren barfuß über die steinernen Treppenstufen bis in den Hof geschlichen. Weder die frühen Besucher im *Carrière* noch Eliah oder Miriam hatten irgendetwas bemerkt. Draußen im Hof hatten sie sich dicht an der Hauswand gehalten. Das Tor zur Straße stand offen, und vor ihm schritten Bewaffnete langsam auf und ab.

»Nur gut, dass keine Brieftauben mehr da sind«, flüsterte Seder und zeigte grinsend auf den mannshohen Pfahl mit dem hölzernen Taubenhaus an der Spitze. »Sie hätten Lärm gemacht und uns verraten, wenn wir über den Hof zum Schuppen dort laufen.«

»Du meinst tatsächlich, dass der Kardinal euer Haus durchsuchen lässt?«, fragte Bertrand noch immer ungläubig. »Er hat doch nicht das geringste Recht dazu!«

»Du bist ein Traumtänzer, Bertrand von Comminges!«, seufzte Seder. »Wo hast du bloß Zeit deiner neunzehn Lenze gelebt? In einem Kloster der Grammontenser irgendwo vor den Pyrenäen, ja, das weiß ich. Und bei den Brüdern von St. Jacques in Paris, auch das ist mir bekannt. Aber seid ihr Studenten der Sorbonne niemals zu den Weibern am Seineufer gegangen? Habt ihr nicht mit drallen Dienstmägden, den feinsinnigen Seidennäherinnen oder den Hutmacherinnen gejubelt, wenn irgendwelche armen Schweine oder richtig gemeingefährliche Vaganten, Vogelfreie oder Mordbuben auf dem Scheiterhaufen brennen mussten?«

»Ich habe nur zwei derartige Hinrichtungen gesehen«, antwortete Bertrand mit dem nötigen Ernst. »Einmal gleich nach meiner Ankunft in Paris. Damals, zu Pfingsten vor vier Jahren, war es die unbelehrbare Marguerite Porète.«

»Ich habe auch von ihr gehört. Hat sie nicht in einem Buch über die einfache Seele geschrieben, dass sich das Frauenvolk auch eigene Wege zu Gott suchen dürfe ...«

Bertrand blickte den anderen erstaunt und zugleich prüfend an. Dann schüttelte er den Kopf und fragte: »Woher weißt du das alles? Derartige Dinge gehen euch Juden doch nicht ...«

Seder Ben Ariel grinste nachsichtig und spöttisch zugleich.

»Was glaubst du denn, was ich in den vergangenen Jahren alles gelernt habe? Ich war nicht nur Taubendieb und Herumtreiber, Tagelöhner und ungewaschener Knecht. Ich habe nämlich ebenso wie du einige Zeit in Schulen und an Universitäten gelebt, in alten Schriften gestöbert und die Ohren aufgesperrt ...«

»Du hast studiert? Das glaube ich dir nicht!«

»Willst du hören, was ich an der Universität von Montpellier über die richtige Anwendung des Pelikans gelernt habe – jenes genialen, dort erfundenen Werkzeugs, mit dem faule Zähne leichter ausgehoben werden können?«

Bertrand schüttelte den Kopf und verzog sein Gesicht.

»Oder interessiert dich mehr, wie an der theologischen Fakultät der neuen Universität hier in Avignon das Wesen eines vollkommenen Dominikaners mit einer Rechenmaschine verglichen wird, wie sie die Italiener in ihren Handelshäusern verwenden?«

»Das habe ich schon einmal bei Meister Eckhart gehört«, sagte Bertrand. »Er sagte, dass sie früher einmal die besten Prediger waren, inzwischen aber längst zu Eiferern verkommen sind.«

»Das kann ich jederzeit bestätigen«, sagte Seder und lachte leise. »Siehst du die Hühner dort?«

»Ja«, antwortete Bertrand verwirrt. »Aber was haben eure Hühner mit uns zu tun?«

»Nichts«, lachte Seder leise, »aber da siehst du, wie leicht man dich von einem Thema ablenken kann. Trotzdem sind nicht die Dominikaner, sondern Hühner im Augenblick unserer größtes Risiko. Die hochgebildeten, eiskalten Bluthunde haben eigene Universitäten, streng aufgeteilte Provinzen und das Recht auf ihre eigene Wahrheit. Aber wer könnte uns jetzt ohne Schwierigkeiten verraten? Dominikaner etwa? Nein, da ist Seder Ben Ariel doch etwas schlauer! Vielleicht ein Judas? Nein, der wird noch gebraucht, damit ihr Christen uns weiterhin verachten und vernichten könnt. Ich sage daher, es sind diese Hühner, deren Gackern über dich und mich entscheidet!«

Bertrand hörte, dass auf der Straße Waffen klirrten. Sein Respekt für den Älteren verwandelte sich langsam in Unruhe. Seder hatte ihm in der vergangenen Stunde so viel eingeredet, dass er immer verwirrter wurde. Er wusste längst nicht mehr, wie er sich benehmen und was er nun als Nächstes tun sollte.

Nur eines wurde ihm immer klarer: Er durfte keine Zeit mehr verlieren, wenn er rechtzeitig eine Antwort auf die Fragen in sich finden wollte.

»Sobald ich meckere, musst du unter dem Taubenhaus hindurch bis zu den Hühnern laufen«, flüsterte Seder ihm zu. »Wundere dich nicht, wenn ich noch wie ein Schaf blöke oder wie ein Esel schreie.«

»Und wozu das Ganze?«, fragte Bertrand ebenso leise.

»Um dort drüben auf das flach geneigte Dach zu kommen«, antwortete er, lehnte sich gegen ihn und zeigte mit dem ausgestreckten Finger auf den Schuppen neben dem Hühnerstall. »Wenn alle Tiere Laut geben, fällt nicht auf, dass wir die Hühner etwas scheuchen müssen, um dort hochzuklettern.«

»Etwa mitten durch die Nester?«, fragte Bertrand entsetzt.

»Barfuß durch die Eier!«, grinste Seder Ben Ariel.

Eliah musste sich nicht die geringste Mühe geben, um den Gesichtsausdruck zu finden, der jetzt angemessen war. Er hatte lange genug mit großen Fürsten und mit kleinen Adligen zu tun gehabt. Was er auch antwortete – es konnte, es musste falsch sein! Deshalb benutzte er die Technik der Vaganten, Bänkelsänger und Hofnarren: In jeder Antwort musste gut verborgen eine Frage stecken. Auf diese Weise zwang er seinen Gegner, ihm mitzuteilen, was sie als nächstes hören wollten.

Aber der Anfang war das Schwerste. Er brauchte irgendeinen Angelhaken, ein Stück des Seils, mit dem er dann behutsam alle Glocken so zum Klingen bringen konnte, wie es ihm selbst gefiel. Also wen suchten sie, die Hunde ihres Herren? Wenn sie den Fremden suchten, würde er sich nicht dagegen stellen, auch wenn es Miriam nicht gefiel. Wenn aber Seder in seinem kurzen Büßerkittel und in Ketten gemeint war, würde er lieber sterben, als ihn auszuliefern. Im Grunde wollte er nicht wissen, was sein letzter lebender Enkel getan hatte, wofür er eingekerkert worden war und durch welche Drehung am großen Rad Fortunas er mitten im Mistralsturm über die Brücke von Avignon fliehen konnte. Aber er würde ihn nicht ausliefern. Nicht an Dominikaner aus Köln oder Paris und auch nicht an den Meister des Palastes, von dem er nur zu gut wusste, welchem Herrn er wirklich diente. Der Herr im Himmel und der König aller Könige, wie ihn die Christen nannten, war es nicht.

»Ihr wart mit eurem Karren die letzten im Gedränge auf der Brücke«, sagte Godin. »Dennoch müsstet ihr gesehen haben, warum das Tor gesperrt war und wie dann doch noch eine Gestalt über das steinerne Geländer an der Ostseite der Brücke lief.«

»Ich hatte meinen Kopf die ganze Zeit gesenkt und meinen Blick verdeckt«, sagte Eliah wahrheitsgemäß. »Der kalte Regen ist in meinem Alter …«

»Nicht mehr als eine höchst willkommene Erfrischung!«, sagte Godin und lachte schon fast wohlwollend. »Mach mir nichts vor, Eliah! Du kannst noch immer länger auf einem Bein stehen und dabei nackte Weiber stemmen als alle Heiligen auf ihren Säulen! Die Gestalt, nach der wir suchen, kam bis zur Kapelle am zweiten Brückenpfeiler. Dort hat deine Enkelin ihr und noch jemand anderem geholfen. Und beide waren zuvor nicht auf der Brücke.«

Eliah verzog sein Gesicht. Suchten sie etwa beide? Den Fremden ebenso wie seinen Enkel?

»Ich würde euch selbstverständlich gerne helfen«, sagte er. »Aber wie soll ich das verstehen, dass beide nicht auf der Brücke waren?«

Der Meister des Palastes drehte sich halb zur Seite, dann deutete er mit dem golden Zeigefinger wie mit einem Thora-Zeigestock auf Miriam.

»Sie hat dem einen ebenso geholfen wie dem anderen«, sagte er so sanft wie bei einem reumütigen Gebet, »… der mit Ketten gefesselten Gestalt ebenso wie dem aus dem Fluss gefischten! Zwei sehr eigenartige Gestalten, Eliah! Sagen wir Unbekannte, die für die Sicherheit der Stadt, der

Grafschaft und des Heiligen Stuhls gerade zum Osterfest sehr gefährlich werden könnten!«

»Dann weißt du also, wer sie waren?«

»Du solltest keine Ablenkungen versuchen, Eliah! Ich darf die Zeit, die mir der Herr bestimmt hat, nicht mit freundlichem Wortgeplätscher verschwenden. Dennoch will ich mich höflich ausdrücken: Bei allem Verständnis für den Stachel in deinem Herzen bitte ich dich, dass du einsichtig bist.«

»Ihr meint, so einsichtig, dass Ihr euch gezwungen sehen könntet, mir alle schriftlich und mündlich von Bischof Duèse und Papst Clemens gegebenen Sicherheiten für mich und andere Juden in Avignon zu widerrufen!«

Der Meister des Palastes hob beide Hände und öffnete sie wie zu einem Segen.

»Und dann wäre da noch etwas«, meinte er und leckte sich über die Lippen. »Von diesem Wein würde die apostolische Kammer gern ein Fass für das Abendmahl auf Kredit erwerben. Und für ein weiteres außer deinem Geschenk an mich ist sicherlich noch etwas Platz in den sehr schönen, sauberen Kellergemächern unter meinem eigenen Palais am Felsen.«

»Zwei junge Männer für zwei Fässer alten Wein«, sagte Miriam ebenso erbost wie keck. Sie ärgerte sich darüber, wie überheblich der Kardinal im Haus ihres Großvaters auftrat. Konnten sie wirklich zu jeder Tag- und Nachtzeit und selbst im Kirchenstaat damit erpresst werden, dass ihre Vorfahren vor mehr als einem Jahrtausend einen Propheten und Aufrührer gekreuzigt hatten, der angeblich ein Gottessohn war? Brauchten die Christen nicht einmal die Folter, um zu bekommen, was sie wollten?

»Und was bekommen wir dafür?«, fragte sie dann. Der

jüngere der beiden schwarzweiß gekleideten Mönche bekreuzigte sich vor Schreck über die Dreistigkeit des Mädchens. Godins linke Wange zuckte ein wenig.

»Sehr freundlich und einsichtig, schönes Kind«, sagte er dann und lächelte maliziös. »Ich sage nicht, dass du mir nicht gefallen könntest, aber ich erinnere mich nicht daran, von zwei Männern gesprochen zu haben. Da du aber meine bisher nur vage Vermutung bestätigst, wollen wir deine Aussage zu meiner kleinen Befragung, die natürlich keine richtige Inquisition sein kann, sogleich zu Protokoll nehmen.«

Der Rundere der beiden Dominikaner bückte sich, klappte die Schnallen seines flachen Holzkastens auf und zauberte mehrere Bogen Kalbspergament, ein Tintenfass mit Korken und Tupftuch, einen Sandstreuer, einen Tiegel mit Ochsengalle und eine bekleckste Schatulle mit Gänsefedern und Spitzmesserchen auf den Tisch. Er rückte alles zurecht und begann.

»Ich, Miriam, Enkelin des ehrenwerten Juden Eliah von Carpentras ...«, murmelte und schrieb er gleichzeitig auf den ersten Pergamentbogen. Er sprach wie Godin recht gut provenzalisch. Eliah bewegte sich nicht. Wie erstarrt schien er in sich hineinzulauschen. Miriam verstand ihn nicht. Sie war so voller Empörung, dass sie am liebsten zu ihm gelaufen wäre und ihn an den Schultern gerüttelt hätte. Doch der Großvater stand wie Lots Frau zu einer Salzsäule erstarrt.

Und dann verstand sie. Es war das winzige, kaum wahrnehmbare Meckern eines Zickleins, das ihrem Großvater angezeigt hatte, dass es im Haus und vielleicht sogar im Hof eine Bewegung gab, die vielleicht noch alles retten konnte.

»Sieh doch mal nach, was die Ziege wieder macht«, sagte er mit einem entschuldigenden Blick zu Kardinal Godin. Miriam zögerte keinen Augenblick. Leichtfüßig eilte sie in den Hof hinaus. Sie hatte ebenso wie ihr Großvater den Ruf des Bruders erkannt.

Kapitel 10

Wahrheiten

Sie lagen auf dem Dach und schmiegten sich an die halbrunden Ziegel, die nach Art von Mönch und Nonne verlegt waren. Obwohl sie alles hören konnten, waren sie vom Hof aus nicht zu sehen.

Bertrand arbeitete noch immer an der Erkenntnis, dass er kaum zwei, drei Steinwürfe von seinem leiblichen und geistigen Vater entfernt nicht einen einzigen Menschen wusste, dem er sich anvertrauen konnte und der ihm glauben würde. Selbst Kardinal Arnaud d'Aux, der lange Zeit der Stellvertreter seines Vaters in Bordeaux gewesen war, würde sich nur so an ihn erinnern, wie er als Zehnjähriger ausgesehen hatte.

Bisher war der junge Jude neben ihm der Einzige in Avignon, der seine Identität kannte und ihm auch glaubte. Unter normalen Umständen wäre das keiner Rede wert gewesen, aber nach dem, was Seder ihm vor Augen geführt hatte, hatte er einen riesengroßen Fehler gemacht: Er war erpressbar geworden, also musste er den Spieß umdrehen und ebenfalls mehr von dem anderen erfahren.

»Warum … warum siehst du wie ein geschorenes Schaf aus?«, fragte Bertrand mutig. »Und welche Sünden wirft man dir vor?«

»Welche Sünden, fragst du?« Seder Ben Ariel lachte spöttisch. »Schon fast so viele wie den Templern! Das Dumme daran ist nur, dass ich genau das getan habe, was man mir vorwirft.«

Bertrand sah Seder mit großen Augen an.

»Und was war das?«

»Leichendiebstahl. Das schwerwiegendste von meinen vielen Verbrechen ist eigentlich nicht mehr als Handel mit Reliquien, oder sagen wir ... mit gekochten und erstklassig aufgehellten Skeletten.«

»Ich verstehe kein Wort«, stieß Bertrand halb entsetzt und halb empört hervor. Noch nie zuvor hatte er etwas derart Entsetzliches gehört. Er wusste, dass das alte Gesetz des unversehrten Leichnams längst nichts mehr galt und Reliquienhändler sogar Haare, Fingernägel und Brustwarzen von Heiligen oder Märtyrern mit der Beteuerung verkauften, das Heiligtum wirke auch noch in den allerkleinsten Partikeln.

»Mein ertragreicher Handel mit gebleichten Knochen war eine höchst verzwickte Angelegenheit, die bei jedem Schritt andere Helfer erforderte, aber ich denke, dass du nicht verraten wirst, dass ich genau das Gleiche gemacht habe wie seine Exzellenz, der Kardinal Godin.«

Bertrand blickte ihn ungläubig an. Gleichzeitig empfand er eine derartig starke Abneigung vor dem, was Seder gleich sagen würde, dass ihm übel wurde. Er ahnte es ... er ahnte, wie schrecklich die Geschäfte waren, die den jungen Mann schließlich in den Kerker gebracht hatten.

»Leichen und Skelette gekocht?«, stieß er hervor.

»Nein, Bertrand«, verbesserte Seder Ben Ariel. »Die richtigen Leichname von ehrenwerten Verstorbenen wurden nur entwendet und über Nacht vergraben. Ausschließlich auf dem Christenfriedhof östlich vom *Rocher des Domes* übrigens. Genau so, wie es auch Kardinal Godin mehr als einmal veranlasst hat.«

»Und was hast du dann gekocht?«

»Uralte Knochen ... Skelette aus den Katakomben hier im Berg.«

»O nein!«, stieß Bertrand hervor. »Du bist kein Leichenschänder! Du hast vielleicht mit Verstorbenen zu tun gehabt, aber ich glaube nicht ...«

»Ich danke dir für dein Wohlwollen«, sagte Seder und lachte schon fast brüderlich. »Aber ich habe mehrere Monate in einem verdammten Kellerloch gehockt, geschoren und geprügelt, halb verdurstet und mit Wasser und Brot gerade noch am Leben erhalten, dann wieder gemästet mit Trüffeln und Gänseleber, bis mir der Hals schwoll und mein Gedärm fast durch den Arsch presste. Ich weiß, zu welchen Qualen diese schwarzweißen Teufel der Inquisition fähig sind! Dabei wollten sie keine Beichte von mir, kein Geständnis, dass ich ein Ketzer, Katharer oder sonst ein Häretiker bin. Sie wollten nur wissen, warum so viele Pilgergruppen ihre Toten nicht in Avignon gelassen haben und wie die fleischlosen Skelette in die Särge kamen, die sie mit sich führten.«

»Bei allen Heiligen, sag doch endlich, welche Verbrechen deine Seele quälen!«

»Mich quält doch gar nichts – nicht das Geringste quält mich, höchstens der Druck in meinen Hoden. Ich habe mich nur an das Dekret von Papst Bonifatius VIII. gehalten, der immer wieder streng verboten hat, dass man die Leichen von auf Reisen verstorbenen Edlen zerschneidet und kocht, um dann die solcherart gereinigten Knochen zur Bestattung an die Heimatorte zu verschicken.«

Bertrand schüttelte den Kopf. Doch langsam fing er an, das Unfassbare zu begreifen.

»Nach Avignon kommen nun mal mehr edle Pilger und Gesandte als in andere Städte«, erklärte Seder. »Und manche sterben eben, weil sie hier zu viel fressen, saufen, durch die halbe Stadt huren oder sich … Gott sei auch diesen Seelen gnädig … nach der Hitze draußen durch viel zu langes Knien auf den kalten Steinböden in Kirchen einfach den Tod wegholen. Er geht hier häufiger als anderswo umher, der Schnitter, der eines Tages jeden mäht.«

»Du weichst mir aus!«

»Nein, keineswegs«, sagte Seder. »Ich sage nur, dass viele Edle um die letzte Ölung hierher kommen. Was also soll seine oder ihre Begleitung in der Hitze tun, wenn es vom Papst verboten ist, den Leichnam freizukochen, damit er nicht verwest? Den Toten hier auf einem fremden Friedhof lassen? Oder die stinkenden sterblichen Überreste eines großen Namens gepökelt in einem Heringsfass mitschleppen wie seinerzeit den Kaiser Barbarossa auf der Rückkehr von Jerusalem?«

»Hast du etwa den Trauernden heimlich und gegen gute Münze fremde Knochen untergeschoben?«

»Die beste Lösung«, sagte Seder und hob die Schultern. »Sehr alte Knochen, und bei den Färbern in der Rue des Teintures vor der Stadt mit Kalk und scharfem Pflanzensaft gebleicht wie frisch gekocht. Sie haben nie bemerkt, zu wem die Knochen wirklich gehört haben. Außerdem musste ich nie lügen, denn ich wusste es doch selbst nicht.«

»Deshalb also warst du eingekerkert«, sagte Bertrand mit einem tiefen Seufzer. Und wieder musste Seder ihn verbessern.

»Nein, deshalb nicht«, sagte er, »sondern weil ich den

Reliquienvorrat von Kardinal Godin bestohlen habe. Seit der Erzbischof von Köln vor einigen Jahrzehnten bei der Eroberung von Mailand gegen den Willen von Kaiser Barbarossa die Gebeine der Heiligen Drei Könige entführt und über die Rhône und den Rhein bis in den Kölner Dom gebracht hat, träumen die Bischöfe und Kardinäle mit eigener Kirche von berühmten Knochen – möglichst so alt, dass sie irgendeinem Heiligen zugeordnet werden können. Reliquien sind nun mal das Salz des Glaubens. Und davon hatte Kardinal Godin durch mich immer weniger.«

»Es ist unfassbar, was du mir erzählst!«, stöhnte Bertrand.

»Unfassbar, aber wahr!«, gab Seder zurück. »Nun aber wird es Zeit, von hier zu verschwinden. Ich bin mir ziemlich sicher, dass Ritter Falkenhenn schon bald das ganze Viertel durch seine Männer sperren lässt. Dann kommen wir nicht einmal mehr über die Dächer weg!«

Wie am Tag zuvor hatte er seinen Freund und Kämmerer Arnaud d'Aux in sein Schlaf- und Wohngemach im ersten Stock des früheren Bischofs-Palais von Avignon gebeten.

D'Aux sah, wie sich der Heilige Vater bemühte, allein aufzustehen. Er stand hinter ihm, half aber nicht. Etwas Bewegung musste sein, auch wenn sie schmerzte. Clemens schaffte es, wankte ein wenig und ging zur Tür des Audienzraums. Erst jetzt huschten zwei ältere Lakaien heran und öffneten die hohen Türen für den Heiligen Vater. Clemens lächelte ihnen zu und tätschelte dem Jüngeren von beiden wohlwollend die Wange. Er kannte seine beiden Diener schon seit der Zeit, als er Bischof in der Diözese an der Garonne geworden war. Manchmal, wenn sie völlig allein waren, duzten sie sich sogar untereinander. Und erst, seit er Papst war, achtete er darauf, dass ihn zufällige Mithörer nicht für zu milde oder zu schwach in seinem hohen Amt halten konnten.

Er wartete, bis auch noch die Balkontüren geöffnet waren und d'Aux wieder einen Schritt hinter ihm war, dann erst ging er auf den Balkon hinaus. Verwundert sah er, dass die gesamte Brücke wieder leer war. Nicht einmal Kinder oder Bettler waren zu sehen. Der Fluss glitzerte im Licht der Morgensonne wie mit Millionen silberner Fischchen angefüllt.

»Wenn ich den Sommer noch erlebe, möchte ich ihn nicht in Avignon verbringen«, sagte der Papst. »Schon in Bordeaux und in Lyon war mir manches in meinem Amt als Bischof viel zu grell. Und seit ich Papst bin, vermisse ich die Ruhe und den Einklang mit der Schöpfung, so fest ich glaube und so lange ich auch bete. Am liebsten wäre mir daher, wenn wir für einige Monate nach Bordeaux oder Comminges ziehen könnten.«

»Du hast in diesen Jahren sehr viel überstanden«, sagte der Kardinal.

»Und sehr viel aufgegeben und verloren!«

»Denkst du an Rom? Das soll dich nicht belasten. Rom ist ein Hurenhaus, in dem die Schwären mit dem Aussatz ringen. Was kümmert dich, ob die Parteien der Colonna und Orsini im täglichen Gefecht liegen?«

Papst Clemens V. ging nicht auf die Beschwichtigungsversuche seines langjährigen Freundes ein. Sie wussten beide, dass sie im Grunde keine andere Last zu tragen hatten als viele Auserwählte vor ihnen. Wie viele Päpste waren schon an den zu schweren Aufgaben zerbrochen? Wie viele Bischöfe und Priester? Und wie viele Menschen, die niemals irgendwelche Weihen erhalten hatten, wurden davongespült, ehe sie vorbereitet waren für das Leben im Jenseits.

»Wenn die Voraussagen der Bauern zutreffen, werden wir erneut einen sehr heißen Sommer haben.«

»Möglicherweise sogar eine Dürre«, stimmte der Kämmerer zu. »Wir sollten rechtzeitig Vorräte aus der nächsten Ernte ordern, denn wenn in der Umgebung hier alles verbrennt, steigen die Preise wie bei jeder Hungersnot.«

»Haben die Juden und die Händler in den *Fondacos* schon über derartige Buchungen gesprochen?«

»Nicht, dass ich wüsste«, sagte d'Aux. »Im Augenblick blicken die meisten wohl eher nach Italien als nach Frankreich und Aquitanien.«

»Wegen der Kämpfe in Rom?«

»In Rom, Florenz und überall dort, wo sich die Welfen und die Ghibellinen an die Gurgel gehen. Die Orsinis bekriegen sich nach wie vor mit den Gaetanis aus Anagni. Es ist furchtbar!«

»Kaiser Heinrichs Zug zurück durch Italien im vergangenen Jahr und sein Tod waren ebenfalls große Katastrophen.«

»Vor dem Stuhl des allerhöchsten Richters könnte man uns sogar vorwerfen, wir hätten zugelassen, dass Heinrich VII. zwar das Kapitol in Rom, aber nicht die Peterskirche und die Engelsburg einnehmen konnte«, seufzte Kardinal d'Aux. Er ging in den Kaminraum zurück und kam mit einem kleinen, silbernen Zahnstocher wieder. Während die beiden Männer schweigend den wenigen Fischern in den Booten auf dem Fluss zusahen, pflegte sich d'Aux seine ungewöhnlich weißen Zähne. Seit einer seiner Ärzte ihm dazu geraten hatte, achtete er sehr auf Sauberkeit an sich und in seiner Umgebung.

»Bruder da Prato war schließlich einer der beiden Kardinäle, die Heinrich seit der Belagerung von Brescia bis nach Rom begleitet und dort zum Kaiser gekrönt haben.«

»Ja, Niccolò ist inzwischen fast die einzige Kraft, die uns noch vor Frankreichs König schützen kann, nachdem die letzten überlebenden Tempelritter bis nach Schottland, Portugal und an die Küsten des Baltikums vertrieben wurden …«

»Und so, wie jetzt die Dinge in Paris stehen, hätte niemand den unglücklichen Jacques de Molay vor dem Brennen retten können«, sagte Clemens traurig. »Dabei bin ich mir sicher, dass Philipps Scharfrichter uns damit ebenso bestrafen wollte wie ihn selbst.«

Während Eliah äußerlich scheinbar gelassen wartete, arbeiteten Herz und Hirn in ihm mit all der Kraft, zu der sie fähig waren. Eliahs über sechs Jahrzehnte hin geübter Geist rief blitzschnell Dutzende von Plänen auf und verwarf sie gleich wieder. Es war, als wäre er der Kapellmeister eines großen Orchesters, der immer neu komponierte, während er gleichzeitig die vorgegebenen Noten las und den Einsatz aller Gedanken und damit seiner Möglichkeiten und Instrumente dirigierte.

Er richtete sich bei der riesigen Aufgabe seiner eigenen Rettung ausschließlich nach den Regeln und Gesetzen der Eingeweihten seines Volkes. Wer seit Jahrtausenden um sein Überleben kämpft, verliert den Hochmut, immer nur an Triumph und Sieg zu denken. Auch ein Versagen, das Verlieren und der Tod waren Möglichkeiten, die Jehova für das Ganze und den Einzelnen ganz selbstverständlich vorgesehen hatte.

Was wusste schon ein streng dressierter Fleischerhund

wie Kardinal Godin von der *Kabbala*, der geheimen Überlieferung der Juden von Adam über die alten Patriarchen bis zu den Propheten? Nach Meinung von Eliah gehörten Kleriker wie er bestenfalls zu denjenigen, die dunkel ahnten, warum sie gegen die Katharer und danach gegen ihren eigenen kämpferischen Orden der *Armen Ritter Christi vom Tempel Salomonis zu Jerusalem* vorgegangen waren.

Sie hatten nichts verstanden und würden nie etwas von den Geheimnissen des Lebens und der Schöpfung verstehen. Im Chaos ebenso wie in der Harmonie des Kosmos hing das Größte mit dem Kleinsten, das Innere und Äußere, das Gute und das Böse miteinander zusammen! Zauberformeln und religiöse Lebensführung, Mythen, Rituale und Legenden ebenso wie Vater, Sohn und Heiliger Geist. Und Wahrheit – das war doch nur der flüchtige Moment der Ewigkeit, in dem die anderen Lügen Luft holten. Da ihm Kredit oder eine Voraussage in unruhigen Zeiten viel zu unsicher erschien, suchte er die Wahrheit durch den Vergleich von Tatsachen aus näherer Vergangenheit.

»Er hatte einen Ring bei sich«, sagte Eliah so beiläufig, als würde er über einen schönen Sonnenuntergang berichten. Bruder Wulfram hörte auf zu schreiben. Auch Frère Jules bewegte sich nicht mehr. Nur Kardinal Godin tat so, als hätte er nichts gehört.

Es gab keine Vereinbarung und nicht einmal ein Zeichen der Bereitschaft zwischen dem Christen und dem Juden, sich auf irgendeine Wahrheit zu verständigen, selbst wenn sie noch so klein war. Eliah lächelte kaum merklich. Er blickte bis zur Decke hoch, dann sagte er:

»Einen Ring mit einem Stein in Fliederfarbe. Ich bin mir nicht ganz sicher, aber es könnte ein Zauberstein … ein Amethyst gewesen sein …«

Der Meister des Palastes starrte ihn an. »Weißt du, was du da sagst? Ein Amethyst?«

»Bewahrt vor Eifersucht und Trunkenheit …«

»Er ist der Stein der Bischöfe!«

»Und gilt schon seit den Alten vor den Griechen als die direkteste Verbindung zu den Göttern und zum Kosmos.«

»Bei meiner Seele – wenn du nicht Jude wärst, müsste ich dich bei so viel Gotteslästerung sofort der Inquisition durch unsere Brüder überstellen!«

»Gewiss, das könntet Ihr, Eminenz. Dann würdet Ihr wahrscheinlich irgendein Geständnis aus meinem Munde quälen können. Aber die Wahrheit … die Wahrheit wäre doch wieder nur das, was allein Eure Vorstellung davon befriedigt.«

»Und welche Wahrheit bietest du mir an?«

»Es hat gestürmt, als meine Enkelin einen Ertrinkenden aus dem Fluss gerettet hat. Die Sonne schien nicht und wir hatten Regen.«

Er tat jetzt so, als wären seine Auskünfte erschöpft. Vollkommen ruhig nahm er den Weinkrug und goss erst Godin, dann sich selbst und zum Schluss den beiden Mönchen nach.

»Was ist? Was soll das? Warum redest du nicht weiter?«, brauste der Meister des Palastes auf.

»Ich stochere nicht gern im Nebel«, sagte Eliah furchtlos. »Wenn Ihr mir offen sagt, was ihr in Wahrheit sucht, werde ich ebenfalls offen sein.«

»Die Wahrheit!«

»Nur auf beiden Seiten oder gar nicht!«

Godin schürzte die Lippen. Dann griff er nach dem Weinbecher, trank einen tiefen Schluck und verscheuchte mit der linken Hand die beiden Mönche aus Paris.

»Ihr müsst mal Wasser abschlagen im Hof!«

»Pisst mir mein Maultier nicht an«, warnte Eliah ahnungsvoll. »Es ist nicht jüdisch und kann nichts für das, was ihr am Karfreitag noch beklagen werdet!«

Die beiden Mönche bleckten ihre Zähne zugleich wie zwei Zwillinge, verschwanden dann aber, wie es der Kardinal befohlen hatte.

»Das ist der Vorteil bei euch Dominikanern«, sagte Eliah. »Ihr könnt befehlen und gehorchen und müsst nicht lange beten oder zaubern, bis sich etwas bewegt.«

»Keine Abgaben an den Heiligen Stuhl bis zum christlichen Neujahrstag«, sagte der Kardinal. »Und zwar für dich und all deine Verwandten.«

»Das wäre dann mein ganzes Volk einschließlich Familiennachkommen des Propheten Isa hier in der Provence.«

»Unsinn, für Jesus Christus und die Mutter Maria sorgen wir schon selbst. Also, was meinst du? Und wo ist dieser Ring?«

»Ich habe ihn nicht an einer Hand gesehen, sondern an einer starken Kette um den Hals eines halb Ertrunkenen. Ich mag zwar schon ein wenig alt sein, aber der Blick für edle Steine ist bei mir noch nicht getrübt.«

»Zwei Jahre ohne Abgaben an uns, keine Steuern und keine Zölle in der Grafschaft Venaissin und der gesamten Provence, sofern ich das auch durchsetzen kann.«

»Und wenn Ihr allen Juden in und um Avignon einen Ehrensold aus der apostolischen Kammer gewährt – ich weiß nicht, wo der junge Mann aus dem Fluss und der Ring jetzt sind. Möglicherweise fällt mir irgendwann noch etwas ein, wenn Ihr mir sagt, warum der Unglückliche derart wichtig ist.«

»Er kennt Geheimnisse, die für den Fortbestand der Christenheit zwischen Paris und Rom entscheidend sein können«, seufzte der Dominikaner-Kardinal. »Aber ich weiß nicht einmal, ob er auch nur im Ansatz die Bedeutung dieses Wissens ahnt.«

»Ihr meint, wohin die schönen goldenen Floren aus dem Tempelturm in Paris gekommen sind? Den Schatz der Templer, den Gott und Papst und Frankreichs König immer noch zu suchen scheinen ...«

»Ach, wenn es das nur wäre!«, stöhnte der Meister des Palastes leise. »Bei Gott im Himmel, ich würde dich und den ganzen Erdkreis segnen. Was sind schon ein paar Wagenladungen voll Gold und Silber und Truhen mit Geschmeide? Tand, sage ich, nur der verfluchte Kot vom Goldenen Kalb!«

Eliah empfand schon beinahe Mitleid mit dem hartherzigen Dominikaner.

»Nein«, sagte Godin leise. »Was wir in Wahrheit suchen, ist wertvoller als der Stein der Weisen, kostbarer als eure rätselhaft verschollene Bundeslade, ja, mehr noch als der legendäre Heilige Gral der Ketzer und viel mehr als der Schlussstein, ohne den bis heute keine einzige der Kathedralen vollendet werden konnte.«

»Das alles soll in einem Amethyst verborgen sein?«,

»Nein, in Smaragdus ... ich meine Bertrand von Comminges«, verbesserte der Kardinal. »So heißt der Sohn des Papstes, hinter dem wir her sind. Und wir erkennen ihn an dem erwähnten Ring.«

Für Seder war der Fluchtweg über die Dächer nichts Besonderes. Er benutzte ihn immer dann, wenn er ungesehen beim Großvater in Avignon auftauchen und ebenso wieder verschwinden wollte. Bertrand hingegen tat sich schwer, geschmeidig und fast unsichtbar wie eine Katze von First zu First zu fliehen. Erst im letzten Augenblick hatte Seder bemerkt, dass sie beide keine einzige Münze bei sich trugen. Nur deshalb ging er ein Risiko ein und rief seine Schwester nochmals mit dem Meckern eines Zickleins, wie sie es seit Kindertagen von ihm gewohnt war.

Als sie in den Hof kam, meckerte er nur noch einmal ganz leise. Sie blickte wie zufällig in die Runde und stockte nicht, als sie den blonden Schopf von Bertrand auf einem der flachen, mit halbrunden roten Ziegeln gedeckten Dächer liegen sah. Er hatte noch nicht soviel Übung wie ihr Bruder. Seder hob nur kurz den Arm und rieb Daumen und Zeigefinger, wie er es ihr schon als kleines Mädchen beigebracht hatte, wenn sie etwas Unerlaubtes für ihn tun sollte.

Sie verstand sofort, machte aber keine Anstalten, ihm zu gehorchen, wie sie es getan hatte, seit sie denken konnte. Großvater Eliah, ihr Vater und Seder waren stets die Herren gewesen. Nie wäre es ihnen in den Sinn gekommen, sie anders zu behandeln als Mägde oder bestenfalls als benötigte und deshalb geachtete dienstbare Geister in Haus und Hof. Miriam hatte niemals versucht, sich gegen ihre Rolle und ihr durch uralte Gesetze geregeltes Leben zu wehren. Vieles, was ihr zunächst ungerecht und schädlich erschien, sah ganz anders aus, wenn sie sich klar machte, wie schlecht es andere hatten, die nicht in einem guten Haus wohnen und auch in schlechten Zeiten aus Münzschatullen und gut gefüllten Vorratskammern nehmen konnten, was sie benötigten.

Sie waren niemals wirklich arm gewesen, auch wenn es Zeiten gegeben hatte, in denen lange erwartete und manchmal sogar im Voraus bezahlte Waren nicht eintrafen. Zeiten, in denen der Großvater auch noch die letzte Münze im Haus zusammensuchen musste und sie gefragt hatte, ob sie nicht noch ein allerletztes Schmuckstück zum Verleihen besaß, obwohl fremde Pfänder ganze Kammern im Keller wie in Fürstengräbern verstopften. Das jedoch war anvertrauter Reichtum auf Schuldschein oder Wechselbrief – nicht mehr wert als die Ablassversprechen, die bei den Christen ebenso hoch gehandelt wurden wie bei den Muselmanen Plätze im Garten des Paradieses.

Sie schlenderte in die Küche zurück und löste einen Ziegelstein an der Rückseite des Herdes. Vorsichtig tastete sie nach ihren kleinen Schätzen, die sie dort verborgen hatte. Am Abend vorher hatte sie auch die Kette dazu gelegt, die dem Fremden aus dem Fluss gehörte. Sie war zerrissen, als ihr Bruder und der rothaarige Priester ihn auf den Karren gewuchtet hatten. Miriam hatte sie eingesteckt, damit sie nicht verloren ging. Da hatte noch etwas daran gehangen. Sie überlegte, was es gewesen sein konnte, aber sie fand keine Antwort. Schnell griff sie ihren Geldbeutel und holte ein paar kleine Münzen hervor.

Auch wenn ihr heimliches Vermögen zur Zeit zu gering für eine Flucht oder ein Saufgelage war, musste es reichen, denn an die Geldkästen im oberen Stockwerk wollte sie nicht heran, solange die Kirchlichen noch im Haus waren. Sie ging wieder in den Hof und warf ihren Geldbeutel zum Dach des Nebenhauses hinauf. Wenigstens diesmal bedankte ihr Bruder sich, indem er einen Daumen hob, ehe er den Kopf zurückzog und verschwand …

Sie wartete und wagte kaum zu den Dächern zu sehen. Dennoch hoffte sie, dass nicht ihr Bruder, sondern der blonde junge Mann noch einmal in ihre Richtung sehen würde. Fast hatte sie schon aufgegeben, als sie ihn doch noch einmal sah.

Er blickte sie so sehnsüchtig und voller Liebe an, dass sie am liebsten losgelaufen und zu ihm hinaufgestiegen wäre.

Kapitel 11

Spelunken am Fluss

»Hat man inzwischen etwas über die Wege unseres übereifrigen Kardinals Godin gehört?«, fragte der Papst am späten Nachmittag, ohne sich umzudrehen. Er saß in eine weiße Soutane gekleidet in seinem Lehnstuhl am Fenster, als der Kardinal eintrat. Es ging ihm immer ein wenig besser, wenn der Mistral nicht mehr blies.

»Nur die Nachricht, dass er sich mit einigen Begleitern im *Carrière* aufgehalten hat«, begann d'Aux. »Er wollte wohl unseren Juden Eliah von Carpentras zusammen mit diesen beiden Brüdern aus Paris wegen der Ereignisse von gestern unten an der Brücke befragen. Soweit ich gehört habe, hat er Ritter Falkenhenn und die anderen Bewaffneten in ihre Unterkunft zurückgeschickt und ist zum Kloster der Dominikaner vor der Stadt gegangen.«

»Ein schöner Weg durch die Stadt«, sagte der Heilige Vater und schob seine in den vergangenen Monaten rissig gewordenen Lippen vor. »Auch wir sind in den ersten Jahren oft am *Fondaco* der italienischen Händler vorbeigegangen. Die ehemalige *Komturei* der Templer war für uns immer eine Art Mahnmal.«

»Du kanntest sie bereits, als du noch Bischof warst«, sagte d'Aux und nickte.

»Ach, Arnaud … schon als Priester«, sagte der Papst und lachte fast schon vergnügt. »Um ganz genau zu sein, wusste ich schon als Kind, dass meine Familie mit den Templern zu tun hatte. Viele von meinen Vorfahren waren entweder Ordensbrüder oder von früheren Päpsten verfolgte Ketzer. Und manchmal waren sie auch beides gleichzeitig. Die Niederlassung der Tempelherren hier in Avignon war immer etwas Besonderes. Sie birgt noch heute einige Geheimnisse, die nur Eingeweihte kennen. Schließlich gingen von hier Unterstützungsaktionen für die widerspenstigen Reinen im Languedoc aus. Hier wurden auch Frachtzüge für eingeschlossene Katharer und Albigenser auf ihren Bergfestungen der Pyrenäen und den lange Zeit unbezwingbaren Dörfern in den Schwarzen Bergen organisiert.«

»Aber auch das Böse … die Kreuzzüge gegen die Albigenser und Katharer nahmen von hier aus ihren Anfang«, sagte d'Aux.

»Ja, das verzeihen einige der Menschen im Süden dieses Landes dieser Stadt nie. Andererseits sind Avignon und die Grafschaft erneut zur rettenden Insel für viele Flüchtlinge geworden – auch für uns selbst, wie du wohl nicht bestreiten willst.«

Clemens brach ab und blickte versonnen aus dem Fenster. Dabei vertiefte sich eine Doppelfalte auf seiner Stirn mehr und mehr.

»Ich möchte wirklich wissen, wozu ein Kardinal in der Karwoche Männer in Eisen und in Kettenhemden braucht, wenn er nur einen alten Juden befragen will, der bekanntlich gute Geschäfte mit uns macht«, meinte er schließlich. »Noch dazu im *Carrière*, wo doch nie etwas passiert.«

»Ich weiß es nicht«, antworte d'Aux.

»Mir gefällt nicht, wie er sich mehr und mehr auf eigenen Wegen bewegt«, sagte der Papst. »Natürlich weiß ich, dass er jedes Wort, das er hier aufschnappt, seinem Ordensgeneral Berengar nach Paris meldet. Ich weiß auch, dass er, Berengar und Philipp der Schöne gemeinsam Meister Eckhart von der Sorbonne vertrieben haben.«

»Vergiss nicht, dass wir ebenfalls daran mitgewirkt haben.«

»Aber erst auf nachdrückliches Bitten gewisser Dominikaner wie Berengar und Godin.«

»Und des Provinzialpriors der Dominikaner in Rom«, sagte Arnaud d'Aux. »Ich finde, wir vergessen manchmal viel zu leichtfertig, dass nicht nur Godin Dominikaner ist, sondern auch unser Freund und Berater Niccolò da Prato.«

»Und was bin ich?«, fragte der Papst fast schon belustigt. »Bin ich etwa der letzte der Templer? Oder habe ich bei unserem Umzug hier in unsere Grafschaft nicht immer wieder im Kloster der Dominikaner vor dem Agricola-Stadttor gewohnt?«

»Auch Meister Eckhart gehört zum Orden«, sagte d'Aux. »Aber ich schwöre, dass dieselbe Inquisition ihn über kurz oder lang wegen Ketzerei und Gotteslästerung vor Gericht stellen wird!«

»Dann wird er es sein, der uns nach dem Tod des Großmeisters der Templer eine letzte Warnung oder auch rettende Hinweise geben will«, sagte Papst Clemens V. und schloss für einen Moment die Augen. Er holte tief Luft durch die Nase, dann stieß er sie wieder aus. Und plötzlich stöhnte er laut auf. Er griff sich an sein Herz, riss den Mund auf und rutschte halb zur Seite.

»Mein Sohn Smaragdus hat … meinen alten Bischofsring«, stieß er mühsam hervor. »Mit dem eingravierten

Kreuz im Herzen. Und der Jude Eliah von Carpentras weiß, was bei meiner Krönung in Lyon geschehen ist ... als sie mich umbringen wollten und die Mauer auf mich stürzte. Sein Sohn Ariel fand dabei den Tod ... aber vielleicht fand er sterbend auch noch etwas anderes ...«

»Du meinst doch nicht etwa ...«

Der Papst schüttelte den Kopf. Er zeigte auf das Brevier in der linken Hand des Kardinals.

»Meister Eckhart hat mich damals mit seinem Brevier in der Hand in Lyon gewarnt. ›Reite nicht auf einem Pferd zur Krönung wie die Tempelritter und die Fürsten dieser Welt‹, hat er mich ermahnt, ›selbst wenn du auf einem Esel reiten oder gleich das Kreuz tragen müsstest, würde dir kein Stein aus der Krone fallen‹.«

Kardinal Arnaud d'Aux blickte den Heiligen Vater lange an.

»Der Rubin an der Spitze deiner dreifachen päpstlichen Krone ging damals verloren.«

»Ja«, sagte Clemens und nickte. »Auch er trug als Gravur das Kreuz im Herzen ... allerdings mit etwas anderen Markierungen darüber als auf meinem ersten Bischofsring ...«

»Ich weiß so viel von dir«, sagte der Kardinal und seine Stimme klang plötzlich rau. »Aber ich weiß offensichtlich doch nicht alles!«

Papst Clemens V. lächelte nur, dann legte er mit geschlossenen Augen den Kopf zurück. Er schlief ein, noch ehe er seinem Kämmerer und Vertrauten antworten konnte.

Bertrand war nicht so geübt in den Kletterkünsten, die eher in den Judenvierteln als hinter Klostermauern wichtig waren. Außerdem fühlte er sich noch immer wie verprügelt durch den langen Ritt und die Schläge, die ihm der reißend wirbelnde Fluss versetzt hatte.

Sie überquerten eine Nebenstraße und entdeckten in der Rue Jacob mehrere Bewaffnete. Einige sahen wie ungeschlachte Waffenknechte aus, aber drei von ihnen trugen Helme, Kettenhemden unter bestickten Waffenröcken mit dem rot und gelb gestreiften Wappen des Papstes, Beinschienen und breite Eisenschuhe mit Scharnieren an den Fersen.

»Das sieht ernster aus, als ich gedacht habe«, sagte Bertrand. »Einer von uns beiden muss denen da ziemlich wichtig sein.«

»Ich bin es nicht«, antwortete Seder sofort und schlenderte zur anderen Seite der schmalen Gasse. »Ich bin nur ein Betrüger und ein Dieb. Dafür macht sich kein Kardinal auf die roten Strümpfe und auch kein Schweizer Ritter Falkenhenn als Anführer der Schildwache für euren Papst.«

Bertrand presste die Lippen zusammen. Streif wie ein durch die Sümpfe stakender Storch überquerte er die Gasse. Er musste sich so sehr dabei zusammennehmen, dass sein Gesicht glühte, als er sich schwer atmend mit dem Rücken an die nächste Hauswand lehnte.

»Was ist mit dir?«, fragte Seder. »Bist du noch niemals vor Bewaffneten davongelaufen?«

Bertrand schüttelte leise den Kopf.

»Derartiges gehörte bisher nicht zu den Lektionen, die ich lernen musste.«

»Dann wird es Zeit!«, grinste Seder und spitzte seine Lippen zu einem leisen Pfiff. Er nahm Bertrand leicht am Arm und führte ihn wie einen Blinden und zugleich noch Lahmen von einer Straßenkreuzung zur nächsten. Anfänglich hatte er eher mit Verachtung auf den in seinen Augen viel zu weichen Schönling aus dem Fluss geblickt. Seit sich der Meister des Palastes und der Anführer seiner Bewaffneten aber wegen des Fremden bis ins *Carrière* begeben hatten, sah er ihn mit anderen Augen an.

»Ich wollte eigentlich innerhalb der Stadtmauern nach einem sicheren Platz für uns suchen«, meinte er. Sie näherten sich der Kirche kurz vor der westlichen Stadtmauer, die dem Bischof Agricola geweiht war, der vor fünfhundert Jahren für seine kraftvollen Predigten über die Stadt hinaus berühmt geworden war.

»Siehst du dort drüben ... gegenüber von Agricolas Kirche, das ist die ehemalige *Komturei* der Templer«, erklärte Seder. »Jetzt sollen Hospitaliter die Gebäude übernehmen, aber einige italienische Handelsherren weigern sich, die raffiniert erbauten Kammern, Lager und die Ställe zu verlassen. Sie haben sofort nach der Verhaftung der Templer überall in Frankreich mit den Oberen dieser *Komturei* einen Nutzungsvertrag abgeschlossen und notariell besiegeln lassen.«

»Aber das Eigentum der Templer soll doch den Johannitern übergeben werden«, sagte Bertrand.

»Den Johannitern oder Maltesern, Hospitalitern oder Dominikanern ... was macht das schon, wenn es um gute Handelsräume geht, die Frankreichs König ebenso gern hätte wie der Papst. Und so lange sich die Notare um Klauseln und Verträge streiten, fließen hier die goldenen Floren in ganz andere Taschen.«

»Du weißt sehr gut Bescheid.«

»Ich habe für den Mann gearbeitet, der jetzt der Herr des Templerhauses ist ...«

Sie erreichten die Stadtmauer und das Agricola-Tor nach Westen hin zum Fluss.

»Wo willst du hin?«, fragte Bertrand.

»Zu einem Platz, an dem man dich nicht suchen wird«, meinte Seder mit einem breiten Grinsen. »Dort stinkt es vielleicht ähnlich wie in einer Kerkerzelle, und es ist manchmal laut vom Streit um Weiber, aber in diese Hafenschenken wird sich kein Ritter oder Priester je verirren.«

Zuerst dachte sie, dass die beiden Mönche ihr nachgeschickt worden waren. Bertrand und Seder waren aber schon so lange fort, dass im *Carrière* keine Gefahr mehr für sie bestand. Als ihr das klar wurde, achtete sie nicht mehr auf die beiden Mönche. Sie waren klug genug, sich ihr nicht weiter zu nähern, als es erlaubt und unbedenklich war. Dennoch war sich Miriam sicher, dass die beiden in einer anderen Situation keineswegs wohl bedacht auf der anderen Seite des Hofes geblieben wären, während sie nach der Ziege, dem Maultier und den Gelegen der Hühner sah, die überall in den sandigen Stellen des Hofes mitten in Avignon scharrten.

Völlig unerwartet erschien der Kardinal im Hauseingang. Der ehemalige Rabbi Eliah folgte ihm mit einem kleinen Abstand. Godin winkte den beiden Mönchen, dann ging er bis zum Tor und wartete. Wortlos gab Eliah den Eingang seines Anwesens frei. Sie gaben sich nicht die Hand, und weder der eine noch der andere neigte den Kopf zum Abschied.

Nur wenige Minuten später war die Pforte im Tor wieder geschlossen und der Lärm der bewaffneten und gerüsteten Begleiter des Kardinals verklang zwischen den Häusern und Gassen im *Carrière*. Großvater und Enkelin waren wieder allein. Sie ließ ihm eine Weile Zeit, lächelte ihm zu und wollte in die Küche gehen. Noch in der Eingangsdiele entschloss sie sich anders und ging die Stufen hinauf. Noch einmal blickte sie in das leere Schlafzimmer. Der große helle Raum wirkte so unbewohnt und aufgeräumt wie seit ihrem Einzug in Avignon. Nichts – nicht einmal irgendeine Fußspur auf dem Boden oder eine Falte in den Linnen verriet, dass hier noch vor wenigen Stunden ein fast ertrunkener Student aus Paris geschlafen hatte.

Sie ging zum Fenster, sah in den Hof, dann zum Ziegenschuppen und über die ausgebleichten roten Ziegeldächer der Innenstadt hinweg. Die letzten Regenwolken hatten sich inzwischen nach Süden hin zum Meer verzogen, doch irgendetwas fehlte. Sie erkannte, was es war: Niemand tanzte oder sang an diesem Mittwochnachmittag. Und von der großen Insel klang keine Musik und kein Gelächter über die Brücke und den Fluss.

In den vergangenen vier Jahren hatte sie mehr als einen Mistral miterlebt. Doch diesmal folgte dem großen, kalten Sturm eine lange Stille. Sie ging in Gedanken noch einmal den Weg über die Brücke und überlegte, wo sie den Anhänger von der zerrissenen Kette ihres blonden Engels verloren haben konnte. Wie viele Menschen waren inzwischen über die Brücke gegangen? War sie überhaupt noch gesperrt? Vielleicht konnte sie den Wachen am Brückentor sagen, dass sie etwas suchen wollte, das im Sturm verloren ging. Das war ja sogar die Wahrheit und würde vor Gott und sogar vor der Inquisition standhalten.

»Vor ein paar Jahren hätten wir uns in dieser Kleidung nicht hierher wagen dürfen«, sagte Seder zu Bertrand und lachte verschwörerisch. »Das war alles fest in der Hand des Hafenmeisters, und der bestimmte im Auftrag eines höheren Herrn, wer hier am Fluss in die Tavernen und die

Schenken oder oben in der Stadt in beliebte Gasthäuser einkehren durfte. Nimm nur das *Cheval blanc* – kein Jude und kein Fuhrknecht, nicht einmal Handwerker, die Mitglieder der Zünfte waren, duften dort verkehren.«

»Und warum nicht?«

»Reserviert für Priester, ausgewählte Mönche und natürlich Pilger, denn die geben noch immer mehr aus als alle anderen Gäste.«

»Auch außerhalb der Stadt?«, fragte Bertrand verwundert. Seder lachte auf eine Art und Weise, die dem Studenten aus Paris erneut die Röte ins Gesicht trieb.

»Und ob, mein ahnungsloser Freund! Und ob!«

Sie waren ohne Schwierigkeiten aus dem *Carrière* über die große Nord-Süd-Straße bis zur Kirche und zum Stadttor des alten Bischofs Agricola gekommen. In ihren einfachen, aber sauberen Kitteln und ihren aufgeplusterten Tuchkappen sahen sie wie arme junge Tagelöhner aus den vielen Baugruben aus. Bis auf ein paar rotwangige Mägde und ein paar Kinder in den Fenstern der besseren Häuser hatte niemand sie beachtet.

»Hinter der Stadtmauer und der Sorgue biegen wir nach Norden zum Rhônehafen ab«, erklärte Seder. »Ich kenne hier jede Gasse und jedes Haus. Und natürlich jede Kneipe die Rhône aufwärts bis Lyon und flussabwärts bis nach Arles und zur Küste bis nach Marseille.«

Bertrand lachte nur. Er hatte keine Mühe, dem schnell voranlaufenden Seder zu folgen. Sie mussten nur noch einmal das Flüsschen vor der Stadtmauer überqueren, das kurz vor dem Hafen nach links abbog und in die Rhône mündete. Nur wenige Schritte weiter reihte sich zwischen der Stadtmauer und dem Ladeplatz des Hafens eine Schankwirtschaft an die nächste.

Jedenfalls war es so vor ein, zwei Tagen noch …

Beinahe gleichzeitig blieben die beiden jungen Männer stehen. Es war Seder, der ungläubig den Kopf schüttelte. Erst jetzt sahen sie beide, wie groß die Schäden waren, die der Mistral und das Hochwasser an diesem Rhôneufer angerichtet hatten. Schon in Höhe der ersten beiden Häuser lagen bereits Fässer und Kisten, Bänke und hölzerne Wände kreuz und quer übereinander. Die nächste Schänke nach zwei festen, aus Stein gebauten Lagerhäusern sah noch übler aus. Sie war zusammen mit ein paar anderen kleinen, alten Häusern direkt an die Stadtmauer gebaut. Einige der Häuser hatten ihre vorderen Wände verloren, bei anderen war das Dach eingestürzt. So ähnlich musste es hier nach den schrecklichen Belagerungen durch die ungläubigen Heiden aus Spanien und Arabien vor einem halben Jahrtausend ausgesehen haben.

Sie kamen zu einem Loch in der Häuserreihe, das wie eine der neuen Baustellen in der Stadt aussah.

Ein Dutzend Männer und Frauen kletterten in den Trümmern herum und sortierten mühsam Gegenstände aus dem Schlamm, die kaum noch zu erkennen waren. Gleich darauf entdeckte Bertrand den halb im Schlamm steckenden Kadaver eines Pferdes. Das Maul des toten Tieres war weit aufgerissen, und zwischen seinen Zähnen klemmte noch die blanke, eiserne Kandare an der Trense. Er schluckte unwillkürlich, dann presste er die Zähne zusammen und überwand die Übelkeit.

»Siehst du jetzt, wie viel Massel du gehabt hast?«, fragte Seder. »Hier zwischen all den Trümmern und dem angespülten Geröll hättest auch du liegen können!«

Bertrand schluckte, dann nickte er. Genau in diesem Moment, als er die großen toten Augen seines Pferdes sah, tasteten seine Finger nach der Kette und dem Ring auf seiner Brust. Er trug beides schon so lange, dass er bisher nicht den geringsten Gedanken darauf verschwendet hatte. Doch dann, im Angesicht von Tod und Verwüstung an diesem traumhaft schönen Mittwoch vor Ostern, fuhr ihm ein eisiger Schreck durch den Körper.

Die Kette mit dem Ring war nicht mehr da!

Sämtliches Blut wich aus seinem Gesicht. Er hatte plötzlich das Gefühl, als wäre die wärmende Abendsonne ein Höllenofen, in dem er brennen sollte, und das Glitzern des Flusses kam ihm wie ein Eisfeld vor. Der junge Jude neben ihm wurde zu Beelzebub und zum ewigen Verführer, die Mauern Avignons zu Sodom und Gomorrha …

Angst überwältigte ihn. Überall sah er Bedrohungen für Leib und Leben. Die Hunde aus den Folterkellern der Inquisition waren hinter ihm her, Flussdämonen hatten ihn geschlagen, Brückengeister aus der Flut gerissen, Pontius Pilatus wusch sich als Seder neben ihm in gespielter Unschuld seine Hände, und selbst das Weib namens Maria oder Eva hatte ihn unzüchtig berührt, als er hilflos im Halbschlaf in ihrem Haus gelegen hatte …

Er war in Klöstern aufgewachsen, in großer Ordnung, strenger Disziplin und dem Vertrauen in die Harmonie des Universums. Gewiss, er hatte bereits tote Tiere in den Küchen gesehen, auch mal ein halb bekleidetes Weib am Rande eines Marktes in Paris, verkohlte Balken nach dem Blitzschlag, Brände in den Dachstühlen und verwüstete Gemüsebeete nach Hagel, Sturm und anderen Unwettern. Er wusste, dass die Wasser der Garonne vor den Pyrenäen viel schneller über die Ufer treten konnten als die der breiten Seine in Paris. Aber noch nie zuvor war ihm so bewusst geworden, dass der Tod in jeglicher Verkleidung auf ihn und jeden anderen lauern konnte.

Gleichzeitig dachte er wieder an seinen Ring. Er musste ihn wiederbekommen. Aber wie? Und wie weit konnte er Seder trauen? So ruhig wie möglich fragte er:

»Bist du mit mir hierher gegangen, um mir die Zerstörung zu zeigen? Um mich zu warnen? Oder um meine Erinnerungen aufzuwecken?«

»Nein«, antwortete Seder. »Ich dachte nur, dass wir hier ungestört eine Weile bleiben könnten ... solange jedenfalls, bis die Dominikaner die Suche in der Stadt nach uns abgebrochen haben.« Er lief von den eingestürzten Häusern bis zum Wasser. Die Rhône rauschte noch immer gefährlich dicht an der Hafenmauer entlang.

»Der ganze Hafenplatz muss überschwemmt gewesen sein«, rief er Bertrand zu.

»Und was jetzt? Suchst du nach einer anderen Taverne oder wäre es nicht unsere Christenpflicht, den Leuten hier zu helfen?«

»Deine vielleicht, aber meine eher nicht«, antwortete Seder Ben Ariel abfällig. »Die besten Lagerhäuser hier am Hafen gehören dem verdammten Halsabschneider, der auch die *Komturei* der Templer an sich gerissen hat. Selbst wenn diese hier in Trümmern liegen, hat der verdammte Marco Ambrogio noch genügend weitere in der Stadt.«

»Du magst ihn nicht?«

»Dieser verdammte italienische Vampir aus Pisa ist der reichste Mann von Avignon, wenn man von eurem Heiligen Vater mal absieht. So wie ich Ambrogio kenne, macht er aus diesen Trümmern und selbst mit Wasserleichen aus der Überschwemmung noch ein schmieriges Geschäft.«

»Du kennst ihn persönlich?«

»Ich war Gehilfe in seinem *Fondaco*. Er hat mir Betrug und schweren Diebstahl in seinem Handelshof vorgeworfen – und mich in den Kerker werfen lassen, nur weil er mich ein einziges Mal mit seinem geilen Weib Elena erwischt hat.«

»Du hast tatsächlich schon einmal mit der Ehefrau deines Dienstherrn …?«

»Was heißt hier einmal?«, lachte Seder und richtete sich stolz auf. »Nacht für Nacht, und wenn er wieder einmal in eigenen Geschäften oder im Auftrag von Kurienkardinälen unterwegs war, auch mehrmals. Aber das bringt mich auf eine Idee, die uns weiterhelfen kann …«

»Nein, hör auf damit!«, stieß Bertrand ahnungsvoll und voller Ablehnung hervor. Und plötzlich musste er wieder an Miriam denken.

Die Stadttore wurden geschlossen. Erste Schatten senkten sich in die schmalen Gassen, als Seder und Bertrand endlich Bewegung hinter den bleigefassten Fenstern des neu erbauten Fachwerkhauses sahen, um das sie immer wieder herumgestrichen waren. Nichts hatte sich an diesem Nachmittag hinter den teuren Glaskunstwerken bewegt.

Das prächtige, zweistöckige Gebäude lag zwischen dem Palais der Stadtverwaltung und der alten Römermauer. Der mit Lorbeer, Taxus und schräg stehenden Pinien bewachsene Kreidefelsen stieg an dieser Stelle steil auf. Die Rhône und die Brücke waren von der Straße aus ebenso wenig zu sehen wie das alte Bischofspalais oder die Kathedrale auf der anderen Seite der Felsen.

Obwohl das Stadtviertel dadurch wesentlich ruhiger und vornehmer wirkte, kam es Bertrand so vor, als würde es überhaupt nicht mehr zu Avignon gehören.

»Hier wohnen die edleren Herren und Betrüger von Avignon«, erklärte Seder. Er war mit Bertrand bis zum Friedhof am alten Markt gegangen. Sie hatten dort eine ganze Reihe von Leuten gesehen, die in Gruppen mit Reifen und Stoffbällen spielten, zwischen den Gräbern tanzten oder auf den Grabplatten würfelten, Wein aus mitgebrachten Krügen tranken und Pärchen, die sich in den Büschen vergnügten. Nur Elena von Pisa, die Gattin des Kaufmanns Marco Ambrogio, hatten sie nicht gefunden.

»Wie kannst du sicher sein, dass sie hier herumwandert?«, hatte Bertrand ihn gefragt.

»Ich weiß eben, was sie begehrt, wenn ihr Gemahl auf Reisen ist«, hatte er mit einem schweren Seufzer geantwortet. »Und in den vergangenen Wochen musste sie leider auch auf mich verzichten.«

Gleich darauf wanderte ein Lichtschein im Inneren des Hauses hin und her. Seder zog Bertrand am Ärmel über das Kopfsteinpflaster bis unter die Fensterläden. Das große, zweistöckige Fachwerkhaus passte nicht zu den anderen in der Straße, von denen viele eher wie römische Senatorenhäuser oder kleine Tempelchen mit zwei, drei Treppenstufen und Säulen vor der Eingangstür aussahen. Seder gelangte bis zum hellbraunen, frisch geölten Eingangsportal mit einem bronzenen Türklopfer, in den das Stadtwappen von Pisa eingegossen war.

Seder griff zu und ließ den Schläger gegen die eingelassene Kupferplatte fallen. Bertrand wich entsetzt zurück. Der Lärm klang wie der Schlag von Glockenklöppeln hoch oben in der Kathedrale. Nur wenig später öffnete sich ein kleines Glasfenster mit einer aufgemalten Mutter Gottes in einer Wandnische über einer Öllampe. Ein strahlendes Frauengesicht wurde hinter einem schrägen Eisengitter sichtbar.

»Kommt durch den Seiteneingang«, forderte eine rauchige Stimme sie auf, dann schlug die Klappe wieder zu. Bertrand spürte, wie sich seine Nackenhaare aufstellten. Stimmen wie diese waren für ihn der Inbegriff von Hexen, die es in Neumondnächten mit bocksbeinigen Teufeln trieben. Genau so hatte er sich stets die Sünde und die Verführung vorgestellt.

»Jetzt dauert es noch eine Weile, bis sie sich angerichtet hat«, grinste Seder Ben Ariel.

Kapitel 12

Elena

Eliah von Carpentras stieg in den hinteren der beiden Kellerräume seines Hauses hinab. Unten zündete er einen in die Wand eingelassenen achtarmigen Leuchter an. Dann brachte er mehrere verschlossene Truhen nach unten. Er behandelte sie so behutsam, als wäre die verschollene Bundeslade der Juden darin. Er stellte die hölzernen, dunkel lackierten Kisten in die Nischen neben dem *Mikwe*-Becken und legte zuerst dunkelrote Brokattücher mit goldenen Stickereien, dann kleine Tefillinkästchen mit beschriebenen Pergamentstreifen und schließlich grobes Sackleinen über die Truhen.

Obwohl er einige Male die Stufen hinauf und hinunter lief, schien ihn die Bewegung nicht anzustrengen. Erst als er fertig war und den Kellerzugang wieder verschlossen hatte, musste er ein wenig schnaufen und sich den Schweiß von der Stirn wischen. Er ging bis zum Altar, neigte den Kopf und betete so lange, bis er wieder völlig ruhig atmete.

Anschließend wusch er sich in der Küche die Hände, steckte ein sauberes Tuch ein, schlüpfte in seine halb lange, kaftanartige Jacke und setzte den spitzen zitronengelben Judenhut auf, der wie ein umgedrehter Trichter mit einer Bommel an der Spitze aussah. Für einen Moment musste er gegen eine Welle von Zorn über die lächerliche, beschämende Kennzeichnung ankämpfen. Auch mehr als tausend Jahre der Vertreibung, Schmähung und Verleumdung hatten aus Männern wie ihm keine Opferlämmer gemacht, die alles, was ihnen durch Christen widerfuhr, klaglos erduldeten. Viele hatten sich immer wieder um ihres Glaubens willen unterworfen und geschwiegen, um zu überleben.

Eliah von Carpentras wusste genau, welches Risiko das Leben für einen Juden selbst in einer Gegend wie der Provence besaß. Nicht einmal der Schutz des Papstes konnte die Eiferer in ihren Büßerkutten von Willkür, erfundenen Beschuldigungen und mutwilligen Verteufelungen abhalten. Und selbst wenn nichts davon eine Bestrafung rechtfertigte, handelten sie zum Schluss doch so, wie es ihnen beliebte. Hauptsache, sie priesen dabei Gott den Allmächtigen.

Eliah verließ das Haus. Er ging über den Hof zum Stall seines Mulis und spannte es vor den Karren. Aus einem Seitenverschlag lud er getrockneten Fisch auf den Karren. Die Delikatesse von den Küsten Englands war eigentlich für den Haushalt des Heiligen Stuhls bestimmt, aber der Meister des Palastes hatte nach der abgebrochenen Vernehmung angedeutet, dass man im Dominikaner-Kloster draußen vor dem Tor Agricolas besorgt über den Mangel von Fisch nach den Überschwemmungen sei und dass Fleisch in der christlichen Fastenzeit nun einmal nicht in Frage komme.

Eliah ärgerte sich über die neuerliche Erpressung, aber er sah sie auch als das kleinere Übel an. Lieber verzichtete er auf seinen teuer eingekauften Stockfisch als auf Freiheit und Leben. Er hätte sich bei einem der anderen Kardinäle im Palais über Pierre Godin beschweren können. Der hätte dann vielleicht wie üblich nachgegeben und sich beim nächsten Mal doppelt und dreifach an ihm oder einem anderen Bewohner des *Carrière* gerächt. Aus dieser andauernden Pressung kamen die Juden nur heraus, wenn sie nicht den geringsten Widerstand leisteten …

Eliah war zu klug, um zu bejammern, was er nicht ändern konnte. Obwohl er eigentlich erst am nächsten Werktag wieder aus der Stadt fahren durfte, besaß er eine besondere Genehmigung vom Meister des Palastes. Sie war nicht billig, denn von allem, was er tat, standen Kardinal Godin und dem Prior der Dominikaner in Avignon jeweils ein Zehntel zu. Ein weiteres Zehntel seiner Einkünfte musste er an den Kämmerer des Papstes für die Liegenschaften des Heiligen Stuhls in Carpentras abführen, und ein Zwanzigstel an das Priorat von Malaucène. Dort begann der steinige Weg hinauf zum Mont Ventoux, den Papst Clemens in den letzten Jahren gern genommen hatte, wenn er die Nähe des Himmels auf dem windigen Berg brauchte und ihm die Pflichten als Heiliger Vater ein wenig Zeit für die Besinnung in Weite und Einsamkeit ließen.

Eliah öffnete das Hoftor. Noch ehe er mit dem Karren hindurch war, tauchte Miriam auf.

»Warte heute Nacht nicht auf mich«, rief er ihr zu. »Ich fahre den Fisch aus Britannien zu den Dominikanern. Dann will ich zusehen, dass ich weiter nach Carpentras komme. Dort hat der Brazzi ein paar Dutzend spanische Eisenhelme eingelagert, die ich mir ansehen möchte. Außerdem muss ich mich etwas umhören …«

»Ich werde hier alles geschlossen halten«, sagte sie.

»Ich weiß«, sagte er mit einem liebevollen Blick. »Du bist eine gute Tochter Zions und eine Enkelin, auf die ich stolz sein kann.«

»Du hast ja auch keine andere«, gab sie zurück. Es sollte wie ein Scherz, eine Abwehr seines Lobes klingen. Im selben Augenblick sah sie, wie seine Wangen zuckten.

»Entschuldige bitte«, sagte sie sofort. »Ich wollte dich mit meinen vorlauten Worten nicht verletzen.«

»Du hast ja Recht«, sagte er und räusperte sich. »Man darf die Trauer der Vergangenheit nicht zum täglich Brot machen. Und falls dein Bruder Seder oder der andere wieder auftauchen – sag ihnen, dass sie unter keinen Umständen hier im *Carrière* bleiben dürfen! Schon das geringste Gerücht oder ein falsches Zeugnis können dem Viertel und allen anderen grausam schaden ... ich weiß noch nicht, was geschehen ist, aber ich habe die Dominikaner noch nie zuvor derart verstört gesehen. Sie sind aus irgendeinem Grund unsicher und daher noch gefährlicher als betrunkene Söldner ohne Feind.«

»Du musst der Dame viel bedeuten, wenn sie so lange braucht, um sich für dich zu schmücken«, meinte Bertrand und räusperte sich. Sie warteten schon eine volle Viertelstunde. Seder lachte nur und knuffte ihn mit einem freundschaftlichen Stoß in die Seite.

»Ihr Gatte will leider bereits morgen, an eurem Jammerdonnerstag, zurückkommen«, sagte er. »Er ist inzwischen vier Wochen unterwegs. Zuerst wollte er Stoffe in Flandern ansehen und danach als besonderer Kurier von Kardinal d'Aux mit einem Brief des Papstes zum Erzbischof Heinrich II. von Virneburg nach Köln – und auf dem Rückweg vielleicht sogar zu Meister Eckhart in einem der Beginenklöster irgendwo bei Straßburg.«

Bertrand blickte den kahl geschorenen Juden mit völlig neuem Respekt an.

»Und woher weißt gerade du das alles? Ich denke, du hast die vergangenen Monate in einem Kerker zugebracht.«

»Was ihr Gemahl weiß, weiß auch sie … und wenn ich gut genug bin, weiß ich es ebenfalls.«

Er grinste genau auf die Art und Weise, die Bertrand nicht leiden konnte.

»Es geht um die Wahl des neuen Königs für das Heilige Römische Reich. Die Bayern wollen, dass ihr Ludwig im Oktober in Frankfurt gewählt wird. Dann ist da noch Friedrich von Österreich, für den sich einige der Kurfürsten bereits entscheiden haben. Auch Wilhelm von Holland, Johann von Böhmen und einige andere Könige haben sich bereits beworben. Darüber hinaus möchte auch Philipp der Schöne von Frankreich, dass sein Sohn der neue römisch-deutsche König wird.«

»Und was hat das mit unserem Papst und dem Erzbischof von Köln zu tun?«

»Virneburg hat vor fünf Jahren dem Befehl von Clemens V. gehorcht und auf der Provinzialsynode durchgesetzt, dass auch am Rhein das Jahr am fünfundzwanzigsten Dezember beginnt, und nicht mehr wie davor zu Ostern. Dadurch hat er das Wohlwollen des Papstes. Inzwischen verhandelt er mit dem König von Frankreich ebenso wie mit den anderen deutschen Kurfürsten, wen er in Frankfurt wählen und dann in Aachen krönen wird. Das Ganze ist ein riesiges Geschäft für alle. Aber der Erzbischof von Köln ist auch Avignon verpflichtet, seit Clemens V. ihn mit seiner Bulle *Ad nostram noviter* vor den Aufständischen in seiner Kölner Diözese gerettet hat.«

»Davon habe ich vor zwei Jahren in Paris gehört«, sagte Bertrand. »Eine Union aus Kölner Prälaten, Kanonikern, Mönchen und Advokaten soll sich gegen den Erzbischof erhoben haben. Der Papst soll damals hier von Avignon aus allen Gegnern des Erzbischofs die Exkommunikation angedroht haben, wenn sie sich nicht innerhalb von neun Tagen auflösen.«

»So ungefähr ist es wohl gewesen. Aber als Gegenleistung hat Clemens verlangt, dass sich der Erzbischof auf keinen Fall für den Sohn von Philipp IV. entscheiden und nur einen papst- und glaubenstreuen Bewerber um die römisch-deutsche Krone wählen darf.«

»Dann steht das alles jetzt auf Messers Schneide …«

»Nicht, wenn Marco Ambrogio Erfolg hat«, sagte Seder. »Er darf sogar mit dem Erzbischof über den Preis der Kölner für seine Zustimmung verhandeln, obwohl er selbst kein Prälat oder Bischof ist.«

»Woraus besteht der Preis?«

»Zumindest aus dem Dokument, das Ambrogio überbringen soll«, sagte Seder und schmunzelte. »Es geht dabei um die Befreiung vom Kreuzzugszehnten für den gesamten Kölner Klerus, dazu einige tausend Mark Silber über Mittelsmänner der Österreicher und dann noch eine sehr wichtige Zusage …«

»Ich glaube, dahinter rührt sich etwas«, flüsterte Bertrand und deutete auf die Tür. Seder nickte, ließ sich aber nicht beirren.

»Die Zusage nämlich, dass euer Hohepriester den neuen Kreuzzug zur Befreiung Jerusalems ablehnen wird, den Frankreichs König zusammen mit seinem Schwiegersohn Edward II. und seinem Sohn Philipp versprochen hat, falls letzterer gewählt und als neuer römisch-deutscher Kaiser gekrönt würde.«

»Die Zeit der Kreuzzüge ist doch endgültig vorbei!«, sagte Bertrand empört. »Und so dumm kann niemand sein, dass er nicht sehen würde, welche Absicht wirklich dahinter steckt.«

»Du sagst es«, seufzte Seder. »England, Frankreich und das Imperium aus Deutschland und Italien – alles aufs Wunderbarste vereint in der Hand Philipps des Schönen, mit einem Papst, der dann nicht mehr zu sagen hätte als der Kaplan auf der Brücke von Avignon.«

Hinter der Tür wurden Geräusche laut. Seder trat einen Schritt zur Seite.

»Und solange der große Kaufmann für die eigenen Taschen und den Papst unterwegs ist, führt die wunderbare Elena die Geschäfte im *Fondaco* der Italiener«, sagte er so klar und deutlich, dass sie ihn sogar hinter der geschlossenen Tür verstehen musste. »Ich werde sie wohl dazu überreden können, dass sich ein keuscher, noch sehr ahnungsloser Klosterschüler und Student von der Sorbonne für ein paar Tage dort verstecken kann. Ich selbst kann aber nicht hier bleiben, weil man mich zu allererst in ihren Armen suchen würde.«

»Nicht so laut!«, versuchte ihn Bertrand zu beschwichtigen. Aber der kahl geschorene junge Mann ließ sich nicht beirren.

»Der Fluss ist wieder ruhig«, sagte er, »und ich werde heute Nacht oder morgen am Tag versuchen, mit einem Kahn hinüber bis nach Frankreich zu kommen.«

»Was hast du dann vor?«

»Ich werde mich nach Norden bis Paris durchschlagen«, sagte er laut. Gleichzeitig beugte er sich zu Bertrand und flüsterte: »Genau das Gegenteil werde ich tun, aber falls jemand lauscht, soll er nur denken, dass ich nach Paris fliehe. Das ist hier bei den Kaufleuten aus Italien eine alte Regel: Immer das Gegenteil von dem behaupten, was man wirklich vorhat!« Dann rief er wieder deutlich hörbar: »Dort gibt es Männer auf der Île de la Cité, die dem Vermächtnis des verstorbenen Großsiegelbewahrers Guillaume de Nogaret noch treu sind. Aber es gibt auch Freunde, denen eine gute Idee für seine Befreiung aus dem Kerker ein paar schöne Florentiner Goldstücke wert ist.«

Zwei, drei Riegel rasselten auf der Innenseite der Haustür. Mit einem schnellen Ruck drehten sich die beiden jungen Männer um. Eine Laterne mit einer Wachskerze hinter klarem Butzenglas schien ihnen ins Gesicht.

»Schnell, kommt herein«, sagte die Stimme hinter der Laterne. Sie musste Elena von Pisa, dem Weib des großen Handelsherren Marco Ambrogio, gehören. Sie sahen nicht, dass sich eine andere Gestalt aus einer Mauernische löste. Sie hatte die Kapuze mit den Augenschlitzen der Grauen Büßer auf dem Kopf und eilte durch das Halbdunkel der Gassen auf den *Rocher des Domes* zu.

Die Sonne stand bereits dicht über den Bergen auf der Westseite des Flusses. Dort, wo die Brücke die französische Uferseite berührte, lagen die Türme und Tormauern bereits im Schatten. Noch einmal wurde im letzten Abendlicht sichtbar, wie hoch die Flutwelle an der Kapelle von St. Nicolas gereicht hatte. Das Wasser war inzwischen so weit gesunken, dass auch das untere Stockwerk der Kapelle wieder aus dem Fluss ragte. In der zeitlosen halben Stunde zwischen Tag und Traum legte sich ein violetter, fast unnatürlich heller Schatten über die Brücke, die Kirche und die Stadtmauer am Stadtufer.

Oben im Bischofspalais brannten viele Kerzen, und innen am Brückentor wollten die Wachen bereits die großen hölzernen Riegel vorlegen. Dennoch ließen sie noch ein paar Leute durch, zuerst einen schwarz gekleideten Kirchenmann, gleich darauf eine junges, barfüßiges Mädchen, das einige der Wachen in den Torräumen kannten. Einer der Schweizer hatte seinen Platz verlassen und war gegen eine kleine Münze für den Nachttrunk schnell ins *Carrière* gelaufen und hatte Miriam bis zum Stadttor an der Brücke begleitet.

Noch ehe sie an der Brücke waren, hatte er sie gefragt, ob sie nicht mit ihm in die Schweiz gehen wolle. Es gebe da gute Möglichkeiten für kräftige Kerle wie ihn, und wenn sie sich erst zusammengetan und die Habsburger vertrieben hätten, würden sie einen Schwur tun für ein neues Land jenseits der hohen Berge mit freien, gottesfürchtigen Menschen ohne jeden Fürsten oder König.

Sie nahm ihn nicht ganz ernst. Söldner und andere Bewaffnete glaubten immer, dass sie das Paradies auf Erden mit Gewalt erreichen könnten. Noch vor dem Torgebäude schlüpfte sie unter seinen Armen, die sie umschlingen wollten, durch und eilte auf die Brücke zu. Gleich darauf sah sie den schottischen Priester an seiner winzigen, fast an der Brücke schwebend wirkenden Kirche.

Kaplan Comyn trug keine Kopfbedeckung. Sein rotes Haar war noch immer deutlich zu erkennen, als er die oben runde Tür der Kapelle über dem Fluss aufschloss. Er musste ziemlich kräftig ziehen, bis er sie über den Schlammresten des Unwetters vom Vortag auf bekam.

Er betrat den Kirchenraum, der manchem Händler in der Stadt nicht einmal als Stall für seine Pferde ausgereicht hätte. Nur wenig später betrat auch das barfüßige Mädchen die Kapelle.

»Ich wusste, dass du kommen würdest«, sagte er mit seinem harten, immer noch rebellisch klingenden Akzent des Nordens. Sie kannten sich, weil sie in den vergangenen Jahren oft an der Kapelle vorbeigegangen war, wenn sie zur Insel im Fluss wollte, aber sie hatte das Innere der kleinen Kirche bisher nie betreten.

»Hat dich irgendjemand verfolgt?«, fragte Kaplan Comyn. »Oder gar angesprochen?«

»Nein, nur der Waffenknecht, der mich bis vor das Tor gebracht hat. Er wollte mit mir in seine Schweizer Berge fliehen und ein neues Paradies auf Erden gründen.«

»Wer will das nicht in all dem Elend hier!«, seufzte Mel Comyn. »Aber ich denke, dass sich da ein Widerstand zusammenbraut wie vor ein paar Jahren bei uns in Schottland unter Braveheart William Wallace und diesem dreimal verfluchten Mörderkönig Robert the Bruce.«

Er setzte sich auf einen Mauervorsprung, unter dem noch immer etwas Schmutzwasser vom Fluss auf ausgetretenen Bodenplatten stand. »Wie geht es unserem Blondschopf? Hat er ernste Verletzungen?«

»Nein, bis auf eine große Beule am Kopf ist er glimpflich davongekommen«, sagte das Mädchen und sah sich in der dämmerigen, schon fast unheimlichen Kapelle um. Sie fürchtete plötzlich, dass sie errötete, hoffte aber, das er nichts bemerken würde. »Er ist nicht mehr bei uns in der Rue Jacob und nicht mehr im *Carrière*.«

»Ja, ich verstehe«, meinte der Schotte ohne Vorwurf. »Das ist die richtige Antwort für mich und andere, die uns hier belauschen könnten.«

Er ging bis zum Altar und holte sich von einem Ewigen Licht mit einer großen Kerze die Flamme. »Aber der andere, der über das Brückengeländer kam und uns geholfen hat – das war dein Bruder Seder, oder?«

»Mein Bruder Seder wurde schon vor Monaten vom

Meister des Palastes festgenommen. Sie haben ihn einige Wochen zum peinlichen Verhör im Dominikanerkloster draußen vor der Stadt behalten. Er kam dann in das neue Palais von Kardinal Godin, aber dort ist er nicht mehr ...«

»Weißt du seit wann?«

»Seit die Tauben weg sind«, sprudelte sie etwas zu vertrauensselig hervor. »Alle Brieftauben von unserem Großvater ... über Nacht gestohlen, und keiner im *Carrière* hat etwas davon mitbekommen ...«

»Er hat einige der Tauben nach Paris gebracht«, sagte der Kaplan.

»Nach Paris?«, wiederholte sie ungläubig. »Wie kann mein Bruder aus dem schwer bewachten Kerker heraus Brieftauben aus dem Schlag in unserem Hof stehlen und dann auch noch weit weg bis nach Paris bringen? Und warum sollte er so etwas Verrücktes tun?«

»Weil er darum gebeten wurde, schöne Miriam«, antwortete der Kaplan und lachte leise. »Ich selber habe ihn aus dem Gewahrsam bei Kardinal Godin geholt und dann im Auftrag einer anderen wichtigen Eminenz mit ein paar Tauben nach Paris geschickt. Durch eine dieser Tauben wusste ich auch von dem geheimnisvollen jungen Mann, für den du dich inzwischen ebenfalls interessierst.«

Sie wurde erneut rot. Kaplan Comyn bemerkte es und lächelte.

»Du siehst wirklich sehr schön aus«, sagte er mit einer Spur von Trauer in der Stimme. »Wenn du nicht Jüdin wärst und ich kein christlicher Kaplan, würde ich dich bitten, mit mir am Ostersonntag bis zu den Hügeln von Châteauneuf du Pape zu wandeln.«

»Danken wir Gott, dass es so ist, wie es ist«, sagte sie ohne jede Scheu. Sie fürchtete sich nicht vor ihm in seiner abendlich dämmrigen Kapelle. Comyn war nicht so wie manche anderen Geistlichen, die Wasser predigten und selber Wein tranken. Er hatte etwas von der Welt gesehen, ehe er in die Soutane schlüpfte. Und er trug ein Geheimnis in sich, dass ihn viel härter machte als andere Mönche oder Priester, die sie bisher kennen gelernt hatte.

»Ich möchte etwas tauschen mit euch oder besser mit dir«, sagte er unvermittelt. Von einem Augenblick auf den anderen veränderte sich sein Gesicht. Wo er soeben noch freundlich und um sie werbend aufgetreten war, kam plötzlich ein ganz anderer Mann auf sie zu. Miriam erschrak über diese Veränderung. Der rothaarige Priester stammte so weit aus dem Norden, dass er vielleicht schon Teufel und Dämonen vom finsteren Ende der Welt gesehen hatte.

Sie starrte in seine Augen, während er sich ganz langsam mit seiner Zungenspitze über die Lippen fuhr. Sie waren allein, und er verbarg nicht vor ihr, dass er sich in seiner eigenartigen kleinen Kapelle vollkommen sicher und unbeobachtet fühlte. Sie ahnte bereits, was nun geschehen musste. Doch dann kam die Erinnerung an ihre Schwester wieder in ihr hoch. Sie schloss die Augen und verzog schmerzverzerrt das Gesicht, als würde sie selbst in die Gewalt der Priester und Knechte aus der Bremer Gesandtschaft fallen.

Der Kaplan hob langsam seine rechte Hand. Er hielt sie wie ein Bischof, mit jener eigenartigen schlaffen Haltung, über die sich die junge Jüdin schon ein paar Mal gewundert hatte. Und plötzlich sah sie, was an der zerrissenen Kette im Ziegelloch an ihrem Herd in der Rue Jacob fehlte.

»Vermisst ihr diesen Ring?«, fragte der rothaarige Kaplan. Mariam hatte plötzlich das Gefühl, als sei sie von einem Augenblick zum anderen in einen bösen Fluch geraten.

Nur wenige hundert Schritte entfernt und auf der anderen Seite des Stadtberges strauchelte der meistgesuchte junge Mann zwischen Paris und dem Mittelmeer beinahe über das aufreizend gekleidete Eheweib des toskanischen Händlers. Ehe sich Bertrand zu irgendeiner Höflichkeit anschicken konnte, drängte Seder an ihm vorbei. Die Laterne schaukelte vor Bertrands Gesicht, während Seder und die Unbekannte sich mit einem lüsternen Lachen in die Arme fielen, wild umschlangen, laut stöhnend küssten und ihn selbst dabei fast umrissen.

Er war so verwirrt, dass er nicht einmal Widerwillen bei dem empfand, was er so hautnah miterleben musste. Nie zuvor hatte sich ein wildes Paar so schamlos direkt neben ihm aufeinander gestürzt. Dutzende von Gedanken schossen ihm durch den Kopf. Er hätte eigentlich empört sein müssen, voller Abscheu gegen die ohne jede Zucht und Keuschheit ausgebrochene Gier.

»Warum bist du nicht gleich zu mir gekommen?«, fragte sie, zwischen heißen Küssen immer wieder keuchend und nach Luft schnappend. »Ich habe dich die halbe Nacht ... und den ganzen Tag ... überall gesucht ...«

»Weil Sturm und Mistral mich daran gehindert haben, mein schöner böser Engel!«, lachte Seder. Für eine endlose Minute verschloss er ihre vollen Lippen mit seinen eigenen. Dann schlang er einen Arm um ihre Taille und führte sie ins Innere des Hauses, das er sehr gut zu kennen schien. »Bei einem solchen Unwetter bleibt man doch nicht in der überfüllten Stadt wie in einer Mausefalle. Kahl geschoren wie ich war und nur mit einem stinkenden, zerfetzten Kittel aus dem Kerker hätte mich doch jeder gleich erkannt. Nein, die Gelegenheit war viel zu günstig, als der Sturm losbrach und alles von der Insel der Lust in die Stadt zurückdrängte. Mein Plan war gut, denn keiner der Wächter konnte mich verfolgen … weder auf der Brücke selbst gegen das schreiende Volk noch in ihren schweren Kettenhemden über das viel zu schmale, steinerne Geländer.«

Er lachte und betrat mit ihr und Bertrand einen großen, prächtig ausgestatteten Wohnraum, der wie die Mischung aus dem Wohnhaus eines römischen Senators und einer privaten Kirche aussah. Überall vor den Wänden standen riesige Vasen zwischen geschnitzten und verzierten Liegen mit Dutzenden von bunten Seidenkissen. Auf dem Boden lagen Teppiche mehrfach übereinander, und von den Wänden hingen große Gobelins mit Szenen, die in leuchtenden Farben halb nackte Frauen vom Parnass, Isabelle de France als Königin von England bei ihrem Einzug in Paris und andere Ereignisse darstellten.

Während Bertrand die vergoldeten Deckenbalken mit geschmiedeten Akanthusranken bestaunte, zog das wilde Weib des Kaufmanns Ambrogio ihren lange entbehrten Geliebten wie eine Verdurstende auf die schönste ihrer Liegen.

»Und um ein Haar hätte ich es ja über die Brücke bis nach Frankreich geschafft«, sprudelte es weiter aus Seder hervor. »Ich wollte eigentlich auf der anderen Flussseite weiter über Montpellier und Narbonne bis Spanien. Einmal nach Spanien bis Toledo … das ist der größte Traum in meinem jungen Leben …«

Er küsste sie und schnappte dann mit den Lippen vollkommen schamlos nach ihrem Ohrläppchen. Bertrand fürchtete, dass er tausend Tode sterben würde, wenn er weiter Augenzeuge derartiger Sünden sein musste.

»Du lügst, Seder Ben Ariel!«, gurrte sie. »Du lügst so schamlos, dass ich dich am liebsten samt deinen lasterhaften Lügengeschichten auffressen würde! Du wolltest nicht einen Herzschlag lang nach Frankreich, sondern so schnell wie möglich nur zu mir! Gib es zu, Seder! Du bist verrückt nach meinem Erdbeermund …«

»Ich habe keine Lust, Freiwild für irgendeinen wild gewordenen Ritter namens Rindfleisch und seine Mörderbande zu sein. Die haben doch in Süddeutschland schon mehr als hundert Dörfer, in denen Juden lebten, zerstört, geplündert und schließlich abgebrannt. Und dieser neue Hass auf uns hat auch schon weite Gegenden verseucht, in denen wir zuvor in Frieden miteinander leben konnten.«

Er wälzte sich mit dem Weib des Kaufmanns auf dem Lager, ganz so, als wollten seine immer frecher werdenden Hände an ihrem weißen Busen und zwischen ihren Schenkeln eine unzüchtige Liturgie der Sünde feiern.

»Seder Ben Ariel hat nun mal keine Lust, sein geiles Fleisch vierteilen und rädern zu lassen. Jedenfalls so lange nicht, wie es den Damen landauf, landab noch zu Gefallen sein kann! Komm her, mein wildes Täubchen! Greif zu und zeige deinem Täuberich, dass dir sein aufgestellter Schwanz gefällt. Er ist beschnitten, aber gerade deshalb gut im Wuchs … Ich sage euch, Toledo ist zwar weit, aber für Juden, die nicht einmal hier in Sicherheit sind, bleibt Spanien als die letzte Zuflucht … Oh, du bist himmlisch, Signora Elena! Möge dein Gatte fern von uns noch möglichst lange einträgliche Geschäfte machen!«

Seder Ben Ariel lachte über seine eigenen Scherze. Er küsste das Weib in seinen Armen ausgiebig auf den Mund

und vergrub den Kopf in ihren schwarzen Haaren, dann hob er seinen kahl geschorenen Schädel und drehte sich halb zu Bertrand um.

»Und dann liegt da auf einmal ein keuscher Jüngling auf der Brücke ... zu Füßen meiner eigenen Schwester, Elena! Sie hat ihn sich aus dem Fluss gefischt! Da steht der Karren meines Großvaters am Ende einer schreienden Menschenmenge auf der Brücke über dem Hochwasser, davor ein völlig kraftloses Maultier und dann auch noch meine Schwester Miriam.«

»Ist das jetzt wenigstens die Wahrheit?«,

Sie hob die Brauen und sah an Seder vorbei zu Bertrand.

»Da laufe ich dann einfach vorbei«, redete Seder einfach weiter. »Ich grüße sie freundlich und verschwinde leichtfüßig durch Sturm und Regen auf die andere Flussseite nach Frankreich. Traut ihr mir Derartiges zu?«

»Ich weiß nicht mehr, was ich dir alles zutrauen kann«, sagte sie.

»Na gut, es gab noch einen anderen Grund«, meinte Seder versöhnlich. Er schleckte an den Schläfen und den Augenlidern von Elena entlang. Sie hatte die Augen geschlossen und öffnete suchend ihre bebenden Lippen. »Ich konnte ja nicht ahnen, dass hinter mir das Tor geschlossen wurde, anstatt es für das verängstige Volk von der Insel weiter zu öffnen. Sie waren hinter mir her, aber wer kommt denn schon auf so etwas?«

»Dominikaner«, sagte Bertrand aus schierer Verzweiflung. »Wenn die Hunde des Herrn einmal eine Spur aufgenommen haben, gehen sie über Leichen, selbst wenn der Himmel dabei einstürzt und der Rest der Welt im Chaos zu versinken droht.«

»Genau so war mir auch«, sagte Seder und lachte. Er warf sich über Elena und schien sie auffressen zu wollen. Bertrand wäre am liebsten wieder nach draußen geflohen. All das, was er zwischen Seder und Elena sah, kannte er bisher nur von geflüsterten Beichten, wie er sie selbst nicht abnehmen durfte, von den Erzählungen der anderen und von den winzigen sündigen Zeichnungen am Rand von alten Buchseiten, von denen er bisher die meisten für schiere Phantasie und Teufelswerk gehalten hatte.

Kapitel 13

Zuckerwerk

Kardinal d'Aux kam mit drei sehr besorgt wirkenden Chorherren und einigen Mönchen der Hospitaliter vom Rathaus auf der anderen Seite vom *Rocher des Domes* zurück. Zwei der Mönche hatten in Montpellier und Paris Medizin studiert. Allerdings waren sie nicht in der Lage, die vielen Verletzungen chirurgisch zu behandeln, die das Hochwasser und das Gedränge auf der Brücke mit sich gebracht hatten. Auch die Beratung mit Apothekern, Ärzten und Barbieren der Stadt hatte keine befriedigenden Antworten ergeben. Es fehlten ganz einfach Hospitäler, genügend Behandlungsräume in den wenigen Klöstern und Nonnen – vor allem Chirurgen und Nonnen, die notfalls sogar Beginen, Jüdinnen oder Ketzerinnen aus dem Languedoc sein konnten.

Es war schon spät, und im Treppenhaus, auf den Fluren und hinter den geöffneten Türen des Palais war niemand zu sehen. Die meisten *famigliari* hatten sich bereits in ihre privaten Räume im Palais oder in der Stadt begeben. Einige waren auch ins Dominikanerkloster vor den Stadtmauern gegangen, um sich auf ihre Weise auf die kommenden schweren Stunden vorzubereiten.

»Ich gehe allein zu ihm«, sagte der Kardinal. »Ihr könnt

euch einen freien Raum hier unten suchen und noch einmal die Pläne für die medizinische Versorgung der Pilger durchgehen.«

Er wartete keine Antwort ab, sondern stieg immer zwei Stufen auf einmal nehmend die linke der breiten, in halber Höhe der großen Eingangshalle abgeknickten Doppeltreppe hinauf. Auch oben sah er nur zwei Lakaien des Heiligen Stuhls vor dem Schlafzimmer des Papstes. An beiden Enden des langen Flurs, wo mehrere in Öl gemalte Portraits der Bischöfe von Avignon seit dem großen Agricola hingen, lehnten Bewaffnete in rotgelben, pludrigen Waffenröcken. Sie hatten die Waffengehänge abgelegt und ihre Hellebarden an die Wand gestellt.

D'Aux ließ sich von den Lakaien die hohe Doppeltür öffnen und trat in das Kaminzimmer. Sofort schlug ihm eine Hitzewelle entgegen. Holzscheite loderten im Kamin, und das Baldachinbett des Papstes war leer. Der Heilige Vater stand wieder einmal an einem der Fenster und blickte im abendlichen Gegenlicht auf die Brücke hinab.

Als er d'Aux hörte, drehte er sich mit einem Seufzer um und wartete, bis er neben ihm war.

»Siehst du die beiden Gestalten dort an der Kapelle?«, fragte Clemens sofort. »Wer mag das sein um diese Zeit?«

»Eine davon ist mein Kaplan Comyn«, antwortete der Kardinal. »Die andere könnte die Enkelin von unserem rüstigen Eliah von Carpentras sein.«

Clemens V. schob seine Unterlippe ein wenig vor. Er fragte nicht danach, was sein Kämmerer in den vergangenen Stunden gemacht hatte. Der Kardinal sah ihn von der Seite her an. Dann hob er die Brauen, sagte aber nichts.

»Eliah von Carpentras«, murmelte der Papst. »Jedes Mal, wenn ich diesen Namen höre, fällt mir das schreckliche Unglück von meiner Krönung in Lyon wieder ein. Es war ein Zeichen, denke ich, und es ging um ein Zeichen im Stein.«

Kardinal Arnaud d'Aux sah nochmals auf die Brücke. So leer wie an diesem Abend hatte er sie noch nie gesehen. Auch auf der sonst an regenlosen Abenden durch Lichter zwischen den Bäumen erhellten Insel war alles dunkel.

»Heißt das etwa, der verloren gegangene Rubin in der päpstlichen Tiara war ebenfalls mit einem geheimen Hinweis markiert? Einem magischen Zeichen der Templer oder König Salomons?«

Der Papst antwortete nicht. Ohne auf die Lakaien zu achten, stand er auf. Er schlurfte vorsichtig an den Kamin. Die Scheite waren inzwischen zusammengefallen. Kardinal d'Aux trat sofort neben ihn. Er wollte ihn abstützen, wenn er zu schwach werden sollte. Mit dem Kopf winkte er den Lakaien und deutete auf zwei der Sessel an der Seitenwand. Zu zweit hoben die Bediensteten nacheinander zwei Sessel bis vor das Feuer. Dann stellten sie einen kleinen, klappbaren Mahagonitisch mit vergoldeten Metallkanten und kostbar gearbeiteten Scharnieren zwischen die Sessel. Der Reisetisch war ein Geschenk von Marco Ambrogio. Er hatte ihn aus einer arabischen Manufaktur in Spanien kommen lassen.

»Mir ist kalt«, sagte der Papst in die lange Stille hinein. »Ich weiß nicht mehr, was hier passiert. So Gott will, werden wir morgen, wie vorgesehen, noch einmal eine Audienz abhalten. Mir graut inzwischen davor. Viel lieber würde ich, falls es die Schmerzen zulassen, noch heute Abend Schach spielen. Ein Spiel nur, oder auch zwei.«

»Soll ich dabei dein Gegner sein, oder möchtest du dich mit Niccolò da Prato messen?«

D'Aux sah den *Pontifex* mit zunehmender Sorge an. Er war alt geworden, seit er den Ring des Fischers trug – alt, krank und verbittert. Es kam immer häufiger vor, dass er sein Essen zurückschob, ohne es anzurühren. Er trank kaum noch Wein, verharrte bei Messen in langen Pausen der Besinnung, las bei wichtigen Dokumente nur noch ein, zwei Zeilen und schob immer öfter Briefe und Schriftrollen mehrere Tage einfach zur Seite. Wie schon häufig in den vergangenen Wochen stützte er sich am Arm von d'Aux ab und bewegte sich mit kleinen, unsicheren Schritten auf eine Truhe neben dem Kamin zu.

Auch an diesem Abend holte der Papst eigenhändig ein kleines Schachspiel aus poliertem Ebenholz, Glasschmelze und Elfenbein aus einer Truhe am Rand seines Schlafzimmers. Er ging langsam zum Kamin zurück, ließ sich in einen der Sessel sinken und wollte selbst die Figuren aufstellen. In den vergangenen Monaten war es ihm manchmal recht schwer gefallen, die weißen Figuren in der Kleidung von englischen und aquitanischen Rittern und Bauern auf der einen Seite und die schwarzen Figuren mit französischer Tracht auf die richtigen Felder zu setzen.

An diesem Greindonnerstag ließ er sich von den Lakaien noch einen weiteren Kasten bringen. Er schob die ersten Figuren zur Seite. Einige fielen um, aber er stellte sie nicht wieder auf. Dann begann er noch einmal von vorn. Er ersetzte die englischen Ritter durch Tempelherren mit weißen Umhängen und roten Spitzkreuzen. Die Eckburgen der Aquitanier ersetzte er durch Türme, die wie der Tempel des Ordens in Paris aussahen. Als schwarze setzte er einen vollkommen golden eingekleideten König mit einem hässlichen Eulengesicht, dazu eine nach der Mode von Navarra gekleidete Königin. Als Springer galten Ritter aus dem

Norden Frankreichs, als Läufer schwarzweiß gekleidete Dominikaner. Gesichtslose Büßermönche in Kapuzen mit schmalen Augenschlitzen bildeten die erste Reihe.

»Ich spiele gern mit dir oder auch Niccolò«, sagte er, als er fertig war. »Nur Bruder Godin soll meine Schachfiguren nie wieder berühren. Er will stets eine etwas andere Aufstellung in der hinteren Reihe ... einen Tausch zwischen den Springern und den Läufern. Außerdem versteht er das Spiel nur als eine Art gegenseitiges Abschlachten. Auge um Auge, Zahn um Zahn, wie bei den Juden im Alten Testament!«

»Inquisition«, sagte Arnaud d'Aux.

Miriam starrte entgeistert auf den Ring mit dem fliederfarbenen Amethyst. Pater Comyn hielt ihn so an die Kerzenflamme, dass sie ihn deutlich erkennen konnte. Es dauerte lange, bis sie sich wieder gefangen hatte und auf das antworten konnte, wonach er sie gefragt hatte.

»Das habe ich noch nie gesehen. Was soll das sein? Etwa ein Bischofsring?«

»Genauso ist es ... dies ist der Ring des Papstes aus der Zeit, als er noch Bischof in Comminges und Erzbischof in Bordeaux war.«

»Wie kommt Ihr dazu? Und was habe ich damit zu tun?«

»Der Erzbischof von Bordeaux trug den Ring bis zu dem Tag, an dem er seinen zehnjährigen Sohn Bertrand de Comminges in jenes Kloster der Grammontenser-Mönche vor den Pyrenäen brachte, in dem er selbst zum Priester geweiht worden war. Als neuer Papst hatte er inzwischen Anspruch auf den Ring des Fischers, nicht auf den Bischofsring. Ich sage dir das nur, weil du vielleicht mit den

Gebräuchen unserer Heiligen Kirche nicht recht vertraut sein dürftest.«

»Bisher verstehe ich nur, dass Ihr mir in der Dunkelheit einer abgelegenen Kapelle einen Bischofsring zeigt, der eigentlich bei den Juwelen Eures Heiligen Stuhls oben im Palais oder sogar in Rom sein sollte.«

»Dann will ich dich noch einen Schritt weiter einweihen«, sagte der Kaplan. Er stellte die Wachskerze auf ein staubiges Fensterbrett und ging bis zum Eingang der Kapelle. Draußen war bereits alles dunkel. Nur über der Stadt um den Kreidefelsen lag ein gelber Lichtschein in einer Glocke aus Dunst und Rauch von den Feuerstellen der Häuser. Ein wenig spiegelte sich der gelbe Schein im schwarzen Flusswasser. Zugleich hörte er flussabwärts Gelächter und Gesang aus den unzerstörten Schenken vor der Mauer. Als er zum anderen Ende der langen Brücke blickte, erkannte er auch noch einige Lichtpunkte auf dem Wachturm Philipps des Schönen und in den ersten Häusern auf der anderen Seite, die sich einige der Kardinäle inzwischen für sich umgebaut hatten.

Der Kaplan kehrte in die Kapelle zurück. Miriam spürte die eigenartige Erregung in Mel Comyns Stimme, als er nun sprach.

»Draußen ist alles friedlich«, sagte er und ließ erneut das warme Kerzenlicht im blassen Stein des Bischofsrings erglühen.

»Als dieser Ring damals im Kloster von Comminges verloren ging, wurde kein großes Aufheben davon gemacht. Der Abt, der Prior und einige der Tempelherren als Gäste beim Besuch des neuen Papstes meinten, dass Clemens diesen Ring seinem Sohn zur Erinnerung überlassen hatte.«

Er beugte den Kopf dicht an das Licht und betrachtete den Ring.

»Zu diesem Zeitpunkt konnte noch niemand auch nur ahnen, dass Frankreichs König Philipp zwei Jahre später sämtliche Templer über Nacht verhaften lassen würde. Und niemand hätte damals für möglich gehalten, dass der Papst einige Jahre später eben diesen Orden auflösen würde, obwohl den *Armen Rittern Christi vom Tempel Salomonis zu Jerusalem* offiziell weder Ketzerei, noch Betrug, Sodomie der Brüder untereinander oder Gotteslästerung nachgewiesen werden konnte.«

Er hielt den Ring etwas schräg.

»Und hier kannst du es sehen«, sagte er dann. »Das geheimste aller magischen Templer-Symbole, dessen Zauberkraft noch aus der Zeit der *Kabbala* und des großen Judenkönigs Salomo stammen soll!«

»Salomo, der weise König«, murmelte Miriam unwillkürlich in der alten Sprache der Provence.

»Dem die Geister untertänig ...«, sagte Kaplan Comyn im gleichen Tonfall. »Neben diesen Zeichen mit dem Kreuz im Herzen und der geheimen Nachricht in der Schrift der Templer gleich darüber gibt es noch zwei andere als Ergänzung. Sie gehören zusammen wie die Trinität Gottes als Vater, Sohn und Heiliger Geist, verstehst du?«

»Nein«, sagte Miriam, »und ich muss es auch nicht verstehen. Wir kennen nur den einen Gott und sollen keinen zweiten oder dritten neben ihm haben. Das steht schon in den zehn Geboten!«

Der Kaplan seufzte und verdrehte seine Augen.

»Ich will doch nicht um deine oder meine Religion streiten!«, sagte er. »Aber die Templer waren Christen, Miriam! Sie haben nie an dem gezweifelt, was uns der Glaube und die Evangelien vorschreiben. Und wenn sie etwas sagen wollten, dann mit den Zeichen, die für ihr Fühlen und ihr Denken selbstverständlich waren. Ihr Juden habt doch auch sehr viele geheimnisvolle Rituale und Symbole, die für Außenstehende kaum zu deuten, geschweige denn auch zu verstehen sind.«

Sie sah ihn eine Weile prüfend an, dann nickte sie.

»Nun gut, was ist mit den beiden anderen Zeichen?«

»Eines davon kannte ich bereits, bevor mich Kardinal Arnaud d'Aux mitnahm«, flüsterte der schottische Priester. »Ich war damals noch Schüler im Londoner Tempel der Tempelritter, und er wirkte bereits als Beichtvater von Isabella de France, der Tochter Philipps des Schönen und Königin von England. Damals habe ich das Zeichen zum ersten Mal in einem alten Buch gesehen.«

»Was habt Ihr gesehen?«, fragte Miriam sofort.

»Das Kreuz im Herzen ... in einer Zeichnung vom heiligen und gemeinsamen Geist, dargestellt am Beispiel der alten Templer-*Komturei* von Avignon ... an einem Wasserspeier über dem Tor zum Hof.«

»Habt Ihr Euch dieses Zeichen angesehen? Ich meine hier in Avignon?«

Er schüttelte sofort den Kopf. »Es war bisher nicht möglich«, sagte er ausweichend. »Ich bin natürlich immer wieder am heutigen *Fondaco* der Italiener vorbei gegangen. Aber ich wollte mich nicht selbst verraten und zu auffällig nach dem Zeichen suchen. Inzwischen glaube ich, dass man es nur vom Hof her sehen kann.«

»Und das dritte Zeichen? Wo soll es zu finden sein?«

»Es ging verloren«, sagte er und hob die Schultern. »Ich habe überall in den Städten an der Rhône entlang nachgeforscht. Du weißt ja besser als viele andere, dass unser

Papst bei der Krönungsprozession in Lyon durch eine einstürzende Mauer vom Pferd geschleudert wurde. Der große Rubin, der dabei aus der Tiara herausgebrochen ist, wurde nie wieder gefunden …«

Sie sah ihn schweigend an. Nur ihre Mundwinkel zuckten.

»Ich habe jahrelang Augen und Ohren aufgesperrt, alles gelesen, was ich über das schreckliche Ereignis und die dabei zu Tode Gekommenen erfahren konnte, und mit vielen Menschen gesprochen. Doch erst die Beichte, die ich neulich stellvertretend für Kardinal d'Aux dem Heiligen Vater abgenommen habe, hat mich auf die richtige Spur gebracht. Er sagte nämlich, dass er den Stein in all den Trümmern zuletzt in einer Kinderhand gesehen hätte.«

»In einer Kinderhand?«

»Ja, in der Hand eines Jungen, der damals in Lyon etwa so alt gewesen sein muss, wie du es heute bist. Es ist der Stein, den ich jetzt von dir haben möchte – im Tausch gegen diesen Amethyst, dessen Zeichen ich schon kenne.«

»Aber ich habe keinen roten Edelstein«, sagte sie wahrheitsgemäß.

»Du vielleicht nicht, aber es gab bei der Krönung von Clemens V. vor acht Jahren in Lyon diesen Jungen, der seinen Vater vor einer umstürzenden Mauer schützen wollte und dabei den großen Rubin fasste, der aus der Tiara des vom Pferd gestürzten Papstes zwischen ihn und euren erschlagenen Vater rollte …«

»Das ist nicht wahr!«, schluchzte sie auf.

»Doch, Miriam!«, sagte der rothaarige Schotte. »Entweder dein Bruder Seder, der damals genauso alt war, wie du heute bist, oder dein Großvater Eliah haben den riesigen

Rubin aus der dreifachen Papstkrone damals genommen. Vielleicht als Sühne für euren Vater und die unschuldig durch das Attentat auf den Papst Erschlagenen … aber vielleicht bewahrst ja du den Stein inzwischen auf.«

»Und warum wollt Ihr die beiden Steine tauschen?«

»Ich wusste von dem fliederfarbenen Stein im Bischofsring«, sagte der Kaplan. »Kardinal d'Aux hat darüber gesprochen. Als ich ihn gefragt habe, was vor acht Jahren in Comminges geschehen ist, hat er mir von diesem Amethyst erzählt. Und davon, dass der Sohn das Papstes seit jenem Vorfall auch den Spottnamen ›Smaragdus‹ trägt.«

»Trotzdem«, sagte Miriam. »Was wollt Ihr wirklich, Hochwürden? Und warum ist auch Kardinal Godin derartig heftig hinter dem Mann her, der hier vor dieser Kapelle auf der Brücke um ein Haar ertrunken wäre?«

»Er weiß etwas«, sagte Comyn. »Aber er weiß es andererseits auch nicht. Doch wer ihn und die Steine mit dem Templerzeichen hat, der kann vielleicht Krankheit und Tod besiegen und dadurch die Welt verändern.«

»Und warum sagt Ihr mir das alles? Was könnte ich bei all dem tun?«

Er nahm die Kerze vom Vorsprung unter dem Kapellenfenster, hielt eine Hand dahinter, als wolle er die Flamme ausblasen. Er kräuselte seine harten, rauen Lippen wie zu einem Kuss. Für einen endlosen Moment war sie sich nicht über seine Absicht klar. Sie sah die roten Äderchen in seinem vom Wein und viel zu gutem Essen verwöhnten schottischen Gesicht. Wie durch einen fremdartigen, lähmenden Zauber gebannt blickte sie in seine wässrig wirkenden, sehr hellen blauen Augen.

»Frag deinen Großvater, was er und andere Älteste in den jüdischen Gemeinden hier von einem roten und einem fliederfarbenen Edelstein gehört haben. Und frag sie, was sie über ein Kreuz im Herzen wissen ...«

Er blies die Flamme der Kerze aus.

»Und jetzt geh!«, sagte er in tiefster Dunkelheit. Sie spürte, wie ein kalter Schauder über ihren Rücken lief. »Die Torwachen haben Anweisung, dich wieder in die Stadt zu lassen.«

»Und Ihr selbst?«

»Ich bete hier um Gottes Güte und Vergebung für uns alle – so lange, bis die Sonne aufgeht. Und wenn die Glocken zur Mittagsstunde läuten, möchte ich dich mit einer Antwort auf dem Montagsmarkt vor dem Palais treffen.«

Sie nickte nur und sagte ihm nicht, dass sie Großvater Eliah nicht fragen konnte, weil er schon lange nicht mehr in der Stadt war.

Das Weib des Kaufmanns schien plötzlich wieder zu sich zu kommen. Sie löste sich aus Seders Umarmung und ging lachend an Bertrand vorbei zu einem nach Pinienöl duftenden Holztisch. Sie streifte dabei eine der Vasen mit einem zierlichen, wie aus winzigen farbigen Perlen gemalten Bild von fremdartigen Bäumen über verschlungenen Bächen und eigenartig runden Gesichtern mit mandelförmigen Augen und schwarzen Haarzöpfen.

»Oh«, rief sie lachend und blickte über die Schulter zurück. »Unser bestes Stück, das der Heilige Vater nicht haben wollte. Es stammt vom ersten Bischof, den Clemens vor ein paar Jahren für das ferne Land China ... oder sollte ich sagen Cathay ... ernannt hat.«

Bertrand erkannte sie kaum wieder. Das eben noch lüsterne und sündige Weib schwatzte so fröhlich und unbefangen wie ein junges Mädchen am Waschplatz. Sie errötete nicht, wenn sie ihn anblickte, und schien keinerlei Schuldgefühle über ihr unzüchtiges Verhalten zu empfinden.

»Um ein Haar wären wir auch auf die Prahlerei dieses Marco Polo reingefallen«, plauderte sie, während sie kandierte Mandeln aus einer Silberschale auf dem Tisch lutschte. »Glaubt ihr etwa, es stimmt alles, was sich dieser Lügner im Gefängnis von Genua ausgedacht hat? Mein Gemahl jedenfalls wollte tatsächlich einen *Fondaco* irgendwo dort bei den Mongolenreichen einrichten. Zum Glück haben wir dann nur eine Kiste mit weißen Trüffeln aus der Gegend hier in Olivenöl eingelegt auf die lange Reise zu den Schlitzäugigen geschickt. Vielleicht kann unser Bischof damit leichter als mit dem Wort Gottes einige der Heiden bekehren.«

Sie lachte gurrend. Dann stellte sie eine weitere Silberschale mit geschälten Nüssen, kleinen Mürbekuchen und Zuckerwerk auf die massive Platte des Holztisches mit geschnitzten Löwenköpfen an den Ecken.

»Nehmt nur«, sagte die Schöne und blinzelte Bertrand zu, »Dieses Zuckerwerk hier ist wirklich köstlich. Wir haben genug davon und kennen die Kunst seiner Herstellung aus dem süßen Saft der aus Südasien stammenden Rohrpflanze – wenngleich die Kreuzfahrer stets ein Geheimnis darum gemacht haben.«

Seit seiner Kindheit im Haushalt seiner Mutter hatte Bertrand keine edel gekleidete Dame mehr so nah gesehen. Sie nestelte an ihrem schwarzen Haar, das in kleinen, unzüchtigen Löckchen unter ihrer eng anliegenden Kopfhaube aus gesteiftem grünem Damast hervorkam. Erst jetzt wagte er, sie genauer anzusehen.

Eine Schleppe aus feiner, ungestärkter Seide in der gleichen Farbe fiel wie künstliches Haar von der nach hinten ragenden Haube bis weit über ihre Schultern. Obwohl es noch nicht Mai war, hatte sie sich bereits die grüne Kleidung der Verliebtheit angelegt: den ärmellosen *Sucot*, an den die langen, hautengen Ärmel mit weit über die Hände herabhängenden Stoffspitzen so angeköpft waren, das sie durch die Teufelsfenster unter den Achseln sündhafte Blicke auf nackte Haut und dunkle Haare zuließen. Auch ihr Rock, die *Cotte*, lag so eng um die Kurven ihrer Hüften, dass jedermann sie für schlank und in ihrem frommen Wesen ganz nach innen gekehrt halten konnte.

Seder hob die Hände und machte plötzlich den Eindruck, als würde er vor ihr wie ein Troubadour vor seiner Dame auf die Knie fallen wollen.

»Hoffentlich singt er jetzt nicht«, dachte Bertrand besorgt. Zum ersten Mal, seit sie sich begegnet waren, fühlte er sich dem Älteren überlegen. Jetzt wusste er, wie es um die Stärke dieses Juden stand. Mochte er auch beschnitten sein – seiner Lendenkraft hatte das offensichtlich nicht geschadet!

Bertrand fragte sich, warum in aller Welt er wie die anderen Klosterbrüder von St. Jacques und die Studenten der Sorbonne fest davon überzeugt gewesen war, dass Juden nichts von menschlichen Gefühlen, Liebe oder Minnesang verstanden? Aber hatte es jemals einen Troubadour gegeben, der ein Jude war?

Während der vergangenen Stunden hatte Bertrand mehr und mehr Seders furchtlose Behändigkeit bewundert. In jeder seiner Bewegungen, jedem Blick und in jedem Wort begegnete ihm eine vollkommen andere Welt, als er sie bisher in klösterlicher Obhut und geborgen in der Hand Gottes kennen gelernt hatte.

Seder war nicht durch klösterliche Strenge, Disziplin

und Selbstkasteiung geformt worden. Dennoch entdeckte Bertrand eine eigenartige, ihn fast erschreckende Verwandtschaft im Charakter und im Verhalten des gesuchten Juden.

»Einer von euch kann heute Nacht hier schlafen«, sagte die Frau des abwesenden Kaufmanns zu Seder. Sie lächelte abwechselnd Seder und Bertrand zu.

»Aber nicht beide«, sagte sie dann. Sie stand auf und ging auf Bertrand zu. Zwei Schritte vor ihm musterte sie ihn mit ihren großen dunklen Augen von oben bis unten.

»Komm nicht auf dumme Gedanken«, warnte Seder. »Der Kleine ist noch nicht einmal beschnitten.«

»Vielleicht hat er ganz andere Talente«, gurrte sie mit tiefer Stimme. »Mit Männern, die aus irgendeinem Kloster kommen, ist es manchmal wie mit knusprigen Kapaunen – man denkt, dass sie kastriert sind, aber sie schmecken nun mal köstlich.«

»Aber ich bin nicht ...«, protestierte Bertrand. Im selben Augenblick brachen Elena und Seder in schallendes Gelächter aus.

»Ich lasse dir eine Kammer in unserem *Fondaco*, der alten Templer-*Komturei,* anweisen«, sagte sie, noch immer prustend. Er hatte nie zuvor eine verheiratete Frau erlebt, die sich so heftig und ohne jede Scham über andere lustig machen konnte. »Dort bist du erst einmal sicher, und nach den Feiertagen sehen wir weiter, was wir aus dir machen können.«

Er spürte, wie ihm das Blut in den Kopf schoss. Jedes Wort, jede Geste dieses Teufelsweibes war zweideutig und machte ihn verlegen. Sie war so aufreizend, dass er sich nach Seders Schwester sehnte. Auch der Gedanke erregte ihn, aber auf jene völlig andere, sehr schöne und reine

Art, wie sie immer die Troubadoure Aquitaniens besungen hatten.

»Mein schwarzer Leibwächter aus Spanien wird dich hinbringen. Er sagt nichts, aber sieht und hört jede Gefahr in dunklen Gassen, noch ehe sie entsteht.«

Kapitel 14

Graue Büßer

Später am Abend, als Schenken und Gasthäuser bereits geschlossen hatten, schlüpfte Bertrand hinter einem jungen dunkelhäutigen Afrikaner aus dem Hause Marco Ambrogios. Elena und Seder waren sich einig, dass Bertrand am sichersten im *Fondaco* war – bei einem Mann namens Tonio Brazzi. Während das Eheweib des Händlers einen kurzen Brief schrieb, hatte Seder erzählt, was er über den Faktor wusste.

Antonio Brazzi sollte einer der besten Waffenschmiede gewesen sein – so lange jedenfalls, wie er sein Glück und Können nicht überspannt hatte. Zum Schluss war er nicht mehr Meister, sondern Händler von Kriegsausrüstungen gewesen – bis zu dem Tag, an dem er für eine Lieferung von dreihundert Passauer Schwertern mit dem kupfern eingelegten Zeichen des laufenden Wolfes auf den Klingen an Kaiser Heinrich VII. keine Bezahlung mehr erhalten hatte.

Tonio Brazzi hätte sich erhängen oder in den Schuldturm von Mailand gehen können. Er hatte stattdessen sich selbst, sein Wissen und seine Schulden dem gerade erst dreißig Jahre alten Handelsherren Marco Ambrogio aus Pisa überschrieben, jedoch nicht wie ein Sklave oder Leibeigener an einen Fronherren, sondern als eine Art lebendes

Pfand mit fest vereinbarten Zahlungen für das Abtragen der Schuld.

Elena hatte vergnügt wie ein Mädchen gelacht, als Seder erzählte, wie diese Schuld Stück um Stück aufgehoben wurde: Tonio Brazzi beschaffte sich auf seine Weise Geld, wenn seine Gewinnanteile im *Fondaco* in manchen Monaten nicht reichten. Er verkaufte sein Wissen und Neuigkeiten über Handelswege, Händler und Märkte an Eliah. Dafür erhielt er neben manchem Beutel mit goldenen Floren die eine oder andere Information vom Hof des Heiligen Vaters und bezahlte mit dem Lohn dafür Ambrogio. Einen Teil seines geheimen Wissens benutzte er dann dazu, seine eigenen Geschäfte gedeihlicher als üblich werden zu lassen.

Auf diese Weise profitierten alle von der heimlichen Zusammenarbeit. Und selbst für einige Kardinäle, für die Äbte der Johanniter und Hospitaliter und für die zumeist ahnungslosen Gesandten fremder Fürsten fielen ein paar Brosamen aus dem feingeknüpften Netz gegen klingende Münze oder ein paar geflüsterte Informationen ab.

Elena siegelte den Brief und gab ihn ihrem Leibwächter, dann blieb sie mit dem ungeduldig wartenden Seder allein zurück.

El Moro bewegte sich wie eine Raubkatze durch die finsteren Gassen von Avignon. Er hielt sich im harten Schlagschatten der Häuser, sorgsam darauf bedacht, nicht auf schlafende Hunde, flinke Ratten oder an den Nischen der Hauswände kauernde Bettler zu treten, die sich nur mit dem Schatten zudeckten. Fast noch mehr mussten sie sich vor erschöpften oder betrunkenen Osterpilgern in Acht nehmen, die in dieser Nacht kein Quartier mehr gefunden hatten und sich zusammen mit ihren wenigen Beuteln und Habseligkeiten aneinander gekauert hatten.

Der Himmel hatte sich wieder bezogen. Nur dort, wo das Mittelmeer war, blinkten so helle Sternfunken am südlichen Nachthimmel, wie sie Bertrand in Paris noch nie gesehen hatte. Es war kühl in dieser Nacht, dennoch erinnerten die Kälte und die nächtlichen Lichter am Himmel Bertrand an jene Jahre seiner Kindheit, in denen er in den Vorbergen der Pyrenäen gelebt hatte.

Sie passierten die Kirche von St. Peter, dann das Judenviertel und den Place Jérusalem mit der Synagoge. Gleich darauf erreichten sie die breite Straße zum Stadttor von Bischof Agricola. Zum ersten Mal zog El Moro einen langen Krummdolch aus dem Stoffgürtel unter seinem Umhang. Der schwarze Mann mit dem grauen Turban war kein Sklave der Ambrogios, sondern Beschützer und gut bezahlter Leibwächter für die Ehefrau des Händlers in den Zeiten seiner Abwesenheit.

»Die Grauen!«, flüsterte er Bertrand zu. »Keine Nachtwächter der Stadt, sondern verdammte scheinheilige Büßer, die es hier schon in drei Sorten gibt ...«

»Ich sehe nichts und höre nichts!«, flüsterte Bertrand ebenso leise. El Moro hob seinen Dolch und ließ das Licht der Sterne auf der krummen Schneide in Richtung auf das Stadttor blitzen.

»Zwei Mann, dort vorn! *Pénitents gris*, das sind die Schlimmsten! Schneller und grausamer als die schwarzen oder die weißen *Pénitents* ...«

»Jetzt sehe ich sie ... sie tragen Kutten und Kapuzen«, bestätigte Bertrand. »Wie schwebende Dämonen mit bösen Augenschlitzen.«

»Blutsauger, sage ich«, zischte El Moro. »Gescheiterte Existenzen, die kein Abt mehr haben will! Nicht besser als Bettler und Beginen, aber viel schlimmer als die Dominikaner. Sie verdingen sich jedem, der sie bezahlt. Und die dort stehen im Sold von Kardinal Godin. Sie bringen jeden, den sie nachts aufgreifen können, zur Wache des Heiligen Stuhls oder direkt in die Folterkeller seines neuen Hauses dort oben.«

»Und warum tun sie das?«

»Weil jeder, der sich vor Feinden fürchtet, auch Feinde finden wird«, sagte der Afrikaner vieldeutig und blickte zum Felsen zwischen der Kathedrale und dem Palais der Commune. »Gott der Allmächtige sieht alles. Und die dort oben finden immer, was sie suchen! Über kurz oder lang werden sie auch dich aufspüren. Und dann holen sie Dinge aus deiner Erinnerung, die du längst vergessen hast.«

Bertrand fröstelte. Er spürte einen hässlichen Druck in der Magengegend. Sein ganzer Leib verkrampfte sich aus Furcht vor dem Unbekannten, den Dämonen der Finsternis, der Strafe Gottes und den Mördern, die überall – hinter jeder Hausecke, in jedem neuen Schatten – auf ihn warten und ihn zerreißen konnten.

Er sehnte sich heftig nach einem Bett in einem sicheren Haus und nach den zärtlich streichelnden Händen des Mädchens mit den langen, kastanienbraunen Haaren.

»O Jesus Christus«, betete er tonlos, »lass mich die Nacht überstehen und sie wiedersehen ...«

Der Morgen war noch jung, als Miriam erwachte. Sofort erinnerte sie sich wieder an die Geschehnisse des vergangenen Abends. Sie wusste, dass die Zeit für sie sehr knapp war. Wenn sie an diesem Donnerstagmorgen etwas erfahren wollte, musste sie sich sputen. Viele der Älteren, die etwas wissen konnten, würden bereits unterwegs sein. Nach dem Verbot für alle in und um Avignon, an Sonntagen zu reisen oder Waren zu bewegen, blieben den Juden nur fünf Tage in der Woche, denn auch am Sabbat durften sie nichts tun oder gar Geschäfte machen.

Schon deshalb würden bereits viele mit ihren Karren, Mulis oder Eseln aufgebrochen sein, um zu den Märkten nach Carpentras oder stromaufwärts nach Sorgue und Orange und stromabwärts nach Tarascon und Arles zu reisen. Sie hatte sich noch am Abend im *Carrière* ein wenig umgehört. Während in anderen Stadtvierteln bereits Nachtruhe herrschte, ermöglichten die engen Gassen im Judenviertel immer wieder Ausnahmen von den Verordnungen und kleine Übertretungen. Außerdem gab es Durchlässe und Mauern in den Höfen, die nur Eingeweihte kannten …

Bei drei befreundeten Familien hatte sie nichts über die Steine erfahren können, bei zwei anderen, die zum Place Jérusalem hin wohnten, hörte sie nur, dass Eliah nochmals eine große Summe für die Goldschmiedearbeiten an den Thora-Rollen der neuen Synagoge spenden sollte. Aber das wusste sie bereits. Er hatte schon mit ihr darüber gesprochen. Auch wenn die übrigen Bewohner Avignons wie selbstverständlich annahmen, dass alle Juden im *Carrière* eine verwandte und verschwägerte Gemeinschaft seien, war das keineswegs so. Durch die Zugezogenen, die Ausgeplünderten und Vertriebenen aus vielen Ländern und Regionen hatte sich das Judenviertel Avignons in den vergangenen Jahren mehr verändert als in den Jahrhunderten zuvor. Neben Alteingesessenen, die sich schon immer in arm und reich, strenggläubig oder erfolgreich teilten, waren neue Familien eingezogen.

Auf dem Land um Carpentras waren zwar auch Veränderungen eingetreten, aber nicht so augenfällig wie in Avignon. Zweihundertfünfzig Jahre waren seit dem Abzug der letzten Sarazenen aus der Provence vergangen. Natürlich lag es auch am häufigen und gefährlichen Mistral, aber noch immer waren in einigen Bergdörfern eher Reste von Minaretten und später erbaute Synagogen zu sehen als Kirchen mit hohen Türmen, wie sie auf Zeichnungen aus anderen Gegenden dargestellt waren und in den Büchern beschrieben wurden.

Miriam versorgte wie üblich die Tiere, dann wusch sie sich und kleidete sich wie ein Bauernmädchen mit einem ungefärbten Kittel, einem handgewebten Gürtel mit braunem Zickzackmuster und an der linken Seite bis zu den Knien herabhängenden Schlaufen für Schlüssel, Geldbeutel und ein kleines Messerchen. Anschließend nahm sie einen geflochtenen Henkelkorb, lief zu den Nestern und wollte die Eier einsammeln.

»Diese Barbaren!«, schimpfte sie, als sie sah, was Seder und Bertrand am Vortag in den Nestern angerichtet hatten. Sie fand nur acht heile frische Eier.

Sie verschloss Haus und Hof, grüßte die Nachbarn in der Rue Jacob und eilte in die Rue Rouge. Sie wusste, woher diese abfallende Gasse ihren zunächst harmlos klingenden Namen hatte. Das Wort *Rouge* stand nicht für die Farbe der Rosen, nicht für flammende Herzen oder das Feuer liebender Lippen, sondern für die Ströme von Blut von Erschlagenen.

Die grausamen Ereignisse in der kleinen Gasse lagen fast ein halbes Jahrtausend zurück. Und doch hatten sie etwas mit dem neuen Kampf der Mächtigen um Avignon zu tun. Denn hier hatte der fränkische Majordomus Karl Martell mit seinen Panzerreitern die immer weiter nach Norden vordringenden Sarazenen aus dem Morgenland vernichtend geschlagen. Noch viele Generationen waren die Kämpfe zwischen Christen und Moslems von den Pyrenäen bis zur Rhône hin und her gebrandet. Karl Martell hatte in Narbonne, Arles und Avignon gegen die Anhänger Allahs gekämpft, sein Enkel Karl der Große sogar bis nach Spanien hinein. Und nur dort waren die Juden nicht zwischen die Mahlsteine der anderen Gläubigen, der Christen und Moslems, geraten ...

Miriam hatte schon oft davon geträumt, eines Tages bis nach Spanien zu wandern, um dort zu leben. Gab es nicht auch die Wege der christlichen Pilger bis nach Santiago di Compostela am westlichsten Rand der iberischen Halbinsel?

Sie schauderte, als sie sich die grausamen Kämpfe in den Straßen von Avignon vorstellte und dachte, wie ein friedliches Miteinander in Toledo oder einer anderen spanischen Stadt sein könnte. Sie lächelte, als sie an ihren großen Traum dachte. Zum ersten Mal hatte sie auch eine Vorstellung davon, mit wem sie über die Pyrenäen in das arabische Spanien ziehen wollte. Der Held an ihrer Seite sollte helle Haut haben und feine lockige Haare auf dem Kopf und auf seiner Brust ...

»So früh schon unterwegs, Miriam?«, fragte eine Stimme aus dem Haus, an dessen Tür sie geklopft hatte. »Ist etwas geschehen mit Eliah oder mit deinem Bruder?«

»Nein«, antwortete sie sofort, »aber ich möchte den Tate etwas fragen. Er kannte doch den Rabbi Ascher Ben Jechiel aus Koblenz.«

»Sicherlich kannte er ihn, wer kennt ihn nicht? Aber der Ascher ist schon vor zehn Jahren nach Spanien ausgewandert und mittlerweile Vorsitzender des jüdischen Gerichts in Toledo.«

»Deswegen frage ich ja.«

»Komm erst einmal herein! Und dann sag uns, was du wissen willst. Für acht frische Eier bekommst du auf jeden Fall schon eine Antwort.«

Dämonen mit grauen Kapuzen und schmalen Augenschlitzen beugten sich über ihn, kraulten seine Brust und wollten ihn mit seiner Decke ersticken und dabei seinen Phallos abreißen. Bertrand schrie auf, stieß sie von sich und erwachte. Heftig atmend stützte er sich auf, während heiße Wellen schändlicher Lust seinen Körper quälten. Er schluckte, während sein Blick schnell durch das Halbdunkel eines fremden Raumes huschte. Dann setzte er sich im Bett auf und versuchte seine Gedanken zu ordnen.

Solange er im Kloster von St. Jacques gewohnt und an der Sorbonne studiert hatte, hatte er wie in einer einfachen, aber schützenden Vogelvoliere gelebt – in einem Freigehege, in dem er sich nicht um Kleidung oder Nahrung, nicht um die Ordnung seiner Tage oder die Inhalte sämtlicher Gebete kümmern musste. Er hatte Tag und Nacht einen festen Halt im Glauben an Jesus Christus und den Allmächtigen gehabt – auch mit der zunehmend quälender werdenden Angst vor dem Ende aller Tage, vor dem drohenden Weltuntergang und den Schrecken der dann hereinbrechenden Apokalypse.

Das große Heilige Jahr, das der später ermordete Papst Bonifatius zu Beginn des neuen Jahrhunderts ausgerufen hatte, hatte nicht zum Weltuntergang geführt. Kein Untergang der Welt, dafür aber eine Serie von unglaublichen Ereignissen und Katastrophen, von Missernten, Dürren und Hungersnöten, von Morden, Kriegen und dem Untergang ganzer Ritterorden und Dynastien.

Und dann die zweite Babylonische Verbannung! Warum

eigentlich die Zweite? Die erste hatte das Volk Moses' nach der Zerstörung ihres Tempels im Jahre 586 vor Christi getroffen. Damals hatte der babylonische König Nebukadnezar die Juden ins Exil geführt, das erst nach 70 Jahren in der Regierungszeit des Perserkönigs Kyros I. endete. Aber was hatte das mit den christlichen Päpsten zu tun? Oder hofften ganz bestimmte Kreise in Rom vielleicht darauf, dass die Kurie mindestens für siebzig Jahre der Stadt am Tiber fern blieb?

Bertrand wunderte sich über seine frevelhaften Gedanken. Im ersten Augenblick glaubte er, wieder im Haus von Seders Großvater zu sein und lächelte bei dem Gedanken an seine Enkelin. Erstaunt stellte er jedoch fest, dass er zum zweiten Mal nacheinander in einem Bett erwachte, das er nicht kannte. Dann, als er blinzelte, begann vor dem Fenster ein anderes Lärmen als in der Rue Jacob im *Carrière*.

Er hörte Geräusche von schweren Pferdewagen. Kräftige Männerstimmen riefen sich erste Morgengrüße im toskanischen und lombardischen Dialekt zu. Bertrand konnte nur ahnen, was sie sagten. Die Sprachen enthielten Worte und Redewendungen, die er mit seinem Latein übersetzen konnte, anderes blieb ihm unverständlich oder kam ihm sogar wie deutsch und hebräisch vor.

Draußen rumpelten hölzerne Fässer laut über gepflasterten Boden, Eisen schlug gegen Eisen, und am kleinen, halb geöffneten Fenster der Schlafkammer zog der Rauch von angebrannter Hafergrütze und scharf gerösteten Pinienkernen vorüber.

Bertrand hielt es nicht mehr aus in den zerwühlten Laken und sprang auf. Er konnte nicht immer nur schlafen! Nachdem er sich gereckt hatte, legte er beide Handflächen zusammen und murmelte ein schnelles Dankgebet an den

König der Christenheit und die gebenedeite Mutter Maria. Nur mit himmlischer Hilfe würde er seine Aufgabe lösen und bis zu seinem Vater vordringen können.

Sein Herz schlug immer heftiger in neugieriger Erwartung. Er war in Avignon, ja, in Avignon ... in der geheimnisvollen, sonnigen, nach allen Wohlgerüchen des Himmels und der Erde duftenden und mistralgepeitschten Provence. Und dann auch noch in einem italienischen Handelshof, in dem, wenn es stimmte, was ihm das Weib des Kaufmanns und ihr Geliebter noch am vergangenen Abend erzählt hatten, sämtliche Spezereien der Welt ebenso zu finden waren wie kostbare Stoffe aus Italien, England und Flandern, Zobel- und Nerzpelze von der deutschen Hanse, dazu Waffen und Rüstungen aller Art.

Er zog sich die Hosen und den halblangen Kittel über, die ihm El Moro zusammen mit ein paar Kleinigkeiten gebracht hatte, nachdem er ihn ordnungsgemäß an den Faktor des Handelshauses übergeben hatte.

Bertrand lächelte und ging zum Fenster. Ganz so fremd, wie es ihm am vergangenen Abend vorgekommen war, stellte sich das Leben außerhalb der Klostermauern doch nicht dar. Genau genommen, beruhte es wie alles andere auf festen Regeln von Geben und Nehmen, von Strafe und Belohnung.

Er sah hinaus in den Hof der alten *Komturei.* Obwohl unten keine Templer und ihre Knechte mehr Hand anlegten und keine Ordensritter in Eisen und mit schwarzen Kreuzen auf weißen Schulterumhängen herumliefen, konnte er sich gut vorstellen, wie es hier noch vor wenigen Jahren zugegangen war.

Es gab noch immer dieselben Lagerhäuser und Ställe. Auch die Kapelle mit ihren schönen bunten Glasfenstern war von den italienischen Händlern nicht verändert worden.

»He, du da oben!«, rief plötzlich einer der Männer im Hof. »Glaubst du, die Arbeit kommt zu dir geflogen?«

Ein paar andere lachten.

»Er heißt Bertrand, wie der Heilige Vater«, rief ein anderer. Er erkannte die Stimme. Sie gehörte Tonio Brazzi, dem schwergewichtigen Faktor von Ambrogios *Fondaco* in Avignon. Noch in der Nacht, als er den Brief der Signora gelesen hatte, waren sie auf ihren Vorschlag hin übereingekommen, dass er nicht als Student aus Paris, sondern als entlassener Mönch aus der Grafschaft Toulouse gelten sollte. »Los, komm schon und hol dir deine Schale Brei. Danach kannst du mich bei den Listen hier ablösen … du weißt, ich muss noch vor dem Mittagsläuten am Palais sein.«

Noch während er die breite Treppe im Haupthaus der *Komturei* hinunterlief, erinnerte sich Bertrand wieder daran, was er von Seder über den von Fortunas Rad gestraften Waffenschmied aus Mailand gehört hatte.

Er sah, dass Waffen auf einen vierrädrigen Wagen mit einer zerschrammten Lederplane verladen wurden – Dutzende von Turnierlanzen, deren dreifach gespreizte Spitzen von mehreren Handlangern mit Werg und Leinentüchern umwickelt wurden.

Er hob die Brauen und wunderte sich ein wenig. Wenn ihn nicht alles irrte, hatte der Heilige Vater erst unlängst jegliche Turnierkämpfe verboten. Doch dann nickte er und beeilte sich, nach unten zu kommen. Vielleicht war gerade das der Grund für einen geheimen und dadurch einträglichen Handel mit den an sich ungefährlichen Lanzen ohne scharfe Kampfspitze. Auf jeden Fall würden die kleine Kammer im ersten Stock des Haupthauses und die anderen

Gebäude der ehemaligen Templer-Niederlassung in Avignon für eine Weile seine Heimat sein. Solange jedenfalls, bis er einen Weg fand, seinen Vater zu sprechen.

Noch vor dem Morgengebet der None trafen mehrere Besucher am Palais des Papstes ein. Sie wurden nicht sofort empfangen, sondern mussten vor dem Eingangsportal warten, bis sie an der Reihe waren. Eine derartige Behandlung empfanden die meisten als unwürdig und kränkend. Besonders weil zu allem Überfluss auch der Markt nur einen Steinwurf weiter Lärm und verschiedenste, nicht immer angenehme Gerüche bis vor ihre empfindlichen Ohren und Nasen trieb.

Die meisten von ihnen lebten inzwischen in eigenen oder von der Kurie gekauften oder gemieteten Stadthäusern. Dennoch ging es in vielen ebenso klein und beengt zu wie im Bischofspalais von Avignon.

Genau diese Klagen und Beschwerden über die Enge und manches sehnsüchtige Lob der Prachtbauten in der Ewigen Stadt beschäftigten Kleriker und Gesandte von den Fürstenhöfen Europas mehr als alles andere.

»Derartig kurzfristige Einladungen durch den Heiligen Stuhl wären in Rom undenkbar gewesen«, murrte der Vertreter des Erzbischofs von Köln. »Die Audienz war zwar für heute vorgesehen, aber ich durfte doch wohl annehmen, dass sie durch das Unwetter und das Hochwasser verschoben wird … aber nein, der Bote drängte geradezu auf mein Erscheinen, obwohl ich noch nicht mit meinem Morgenimbiss fertig war.«

»Ihr wollt sagen, mit dem ersten Kelch vom Roten«, unterbrach der Vertreter Englands und lachte höchst vergnügt über seinen eigenen Humor.

»Nicht einmal Arkaden und Kolonnaden, um sie im vertraulichen Gespräch zu durchschreiten«, meinte ein spanischer Grande, dessen Familie knapp ein Jahrzehnt zuvor eine prachtvolle Villa am Tiberufer nahe der Engelsburg errichtet hatte, die nun nicht mehr benötigt wurde.

»Ich weiche inzwischen immer häufiger auf Boote und den Fluss aus«, erklärte der Abgesandte Venedigs. »Wasser hat bekanntlich für uns Balken.«

»O nein, das wäre nichts für mich«, wehrte ein Vertreter des Erzbischofs von Köln ab. »Wir haben zwar auch Wasser und böse Überschwemmungen, aber ich kann nicht schwimmen, und mir ist die schöne Brücke hier viel sicherer, auch wenn sie diesmal wieder bedauerliche Schäden im Mauerwerk davongetragen hat.«

Die Abgesandten und ihre Begleiter, Sekretäre und Notare drängten sich über die für Audienzen wie dieser viel zu enge Marmortreppe höher. Oben angekommen mussten sie feststellen, dass kaum noch Platz für eine ordentliche Zusammenkunft beim Heiligen Vater vorhanden war.

»Eng wie in einer Schottenkirche bei der Königskrönung«, spottete der Abgesandte aus England überheblich.

»Oder bei einer Auktion von ägyptischen Senfkörnern in einem *Fondaco* Venedigs«, meinte der Vertreter der Lagunenstadt.

»Weiß denn einer der Herren, was geboten werden soll?«, mischte sich ein Dritter ein.

»Vermutlich wieder eines dieser Klagelieder über die Armut der Heiligen katholischen Kirche und die Schlechtigkeit der Welt«, lästerte der Kölner. »Und wenn der *Pontifex* diesmal seinen Blick vom Himmel zurück auf die Erde neigt, wird er wohl versuchen, sich in den Streit um die deutsche Königskrone einzumischen. Wir werden sehen, ob er sich schließlich für Ludwig den Bayern oder Friedrich von Österreich entscheidet.«

»Das wird davon abhängen, was später seine Bischöfe als Kurfürsten für die Wahl eines deutschen Königs zum Kaiser des Heiligen Römischen Reiches empfehlen könnten«, meinte der Engländer. »Die lassen sich die Wahl doch längst in Gold und unverschämten Vorrechten vergüten.«

»Aber vielleicht springt der *Pontifex* auch über seinen Schatten und gibt Avignon endlich auf«, meinte einer der italienischen Bischöfe, der gerade beim Heiligen Stuhl zu Gast war. »Das würde viele kommende Entscheidungen für uns alle leichter machen.«

»Das Städtchen ist ja nett und die Umgebung ebenfalls«, bestätigte der Venezianer, »aber ich schrecke jedes Mal zusammen, wenn ich bei unserem Dogen fremden Abgesandten vorgestellt werde. Da fallen klingende berühmte Namen wie Jerusalem und Bagdad, Konstantinopel oder Damaskus. Und wenn dann Avignon genannt wird, brennt mir das Mitleid vieler Blicke auf den Wangen und im Herzen. Ja, das Bedauern in den Augenwinkeln aller anderen ist nicht zu übersehen. Avignon klingt für sie wie Abschied von der Welt, Apokalypse und letzter Posten vor der Grenze. Wenn sie doch wenigstens *Avenio* sagen würden, wie damals unter Hadrian, als hier noch Legionäre stationiert waren und Sklaven Tempel, Thermen und Theater bauten.«

»Das klingt tatsächlich sehr nach dem Wunsch, wieder nach Rom zu ziehen ...«

Der Venezianer hob wie flehend seine Hände.

»Möge der Allmächtige dafür ein Einsehen haben.«

»Oder der König von Frankreich«, spottete der Engländer. »Der ist in dieser Angelegenheit noch etwas zuständiger als der da oben.«

Er schob seine kunstvoll gewickelte Kopfbedeckung ein wenig zurück und deutete mit seiner behandschuhten Hand himmelwärts. Kein Blitz, kein Donnergrollen bestrafte ihn für die kleine Gotteslästerung an diesem Morgen.

»Ich jedenfalls werde mir auf der anderen Seite des Flusses einen Palazzo bauen lassen«, meinte der Spanier. »Das ist zwar französisches Territorium, aber hier in Avignon ist mir alles zu eng und zu provinziell. Es gibt keinen Platz mehr für Häuser mit Innenhöfen, wie wir es gewohnt sind. Und die man von den Einwohnern von Avignon noch kaufen kann, sind längst sündhaft teuer und doch nicht mehr als ärmliche Behausungen.«

»Nur gut, wenn man sich rechtzeitig und auf einen Wink des Himmels mit preiswerten Abrisshäusern, günstigen Bauplätzen und Schuldscheinen von Hausbesitzern eingedeckt hat«, tuschelte Kardinal Godin, der die letzten Sätze der anderen mitbekommen hatte. Er ging am englischen und dann am spanischen Gesandten vorbei zum Heiligen Vater und den beiden anderen Kardinälen. »Man sollte uns Dominikaner fragen, wenn hier oder drüben in Villanova de Avignon Grundbesitz gekauft oder gepachtet werden soll.«

»Ach, daher weht der Wind!«, flüsterte der Engländer und lachte leise. »Exzellenz haben vorausgesehen, wie knapp der Platz hier wird, und beizeiten gehandelt.«

»Vorsorge«, gab der Meister des Palastes zurück. »Alles nur Vorsorge für die Bedürfnisse des Heiligen Stuhls ...«

Kapitel 15

Die letzte Audienz

Hammer, Amboss, Blasebalg und Feuer hatten Tonio Brazzi in vielen Jahren zu einem Mann mit starken Muskeln und einem breiten Oberkörper werden lassen. Zu seiner besten Zeit musste er Schultern wie ein Ochse, Pranken wie ein Löwe und einen Brustkorb wie ein prächtiges Turnierpferd gehabt haben. Inzwischen hatte er außer seiner Kraft seinen Beruf und seinen stolzen Wohlstand verloren.

Nur noch ein Rest von seiner Ehre bewahrte ihn davor, gänzlich zu einem unförmigen und vom vielen Wein aufgeschwemmten Griesgram zu werden. Er hatte keine Heimat, kein Weib und keine Freunde mehr. Sein wildes schwarzes Haar ließ sich noch immer nicht bändigen und sein von Funken des Schmiedefeuers wie von Pockennarben zerfurchtes Gesicht kannte kein Lachen, sondern bestenfalls gefährlich gebleckte Zahnreihen. Bei Licht besehen ging es ihm wesentlich besser als den meisten Männern, die gezwungen waren, Tag und Nacht für ihre Herren zu arbeiten. Dennoch weigerte sich Tonio Brazzi, irgendein Anzeichen von Zufriedenheit oder ein freundliches Wesen zu zeigen.

All diese Eigenheiten von Marco Ambrogios Faktor in Avignon hatten schon in der Nacht großen Eindruck auf

Bertrand gemacht. Tonio Brazzi war nicht fromm und demütig, sondern laut und unverblümt.

Mit ungewöhnlich behutsamen Schritten kam der Faktor auf ihn zu.

»Sieh an, das blonde Mönchlein aus Paris«, knurrte er spöttisch wie ein ungerüsteter Ritter, der einen jungen Knappen mit einer Hand in den Sattel heben konnte. »Hat irgendetwas verbockt und muss nun für einige Zeit in einer Schreibstube verschwinden.«

»Ich bin kein Mönch«, sagte Bertrand. »Außerdem habe ich nichts verbockt.«

»Weißt du was, mein schöner Erzengel – es geht mir glatt am Arsch vorbei, was mit dir los ist. Signora Elena will, dass wir dich hier bei uns verstecken, und das tun wir. Keinerlei Nachfrage, kein Kommentar, verstanden?«

Er stapfte bis an den schweren Wagen, der gerade beladen wurde, und sah, dass an einer Stelle die mehrfache Lanzenspitze unter der Umhüllung zu erkennen war. Ganz langsam neigte sich sein bulliger Kopf nach vorn, dann drehte er sich um und hob den kleinen Finger seiner linken Hand. Und dann lockte er die Burschen, die er mit dem Verpacken und Aufladen beauftragt hatte. Sie waren nicht älter als Bertrand und schienen aus verschiedenen Ländern zu stammen. Mit entsetzten, verängstigten Gesichtern näherten sie sich dem kleinen Finger von Tonio Brazzi bis auf eine Handbreite. Der ehemalige Waffenschmied bewegte seinen kleinsten Finger wie eine tödliche Waffe vor ihren Nasen hin und her – ganz so, als könne er sich nicht entscheiden, wen er für schlechte Arbeit und die schlampige Verpackung bestrafen sollte.

»Einen Tag ohne Lohn«, stieß der linke der drei jungen Männer hervor.

»Drei Tage für mich«, steigerte der rechte schnell.

»Nein, nein, eine Woche«, sprudelte der Mittlere hervor.

»Und warum?«, fragte Brazzi mit gefährlich milder Stimme. Es klang fast so, als würde ein Vater besorgt zu seinen Lieblingssöhnen sprechen.

»Weil selbst die dümmsten Wachen am Färbertor erkannt hätten, was auf dem Wagen ist ... zu schnell umwickelt und die Spitzen zu schlecht gepolstert.«

»Sehr gut erkannt«, sagte er, dann stieß er zu. Sein kleiner Finger fuhr in ein Nasenloch des jungen Mannes und hob ihn fast aus seinen Schuhen. Ein schrecklicher, durch Mark und Bein gehender Aufschrei gellte durch den Hof der alten Templer-*Komturei*. Der junge Mann schlug beide Hände vor sein Gesicht, um seine blutende Nase gegen einen zweiten Fingerzeig des Faktors zu schützen.

»Sei froh und dankbar, dass du nicht bei den Hebräern arbeitest«, knurrte Tonio Brazzi. »Die haben in den Synagogen kleine Finger aus Silber oder Gold, mit denen sie in ihrer Thora lesen. Was glaubst du wohl, wie vergnüglich ich damit in deiner gottverfluchten Nase bohren könnte ...«

Bertrand war entsetzt. Von derartigen Brutalitäten hatte er bisher immer nur gehört. An der Sorbonne und in den Klostergängen wurde regelmäßig für die unschuldigen Opfer des Bösen in der Welt gebetet und geschwiegen, gefastet und mit Lichterreihen an den Wegesrändern inbrünstig gedacht. Aber das hier war etwas anderes als die Wirklichkeit. Bertrand hatte niemals bei Turnieren einen im Schwerterkampf zerfetzten jungen Grafen im eigenen Blut liegen sehen. Er kannte den Gestank, die Läuse und den Schlamm aus Pisse und Dreck in den Lagern der

Soldaten ebenso wenig wie die gierig pfeifenden Ratten in verfaultem Stroh, mit dem sich halb verhungerte Bettler unter den Brücken von Paris oder Gefolterte in kalten, schimmligen Kellern die Schwären notdürftig bedeckten. Er wusste nicht, wie die Scharniere von Rüstungen bei Regen quietschten, rosteten und sich ins Fleisch der Helden gruben. Er ahnte auch nicht, wie gern die Handlanger auf den Baustellen nach einem Tag mit müden Knochen und knirschenden Gelenken mit jenen Mönchen getauscht hätten, die glaubten, dass schon der Schlag von irgendeiner Nagelpeitsche ein ganz besonders büßerischer Schmerz auf dem Weg ins Himmelreich sei. Von alledem hatte er nur gelegentlich etwas gehört oder gelesen. Nur dass die Arbeit der Bauern auf den Feldern, in den Weinbergen und beim Gedinge für den Fronherren kein Honigschlecken war – das hatte er schon als Kind in Comminges gesehen.

Genau genommen war sein harter und zum Schluss auch noch lebensgefährlicher Ritt die erste Tat in seinem jungen Leben, bei der er etwas anderes als Gottgefälliges getan hatte. Der erste Ritt, bei dem man ihn verfolgt hatte. Der erste freiwillige Sprung in einen reißenden Fluss. Und dann all das, was er danach erlebt hatte. Jede Stunde in Avignon war praller mit ungewöhnlichen Erlebnissen gefüllt gewesen als Wochen oder ganze Monate der Zeit in Paris.

Noch etwas anderes kam ihm plötzlich zu Bewusstsein: Sowohl im Kloster von Comminges als auch im Kloster von St. Jacques waren alle um ihn herum auf dasselbe Ziel eingeschworen und diesem geweiht. Selbst bei den Streitgesprächen mit den Professoren und Magistern der Sorbonne war es zumeist doch nur um ein großzügiges Geben und ein dankbares Nehmen gegangen. Seit er Paris verlassen hatte, war er nach neunzehn Jahren eines behüteten Lebens im wahrsten Sinne des Wortes ins kalte Wasser gesprungen. Und das ohne jede Vorbereitung oder Warnung vor dem, was ihn in der Stadt des Papstes wirklich erwartete.

Er zuckte unwillkürlich zusammen, als der Verwalter des *Fondaco* wieder losbrüllte. Bertrand hatte begriffen, worüber sich der Faktor ärgerte. Sicherlich hatte er Recht, dass die Lanzen nicht gut genug verpackt waren. Er sah auch ein, dass nachlässige Arbeiter und Knechte auf irgendeine Weise bestraft werden mussten. Wer nicht hören wollte, musste fühlen. Das war bei Mönchen und Studenten auch nicht anders. Der Faktor drehte sich zu ihm um.

»Hast du etwas einzuwenden?«, fragte er. »Gefällt dir etwa die feine Mailänder Art meiner Erziehung nicht?«

»Doch, doch«, sagte Bertrand sicherheitshalber. Er zögerte einen Augenblick, dann nahm er seinen Mut zusammen und sagte: »Ich verstehe nur noch nicht, warum Ihr gerade demjenigen blutige Schmerzen zugefügt habt, der sich selbst die höchste der Strafen zuerkannte.«

»Das hätte ihn vielleicht gerettet«, stimmte der Faktor zu und grinste. »Aber er wusste einfach viel zu gut, was sie falsch gemacht hatten! Dummheit muss bestraft werden, so lange, bis es sitzt! Aber wer wissentlich und mit klarem Verstand Fehler macht, begeht ein Verbrechen, denn er missachtet seine Gaben Gottes.«

Der ehemalige Waffenschmied hatte noch nicht ausgeredet, als ein heißer Strahl durch Bertrands Geist und Körper zuckte. Es war, als hätte ihn das Schmutzwasser der überschwemmten Rhône bis zu diesem kühlen Morgen festgehalten und seinen Geist getrübt.

Er erinnerte sich wieder an seine Aufgabe. Nur wenn er seinen Ring wieder fand, konnte er seinen eigenen Vater vor der Krankheit retten, die ihn sonst bald umbringen würde.

»Iss deinen Brei!«, schreckte ihn die volle Stimme von Tonio Brazzi aus seinen rasenden Gedanken. Bertrand nickte verstört.

»Und dann hock dich hinter das Pult dort auf dem Terrassenvorsprung!«, rief der Faktor hinter ihm her. »Tinte, Feder und Löschsand liegen bereit. Du musst aufschreiben, ehe irgendetwas den Hof des *Fondaco* verlässt, und ganz hereinlassen, ehe du aufschreibst. Hast du verstanden – genau verstanden, wie die Reihenfolge sein soll?«

»Bitte?«

»Ob du verstanden hast ...«

Bertrand empfand plötzlich einen heftigen Widerstand gegen diesen Mann, der seine Leute wie Leibeigene behandelte. Aber vielleicht war Tonio Brazzis direkter und körperlich schmerzhafter Weg sogar aufrichtiger als die milden Blicke, mit denen ihm bisher in den Klöstern ständig seine Schuld und Sündigkeit vorgeworfen worden waren. Hier sollte er nicht beten oder beichten, sondern etwas tun, was sich vorzeigen ließ. Für ihn galt das ab sofort auch für den Bischofsring und die anderen Zeichen, die er finden musste.

»O ja!«, rief er laut zurück. »Ich habe verstanden!«

Er fühlte plötzlich eine unbändige, ganz neue Kraft in sich. Das hier war ein ganz anderes Leben. Er wunderte sich über sich selbst, aber ihm war, als wäre er ein Vogeljunges, das zu lange im warmen Nest gelegen hatte und nun endlich fliegen wollte.

»Und nur vor deinen Augen gezähltes, wenn ich bitten darf!«, rief Brazzi. »Nichts auf Zuruf, ohne dass du bei Ehre und Gewissen Zeuge bist! Und kein einziger Tropfen Ochsengalle über bereits Geschriebenes. Fehler im Eintrag werden säuberlich durchgestrichen und korrigiert! Und nun fang an! Ich muss zur Audienz im Papstpalais.«

Bertrand schüttelte ungläubig, aber von großer Freude erfüllt den Kopf. Ein grober, ungehobelter, verschuldeter Waffenschmied zu einer Audienz! Noch nie zuvor hatte er etwas Unpassenderes gehört. Und doch klang Brazzis Behauptung so echt, dass er ihm schon fast Glauben schenkte. Vielleicht kannte dieser Mann Wege, die ihm weiterhelfen konnten.

Er griff nach der Schale mit dem kalt gewordenen Brei und einem hölzernen Löffel. Brazzi zeigte ihm seine Zähne, dann hob er seinen kleinen, immer noch blutigen Finger wie eine Warnung an seinen neuen Schützling.

»Wer mit klarem Verstand Fehler macht, der missachtet seine Gaben Gottes«, sagte er leise. »Also denk nach, Bertrand! Was hätte Meister Eckhart jetzt getan? Reiß dich zusammen, Meisterschüler, handle ... und warte nicht, dass irgendetwas auf dich zukommt!«

Erst eine Stunde später trafen alle im Audienzraum des Bischofs von Avignon an einem großen Tisch zusammen. Auch sie hatten Gebäck und Zuckerwerk vor sich stehen. Es stammte ebenfalls von den Meistern in Venedig und war mit derselben Lieferung jüdischer Händler durch die Lombardei, um das unruhige Mailand herum und durch das Piemont ins Handelshaus von Marco Ambrogio in Avignon und von dort zur Kurie gelangt.

Der Heilige Vater hatte sich ankleiden lassen. Er trug die weiße Soutane und volles Ornat. Nur statt der üblichen feinen weißen Strümpfe hatte er dicke Socken aus der ungefärbten Wolle der Schafe von den Hängen des Mont Ventoux an. Die meisten der Anwesenden wussten, wie schlecht es dem *Pontifex* ging und wie er unter den Schmerzen in seinen Nieren und seinem Gedärm litt.

Neben den Kardinälen d'Aux, da Prato und Godin hatte der Papst ein Dutzend Gesandte aus verschiedenen Ländern und einige Schreiber und Kartenzeichner aus dem Kloster der Dominikaner geladen. Die Vornehmen der Gäste redeten nicht über die Schäden, die ihre Häuser, Stallungen und Gärten in den vergangenen Stunden erlitten hatten. Nur die Kleriker, die nichts verloren hatten, beklagten, dass sogar Gebete nichts genutzt hätten.

»Und nun sollten wir uns trotz des Unwetters und des Hochwassers, das fast die Brücke von Avignon mit sich gerissen hätte, wieder um den Rest der Welt kümmern«, sagte der Papst mit sanfter, aber schon schmerzhafter Ironie, nachdem er alle Huldigungen und Grußworte hinter sich gebracht hatte. »Nach der Kaiserkrönung von Heinrich VII., an der wir ja nicht teilgenommen haben, und seinem Tod im vergangenen Jahr haben wir die Verantwortung für das vakante Imperium übernommen. Und wir haben Robert, unseren lieben König von Neapel und Herrscher der Provence, in seinen Absichten noch mehr als zuvor unterstützt. Wir haben ihm alle erdenklichen Würden und Ehren zukommen lassen und ihn im vergangenen Jahr sogar zum Senator Roms gemacht. Und wir haben im vergangenen Monat durch eine Bulle die Acht für nichtig erklärt, die der verstorbene Kaiser Heinrich VII. über Robert verhängt hat. Auch wenn sich Heinrich seinerzeit geweigert hat, seine Gelöbnisse an die Kirche als einen uns gegebenen Treueid anzuerkennen, haben wir bereits erklärt, dass der Schwur eines römischen Königs – und das war Heinrich ja ebenfalls – grundsätzlich wie ein Vasallen- oder Treueid gelten soll.«

Niemand im Audienzsaal wagte zu atmen. Auch wenn die Stimme des Papstes kaum noch die Kraft früherer Tage besaß, trafen seine Worte wie Schläge mit einem Zweihänder. Genau genommen beanspruchte Clemens V. die gleichen Rechte und Machtbefugnisse wie der schon legendäre Bonifatius VIII. mit seiner vor elf Jahren erlassenen Bulle *Unam sanctam*.

Viele der Anwesenden kannten den Wortlaut und das entscheidende Beispiel von den zwei Schwertern, mit denen die Welt regiert wurde. Damit hatte der Papst die weltliche Macht der Könige anerkannt. Doch wie er sein eigenes Schwert der Macht *pro Ecclesiam* – für die Kirche – einsetzte, konnten weltliche Herrscher ihre Macht nur *ab Ecclesia* – von der Kirche – erhalten. Und damit unterstanden alle Herrschenden dem Bischof von Rom.

»Daraus ergibt sich auch das Recht und die Befugnis«, fuhr der Papst fort, »dass wir als der wahre Oberherr des Reichs die Befugnis haben, dessen Verwaltung während der kaiserlichen Vakanz an uns zu nehmen. Wir haben demnach den frommen König Robert von Neapel zum Reichsvikar Italiens ernannt – und zwar unter der Bedingung, dass er zwei Monate nach der Bestätigung eines neuen Königs der Römer von diesem Vikariat zurückzutreten hat.«

Wieder blieb alles still. Jeder der Anwesenden überlegte schnell, welche Veränderungen und Möglichkeiten sich aus der festen Haltung des Papstes ergaben.

»Ist dabei berücksichtigt, dass der Widerstand unter den Anhängern des Reichs in Deutschland wie in Italien und ebenso in Frankreich weiter zunehmen wird?«, fragte ein unbedeutender, aber vorlauter Abgesandter aus Hamburg. Er hatte schon seit Wochen vergeblich um eine Einladung zu einer Audienz beim Papst gebeten. Sein größter Fehler war, dass er den Meister des Palastes anfänglich mit Münzen für sein Wohlwollen bezahlen wollte, bei denen schon in Hamburg etwas zu viel Silber vom Rand weggeschnitzt worden war. Derartig schmähliche Betrugsversuche lagen zu deutlich unterhalb der üblichen Geldschneidereien. Schlimm genug, dass Peterspfennige und Ablassgelder noch viel zu oft nur als Falschmünze eingetrieben wurden …

»Wir werden stark genug sein, um neue Kämpfe um das Recht der Staaten und der Kirche zu ertragen«, antwortete Kardinal Niccolò da Prato anstelle des Heiligen Vaters.

»Die Unterstützung des Heiligen Stuhls für den unglücklichen Kaiser Heinrich war offenbar nicht groß genug«, monierte jetzt auch der Spanier. »Schon an der Kraft und am Hass der reichen Stadt am Arno musste er scheitern. Florenz als starke Anführerin des großen Guelfenbundes von der Lombardei bis nach Rom hat zuletzt Hand in Hand mit König Robert gegen den König von Rom und deutschen Kaiser gekämpft. Die Republik aus Juden, Wechslern, Kaufleuten und Tuchfabrikanten hat aller Anstrengungen des Kaisers nur gespottet, ohne dass hier aus Avignon irgendeine Rüge kam.«

»Es war nur noch beschämend, all dieses sinnlose Hin und Her Heinrichs VII., all diese unbedachten Belagerungen und die grässlichen Verwüstungen von Äckern und Burgen zu verfolgen«, klagte der Heilige Vater nach einem tiefen Seufzer. »Da glänzte nirgendwo ein Hauch von Edelmut … keine heldenhafte Waffentat und kein großer Sieg erstrahlten für die Ewigkeit. Wir beteten darum, dass dieser Heinrich mit erhabenen Friedensträumen nach Italien ziehen würde. Doch aus dem Friedensfürsten wurde ein Zerstörer, der keine Schonung kannte. Das unglückliche Landvolk in den Ebenen des Po und in der Toskana verfluchte ihn auf den zerstörten Äckern vor verbrannten Ernten. Und das mit gleichem und gerechtem Hass, wie zuvor bei den anderen deutschen Kaisern Barbarossa oder Friedrich II.«

»Ja, das ist richtig«, fiel einer der Zuhörer dem Heiligen Vater ungefragt ins Wort. Es war Tonio Brazzi. Große Empörung erfasste die Herzen der Männer im Audienzsaal. Gewiss, es kam immer wieder vor, dass der eine oder andere Ketzer Schmährufe oder Schlimmeres gegen den Heiligen Vater schleuderte – doch nicht im Palais des Heiligen Stuhls selbst, im Audienzsaal und in Anwesenheit der edelsten zur Kurie Abgesandten des gesamten Abendlandes.

In normalen Zeiten hätte Tonio Brazzi leichter Zugang zu einem deutschen Kaiser in seinem Feldlager als zu einem der Kardinalshäuser in Rom oder Avignon erhalten. Selbst ein großer Handelsherr wie Marco Ambrogio hätte nichts bei der Audienz zu suchen gehabt. Diesmal jedoch waren gleich drei Kardinäle damit einverstanden gewesen, den verarmten Bürgerlichen zuzulassen. Er war genau der Zeuge aus dem Volk für das weise Walten ihres Papstes, den sie vor den Abgesandten aus vielen Ländern brauchten.

Zur selben Zeit quälte sich Eliahs altes Maultier mit dem noch immer schwer beladenen Karren von Westen her durch das Stadttor, das nach dem Bischof Agricola benannt war. Die Wachen kannten ihn und ließen ihn gegen ein zweites Stück Stockfisch passieren. Das erste hatten sie bereits erhalten, als er hinausgefahren war.

Sofort stürzten ein paar Bettler und Weiber heran, die sich stets in der Nähe der Tore aufhielten, um Dumme und Ahnungslose in der neuen Stadt des Papstes abzufangen. Eliah warf auch ihnen ein Stück Stockfisch zu. Damit erkaufte er sich den Schutz der großen Diebe vor den kleinen. Er hätte auch das Stadttor an der Baustelle des Dominikanerklosters nehmen können, aber er hoffte, dass er seine teuren Fische ohne größere Verluste vielleicht doch noch im *Fondaco* von Marco Ambrogio los wurde.

Den Dominikanern waren sie völlig unerwartet zu teuer gewesen. Eliah hatte ihnen Nachlässe bis zur Schmerzgrenze geboten, aber selbst unter seinem eigenen Einkaufspreis fanden die steifgetrockneten Fische keine Abnehmer. Der Grund dafür war so läppisch, dass Eliah nicht darauf gekommen war.

»Was willst du, guter Mann?«, hatte ihn der Bruder Küchenmeister bei den Dominikanern gefragt. »Trockene Fische, die auf dem Weg hierher den Staub des halben Abendlandes eingefangen haben? Und das, nachdem die Fastenzeit vorbei ist und wieder leckerste Gerichte von Schwein und Lamm, Rind und Hammel die frommen Gaumen laben dürfen?«

»Ich verstehe eure Welt nicht mehr«, seufzte Eliah von Carpentras. »Vor vier Tagen habt ihr mir ein Vermögen für meinen Trockenfisch geboten, und jetzt wollt ihr daraus nicht einmal mehr die Fischpaste *Brandade de morue* mit Knoblauch, Sahne und Olivenöl oder Futter für den Schweinetrog machen.«

»Vor vier Tagen sah es noch so aus, als würde es ein großes Fressen für viele Edle und Gesandte bei uns geben, für die da oben im Palais nicht genügend Platz ist. Doch dann kam der Mistral mit dem Regen und dem Hochwasser. Kein anderer Fisch mehr aus den Flüssen und Fleisch verboten, wie du weißt ... wie hätten wir denn ausgesehen als Gastgeber von Avignon?«

Eliah musste sich wohl oder übel mit dem Bescheid des

Küchenmeisters abfinden. Er sah noch immer nicht ganz ein, warum sein Fisch nichts wert sein sollte, und überlegte, ob drüben auf der anderen Seite des Flusses bei den Franzosen etwas zu machen war. Aber dann sagte er sich, dass er keine Zeit mit Stockfisch mehr verlieren wollte. Für den Aufbruch nach Carpentras war es selbst mit leerem Karren zu spät.

Also blieb nur noch die alte Templer-*Komturei*, auch wenn er noch nicht wusste, mit welchem Argument er Brazzi, diesem zornigen ehemaligen Waffenschmied, alte Fische aufschwatzen sollte. Man würde sehen – wie schon oft in den vergangenen Jahren.

Seder Ben Ariel wunderte sich darüber, wie leer die Straßen um die Mittagszeit waren. Der Markt zwischen der Kathedrale und dem Palais des Papstes war noch nicht vorbei. Trotzdem kamen kaum Bürgerfrauen und ihre Küchenmädchen mit Eingekauftem vom Markt zurück.

Selbst vor den Kirchen in der Stadt sah Seder nicht einen einzigen Priester oder Mönch. Irgendetwas stimmte nicht in den Mauern von Avignon. Er bog in die Rue Rouge ein und presste sich im selben Augenblick in eine Mauernische. Direkt vor ihm verließ seine Schwester Miriam zusammen mit einer anderen Frau ein Haus. Es gehörte einem Schlachter, der sein Fleisch auch an den Heiligen Stuhl und die Hofhaltungen der Kardinäle lieferte. Er hatte gute Waren, aber er schlachtete nicht koscher. Schon deshalb hatte Seder seinen Namen wieder vergessen.

Obwohl er eigentlich zur ehemaligen *Komturei* der Templer wollte, war seine Neugier stärker. Er empfand sogar eine gewisse Sorge für die kleine Schwester, um die er sich manchmal monatelang nicht gekümmert hatte. Aber inzwischen hatte er den jungen Mann aus dem Fluss etwas besser kennen gelernt. Und er musste zugeben, dass Miriam kein kleines Mädchen mehr war – auch wenn sie immer noch so barfuß lief wie damals in Carpentras, als sie noch im kurzen Kleidchen Gänse nur mit einem Haselnussstecken gehütet hatte.

Er lächelte, als er daran dachte, dass er ihr eine Flöte geschnitzt hatte, nach der sie getanzt hatte und mit der sie ihn rufen sollte, wenn sie Angst hatte oder aus den Weinbergen wilde Räuber kommen sollten.

Das alles war schon viele Jahre her. Er betrachtete den Schwung ihrer Hüften, der einen jungen Mann mit jedem Schritt um den Verstand und in das Paradies oder – je nach Glauben – in die Hölle bringen konnte. Sie tat es sicherlich nicht absichtlich, aber die weibliche Erhabenheit in ihrem Gang machte auch ihn stolz.

Er näherte sich den beiden Frauen. Die andere schien etwas älter zu sein, aber sie wusste, wie sie Blicke auf sich ziehen konnte. Obwohl Seder während der vergangenen Nacht keinerlei Not in Elenas Armen gelitten hatte, spürte er schon wieder neue Lust in seinen Lenden.

Dann, an der Einmündung der Rue Rouge in die breite, zu den Stadttoren im Süden führenden Straße, musste er sich völlig unerwartet noch vor einem anderen verstecken. Von oben her kam Tonio Brazzi in angeregter Unterhaltung mit ein paar anderen Männern von der Kathedrale oder dem Bischofspalais auf sie zu. Und in der linken, nahezu leeren Straße sah er gut hundert Schritt entfernt einen einsamen Maultierkarren. Er konnte ihn trotz der hellen Mittagssonne nicht ganz genau erkennen, aber wenn er sich nicht völlig täuschte, gehörten der Karren und das Maultier seinem Großvater Eliah.

Im selben Augenblick sah Tonio Brazzi Miriam und die Frau des Schlachters. Er löste sich aus der Gruppe seiner offensichtlich aufgeregten Begleiter und schnitt den beiden Frauen den Weg in der Straßenmitte ab.

Nie zuvor hatte sich Seder Ben Ariel so unsicher und unentschlossen gefühlt. Er wusste nicht, was der Wagen des Großvaters vor der *Komturei* zu suchen hatte, verstand nicht, was Tonio Brazzi von Miriam wollte und konnte dennoch keinen Schritt näher an sie heran, wenn er sich nicht gleich verraten wollte.

Der Faktor von Marco Ambrogio und seine Schwester sprachen miteinander. Aber was hatten beide miteinander zu tun?

Seders Ehrgefühl begehrte plötzlich auf. Sollte Miriam etwa etwas mit diesem bankrotten Waffenhändler aus Mailand haben? Einem Christen, der Geschäfte mit jenen gemacht hatte, die in Regensburg und Passau jüdische Familien ausgerottet und verbrannt hatten, weil sie angeblich durch Hexerei Brunnen vergiftet und für Missgeburten in den Viehherden gesorgt hatten?

Er zögerte, ballte die Hände zu Fäusten und dachte zugleich daran, dass offensichtlich auch sein Großvater mit Brazzi handeln wollte.

Aber wer kam jetzt zuerst? Für wen sollte er aus dem Verborgenen auftauchen und sich zu erkennen geben? Er stöhnte voller Grimm, dann stand sein Entschluss fest.

Kapitel 16

Ente und Lamm

»Ich verfluche heute noch und vor allen, die mich hören, diesen König und Kaiser des Heiligen Römischen Reiches!«

Alle blickten erschreckt auf. Während es hinten im Saal neugieriges Gedränge gab, drehten sich die Würdenträger am Tisch des Papstes mit tadelnden Blicken um. Selbst Ritter von Falkenhenn, der wie ein Denkmal in voller Rüstung hinter dem goldenen Sessel des Heiligen Vaters stand, griff vorsichtshalber nach seinem Schwert. Tonio Brazzi ließ sich nicht beirren. Er hatte sein bestes Gewand aus hellbraunem Samt, mit blauem Seidenfutter und vergoldeten Spangen an Schulter und Gürtel angelegt.

»Als hoch geachteter Waffenschmied hätte ich in meiner geliebten und geschundenen Toskana ein größeres Vermögen sammeln können als hier in Avignon oder in Paris. Ich war in Florenz und habe gesehen, wie die Ufer des Arno sinnlos von Blut überschwemmt wurden. Mein Herz weint noch, wenn ich daran denke, wie fremdes Kriegsvolk den Garten der Toskana wie eine Wildschweinrotte umgepflügt hat.«

Papst Clemens nickte kaum merklich, winkte dann aber mit einer müden Handbewegung ab. Es war, als ahnte er, in welche Richtung der Einwurf des Zwischenrufers zielte. Keiner der drei Kardinäle, die für den Ablauf der Audienz verantwortlich waren, griff ein.

»Was willst du uns damit sagen?«, fragte Kardinal Niccolò da Prato sogar nach. »Sollen wir etwa Hunderte von überflüssigen Turnierlanzen, mit nutzlosen Wappen bemalte Schilde, festliche Pferdeschabracken und prahlerische Helmzier erwerben, die nach dem Turnierverbot überall nutzlos herumliegen?«

»Oder bieten uns die großen italienischen Händler Lanzen und Bogen, Schwerter und Rüstungen aus dem Nachlass des letzten Kaisers an?«, wollte der Meister des Palastes wissen.

»Vielleicht meint der gute Mann, dass uns die Gläubigen nach dem Verlust von Rom, Akkon und Jerusalem hier auf dem Kreidefelsen von Avignon eine neue Festung für den Heiligen Stuhl bauen sollten«, sagte Kardinal d'Aux mit leisem Spott.

»Das hieße dann wohl, das Provisorium in ein dauerhaftes Asyl umzuwandeln«, stellte der Gesandte Venedigs fest.

»Jegliche Festung ist auf Sand gebaut, wenn es im Inneren und unter den Gläubigen keine Zuversicht und kein Gottvertrauen mehr gibt«, sagte der Papst.

»Also wollt ihr nicht hier bleiben, sondern nach Rom zurückkehren«, fragte der Gesandte des Königs von England unverblümt. Für einen Moment hielt jeder im überfüllten Audienzsaal den Atem an.

»Nein, nicht nach Rom, in diesen Sündenpfuhl«, sagte Papst Clemens V. mit großer Anstrengung. Seine Stimme klang schwach und von Schmerzen verzerrt. »Aber wir haben auch daran gedacht, nach Bordeaux zurückzukehren und dort unsere letzten Tage zu verbringen ...«

»Und Avignon?«, fragte der Spanier gespannt. »Was würde dann aus Avignon und der Grafschaft Venaissin?«

»Wir könnten beides Philipp dem Schönen überantworten«, antwortete der Papst kaum hörbar. »Im Tausch gegen den Schutz des gesamten Kirchenstaats durch den König von Frankreich. Das ist es, was wir euch sagen wollen …«

»Geht es, mit allem Respekt, um beschlossene Tatsachen oder um interessante Überlegungen?«, fragte der Venezianer.

»Das hängt von Paris ab!«, sagte Kardinal d'Aux. Nichts in seinem markanten, holzschnittartigen Gesicht verriet, was er wusste oder dachte.

»Und vom Ratschluss des Allmächtigen«, ergänzte Kardinal Niccolò da Prato äußerst sanft, aber bestimmt. Und plötzlich hatten einige der Versammelten das Gefühl, als wüssten die beiden wichtigsten Ratgeber des Heiligen Vaters längst, was Paris und der Himmel über der Provence beschlossen hatten …

»Nun?«, fragte der schottische Kaplan, als er nahe genug an Miriam heran war.

»Ich habe nur etwas über den Rubin aus der Tiara des Papstes erfahren können«, sagte sie schnell und ohne ihn direkt anzusehen. »Er ist seit dem Attentat auf den Papst bei seiner Krönung in Lyon verschwunden.«

»Das ist selbst in den abgelegensten Tavernen schon längst nichts Neues mehr«, sagte Mel Comyn enttäuscht. »Ich weiß auch, dass Ersatz beschafft wurde … ohne Markierung und ohne jedes eingravierte Zeichen.«

»Ja«, sagte sie nur. Vor ihr begannen zwei halbwüchsige Jungen damit, ihren Stand mit Hühnern und Enten abzubauen. Einer von ihnen weinte, und der andere trat mit verbissenem Zorn immer wieder gegen die Käfige. Sie schienen kaum etwas verkauft zu haben.

»Und weiter?«, drängte Comyn. Miriam sah sich besorgt um. Es war nicht gut, wenn sie allzu lange in der Nähe eines Priesters stand. Im Gedränge eines belebten Marktes wäre das nicht weiter aufgefallen, aber zu dieser Tageszeit und Stunde befanden sich zu wenig Menschen zwischen den murrenden Ausstellern. Der Markt an diesem Donnerstag vor Ostern dauerte wegen des vorangegangenen Unwetters bereits länger als üblich.

»Gebt mir die braune Stockente dort!«, rief Miriam den Jungen zu. »Die mit dem schwarzweißen Halsring!«

Sofort hielten beide in ihrer ungeliebten Arbeit inne und blickten erstaunt auf. Damit hatte keiner von beiden mehr gerechnet. Miriam fragte nicht einmal nach dem Preis, sondern warf ihnen einfach drei kleine Münzen zu. Es war weniger, als sie vor einem Sonntag bekommen hätten, aber immer noch zu viel bei der Auflösung eines Marktes.

Sie reichten ihr die Ente. Sie hatte einen glänzenden, schön geformten Schnabel, blanke Augen und stand gut im Fleisch. Sie flatterte kaum, als Miriam sie in ihren Korb setzte und zwei Weidenzweige so zusammenbog, dass sie nicht mehr wegfliegen konnte.

»Also, was ist?«, fragte der Kaplan ungeduldig. »Hast du nun etwas über den roten Stein gehört oder nicht?«

»Ich kann nur dann etwas sagen, wenn Ihr mir den anderen Stein gebt, den Amethyst ... für eine Nacht ...«

»Bist du von Sinnen?«, stieß der schottische Kaplan ungläubig hervor. »Ich soll den Bischofsring ohne jede Sicherheit einem Judenmädchen geben? Etwa, damit er bei euch ebenso verschwindet wie vor Jahren der Rubin aus der Krone des Papstes?«

»Wir zerstechen keine Hostien, trinken kein Blut von getauften Kindern und vergiften keine Brunnen!«, stieß sie empört hervor. »Niemand von uns hat irgendetwas mit dem Anschlag auf Papst Clemens V. zu tun gehabt!«

Sie presste den Weidenkorb mit der gekauften Ente wie zum Schutz gegen ihre Brust.

»Das Gegenteil ist wahr!«, sagte sie in einer Mischung aus Zorn und Trauer. »Denn mein Vater war es, der euren obersten Priester mit seinem eigenen Leib und Leben geschützt und so gerettet hat! Ohne Ariel Ben Eliah wäre Bertrand de Goth damals von den Trümmern der einstürzenden Mauer erschlagen worden.«

»Dein Vater …«

»Nur ein blutroter Stein für sein Leben … ist das etwa zu viel?«

Sie starrte ihn so verzweifelt an, dass er nicht antworten konnte. Gleich darauf sah sie, wie aus dem Palais des Papstes eine grelle bunte Flut von mehr als zwei Dutzend geistlichen und weltlichen Würdenträgern quoll. Die Kardinäle trugen riesige purpurrote *galeros* mit fünf Bändern und Quasten wie runde Wappenschilde auf dem Kopf, die Bischöfe fast ebenso große schwarze Hüte aus Glanzfilz mit ausladenden Krempen und vier grünen Quastenreihen zu ihren violetten Soutanen. Mit lauten Rufen wurden sie und die Kleriker ebenso begrüßt wie die Abgesandten und Botschafter der verschiedenen Länder, Könige und Fürsten.

Erst jetzt verstand Miriam den Auflauf. Dort also hatten alle gewartet und ihr Tagewerk vernachlässigt. Fast so, als wäre ein zweiter Sonntagvormittag dem Osterfest gefolgt, standen die Menschen auf dem großen Platz zwischen dem Kreidefelsen, der Kathedrale am *Rocher des*

Domes und dem ehemaligen Bischofspalais vor der Mauer am Rhôneufer. Wie bei einer großen Prozession bewegten sich Edle und Volk über den weiten Platz auf den Markt zu. Einheimische, Zugezogene und Hunderte von Pilgern, die ursprünglich auf der Insel im Fluss hausen sollten, bedrängten die Kleriker.

»Hier ist der Bischofsring mit dem Amethyst«, flüsterte Kaplan Mel Comyn dem Mädchen aus dem *Carrière* zu und ging dicht an ihr vorbei. »Ich lasse ihn zu deiner Ente in den Korb fallen. Hüte ihn gut! Und ich will morgen mehr über den verschwundenen Rubin wissen.«

Noch ehe sie irgendetwas antworten konnte, tauchte er in der kreischenden Menge unter.

Einige hundert Schritte entfernt war Bertrand noch immer entsetzt über die brutale Art, mit der Tonio Brazzi seine Leute für ihr Versehen strafte. Er bemühte sich um eine ordentliche und gleichmäßige Handschrift, aber die Tinte im *Fondaco* war etwas dünner und nicht so rußhaltig, wie er es aus dem Kloster St. Jacques in Paris gewohnt war. Kein Buchstabe bekam die gleiche Schwarzfärbung wie der andere, aber dafür konnte er mit der dünneren Tinte viel schneller und länger schreiben als in Paris. Das war die erste Erkenntnis, die er in einem italienischen Handelshof gewann.

Die Lagerarbeiter im *Fondaco* hatten alle Lanzen wieder ausgepackt und die gespreizten Turnierspitzen mit einem besseren Schutz versehen. Während Bertrand das mühsame Treiben mit seinen Blicken verfolgte, blätterte er wie zufällig in dem Folianten, in den er jede verpackte Lanze nach unterschiedlichen Längen in Rubriken eintragen sollte.

Einige Tage zuvor waren Passauer Schwerter eingetroffen. Sechs Monate zuvor waren die gleichen Schwerter an einen Händler in Ingolstadt geliefert worden. Bertrand verstand nicht, welche Bewandtnis es mit dermaßen eigenartigen Käufen und Verkäufen haben konnte. Doch dann fielen ihm die Berichte von einer großen, schrecklichen Schlacht wieder ein, die sich zu Beginn des letzten Winters in Bayern zugetragen hatte. Und plötzlich begriff er, warum Marco Ambrogio seine wichtigste Faktorei außerhalb Italiens nicht in Paris oder London, Augsburg oder Köln eingerichtet hatte, sondern in einer Kleinstadt an der Rhône. Und er begriff, warum ausgerechnet ein Waffenschmied hier Faktor war.

Es war der Heilige Stuhl, an dem alle Fäden zusammen liefen! Was hier an Nachrichten und geheimen Mitteilungen von den verschiedenen Bischöfen und Legaten, den Ordensoberen oder auch von gläubigen Pilgern und frommen Büßern eintraf, gelangte nach der Zerschlagung des Templerordens in ein neues, noch größeres Netz des Wissens außerhalb von Rom.

Bertrand erschrak.

War das der eigentliche Grund für das Ende der Tempelherren gewesen? Waren sich zwei oder noch mehr Spinnen mit ihren unsichtbaren Netzen ins Gehege gekommen? Oder hatte der Heilige Stuhl sich selbst beschnitten und zugelassen, dass seine besten Informanten über Nacht umgebracht und das Netz zerrissen wurde?

Aber warum? Und was hatte er selbst mit all dem zu tun? Warum verfolgten ihn Männer, die er noch immer nicht zuordnen konnte? Und was hatte das alles mit dem Ring des früheren Bischofs von Comminges zu tun?

Er kam nicht mehr zu einer Antwort. Zwei Knechte vom

Fuhrpark des Handelshofes öffneten das Haupttor. Der alte Jude Eliah wirkte müde und kraftlos, als er mit seinem Maultierkarren in den Hof der alten *Komturei* rumpelte. Er lenkte den Karren bis in eine Ecke, dann holte er einen Getreidesack von der Ladung und hängte ihn seinem Zugtier so um den Hals, dass es fressen konnte. Wortlos und ohne sich um irgendeinen anderen zu kümmern beschaffte er auch noch einen Holzeimer mit Wasser.

Erst als er sein Tier versorgt hatte, drehte er sich um und kam auf Bertrand zu. Sie sahen sich in die Augen, dann nickte der alte Jude.

»Ein guter Platz, Junge«, sagte er. »Und ein sicherer vor den Hunden des Herrn und den grauen Büßern. Sie wagen sich nicht hierher.«

Bertrand lächelte unwillkürlich. Er hätte gern gewusst, woher Eliah seine Überzeugung nahm. Der Alte reckte den Kopf, sah sich kurz um und fragte dann: »Hast du hier übernachtet oder bei dem Weib des Händlers, an dem mein Enkel Seder zu unserer Schande einen Narren gefressen hat?«

»Ich bin heute Nacht hierher gebracht worden. Seder wird wohl noch bei ihr sein.«

»Und Brazzi?«, unterbrach Eliah. »Wo ist der Faktor?«

»Er wollte ins Palais. Ich weiß nicht, warum, aber er schien eine Einladung für eine Audienz zu haben.«

Der alte Jude verzog sein Gesicht und spuckte aus.

»Er kann es einfach nicht lassen! Erst der Kaiser und nun der Papst. Und wieder wird er sich sein Maul verbrennen und alles verlieren! Komm, sei ein guter Christ und gib mir einen Schluck von deinem Wein und etwas Wasser.«

Bertrand streute feinen Sand über die letzten Striche, die er mit der dünnen Tinte in das Ausgangsbuch der Faktorei gezeichnet hatte. Dann goss er sauren Wein in seinen Krug nach, füllte aus einer Tonkanne kühles Wasser hinzu und schob den Krug dem alten Juden hin. Eliah war so durstig, dass er alles mit einem Zug austrank.

»Und jetzt sieh nach, wann Tonio den letzten Fisch gekauft hat. Ich meine Stockfisch aus England. Und dann trag meinen Fisch als gekauft und an das Volk verteilt ein.«

»Ich denke, das darf ich nicht«, sagte Bertrand und hielt seine Hand schützend über das Buch, in das alles eingetragen wurde. »Ich bin erst seit ein paar Stunden hier und kenne die Regeln noch nicht. Nur dass es wehtut, wenn ich einen Fehler mache, das habe ich bereits verstanden.«

»Die Audienz wird noch nicht beendet sein«, beruhigte ihn Eliah. »Und falls der Kraftprotz Brazzi dir Schwierigkeiten macht, verjage ich ihn mit seinem eigenen Schmiedehammer!«

Bertrand stutzte, dann lachte er. Er mochte den Großvater von Seder und Miriam. Seine eigenen Großeltern hatte er nie kennen gelernt – weder die Aquitanier mütterlicherseits, die entfernt mit der Königin Eleonore und Richard Löwenherz verwandt waren, noch die de Goths vom germanischen Stamm.

»Wo ist eigentlich der Ring, den du an deiner Halskette getragen hast?«, fragte Eliah unvermittelt. Bertrand war wie vom Donner gerührt.

»Welchen ... welchen Ring meint Ihr?«

»Den Bischofsring deines Vaters, Smaragdus«, antwortete der alte Jude. »Mit einem fliederfarbenen, geschliffenen Amethyst und einer Gravur wie jene dort ...«

Er deutete auf die Ecke des Haupthauses der ehemaligen Templer-*Komturei*. Bertrand sah hoch. Direkt über dem Torbogen zum Hof entdeckte er einen vorspringenden

Wasserspeier, wie sie an den neuen gotischen Kathedralen üblich waren. Doch dieser Wasserspeier zeigte keinen Drachen, keinen schrecklichen Dämon und keine Ausgeburt der Hölle, sondern ein Lamm … ein schlichtes Lamm mit blökend aufgerissenem Maul und großen, tumb blickenden Augen. Mit einem der Vorderläufe hielt das Lamm eine eiserne Stange, die zu einem ebenfalls aus Stein herausgemeißelten Wimpel über der Schulter führte.

»*Agnus Dei* … das Lamm Gottes.«

»Sieh schärfer hin!«

Bertrand kniff die Augen zusammen. Und dann erkannte er hinter dem Wasserspeier am glatten, hellen Steinblock, der in die Hausecke eingelassen war, ein ungewöhnlich großes Steinmetzzeichen. Gleichzeitig zuckten Erinnerungen an ähnliche Bilder durch seinen Kopf. Wo hatte er das Lamm schon einmal mit einem Herzen gesehen … und wo des Zeichen des Herzens mit einem Kreuz in seiner Mitte …

Er sah genauer hin, blinzelte gegen die Sonne und erschrak so tief wie nie zuvor in seinem Leben: Deutlich sichtbar erkannte er jetzt das Zeichen im Stein. Es war das Gleiche wie auf dem Bischofsring seines Vaters.

»Das Kreuz im Herzen«, stammelte er, »und dazu die Templerbuchstaben.«

»Wahrscheinlich etwas anders als in deinem Ring«, sagte der alte Jude. »Denn alles, was von König Salomon stammt, gehört auf geheimnisvolle Weise zusammen. Eins greift ins andere, verstehst du, und jedes Teil steht für das Ganze …«

Ein Trupp Waffenknechte verschiedener Herkunft kam mit abgenommenen Eisenhelmen und geschulterten Hellebarden langsam von Süden über die Hauptstraße zum großen Platz am Dom herauf. Es war die Ablösung der Wache am Palais des Papstes. Zugleich näherten sich von Westen her einige vermummte *Pénitents gris*. Die grauen Büßer waren auf Abstand zu den Schweizern und zu den bunt gekleideten Würdenträgern aus dem Palais bedacht, die sich nur langsam in die abzweigenden Straßen verteilten.

Miriam fürchtete sich ansonsten nicht vor den Grauen. Ihr Großvater machte auch mit ihnen gute Geschäfte, wenn es um ausgebesserte und neu eingefärbte Kutten und Kapuzen mit Augenschlitzen ging. Aber mit diesen *Pénitents* stimmte etwas nicht. Sie gingen kraftvoller und nicht geduckt an den Hauswänden entlang wie die üblichen Büßer. Miriam sah genauer hin.

Sie hatte plötzlich das Gefühl, als starrten die Augen hinter den schmalen Schlitzen in den Kapuzen ausgerechnet sie an. Für einen endlosen Moment blieb sie bewegungslos zwischen den schon halb abgebauten Ständen, den Kisten und den Körben auf dem Marktplatz stehen.

Ihre Finger tasteten unwillkürlich nach dem Ring in ihrem Flechtkorb mit der Ente. Ihre Finger berührten den geschliffenen Stein und zuckten sofort wieder zurück. Ein scharfer Schmerz wie von der Spitze einer Spindel zuckte von den Fingern durch ihren ganzen Körper. Zackig verwebte Blitze flimmerten vor ihren Augen hin und her. Ihr Herz schlug bis zum Hals, als sie von schreienden Menschen am Rand des Marktes beinahe umgerissen wurde. Sie schien vollkommen gelähmt. Und dann waren auch schon die ersten der *Pénitents gris* bei ihr.

Miriam fürchtete sich wie nie zuvor in ihrem Leben. Im letzten Augenblick griff sie den Bischofsring. Der Schmerz verschwand. Sie drückte den breiten Schnabel der Ente auf und schob ihr den Ring tief in den Schlund. Die Ente quakte erstickt, dann schluckte sie und flatterte zugleich in wilder Panik.

Kräftige Hände kamen wie Schlangen aus den Seitenschlitzen der grauen Kutten. Sie packten das Mädchen von beiden Seiten an den Oberarmen. Die Grauen nutzten das Gedränge. Ganz so, als würden sie selbst mitgerissen, zogen und schoben sie Miriam auf ein Haus am *Rocher des Domes* zu. Es stand in einer Reihe mit einigen anderen vornehmen und frisch herausgeputzten Gebäuden zwischen der Kathedrale und dem Palast der Commune. Und Miriam kannte es: Kardinal Godin hatte es gerade erst gekauft.

Seder Ben Ariel hatte seine Schwester für eine Weile aus den Augen verloren. Er lief in die Rue Jacob, aber dort sah er sie auch nicht. Im *Carrière* befanden sich viele Menschen auf den Straßen und in den Gassen.

Seder fragte jeden nach Miriam. Einige hatten sie morgens gesehen, andere, als sie mit ihrem leeren Weidenkorb an ihnen vorbeigegangen war und wie üblich freundlich gegrüßt hatte.

»Sieh auf dem Markt nach«, empfahl ihm einer der Wechsler, der gerade etwas an den Gewichten und den flachen Schalen seiner Geldwaage nachstellte.

»Vielleicht findest du sie auch am Fluss«, meinte ein anderer, der in der Gasse saß, sich auf Samt verstand und mit schnellen Fingern Löcher in alten, abgelegten Kleidungsstücken flickte. »Dort sollen sie heute Morgen wieder einige Fische aus dem Fluss geholt haben, die nicht so stark nach Aas und Scheiße schmecken.«

Er lachte, denn jedermann im *Carrière* wusste, dass es

oberhalb und unterhalb der Brücke von Avignon kaum noch eine Stelle in der Rhône gab, an der kein Abwasser aus dem Graben um die Stadtmauer und die stinkende Brühe aus der Rue des Teintures eingeleitet wurde. Und bei Hochwasser schlug mancher Dreck wieder in die Stadt zurück. Ordentliche Fische gab es nur noch aus dem Flussarm auf der Westseite der Insel Barthelasse.

Seder fragte und suchte weiter, aber er wagte sich nicht näher an die Stadtverwaltung, die Kathedrale und das Papstpalais heran. Wenn er kein flüchtiger Gefangener gewesen wäre, hätte er die zweihundert Schritte mit weniger als drei Atemzügen überwunden. So aber konnte er noch nicht einmal nach Miriam rufen.

Doch dann, als die Audienz beim Papst beendet war und das Christenvolk wie irr geworden seine Hohepriester und die bunten Paradiesvögel aus fernen Ländern bejubelte, wagte sich Seder Ben Ariel bis an den Rand des Marktes. Vom Palais her näherte sich eine bunt zusammengewürfelte, kreischende Menge.

Er sah plötzlich, wie Miriam mit dem rothaarigen Priester von der Kapelle auf der Brücke sprach. Zorn kam in ihm auf. Es war derselbe, der ihm anscheinend selbstlos geholfen hatte, als er in Sturm und Regen den Körper des blonden jungen Mannes aus dem Fluss auf den Karren von Großvater Eliah gewuchtet hatte. Er wusste kaum etwas von ihm – nur was er in der Nacht dem Weib von Marco Ambrogio in ihrem Bett entlockt hatte. Der rothaarige Kaplan hieß Mel Comyn. Ihren Worten nach stammte er aus einer schottischen Adelslinie, die mit König Robert the Bruce wegen des Mordes in einer Kirche in Blutfehde stand. Neben diesen Angaben wusste sie nur noch, dass der Priester aus der Brückenkapelle lange Zeit zur *familia* von Kardinal d'Aux gehört hatte und noch immer mit dem engsten Vertrauten von Papst Clemens V. befreundet war. All das bot für Seder hinreichende Gründe, misstrauisch zu sein.

Er ballte seine Fäuste und wollte bereits losstürmen, um sie von dem rothaarigen Priester wegzureißen, als er die Schweizer Wachen und vor ihnen die Kapuzen-Büßer sah. Beide Gruppen bewegten sich direkt auf die Stelle zu, an der Miriam ahnungslos mit dem Priester plauderte.

Oder stritt sie mit ihm? Seder konnte es nicht mehr erkennen. Zu viele Menschen drängten sich zwischen ihn und sie. Das Durcheinander bot ihm eine ganz neue Möglichkeit. Er warf sich nach vorn, zwängte sich gegen den Strom voran, stieß hier den einen, dort den anderen zur Seite. Schließlich befanden sich nur noch umgestürzte Stapel leerer Kisten und ein Haufen altes Kraut zwischen ihm und seiner Schwester. Die Hellebarden und die Spitzen der hohen grauen Kapuzen wankten wie Fähnleinwimpel im Kriegsgedränge auf sie zu.

Seder streifte fast den purpurroten Rand eines Kardinalshutes mit seinen golddurchwirkten roten Quasten, erkannte aber nicht, wer sein Träger war. Die Hellebarden der Schweizer wanderten unterhalb der Kathedrale auf das Palais des Papstes zu. Die Spitzen der Kapuzen nahmen eine andere Richtung. Noch nie zuvor hatte er gehört, dass *Pénitents* anders als halbgeduckt und unter Klagelauten durch die Gassen gingen. Gewöhnlich entschuldigten sie sich ständig, baten Gott und alle Kirchenfürsten, sie zu foltern und zu strafen. An normalen Tagen wagten sie nicht einmal, auf den Schatten eines Menschen oder eines Tieres zu treten.

Jetzt aber schnitten sie sogar anderen den Weg ab, stießen Gaffende zur Seite und bewegten sich dabei immer schneller. Seder wusste nicht mehr, in welche Richtung er selber weiterdrängen sollte.

Doch dann entdeckte er erneut seine Schwester. Ihr kastanienbrauner Schopf bewegte sich auf den Eingang des neuen Stadtpalais von Kardinal Godin zu. Seder kannte die kostbaren mit Gold und Figurenreliefs verzierten Säulen neben den Flügeltüren noch nicht. Sie mussten ebenso neu sein wie manches andere, was sich in der Stadt in den vergangenen Monaten verändert hatte.

Niemand achtete auf das stolz und aufrecht schreitende Judenmädchen und die Vermummten rechts und links neben ihr. Ganz Avignon blickte in die andere Richtung. Seder sah in schweißnasse, gerötete und von der ganzen Pracht verzückte und aufkreischende Gesichter. Ganz gleich, ob Alt oder Jung, zugezogen oder schon lange in der Stadt – an diesem Donnerstag vor Ostern waren sie allesamt noch verstört vom Sturm und in furchtsamer Erwartung vor der Stunde der Kreuzigung des Herrn am nächsten Tag.

Seder presste die Lippen zusammen und schüttelte den Kopf. Er verstand nicht recht, was hier geschah. Nur dass er seine Schwester nicht mehr erreichen konnte, zog ihm inzwischen das Gedärm zusammen.

Er war nicht einmal mehr zehn Schritte von ihr entfernt, als die Grauen mit ihr im Haus verschwanden. Wenn er es nicht mit eigenen Augen sehen würde, hätte er es nicht geglaubt: Die Kapuzenmänner führten das barfüßige Judenmädchen, seine Schwester, eilig durch den Haupteingang von Kardinal Pierre Godins Palais.

Kapitel 17

Der Meister des Palastes

Die gesamte Audienz war so abgelaufen, wie es die beiden Kardinäle geplant hatten. Dennoch bezweifelten die heimlichen Herrscher des Kirchenstaates, ob Papst Clemens V. noch großen Eindruck bei den Anwesenden gemacht hatte.

»Es kann uns gleichgültig sein, was die Abgesandten aus den nordischen Ländern denken«, sagte Kardinal da Prato in seinem Arbeitszimmer am hinteren Ende der oberen Etage und ließ sich von seinen Dienern umkleiden. Für den Nachmittag wollte er eine bequemere dunkle Soutane tragen. »Bis auf einige auf Rache sinnende ehemalige Tempelritter rund um die Marienburg am baltischen Meer und ein paar Holzköpfe in Bayern werden wohl alle Bischöfe und Fürsten in den deutschen Landen erst einmal abwarten.«

»Ehe wir ein Konklave für die Wahl eines neuen *Pontifex* vorbereiten, müssen wir uns entscheiden, auf wen wir im Heiligen Römischen Reich setzen«, stimmte Kardinal d'Aux zu. Auch er legte Teile seiner strengen Bekleidung ab und ließ sich in einen der Sessel am Fenster fallen. »Entweder wir fördern Ludwig den Wittelsbacher, oder wir sehen zu, dass Friedrich aus dem Hause Habsburg der nächste deutsche Kaiser wird.«

»Dabei sind die beiden Vettern, Milchbrüder fast, zusammen aufgewachsen und am Hof in Wien erzogen«, meine da Prato und ließ sich einen gläsernen Pokal mit gewürztem, aber immer noch ein wenig saurem Wein aus Kardinal Duèses Weinberg in Châteauneuf reichen.

»Und schlagen sich dennoch die Köpfe ein!«, seufzte Kardinal d'Aux. »Ich kenne noch nicht alle Einzelheiten, aber die Rivalität hat im vergangenen November zum wohl schlimmsten Gemetzel seit langem geführt. Eine derartige Schlacht zwischen Verwandten mit Tausenden von Rittern, Bogenschützen und Fußkriegern wie die bei Gammelsdorf in unserer Diözese Freising hätte ich bestenfalls südlich der Alpen für möglich gehalten.«

»Ludwig der Bayer hat dabei zwar das österreichische Heer besiegt, aber noch lange nicht die Krone erstritten«, warnte da Prato. »Außerdem dürfen wir keinesfalls Philipp den Schönen unterschätzen. Sobald er erfährt, dass der Heilige Vater Avignon aufgegeben hat, wird er die letzten Templer umbringen lassen und seinen Bruder als Kaiser des Heiligen Römischen Reiches ins Spiel bringen. Und zwar gegen Ludwig von Bayern und Friedrich von Habsburg!«

»Kann dieser machtversessene Teufel denn nie Ruhe geben?«, stieß Arnaud d'Aux zornig hervor. »Er hat seine schmutzigen Finger bei jedem Gemetzel zwischen England und Schottland im Spiel, vernichtet die beste Organisation von Rittern, die es je gab, und schürt in Deutschland jetzt ebenso Bruderkriege wie in Italien.«

»Was glaubst du, wie unsere Brüder im Glauben übereinander herfallen werden, wenn Clemens nach Bordeaux zurückgeht? Ich jedenfalls werde wohl nicht dabei sein, sondern den Heiligen Vater um ein ruhiges Bistum in der Nähe von Rom bitten.«

»Ich gehe mit ihm«, sagte Arnaud d'Aux wieder gefasst. »Ich muss mit ihm gehen wie in all den Jahren, in denen ich ihm zur Seite stand.«

»Und beim nächsten Konzil? Wen werden wir Kardinäle als Nachfolger von Clemens wählen?«, fragte da Prato.

»Am besten keinen, der dieses schrecklich gewordene Pontifikat lange ertragen muss«, sagte d'Aux. »Es sei denn, er hieße Eckhart von Hochheim, doch der lässt sich nicht zum Kardinal machen. Außerdem hatte er zu enge Verbindungen zur Ketzerin Marguerite Porète und zu den Templern.«

»Dennoch der klügste Kopf, den Thüringen je hervorgebracht hat«, sagte da Prato. »Fast zu vergleichen mit Albertus Magnus und Thomas von Aquin. Ein großer Lehrer an der Universität von Paris und von seinem Ordensgeneral in weiser Voraussicht zum Aufseher über fast hundert Beginenhäuser sehr weit weg von Paris ernannt. Das legt ihm viele Stunden der Unterweisung dieser Weibsbilder auf, die keine richtigen Nonnen werden wollen. Und ungezählte Meilen zu Fuß von einem Beginenhaus zum anderen, die für einen Mann seines Alters nicht ohne die Schmerzen der Einsicht bleiben werden.«

»Aber er bleibt ein ketzerischer, gefährlicher Geist, dieser Meister Eckhart ... und einen anderen wüsste ich nicht.«

Kardinal da Prato nickte schweigend.

»Dennoch werden sich weder unsere italienischen Brüder noch die Kardinäle, die auf Philipp bauen, auf einen Thüringer einigen können. Also bleibt alles offen und schon das nächste Hochwasser kann Avignon wieder in die Vergessenheit zurückspülen.«

»Es sei denn, der Sohn des Heiligen Vaters kommt noch«,

sagte Kardinal d'Aux nachdenklich. »Oder sie bringen ihn …«

Die Grauen stießen Miriam vor sich her bis in einen großen Raum. Einer von ihnen steckte den weiter oben an der Treppe schon entzündeten Kienspan in eine Wandhalterung, dann zog er weiter vorn an einer Kette eine kleine Eisenklappe in der hohen Decke auf, um etwas Luft aus einem Schacht hereinzulassen.

Gleich darauf kam er zurück. Die Kapuzenmänner sprachen kein Wort zu ihr. Sie zogen sich zurück, dann fiel die schwere Tür mit einem harten, hallenden Geräusch hinter ihr zu. Ein Schlüssel drehte sich zweimal im Schloss, es knackte und Riegel schoben sich auf der anderen Seite der Tür ins Mauerwerk.

Miriam brauchte eine Weile, bis sich ihre Augen an das Halbdunkel gewöhnt hatten. Erst langsam erkannte sie die wahre Größe des unterirdischen Gewölbes. Der Raum war fast so groß wie ihr Hof in der Rue Jacob. Er hatte keine Fenster, aber an jeder Seite eine Tür mit großen Schlössern und schweren, eisernen Beschlägen. Eine kreuzförmige Gewölbedecke ruhte auf insgesamt zwölf Säulen in den Ecken. Mit einem Altar statt des Podestes an der Stirnseite eines der Gewölbe hätte der Kellerraum mit seinen großen Steinplatten ebenso gut eine kleine unterirdische Kapelle sein können.

In einer Ecke stand ein langes Streckbett. Direkt darüber hingen Ketten mit Handschellen an der Wand. Außer diesen Gegenständen und dem Podest mit einem Schemel mit ihrem Korb davor an der anderen Seite war das eigenartige Gewölbe vollkommen leer. Miriam empfand schreckliche Angst. Zugleich konnte sie nicht glauben, dass der große

Raum eine Kerkerzelle für sie sein sollte. Sie entdeckte weder irgendeinen Kübel für die Notdurft, noch Stroh und Spreu in irgendeiner Ecke oder Gitter, wie sie sonst in Gefängnissen üblich sein sollten.

Sie wusste nicht, was mit ihr geschehen war und warum die *Pénitents gris* sie in den Keller des neuen Hauses vom Meister des Palastes gebracht hatten. Hatte ihm die Befragung im Haus des Großvaters nicht genügt? War irgendetwas mit ihrem Bruder oder Bertrand geschehen? Waren sie vielleicht beide schon in einem anderen Verlies auf Folterbänken oder erneut in einem Kerker bei den Dominikanern?

Oder hatten sie den Großvater mit dem Maultier und den Trockenfischen auf seinem Weg nach Carpentras abgefangen und ihn zum Sprechen gebracht? Doch was – was konnten die Kardinäle oder Mönche von ihnen wollen?

Sie ahnte längst, dass sie die Antwort kannte. Alles, was in den letzten Tagen und Stunden geschehen war, hing auf geheimnisvolle Weise mit dem schönen jungen Mann zusammen, den das Hochwasser an der Brücke von Avignon angespült hatte. Was war mit ihm? Wer war er wirklich? Und welches Geheimnis trug Bertrand in sich?

Ein leises, schon fast vertrautes Quaken ließ sie zusammenfahren. Erst jetzt erinnerte sie sich an die eingeschüchterte Ente im Weidenkorb. War der Korb mit dem Tier absichtlich auf den Schemel gestellt worden? Sie sah sich suchend um. Vorsichtig ging sie an den kahlen Wänden entlang. Sie waren nicht gemauert und wiesen keinerlei Fugen auf. Erstaunt erkannte sie, dass der gesamte Raum nicht neu gebaut und auch nicht renoviert worden war. Im Gegenteil – die Wände sahen ebenso aus wie Eliahs Kellerräume im *Carrière*. Sie mussten irgendwann vor langer Zeit aus dem Fels geschlagen worden sein.

Miriam spürte, wie ihr Herz heftiger zu schlagen begann. Das Blut rauschte auf einmal heiß in ihren Ohren. Verwegene, im ersten Augenblick unsinnig erscheinende Gedanken huschten durch ihren Kopf. Sie schluckte, dann eilte sie zum Weidenkorb mit der verstörten Ente zurück. Jetzt musste sie das Tier einfach herausnehmen und an ihre Brust schmiegen. Sie spürte, dass die Ente als kleiner, ängstlicher Vogel auch nicht besser dran war als sie selbst. Jetzt fiel ihr der Bischofsring mit dem Amethyst wieder ein.

Die Ente hatte ihn in sich ... diesen geheimnisvollen Ring von Bertrand, der ihr vom Priester der Kapelle auf der Brücke von St. Bénezet für nur eine Nacht übergeben worden war. Vorsichtig strich sie mit ihren Fingern über den Kropf des Vogels. Der breite Schnabel wühlte ein wenig an Miriams Brust. Sie seufzte tief, denn diese Regungen kannte sie noch aus der Zeit, in der sie in Carpentras gelebt hatten. Im Gegensatz zu ihren Gänsen, die große Weideflächen benötigt hatten, kannte sie Enten nur als Allesfresser, die immer Hunger hatten.

»Enten fressen einfach alles«, hatte der Großvater ihr damals gesagt. »Sie sind die Schweine unter dem Geflügel.«

Seltsamerweise war es nicht kalt im Keller von Kardinal Godins Palais. Dennoch fröstelte Miriam für einen Augenblick. Wenn sie wenigstens gewusst hätte, was geschah! So aber konnte alles passieren, und sie musste es hinnehmen, ohne sich darauf vorbereiten zu können.

»Nicht nur Dominikaner, sondern auch noch die Grauen Büßer sind inzwischen hinter Bertrand und uns her!«, stieß

Seder theatralisch hervor. »Dazu der Meister des Palastes und der Kaplan von der Kapelle des Heiligen Nicolas auf der Brücke.«

»Du übertreibst wie üblich!«, wehrte Eliah trocken ab. Tonio Brazzi hatte sie zusammen mit Bertrand und Elena, dem Eheweib seines Handelsherren, ins Refektorium der alten *Komturei* gebeten und zugleich sämtliche Dienstboten fortgeschickt. Hier war mehr Platz als im Haupthaus. Der große, ebenerdige Saal war nie mit einem Schweigegebot wie einige Speiseräume von Klöstern belegt gewesen. Im Gegenteil – der lang gestreckte Saal mit Mauern aus Feldsteinen und einer verrauchten Balkendecke hätte auch ein Audienzsaal oder ein Königssaal in irgendeinem Schloss sein können. Er hatte ein riesiges Scheunentor mit einer kleineren Tür für Ochsen oder Pferde in einem der beiden Flügel, in die wiederum eine noch kleinere Tür für Menschen eingearbeitet war. Ganz unten in der kleinsten der drei Türen befand sich zusätzlich ein Katzenloch mit einem Vorhang aus Pariser Spitze.

Der große Saal hatte sechs Fenster zum Hof hin, die bereits mit Fensterläden verschlossen waren, deren breite schräge Farbstreifen in der Mitte zusammenstießen. Innen hingen drei eiserne Kronleuchter von der Decke herab. Sie wirkten wie geschmiedete Wagenräder. Nur im hintersten der Leuchter vor der küchenartigen Ausbuchtung, die vor vielen Jahren zugleich die Schmiede der *Komturei* und das Laboratorium der Eingeweihten Brüder gewesen sein musste, brannte ein Dutzend armdicker Kerzen aus teurem Bienenwachs und Talg. Direkt über dem Kamin entdeckte Bertrand eine runde Fensteröffnung, wie über dem Altar alter Kirchen.

Es war bereits dunkel, als Eliahs letzter Enkel zusammen

mit Elena von Pisa im *Fondaco* eintraf. Sie hatte ihn einfach in Kleider ihres dienstbaren Mohren gesteckt, sein Gesicht mit Holzkohle etwas nachgeschwärzt und ihm einen Turban aufgesetzt. Auch Bertrand hatte sich im ersten Augenblick täuschen lassen und ihn für El Moro gehalten.

Inzwischen hatte Seder den ungeliebten Turban abgenommen und sein Gesicht am Wassertrog in der Küche gereinigt. Er saß wie die anderen in einem mit einem großen ungebleichten Leinentuch abgedeckten Sessel. Brazzi ging selbst herum und brachte jedem einen Becher mit unverdünntem roten Wein aus der Toskana. Dabei sagte er, dass die wertvollen, aber inzwischen aussortierten Möbel aus dem Dogenpalast in Venedig stammten. Sobald sie wieder aufgearbeitet waren, wollte Tonio Brazzi die zwölf Sessel an den schottischen Königshof von Robert the Bruce weiterverkaufen.

»Zwölf Sessel aus dem Dogenpalast sind für den neuen König Artus hoch im Norden fast so gut wie eine eigene Tafelrunde«, spottete Brazzi.

»Mich interessieren viel mehr die Befürchtungen, die Seder gerade ausgesprochen hat«, meinte Marco Ambrogios Weib und warf ihrem Geliebten einen verzehrenden Blick zu, »denn wenn es hier in Avignon Veränderungen gibt, die zur Gefahr für unsere Geschäfte werden können, sollte mein geliebter Gatte so schnell wie möglich Kunde davon bekommen!«

Bertrand sah sie mit großen Augen an. Noch nie zuvor hatte er ein Weib gesehen, das genau das Gegenteil von dem meinte, was ihre roten Lippen aussprachen.

»Ich werde sofort einen Boten nach Italien schicken«, sagte ihr Faktor so eilfertig, dass Elena nicht mehr ablehnen konnte.

»Dann schickt auch gleich weitere zum deutschen Ritterorden in der Marienburg und nach Lissabon zu den ehemaligen Templern dort«, meinte Eliah. Seit er in einem der Sessel saß, wirkte er keineswegs mehr so gebrechlich und voll Dienstbarkeit, wie er sich auf den Straßen und bei den widerlichsten seiner Geschäftspartner gab. Er zeigte vielmehr, dass er dem ehemaligen Waffenschmied und der Geliebten seines Enkels mindestens ebenbürtig war. »Jede Nachricht über wichtige Veränderungen in Avignon dürfte zudem an vielen Orten einen Beutel mit guten Goldmünzen, wenn nicht sogar eine ganze Geldkatze wert sein! Ich denke da an Rom, Neapel und Florenz, aber auch an Bayern, London und Paris …«

»Ich verstehe überhaupt nichts mehr!«, unterbrach Bertrand. »Ich weiß, wie unziemlich es ist, wenn ich vor Älteren so spreche, aber warum bin ich offensichtlich der Einzige, der nicht weiß, was in Avignon gespielt wird? Und was hat das alles mit mir oder der Jungfrau Miriam zu tun?«

»Du weißt es nicht?«, fragte Elena spitz und kichernd. »Du weißt wirklich nicht, was für ein Schatz du bist, schöner Jüngling? Zu welcher der neun Engelordnungen gehörst du eigentlich? Bist du ein Seraphim, ein Cherubin oder einfach ein Erzengel?«

Bertrand spürte, wie das Blut in seine Wangen schoss. Er wurde über und über rot – aber nicht mehr aus Scham, sondern aus Zorn über alle, die ihn nur wie ein Spielzeug oder kleines, ahnungsloses Haustier behandelten.

»Wir Juden hatten früher auch eine Gliederung der Engel«, sagte Eliah von Carpentras mit einem schon fast strengen Blick zu Elena, dann sah er Bertrand an. »Aber inzwischen lehnen wir die übertriebene Engelverehrung ab, wie sie die katholische Kirche betreibt. Hier geht es auch nicht um Engel, mit deren Hilfe eine große Brücke über den Strom gebaut werden konnte, sondern um einen Ring …«

Bertrand dachte, dass er jetzt den Rubin aus der päpstlichen Tiara und das Zeichen im Stein über dem Hoftor der alten *Komturei* erwähnen würde. Doch nichts dergleichen geschah. Eliah sah zu seinem Enkel, dann zu Brazzi und wieder zu Elena. Bertrand ahnte plötzlich, warum der alte Jude nichts vom Wasserspeier am Hoftor erwähnte. Wenn sie das Zeichen im Stein des *Agnus Dei* selbst noch nicht erkannt hatten, musste es für sie weiterhin verborgen bleiben. So viel wusste er bereits aus den Vorlesungen von Meister Eckhart: Jedes große Geheimnis konnte nur in der Öffentlichkeit verborgen bleiben. Selbst wenn es irgendwann von irgendjemandem entdeckt würde, käme niemand auf die Idee, im deutlich Sichtbaren das Verborgene zu erkennen …

Bertrand verstand auch, was das Schweigen von Eliah bedeutete. Wenn alle anderen nichts am *Agnus Dei* gesehen hatten, fehlte ihnen das dritte Zeichen. Dann aber gab es nur drei Menschen, die inzwischen über die drei Zeichen Bescheid wussten: ihn selbst, den alten Juden und, wenn er sich nicht irrte, entweder Jacques de Molay oder Meister Eckhart von Hochheim.

Bertrand spürte, wie ein kalter Schauder über seinen Rücken lief. Jetzt endlich begriff er, warum er seit Paris von Dominikanern verfolgt worden war. Sie und der Meister des Palastes wollten überhaupt nicht ihn, sondern diejenigen, mit denen er in und um Avignon in Berührung kam: Miriam gehörte dazu, ebenso Eliah von Carpentras. Nur deshalb war Kardinal Godin mit den beiden Dominikanern in bewaffneter Begleitung ins *Carrière* von Avignon eingedrungen.

Marco Ambrogio gehörte nicht zu den Verdächtigen – noch nicht jedenfalls. Ebenso wenig Elena von Pisa und ihr kleiner Diener El Moro. Doch was war mit dem eigenartigen Kaplan, von dem Seder gesprochen hatte?

Während die anderen über den Gesundheitszustand des Papstes und die unterschiedlichen Kardinäle der Kurie sprachen, saß Bertrand mit einem nachdenklichen Gesichtsausdruck in dem abgedeckten Dogensessel und versuchte, sich an Paris zu erinnern.

Niemand in Paris hatte wissen können, mit welcher Absicht er aufgebrochen war. Er hatte niemals den Großmeister der Templer oder den Präzeptor der Normandie in ihren Kerkern zu Gesicht bekommen. Er hatte Jacques de Molay nur als Zehnjähriger kurz gesehen – damals, als sein Vater ihn ins Kloster von Comminges gebracht hatte. Sollte diese flüchtige Begegnung, an die er sich kaum noch erinnern konnte, irgendetwas mit den späteren Ereignissen zu tun haben?

Oder war ihm bei einer Vorlesung, bei der er in Paris mit anderen Studenten vor dem Pult von Meister Eckhart auf dem Boden gehockt hatte, ein Auftrag übermittelt worden, an den er sich nur unter ganz bestimmten Umständen, durch einen Duft, einen Arzneigeschmack, ein Zeichen, eine Melodie oder einen Zauberspruch erinnern sollte?

Gleichgültig, ob das eine oder andere zutraf – weder diejenigen, die alle Fäden in der Hand hielten, noch andere in Avignon hätten ahnen können, dass er sich vor der Stadt in die Fluten der Rhône stürzen würde!

Aber es musste Eingeweihte geben, die noch immer auf ihn warteten und ihn haben wollten, koste es, was es wolle.

Gleichzeitig wurde ihm klar, welches Glück er auch noch nach seiner Rettung gehabt hatte. Ohne Eliah, Miriam und Seder hätte er sicherlich versucht, direkt zu seinem Vater zu kommen. Erst jetzt wusste er, was dann geschehen wäre: Die Gegner des Papstes hätten ihn abgefangen, in Kerkern versteckt, gefoltert oder sogleich umgebracht!

Und plötzlich blickte er den alten Juden und seinen Enkelsohn mit völlig anderen Augen an. Waren die beiden Angehörigen des auserwählten Volkes und auch noch Miriam, die seinetwegen von den Grauen eingefangen worden war, waren sie alle vielleicht … seine Schutzengel?

Er fühlte eine eigenartige, dankbare Wärme in allen Gliedern. Und dann grinste Seder Ben Ariel ihn ebenso breit an wie sein Großvater. Im selben Augenblick glaubte Bertrand, dass die beiden seine Gedanken lesen konnten.

»Und Miriam?«, fragte er, ohne die Lippen zu bewegen. Eliah von Carpentras schloss leicht die Augen und nickte ihm kaum merklich zu.

»Wir müssen Miriam heute Nacht noch aus dem Palais von Kardinal Godin holen«, sagte Seder. »Und wenn es sein muss, auch aus seinem Bett!«

Tonio Brazzi verzog sofort sein Gesicht und zeigte seine Zähne. Nur Elena, die Schöne und Verdorbene, zeigte, wie enttäuscht sie über Seders Tatendrang von ihrem Bett weg war.

Miriam hatte Hunger, aber sie ekelte sich davor, im Haus des christlichen Hohepriesters etwas zu essen. In all den Stunden, in denen sie beobachtet hatte, wie der winzige Funken an der Wand immer weiter zum unteren Ende des Kienspans wanderte, hatte sich niemand um sie gekümmert. Für eine Weile hatte sie damit gerechnet, dass sie

Ketten und Schreie aus anderen Kellern hören würde. Der Raum im Kalkfelsen war tatsächlich nicht so ausgekühlt, wie eigentlich zu vermuten war. Sie zitterte nicht und musste nicht mehr frösteln.

Stunde um Stunde verging. Sie wusste nicht, wie viel es insgesamt schon waren. Einmal, als die Ente zu unruhig schnatterte, hatte sie den Vogel schnell aus dem Weidenkorb genommen und herumlaufen lassen. Die Ente hatte sich nicht einmal eine Ecke oder eines der kleinen Löcher an der hinteren Wand gesucht, sondern mitten auf das Podest gekotet. Miriam überlegte lange, ob sie alles wegwischen sollte, dann aber sagte sie sich, dass sie ihr Kleid nicht für Vogelscheiße zerreißen und beschmutzen wollte. Stattdessen hatte sie sich vor die kleinen Rattenlöcher unter der Lüftungsklappe an der Decke gehockt und ihr eigenes Wasser abfließen lassen.

Irgendwann hörte sie Stimmen und scharrende Geräusche vor der Tür. Es dauerte noch eine Weile, dann drehte sich ein Schlüssel im Türschloss. Miriam war gerade auf dem dreibeinigen Hocker mit seiner breiten Sitzfläche eingenickt, als sie kamen. Sie sprang auf und dachte schon, dass die Grauen sie holen und endlich zum Hausherrn bringen würden. Dann sah sie im Licht einer Öllampe, dass sie sich geirrt hatte. Es war nur ein Küchenjunge, der ihr wortlos eine Holzschale mit Reis, etwas zerkochtem Gemüse und einem Holzlöffel auf den Hocker stellte. Ein stinkender bärtiger Bewaffneter ging dicht an ihr vorbei und setzte einen hölzernen Wassereimer genau dort ab, wo sie sich schon einmal hingehockt hatte. Auf dem Rückweg zur Tür streifte er mit einem fiesen Grinsen ihre Brust.

Erst jetzt löste sich der Dritte der Gruppe aus dem Raum vor der Tür und kam herein. Der korpulente Mönch trug das schwarze und weiße Gewand der Dominikaner. Es war Bruder Wulfram, den sie zusammen mit dem dicken Schreiber bereits in ihrem Haus gesehen hatte.

»Ja, ja«, seufzte er und verdrehte theatralisch die Augen. »So trifft man Hexen wieder!«

Er blieb mit seiner Lampe vor ihr stehen und blickte ihr lange prüfend ins Gesicht. Obwohl er sich freundlicher gab, als es bei einer Jüdin üblich war, sah sie in seinen Augen keinerlei Milde oder nur Interesse an ihr. Für diesen Kirchenmann war sie wahrscheinlich nicht einmal ein Mensch.

»Ich habe draußen vor der Tür einen Tisch mit meinen Schreibgeräten vorbereitet«, sagte er mit weicher Stimme. »Und um die ganze Angelegenheit abzukürzen, frage ich dich, ob du gestehen willst. Wenn ja, dann brauchen wir gar nicht erst mit dem Verhör anzufangen.«

Miriam bebte vor Anspannung. Sie hatte keine Angst vor ihm. Es war vielmehr der ohnmächtige Zorn um den Tod ihrer Schwester, der sie auf furchtbare Gedanken brachte. Christen wie dieser sanfte Schreibermönch waren viel schlimmer als die rauflustigen und geilen Waffenknechte. Jene wussten es nicht besser, aber die Mönche und die Priester steckten sie immer wieder neu mit der Pest der Vorwürfe und immer währenden Beschuldigungen an.

»Was wird mir vorgeworfen?«, fragte sie mühsam beherrscht.

»Sei nicht so frech!«, drohte er auf eine auffällig sanfte, unmännliche, aber sehr gefährliche Art. »Das erfährst du früh genug ... kannst du vielleicht lesen oder schreiben?«

»Ja, ich kann beides, aber hebräisch ...«

»Kein Aquitanisch, Provenzalisch oder Französisch?«

»Nein, Bruder Wulfram, nicht einmal Latein!«

Er hob die Hand, als wolle er sie schlagen. Der Küchenjunge kicherte, und selbst der etwas grobschlächtige Palastwächter hatte mitbekommen, dass sich das Judenmädchen nichts gefallen ließ. Er nickte, denn so waren sie, die Weiber der Provence. Das hatte er schon mehrfach und nicht gerade sanft am eigenen Leib erfahren.

Der Inquisitor spuckte abfällig in eine Ecke.

»Das wird dir noch sehr Leid tun, spätestens übermorgen … am Karsamstag, wenn wir dir in der Stunde seines Todes deine heidnische Verstocktheit austreiben.«

In diesem Augenblick trat ein purpurroter Schatten durch den Türbogen ins Licht der Laterne. Miriam wich unwillkürlich einen Schritt zurück. Sie riss die Hände hoch und schlug sich mit der linken Faust hart vor den Mund, um nicht aufzuschreien. Gleichzeitig stieß sie mit den Füßen den Weidenkorb um. Mit einem lauten und empörten Quaken flatterte die Ente bis in die Ecke mit dem Wassereimer.

Der Meister des Palastes zwinkerte irritiert mit den Augen. Er zögerte, dann legte er die weißen Hände wie zum Gebet zusammen.

»Wo ist der Bischofsring, Miriam von Carpentras? Und wo habt ihr den jungen Mann versteckt, der den Amethyst an dieser Kette um den Hals getragen hat?«

Kapitel 18

Kerker und Komturei

Die beiden Kirchenfürsten gingen gemessenen Schrittes über die Brücke von Avignon. Sie hatten keine Wachen und nicht einmal Laternen mitgenommen. Nur Kaplan Comyn ging einige Schritte hinter ihnen her. Seit sich Mel Comyn als verschwiegener Priester für die kleine Kapelle auf der Brücke und ausreichend für ihre Begleitung bewährt hatte, wählten Arnaud d'Aux und Niccolò da Prato mehrmals pro Woche die Brücke für einen abendlichen Spaziergang zur anderen Seite, einen Segen für die französischen Soldaten und ein kurzes gemeinsames Gebet in der Kapelle bei ihrer Rückkehr.

Seit ihrem letzten Spaziergang war bereits eine Woche vergangen. Der sternklare Abend tat ihnen auch diesmal gut. Überall blinkten wieder Lichter am Ufer, und über der ummauerten Stadt mit ihren Kirchen und Palais schimmerte sanftes gelbliches Licht fast wie ein Heiligenschein. Flussabwärts ging ein riesiger Vollmond über den Bergen auf der anderen Seite auf.

Sie wussten nur zu gut, wie sehr all das an einem Scheideweg angekommen war, was sie gemeinsam in den vergangenen Jahren aufgebaut hatten. Solange Philipp der Schöne über Frankreich herrschte, die Nachfolge von Kaiser Heinrich VII. ungeklärt war und die römischen Familien nur einen der ihren als Papst wollten, blieb der weiße Fels von Avignon in der Biegung der Rhône das einzige sichere Fundament, das der Heilige Stuhl noch hatte.

»Dort drüben bei den Franzosen hat wohl der Bauteufel ebenfalls einen neuen Acker gefunden«, spottete da Prato, während er mit seinem Schuh aus feinem roten Leder einen lose an der Brüstung hängenden Feldstein ins Flusswasser drückte. »Unsere französischen Kardinäle, denen Avignon ja schon zu eng ist, sind ganz wild darauf, sich dort drüben im Schatten von Philipps Wehrtürmen Häuser mit großen Gärten, Stallungen und allem Luxus zu bauen.«

Kardinal da Prato fasste an die breite Krempe seines roten Quastenhutes und rückte ihn ein wenig gerader. Dabei lachte er schadenfroh.

»Wir sollten das Gegenteil tun und so schnell wie möglich Häuser und Grundstücke aus dem Besitz der Kurie verkaufen, solange sie noch einen Gegenwert erbringen. Wenn das erste Gerücht über einen Abschied des Heiligen Stuhls durch die Gassen von Avignon fliegt, stürzen sämtliche Preise ins Bodenlose!«

»Nicht nur die Preise«, sagte d'Aux nachdenklich. »Wenn wir jetzt Avignon aufgeben, zerstören wir nach dem Verlust von Rom und der Auflösung der Templer die gesamte Kirche.«

»Es gibt also nur noch einen Ausweg? Der Papst muss leben, und Molays unverantwortlicher Fluch darf unter keinen Umständen erfüllt werden!«

»Zu spät!«, sagte Kardinal d'Aux. »Ich glaube nicht, dass wir noch etwas verhindern können.«

Niccolò da Prato sah ihm in die Augen.

»Dann hilft nur noch ein Wunder!«, sagte er. Arnaud

d'Aux lachte bitter. Zum wievielten Mal hatte er trotz all seiner Fähigkeiten, aller Gebete und aufrichtigen Bemühungen gegen das Schicksal und gegen den unergründlichen Willen des Allerhöchsten verloren?

»Es wäre vielleicht eingetroffen, wenn der Allmächtige und seine Heerscharen im Himmel und auf Erden nicht eingegriffen und mit dem Mistral auch ein Hochwasser gegen uns geschickt hätten.«

»Du meinst, dass Gott der Herr uns bereits aufgegeben hat?«

»Der Zweifel ist die erste Nahrung aller Todsünden«, sagte Kardinal d'Aux. »Dabei wissen wir beide ebenso wie der Heilige Vater, dass es keine andere Möglichkeit gab, als die Templer ganz bewusst ans Kreuz zu schlagen.«

»Du redest wie Pontius Pilatus!«, tadelte da Prato.

»Ich *bin* wie Pontius Pilatus!«, sagte d'Aux. »Hast du vergessen, dass ich genau wie er Vorsitzender eines Gerichtes war, durch das Unschuldige verurteilt werden sollten? Wie oft hat Pontius Pilatus die Hohepriester, die Mitglieder des Hohen Rates und das Volk in Jerusalem zusammengerufen und ihnen gesagt, dass keiner der Anklagepunkte stichhaltig sei.«

»Er wollte Jesus von Nazareth immerhin züchtigen lassen, weil er gegen zu hohe Steuern für den Kaiser protestiert hat«, wandte Kardinal da Prato ein.

»Und ihn dann aber freigeben«, beharrte d'Aux auf seiner Meinung. »Und genau das habe ich im Prozess gegen die Templer ebenfalls verlangt. Ich und mein höchstes Gericht haben sie freigesprochen, weil kein einziger Anklagepunkt zu beweisen war. Freigesprochen, Niccolò ...«

Sie waren über die Brücke auf die große Insel gegangen, auf der sich bereits wieder einige Pilger und fahrendes

Volk angefunden hatten, dann über den zweiten Flussarm der Rhône und näherten sich jetzt dem anderen Brückenbollwerk, das wie eine kleine, aber mächtige Burg am Ufer wirkte.

»Den Nazarener haben weder das Recht noch die Richter umgebracht«, sagte Kardinal d'Aux nach einigen Schritten, die sie schweigend zurückgelegt hatten. »Bei Licht besehen war es der Neid und der blinde Hass des Volkes gegenüber einem, der anders war als sie! Auch im Prozess gegen die Templer in Vienne unter meinem Vorsitz und in Anwesenheit von König Philipp gab es einen klaren Freispruch, obwohl die Soldaten Frankreichs uns bedrohlich belagert haben. Und wie Pontius Pilatus war ich ohnmächtig gegen die weltlichen Geiferer wie Frankreichs Großsiegelbewahrer Guillaume de Nogaret und seinen König Philipp, die immer nur mehr Geld von ihnen und von uns erpressen wollen.«

Die ersten französischen Edelleute kamen bereits vom Ende der Brücke auf sie zu, um vor ihnen auf die Knie zu fallen und ihre Ringe zu küssen.

»Hätten wir das nicht getan, würde heute schon der Antichrist in den Schuhen des Fischers wandeln«, flüsterte da Prato. Mit lauter Stimme erteilte er den bewaffneten Gläubigen seinen Segen. Die Luft war so angenehm mild an diesem Abend, dass er auch gleich noch einige ›*Ego te absolvo*‹ über die Köpfe der Männer schickte, ehe er sich wieder zu Kardinal d'Aux neigte und sagte: »Dann nämlich hätten wir keinen kranken, aber gläubigen Clemens als *Pontifex*, sondern den Kapetinger Philipp, der zugleich auch noch Großmeister des Templerordens und selbstgekrönter Kaiser des Heiligen Römischen Reiches wäre.«

»Und wie ist all das zu verhindern?«

»Indem wir die Verteidiger des Glaubens neu formieren, wie es schon Karl der Große nach den verheerenden Eroberungen des Landes durch die Sarazenen unter den grünen Fahnen Allahs geschafft hat …«

»Wir haben aber keine Templer und keine andere Streitmacht mehr!«, wandte d'Aux ein. Sie drehten sich um, gingen am wartenden schottischen Kaplan vorbei und schritten wieder auf Avignon zu. »Welch ein herrlicher Anblick! Aber im Ernst – Hospitaliter, Johanniter, Franziskaner, Dominikaner … mit welchen könnten wir gegen Paris und das Königsschloss in Fontainebleau anrennen?«

»Ja, du hast Recht«, stimmte da Prato zu. »Die Deutschritter der Marienburg suchen sich eigene Aufgaben in Masuren und den slawischen Gebieten, Engländer und Schotten sind mit sich selbst beschäftigt, und Templer, die es bis nach Portugal geschafft haben, errichten dort mit dem alten Kreuzeszeichen einen neuen Christusorden, der nicht mehr in den Kampf reiten, sondern auf Schiffen fremde Länder jenseits der Meere missionieren will.«

»Aber wir haben noch immer das Wissen der Uralten!«

»Wir haben nichts mehr«, widersprach da Prato. »Und selbst die letzten Schlüssel zur Weisheit Salomons und Israels sind in den letzten Jahren verloren gegangen. Es gibt den großen Rubin in der Tiara nicht mehr. Der Amethyst im Bischofsring von Bertrand de Goth liegt vermutlich irgendwo auf dem Grund der Rhône, und das Kreuz im Herzen, das dem Lamm Gottes zugeeignet war, ist bisher nirgendwo gefunden worden …«

»Es heißt aber, dass Jacques de Molay wusste, an welchem Bauwerk das dritte Kreuz im Herzen gefunden werden kann. Es soll noch immer für jedermann zu sehen sein.«

Nach langen Abwägungen beschlossen Bertrand, Seder, Eliah und der ehemalige Waffenschmied, dass sie noch in der gleichen Nacht Miriam aus dem Palais von Kardinal Godin befreien wollten. Die Frage war nur, wie weit sie gehen sollten und welche Möglichkeiten sie hatten. Tonio Brazzi bot an, ein Dutzend bewaffnete Schweizer aus der päpstlichen Garde so reichlich zu bestechen, dass sie mit ihrem Judaslohn zurück in ihre Berge fliehen und dort die Habsburger bekämpfen konnten.

Das Weib des Handelsherren hatte eine noch sündigere Idee:

»Kardinal Godin hat schon lange ein Auge auf mich geworfen«, meinte Elena von Pisa. »Ich bin ganz sicher, dass er mich noch heute Nacht in seinem Schlafgemach empfangen würde, wenn ich an seine Tür klopfe.«

Bertrand starrte sie mit offenem Mund an. Tonio Brazzi lachte, aber Seder sprang auf und packte ihre Handgelenke.

»Ein derartiges Lösegeld würde ich niemals akzeptieren!«, protestierte er.

»Willst du nun deine Schwester befreien oder soll sie diejenige sein, an der Godin sich vergnügt?«, fragte Elena ebenso keck wie weitsichtig. Auch die anderen wussten, dass sie Recht hatte. Nur Bertrand stellte fest, dass er wohl noch eine Weile brauchen würde, bis er sich an die harte und direkte Denkweise außerhalb der Klostermauern und der Universität gewöhnt hatte. Die Menschen hier sprachen nicht gesalbt und oder wie bei Disputen mit Gelehrten und Magistern. Sie sagten, was sie in Wahrheit dachten, oder logen ebenso unverschämt. Beides konnte einem fein gebildeten Klosterschüler und Studenten aus Paris jederzeit die Sprache verschlagen. Dennoch lernte er sehr schnell. Er fühlte sich inzwischen wie ein ausgetrockneter Schwamm, der durstig all das trank, wovon die anderen übersprudelten.

In diesem Moment sprang Eliah auf. Er lief nach vorn geneigt von einer Seite des großen Raumes zur anderen, murmelte leise vor sich hin und rang die Hände. Und dann blieb er direkt unter dem Kronleuchter stehen, dessen dicke Kerzen inzwischen zur Hälfte herabgebrannt waren.

»Ich muss es tun!«, sagte Eliah mit klarer Stimme. »Ich habe geschworen wie alle früheren Eingeweihten, doch wenn ein Geheimnis zum Schutz des Lebens entstanden ist, soll kein Leben geopfert werden, um es zu wahren.«

D'Aux begleitete seinen Amtsbruder da Prato noch bis zu dessen hübschem Palais in der Rue de la Balance. Ein halbes Dutzend Laternen auf viereckigen Steinsäulen beleuchtete den hohen Eisenzaun des Vorgartens, die Eingangsstufen und die italienischen Engelsfiguren an der Fassade des zweistöckigen Palazzos. Auch über den Gauben des nur leicht geschrägten Daches schien noch Licht.

Es war, als hätte die Stadt den großen Frühjahrssturm und das schreckliche Hochwasser schon wieder vergessen. Obwohl der Abend vor Karfreitag nach allen kirchlichen und weltlichen Gesetzen Stunden der Trauer bedeutete, klang überall Gelächter und Gesang und manchmal auch schrilles Frauenkreischen aus überfüllten Gasthäusern, Schenken und Tavernen. Noch nie zuvor hatte Avignon einen derartigen Ansturm von hungrigen und durstigen Pilgern erlebt. Während die Einheimischen und in den letzten Jahren Zugezogenen sich längst hinter ihren Haustüren und geschlossenen Fensterläden verbarrikadiert hatten, kämpften die Wirte und ihre Schankmägde gegen eine Flut von Menschen, die niemals satt wurden und nie genug zu trinken in den Krügen hatten.

Die beiden Kardinäle beherrschten sich so gut es ging, aber Mel Comyn sah in ihren streng wirkenden Gesichtern Abscheu und Widerwillen. Sie pressten die Lippen zusammen, schüttelten den Kopf und dachten offensichtlich an Höllenglut oder zumindest Fegefeuer für alle gottlosen Fresssäcke und Saufbolde, die in der Nacht zum Karfreitag eigentlich büßen, weinen und jammern sollten.

Die Kardinäle blickten die Straße zurück zum Brückentor und zum Palais des Papstes, dann zur Kathedrale am *Rocher des Domes* und zu den neuen Häusern. In einem der schimmernden Palais wohnte Kardinal Godin mit seiner *familia*. Noch während die Blicke der beiden besorgten und verärgerten Kardinäle über das neue Palais streiften, kamen aus einem Durchgang zum Nachbarhaus fünf Bewaffnete. Zwei von ihnen trugen lange Hellebarden mit riesigen, wie Sarazenenschwerter geschwungenen Klingen an den Spitzen. Die beiden nächsten hatten Schwerter in ihren Waffengehängen. Der fünfte Mann war der Anführer der päpstlichen Wachen persönlich.

Ritter Utz von Falkenhenn hatte einen eisernen Harnisch über dem gepluderten Wams angelegt. Er trug einen vorn und hinten hochgeschmiedeten, nach unten offenen Helm wie ein römischer Centurio mit einem Büschel bunter Hahnenfedern. Nach zwei, drei Schritten blickte er sich mürrisch nach allen Seiten um, dann postierte er die zwei Hellebardenträger neben dem Portal von Godins Palais und die beiden anderen an den Ecken des Hauses.

»Was soll das heißen?«, fragte da Prato verärgert. »Unsere Waffenknechte sind zum Schutz des Heiligen Vaters da und nicht gegen die kleinmütige Angst von Godin!«

»Vielleicht ist er nur vorausschauender als wir beide«, erwiderte d'Aux besorgt. »In einer Nacht wie dieser genügt schon ein kleines Gerücht aus Paris oder Rom, um aus dem Tag des Leidens und Sterbens unseres Herrn für viele Menschen ein ewiges Fasten zu machen!«

»Du meinst einen Aufruhr, geschürt durch ...«

»Ich meine gar nichts«, wehrte d'Aux ab. »Aber es ist nicht sinnvoll, wenn wir jetzt irgendetwas unternehmen.«

»Du hast Recht«, sagte da Prato mit einem kurzen Blick auf Mel Comyn, der respektvoll einige Schritte abseits stand. »Allein mit einem Kaplan können wir dem lauten sündigen Treiben überall in dieser Stadt nicht Einhalt gebieten. Es gibt erst morgen wieder Anlässe, dass wir zur Messe rufen können!«

»Beim nächsten Osterfest werden wir nach dem Beginn der Dämmerung keine Menschen mehr in die Stadt lassen, die hier keine Unterkunft in einer Herberge oder einen Schlafplatz bei Verwandten nachweisen können«, presste Kardinal d'Aux zwischen seinen schmal gewordenen Lippen hervor.

»Das ist ein weiser Vorschlag«, stimmte Kardinal da Prato zu, »doch nur, wenn es überhaupt noch ein nächstes Osterfest mit einem Papst in Avignon gibt ...«

Die beiden Kirchenfürsten sahen sich an. Dann drehte sich da Prato erneut zu Mel Comyn um.

»Du hast nichts gehört, mein Sohn!«, sagte er mit einem warnenden Lächeln. »Absolut gar nichts, verstanden?«

Bertrand ahnte plötzlich, in welche Richtung die Gedanken des alten Juden gingen. Es war, als würde er bei ihm ebenso wie bei seiner Enkelin bereits Antworten kennen, noch ehe Fragen gestellt wurden, und bereits wissen, was erst noch gesagt werden sollte. Und jetzt schien Eliah an den Keller zu denken, in dem sich seine *Mikwe* befand. Als Seder ihm gesagt hatte, dass er ihn gewaschen hatte, war noch keine Spur von Erinnerung an einen Keller in ihm wach geworden. Doch jetzt sah er den unterirdischen Raum vor seinem geistigen Auge – ganz so, als wäre er ihm im hellen Licht von Fackeln gezeigt worden.

»Wenn wir es ungesehen bis zu meinem Haus im *Carrière* schaffen, kann ich von dort aus vielleicht einen Weg zu Miriam finden, den ich selbst bisher nur ein einziges Mal gegangen bin.«

Die anderen wussten noch nicht, wovon er sprach. Nur für Bertrand war klar, dass er ihnen eines der größten Geheimnisse von Avignon enthüllen wollte, das über viele Generationen nur über wenige Eingeweihte weitergegeben worden war.

»Ihr werdet verstehen, dass ich euch nicht alles sagen darf und kann«, eröffnete er ihnen, »deshalb müsst ihr mir schwören, dass ihr keinem Dritten irgendetwas von dem verratet, was ich euch sagen will. Ihr sollt auch nicht auf die Bibel, die Thora oder den Koran schwören, sondern beim Blut König Salomons.«

»Ich schwöre«, sagte Seder Ben Ariel sofort und grinste. Sein Großvater zischte verärgert.

»Wenn all deine gebrochenen Schwüre bestraft würden, müsste König Salomon nie mehr geschröpft werden, so eingetrocknet wäre er bereits!«

Seder hob nur die Schulter und kippte sich neuen Wein in seinen Holzbecher. Tonio Brazzi seufzte und füllte seinen gewaltigen Brustkorb mit Luft.

»Ich schwöre ebenfalls!«, stieß er dann wie ein lebender Blasebalg hervor. »Mir ist dabei vollkommen gleichgültig, ob bei irgendeinem König Israels oder bei den ersten Versen der Göttlichen Komödie von Avignons ärgstem Verächter Dante Alighieri.«

Eliah sah zu Bertrand, doch der schüttelte heftig den Kopf.

»Ich kann es nicht«, sagte er und presste die Lippen zusammen.

»Nicht schwören, Smaragdus, oder nicht beim Blut Salomons schwören?«, fragte Seder wohlwollend. Es schien, als würde er den zögernden Studenten aus Paris besser verstehen als die anderen.

»Beides«, antwortete Bertrand, während seine Gedanken immer heftiger durcheinander wirbelten. Was bedeutete ein Schwur, der nicht auf die Heilige Schrift abgelegt wurde? Konnte er als gläubiger Christ überhaupt auf einen längst vergangenen König der Juden schwören? Er wusste es einfach nicht. Andererseits ging es um Miriam – ebenfalls eine Jüdin zwar, aber zugleich auch die unvergleichlich schöne und begehrenswerte Jungfrau seiner Träume.

Er glaubte längst fest daran, dass sie auch noch sein Schutzengel war. Er spürte plötzlich wieder den Duft ihres Körpers, fühlte, wie ihr weiches Engelshaar über seine nackte Haut streichelte und wie ihre Fingerkuppen von seinem Hals über die Brust an seinem Leib herabstrichen …

Und dieses traumhafte Mädchen sollte er verleugnen und in Folterkellern verkommen lassen?

»Ich schwöre bei Gott dem Allmächtigen …«

Die anderen hielten die Luft an. Selbst Eliah hätte derartiges nicht von ihm verlangt.

»Bei Maria der Gebenedeiten und bei allen Heiligen!«

Der alte Jude aus Carpentras riss seine Hände hoch und versuchte ihn zu beschwichtigen.

»Müsst ihr denn immer übertreiben, ihr Christen!«, seufzte er kopfschüttelnd. Er faltete noch einmal die Hände, dann nahm er seine Wanderung unter dem Kronleuchter wieder auf.

»Seit der Zeit der ersten Christen aus Rom«, sagte er, »und der Juden aus Israel gibt es auch hier geheime Katakomben im Inneren vom *Rocher des Domes* an der Biegung des Flusses. Einige von ihnen wurden während der Belagerung der Stadt durch die Sarazenen und später der Franken unter ihrem Majordomus Karl Martell erneut von Schutt und herabgefallenem Geröll befreit und weiter vorgetrieben. Andere wurden während der Kreuzzüge gegen die Katharer und Albigenser so versiegelt, dass niemand mehr diese Teile benutzen konnte. Ich kann daher nicht sagen, ob das Palais des Papstes noch an das Höhlensystem angeschlossen ist, aber eins weiß ich mit Sicherheit.«

Sie sahen ihn erwartungsvoll an. Bertrand spürte, wie eine heiße Welle durch seinen ganzen Körper bis in die Fingerspitzen und Zehen lief.

»Es gibt einen unterirdischen Weg von meinem Haus bis zu den Kellergewölben im Palais von Kardinal Pierre Godin«, sagte Eliah von Carpentras. »Allerdings kann es sein, dass er durch das letzte Hochwasser der Rhône überflutet ist.«

Für eine Ewigkeit blieb alles still im Refektorium der ehemaligen Templer-*Komturei*. Sie sahen sich schweigend an.

»Ich kann sehr lange schwimmen«, sagte Bertrand dann.

Das Rascheln im rötlichen Dämmerlicht des steinernen Gefängnisses schreckte Miriam nicht mehr. Nur noch ein Funke an der Spitze des Kienspans an der Mauer hinter dem Podest glimmte. Der Lichtpunkt reichte aus, um den großen Raum so weit zu erhellen, dass sie die Ratten sehen konnte. Einige sahen nass aus, als wären sie hinter den Löchern zwischen dem Steinboden und der rückwärtigen Mauer geschwommen.

Sie hatte inzwischen jede Handbreit des Mauerwerks untersucht. Insgesamt gab es nur drei Öffnungen außer der Tür, durch die sie hereingebracht worden war: die etwa kopfgroße Luke am Lüftungsschacht nach oben und zwei faustgroße Rattenlöcher. Aus einem der unteren Löcher wehte ein kühler Luftzug, während es aus dem anderen feucht und modrig roch.

Sie wusste nicht, wie viele Stunden seit dem Besuch von Kardinal Godin und seinen Begleitern vergangen waren. Um die Zeit des Wartens auszuhalten, war sie immer wieder an den Wänden der Gruft entlanggegangen. Am Anfang hatte sie ihre Schritte gezählt. Sie brauchte genau vierundzwanzig für einen Rundgang. Dann hatte sie sich vorgestellt, sie würde mit ihrer Ente im Weidenkorb immer quer durch die Stadt von einem Stadttor zum anderen gehen – zuerst von der Porte Agricole zur Porte Merhéron. Die Strecke von einer Schmalseite der Stadt zur anderen entsprach etwa dreißig Rundgängen an den Wänden ihres Kerkers. Für den Weg vom Brückentor im Nordwesten quer durch die längere Ausdehnung der Stadt bis zur Porte Imbert, hinter der die Straße der Färber begann, brauchte sie genau doppelt so viele Schritte. Das lag daran, dass die Stadt nicht rund oder eckig angelegt war, sondern eher wie ein Sack in der Biegung des Flusses oder wie eine längliche Trüffel.

Jedes Mal, wenn sie einen der längeren Wege hinter sich gebracht hatte, setzte sie sich für kurze Zeit auf den Schemel. Sie hatte ihn auf die Streckbank gestellt und musste dafür hoch steigen. Trotzdem legte sie die Arme um den Korb mit der Ente und ihre angezogenen Beine, wenn sie ein wenig ausruhen und schlafen wollte. Sie wachte erst wieder auf, wenn mehr als ein halbes Dutzend Ratten unter dem Schemel pfiffen und gegen die schräg stehenden Schemelbeine sprangen. Sie waren so geschickt, dass sie bis auf die Streckbank klettern konnten. Nur dort, wo das Sitzbrett des Schemels weit überstand, kamen sie nicht weiter. Aber sie rochen das vom Gehen erhitzte Mädchen und die verängstigt aufflatternde Ente.

Anders als viele junge Frauen in der Stadt, die nur Zicklein und Lämmer, Küken oder junge Welpen entzückend fanden, kam Miriam mit allen Tieren aus – selbst wenn es Spinnen oder Ratten, Asseln oder Kakerlaken waren. Sie respektierte das Leben in jeglicher Form, auch wenn sie darauf achtete, dass koscher gearbeitet wurde, wenn ein Tier zur Ernährung von Menschen sein Leben lassen musste. Sie würde niemals Fleisch von einem Tier annehmen, das *newela*, also verendet, oder *terefa*, zerrissen, war. Auch Fleisch mit Fettresten nahm sie nicht.

»Alles Fett ist für den Herrn«, stand im dritten Buch Mose. Sie hielt sich zumindest bei den Opfertieren daran, denn »wer Fett von Opfertieren oder das Blut von Vieh oder Vögeln isst, der sollte ausgerottet werden.«

Sie schaute zu der Ente im Weidenkorb. Besaß sie selbst nicht ebenso nur ein Leben auf Zeit? Sie wusste, dass sie wie alles Leben auch einmal sterben musste, doch das war eine andere Erkenntnis. So wie sie jetzt eingekerkert war, kam sie sich vor, als solle sie für eine Hinrichtung vorbereitet oder aus irgendwelchen geheimnisvollen Gründen geopfert werden.

Zum ersten Mal in dieser Nacht liefen Tränen über ihre Wangen. Gleichzeitig fühlte sie sich so verlassen wie nie zuvor, aber sie weinte nicht über ihr eigenes Schicksal, sondern darüber, wie ihre Schwester gestorben war – vergewaltigt von Christen, die Hostien aus Mehl und Wasser brachen und daran glaubten, das sie sich in das Fleisch eines Gottessohnes verwandelten. Und die roten Wein als Blut tranken ... das Blut des Propheten Isa aus Nazareth, den sie Jesus Christus nannten.

Nur manchmal, wenn sie nicht an den Wänden entlangschritt, nicht weinen musste und nicht vor Erschöpfung auf dem Schemel einschlief, lächelte sie wie unter einem warmen Sonnenstrahl in den Weinbergen von Carpentras. Dann stellte sie sich vor, wie sie mit ihm, dem schönen blonden Mann, nackt im Gras saß und behutsam eine Weintraube abbrach.

»Schließ deine Augen«, sagte sie, »und nimm den Kopf zurück!«

Sie träumte, dass er sich an die faserige Rinde eines alten Rebstocks lehnte, die Sonnenwärme seine Augenlider streicheln ließ und mit halb geöffneten Lippen atmete. Sie beugte sich ein wenig über ihn, und mit den Spitzen ihrer Brüste berührte sie die hellen Härchen auf seiner Brust. Sie hielt ihm eine Traube vor den Mund und ließ ihn mit den Lippen nach einer reifen Beere schnappen. Sie beobachtete, wie er sie abzupfte und dann saftig zerdrückte. Sie küsste ihn, und ihrer beider Lippen tranken den warmen, süßen Traubensaft, der noch nicht Wein geworden war.

Kapitel 19

Nacht über Avignon

Die Sterne über der Provence glitzerten wie Diamanten im gar nicht schwarzen, sondern tiefblauen Himmelsgewölbe. Die Nacht zum Karfreitag war angenehm und eher kühl, aber die Wände der Häuser und der Mauern strahlten auch nach Mitternacht noch Sonnenwärme des vergangenen Tages ab.

Inzwischen war längst Ruhe in den Gasthäusern und Schenken eingekehrt. Bertrand, Eliah, sein Enkel Seder und Tonio Brazzi bewegten sich äußerst vorsichtig durch die schlafende Stadt. Seder ging fünf Schritte vor seinem Großvater und Bertrand. Brazzi bildete die Nachhut. Elena von Pisa war im *Fondaco* zurückgeblieben. Sie sollte zur *terz*, der dritten Stunde nach Sonnenaufgang, für eine Ablenkung vor dem Haupteingang von Kardinal Godins Palais sorgen.

Doch noch war es nicht so weit. Bertrand wunderte sich über die eigenartige, unwirkliche Stille. Selbst in den ruhigsten Nächten hatte es immer verschiedenste Geräusche in Paris gegeben. Hier aber schien tatsächlich die ganze Stadt zu schlafen, und das trotz des gerade erst überstandenen Unwetters und der vielen Pilger, die zusätzlich von der Insel im Fluss gekommen waren.

Die Männer setzten in weichen Filzschuhen einen Fuß vor den anderen. Sie hatten lange, eng anliegende Beinkleider angezogen und mit dunkel eingefärbten Leinenstreifen umwickelt. Über den Hosen trugen sie weit geschnittene, bis über die Gürtel fallende Hemden, wie sie von den Bauern am Mont Ventoux als Schutz gegen kühle Winde von den Bergen angelegt wurden. Zusätzlich hatten alle drei dunkle Kapuzen der *Pénitents gris* mit hohen Spitzen und ausgefransten Augenschlitzen übergezogen. Sämtliche Kleider stammten aus den Vorräten des *Fondaco*. Bei den ausgemusterten, aber schon gewaschenen Kapuzen waren sich Eliah und Brazzi nicht sicher gewesen, ob sie nicht von der Partie stammten, die Eliah eigentlich schon vor Ostern hatte wieder auffrischen, in der Rue des Teintures färben lassen und dann als neuwertig an die *Pénitents noires*, die Schwarzen Büßer, verkaufen wollen.

Bertrand hatte inzwischen eher beiläufig erfahren, wie der Faktor und Eliah ihre Geschäfte abwickelten. Marco Ambrogios Geschäftsführer in Avignon kaufte gute Ware aus Flandern oder der Lombardei über Adressen, die Eliah ihm nannte, zahlte an ihn aber nur ein Drittel ihres Wertes. Zum Ausgleich bekam Eliah sämtliche gebrauchten Kleidungsstücke aus den feineren Familien der Stadt und der Umgebung, die ohne Veränderungen nicht weiter verkauft werden konnten. Das galt ebenso für alles, was beim Heiligen Stuhl, im Hofstaat der Kardinäle und bei den Bischöfen ausgewechselt werden musste.

Die gesamte Altbekleidung ging mindestens einmal im Monat an Schneidereien, die mit Eliah von Carpentras Kontrakte und Verträge hatten. Auf diese Weise wurden auch aus weißen Büßerkapuzen Kopfbedeckungen für die *Pénitents gris* und nach einem weiteren Kreislauf über jüdische Änderungsschneider im *Carrière* Kapuzen für die *Pénitents noires*, die Schwarzen Büßer in der Stadt und der Grafschaft Venaissin. Das Tauschgeschäft bewährte sich ebenso bei Soutanen, Pariser Spitzen für die Chorherren und pelzgeschmückten Gewandungen der Adligen und reichen Bürgerlichen von Avignon.

Bei Tageslicht hätten die vier Männer einfach der Straße folgen können, die von den Hafenbuchten am Fluss im Westen am Kloster der Dominikaner vorbei und durch das Tor von Bischof Agricola ins Innere der Stadt führte. Die Kirche von Agricola lag nördlich davon, die ehemalige *Komturei* der Tempelritter südlich. An einigen Stellen nördlich der Straße war noch die ganz alte Stadtmauer aus der Zeit der Römer zu erkennen.

Eliah empfahl den schmalen Weg an diesen Mauerresten entlang nach Osten. Da der Mond im Norden stand, gab die Mauer selbst an den Stellen genügend Schatten, an denen die Mauerreste nur noch mannshoch aus dem Boden ragten.

Nur dreimal blieben die vier vermummten Männer regungslos im Schatten der alten Römermauer stehen. Beim ersten Mal zogen zwei Nachtwächter mit Hellebarden und Doppelkerzen in verglasten Lampen von der Porte Marneron im Osten der Stadt zur Porte Agricole im Westen – bei jeder Wegstrecke genau siebenhundertundfünfzig Schritte. Sie blieben auf der Hauptstraße jenseits der Häuserreihe.

Beim zweiten Mal wären die vier Vermummten um ein Haar in zwei weitere verhüllte Gestalten hineingelaufen. Es geschah genau an der Kreuzung, von der die Rue de la Balance nach Norden in Richtung Brücke und die Rue de la Boucherie zu einem der südlichen Stadttore abbog. Abgesehen von den großen Plätzen vor dem Rathaus und am

Palais des Papstes sowie dem Place Jérusalem mit der neuen Synagoge war die Straßenkreuzung inmitten der Altstadt auch bei Nacht nie ganz menschenleer. Aus diesem Grund hatte Eliah vorgeschlagen, dass sie nach Norden abbiegen und dann zurück durch die abfallende Rue Rouge gehen wollten. Vermutlich hatte gewisses Diebsvolk, das mit groben Säcken, Truhenbrechern und Kuhfüßen aus Eisen versehen war, denselben Umweg vorgesehen.

Die beiden Gruppen stießen so hart zusammen, das alle sofort wild um sich schlugen. Und dann knallte Eisen auf alte Mauersteine. Gedämpft aufschreiende Körper wirbelten durch die Nacht und Säcke mit allerlei Metallgeschirr schepperten weit über Kopfsteinpflaster. Tonio Brazzi ließ seine Arme wie Schmiedehämmer wirbeln. Er fing einen langen, heimtückisch geworfenen Dolch kurz vor Bertrands Gesicht aus der Luft ab. Die tödliche Klinge hatte sich durch ein kurzes Aufblinken im Mondlicht verraten.

Zum ersten Mal in seinem Leben erlebte Bertrand eine Schlägerei in den Gassen einer nächtlichen Stadt mit. In Paris hatten Mönche und Studenten wie er niemals nach der *complet*, dem Gebet zur Nachtruhe, die schützenden Mauern der Häuser und Höfe verlassen. Der Gang durch Avignon in der eigenartigen Nacht kam ihm vor, als bewege er sich in einer völlig anderen, unheimlichen und dennoch aufregenden Traumwelt. Es fiel ihm schwer, all das, was er jetzt hörte, sah und empfand, als die eigentliche Wahrheit zu erkennen. Dennoch kamen alle kunstvolle Theologie und Philosophie in den Klöstern und an der Sorbonne nicht dagegen an. Und plötzlich fürchtete er sich vor den langen Stunden bis zur Osterfeier mehr als vor den Nachtdämonen und vermummten Sündern, die als Mörder oder Diebe durch die Gassen Avignons schlichen.

Sie mussten über zahlreiche Schatten steigen, die schlafend oder betrunken an den Straßenrändern lagen. Es waren zu viele Menschen, die sich beim großen Unwetter von der Insel im Fluss in die Stadt gerettet hatten. Bertrand rümpfte andauernd seine Nase. Obwohl die Fastenzeit noch nicht vorbei war, rochen einige bereits nach Rauch wie von gebratenem Fleisch.

Die dritte Begegnung mit dem Unbekannten hätte die vier Männer fast noch vor der Rue Jacob getroffen. Sie hörten plötzlichen einen kurzen Schrei hinter einer Hofmauer. Dann stritten sich ein Mann und eine Frau. Gleich darauf schlug eine Fensterlade im oberen Stockwerk einer schon geschlossenen italienischen Trattoria auf. Dann flog ein Tongeschirr mit Unschlitt über ihre Köpfe weg gegen die Hofmauer und zerbarst mit einer Wolke aus Gestank. Sie konnten gerade noch rechtzeitig zur Seite springen und loslaufen. Erst bei den letzten Schritten bis vor das Haus von Eliah fühlten sie sich wieder sicher.

Sie nahmen ihre Kapuzen ab, lehnten sich im Hof gegen die Hauswand und verschnauften. Glücklicherweise sahen die anderen nicht, dass Bertrand noch immer am ganzen Körper zitterte.

»Es geht schon«, sagte er, ohne dass einer der anderen etwas gefragt hatte. Aber er beschloss, von nun an keine Angst zu haben – weder vor Teufeln, noch vor Dämonen, Bewaffneten oder nächtlichem Gesindel. Nur noch Gott der Allmächtige, sein eingeborener Sohn und der Heilige Vater sollten ihm etwas sagen dürfen. Denn langsam war es an der Zeit, dass er erwachsen wurde. Und was er annahm oder tat, wollte er selbst bestimmen.

»Und jetzt hinab in unseren Felsen!«, befahl Eliah, dem selbst der schnelle Lauf zum Schluss kaum etwas ausgemacht hatte. »Wir müssen vor der *terz* bei meiner Enkelin Miriam sein, denn danach ist bei allen Christen heute nur noch die Hölle los.«

»Seltsam, dass gerade Ihr das sagt«, meine Bertrand ohne Arg.

»Willst du etwas anderes hören?«, lachte Eliah bitter. »Die ganze Fastenzeit und sämtliche Tage vor Ostern sind bei euch Christen doch nichts anderes als Klage und Gejammer über das Gerichtsurteil eines römischen Statthalters und den angeblich so schmählichen Verrat um dreißig Silberlinge, unter dem wir Juden heute noch zu leiden haben.«

»Mit einem Kuss hat der Verräter unseren Welterlöser seinen Blutschergen ausgeliefert!«, schnaubte Tonio Brazzi.

»Dein Welterlöser war er sicher nicht, du Schmied und Händler mörderischer Waffen!«, stellte Eliah furchtlos fest. »Ich will nicht wissen, wie viele anständige Menschen du bereits betrogen und verraten hast!«

Für einen Augenblick sah es so aus, als wollte der viel Stärkere den Alten aus Carpentras zusammenschlagen. Brazzi schnaubte so wütend, dass Bertrand irgendetwas tun musste. Seder war umsichtiger. Er trat vorsichtshalber einige Schritte zurück. Bertrand entschied sich für das Gegenteil: Er stellte sich zwischen Antonio Brazzi und Eliah von Carpentras.

»Weg da!«, fauchte Brazzi und nahm die Fäuste hoch. Im Licht des Mondes und der Sterne wirkten sie noch größer und schwer wie Schmiedehämmer.

»Nein!«, sagte Bertrand. »Hier schlägt jetzt niemand zu!«

Es war noch dunkel, als Papst Clemens V. vom ersten Hahnenschrei erwachte. Er fühlte sich, als hätten ihn die Betreuer seiner *famiglia* aus teuflischem Vergnügen an der Qual der Kreatur in Brennnesseln gebettet. Er wollte sich in seinen Kissen aufrichten, schaffte es aber nicht. Auch für Gebete, die ihn von den Schmerzen auf seiner Haut, im Fleisch der Glieder und in sämtlichen Gelenken ablenken konnten, hatte er keine Kraft.

Ein zweiter Hahnenschrei. So schnell schon? Und so kläglich? Er war mit den Gedanken an die Ereignisse eingeschlafen, die sich vor langer, langer Zeit im Heiligen Land zugetragen hatten. Ja, eigentlich lebte er viel lieber in jener Zeit von Roms Kaiser Augustus und Herodes. Sie waren ihm viel näher als alle deutschen Kaiser des Heiligen Römischen Reiches oder die Könige von Neapel, Frankreich und England. Er dachte daran, wie leicht es über die Jahrhunderte gewesen war, Herodes wegen eines großen Kindermordes zu verdammen, der niemals stattgefunden hatte. Er war kein richtiger König, sondern nur *Tetrarch*, ein Stellvertreter, in Galiläa gewesen, und wenige Jahre nach dem eigenartigen Kreuzigungsprozess gegen Jesus Christus vom Kaiser Caligula über Avignon in die Verbannung nach Lyon geschickt worden.

Clemens fürchtete sich nicht vor einer Strafe durch Kaiser oder Könige. Er würde auch nie mehr in eine Verbannung gehen. Auch wenn ihn sein Prozess gegen die *Armen Ritter Christi vom Tempel Salomonis zu Jerusalem* weiter bis in seine Beichten und Gebete verfolgte, hatte er getan, was er tun konnte. Nicht mehr, aber auch nicht weniger. Doch genau dafür würden sie ihn nach seinem Tod und in aller Zukunft verachten.

Er wusste, dass er nur noch kurze Zeit zu leben hatte

– sehr kurze Zeit sogar. Er hatte auch die Kraft nicht mehr, irgendetwas für sich, für andere oder die Heilige römische Kirche zu erstreiten. Im Osten zeigte sich das erste Licht des neuen Tages. Mit ihm begann das größte, traurigste und zugleich schönste Fest des ganzen Kirchenjahres. Wenn es vorbei war, wollte er Avignon verlassen, nach Bordeaux zurückkehren und vielleicht noch einmal seine Sammlung der Dekrete des Konzils von Vienne durchsehen. Sie und seine eigenen zusätzlichen Entscheidungen, die er zu vielen Rechtsfragen gefällt hatte, sollten sein Vermächtnis sein.

Er ahnte längst, dass ihm die Nachwelt Schwäche gegen Philipp den Schönen und die Schuld am Untergang der Templer nachsagen würde. Beides hatte nicht einen Augenblick gestimmt. Im Gegenteil – nicht einmal Bonifatius VIII. hatte so unnachgiebig und geschickt zugleich gegen die Machtansprüche weltlicher Herrscher gekämpft. Doch darauf kam es nicht an. Die Wahrheit kommender Generationen würde sich auf die Seite schlagen, die am bequemsten war und keinen Ärger machte. Ihm selbst waren dabei kein nobler Nachruf und kein Ruhmesblatt gewidmet.

Urplötzlich war der Schmerz verschwunden. Im ersten Augenblick glaubte Bertrand de Goth bereits, dass er gestorben sei ... sanft, ohne Aufschrei und ohne noch mehr Qualen. Einfach als Papst Clemens V. hinübergegangen über die Brücke von Avignon ... oder über eine andere ins himmlische Jerusalem.

Er hörte sich ganz tief seufzen. Die Schmerzen blieben noch immer aus. Er wagte kaum, ein Dankgebet zu flüstern. Glücklich wie lange nicht mehr schlief er wieder ein.

Draußen begann der Karfreitag Anno 1314 wie viele andere Wochentage in einem wunderschönen provenzalischen

Frühling. Immer mehr noch nicht ausgereifte Hähne krähten inzwischen mit Stimmchen, die nach Stimmbruch klangen. Wenn sie dann bei den ersten Sonnenstrahlen aufeinander zurannten und dabei mit ihren schwarzen und noch struppigen Flügeln schlugen, erinnerten sie auf amüsante Art an Bürgerkinder in der Stadt bei ihren Ritterspielen.

Unten am Fluss bewegten sich die ersten Frauen mit Wäschekörben viel früher als sonst zu den Waschplätzen. Durch das Unwetter und das Hochwasser waren überall die Pläne für den Tagesablauf in der Karwoche durcheinander geraten. An vielen Plätzen innerhalb der Stadt und vor den Mauern mussten noch immer Schäden und Unrat beseitigt werden. Anders als sonst waren dadurch auch die Waschzeiten verschoben und die Frauen hatten weniger Zeit zu plaudern und beim Klopfen der Wäsche zu singen.

Die meisten mussten sich sputen, wenn sie noch rechtzeitig vor der Messe am Nachmittag fertig werden wollten. Sobald dieser Teil des Osterfestes begonnen hatte, durfte sich kein Weib mehr mit Wäsche am Fluss zeigen und kein Mann mehr irgendwelche Alltagsarbeiten im Inneren der Papststadt verrichten. Nur wenige Jahre zuvor hatten die Zeiten der Händler und der Handwerkszünfte das Leben in der Stadt bestimmt. Erst mit dem Papst und seinem Gefolge war die Beschaulichkeit am Rhônebogen einem schnelleren Stundenplan gewichen. Wo früher Karren und Lasttiere und die Rufe der Fuhrleute die Leute an den Rand der Gassen trieben, mussten die Menschen inzwischen vor glänzenden Tellerhüten über schwarzen Soutanen, in Gruppen vorbeihuschenden Kapuzenmönchen und wie fremdartige Paradiesvögel glänzenden Aufzügen ausweichen, mit denen sich Bischöfe und Kardinäle, Prälaten und Legaten fürstlichen Respekt verschafften.

Obwohl der Heilige Stuhl seit fast fünf Jahren das Leben in Avignon beherrschte, hatten sich die alteingesessenen Bewohner noch immer nicht an die strengen Regeln und die Ansprüche der Kurie gewöhnt. Sie sahen kaum etwas vom Heiligen Vater, aber sein Hofstaat forderte mehr als je zuvor in Rom. In Avignon gab es keine kaiserlichen Tempelhügel, kein *Forum Romanum*, kein *Colosseum* und keine alten, mächtigen Familien wie die Orsini oder Colonna.

Die Bürger der kleinen, schon fast unschuldigen Stadt waren ebenso fromm wie viele andere, doch auch in der Stadt galt noch immer der alte Rhythmus des bäuerlich-ländlichen Tages, der mit dem ersten Hahnenschrei begann und mit dem Sonnenuntergang endete. Erst seit viele Priester und Mönche in der Stadt wohnten, endete der Tag mit der klösterlichen *complet*, dem Nachtgebet. Nur zu den hohen kirchlichen Feiertagen, wenn Pilger und Bettler, Kranke und Lüsterne wie fromme und gottlose Bienenschwärme die Straßen und Gassen der Stadt verstopften, reichten die Abende bis in die Nacht hinein.

Nachdem Eliah dem ehemaligen Waffenschmied gezeigt hatte, welche der Felswände im Keller nicht aus massivem Stein bestand, übernahm Tonio Brazzi das Kommando. Er schickte Seder und Bertrand wieder nach oben.

»Holt mir die Deichsel vom Maultierkarren!«

Eliah protestierte mit erhobenen Händen. In seiner Aufregung vergaß er, dass der Italiener die alte *Langue d'oc* aus den Gebieten südlich der Loire nicht verstand. Wieder und wieder wollte Eliah ihm erklären, wo man neben der *Mikwe* stehen musste, um den Fels mit einem siebenarmigen Leuchter zu öffnen.

Als Bertrand und Seder die Deichsel an der Wand der

steilen Treppen hinabließen, packte Brazzi mit einem abfälligen Schnalzlaut zu. Bertrand begriff bereits auf den letzten Treppenstufen, dass die beiden Älteren sich nicht verstanden oder einfach nicht verstehen wollten. Er und Seder hoben zwei der Lampen hoch. Eliah flehte und bat, aber der ehemalige Waffenschmied war nicht mehr zu belehren. Er packte die Deichsel wie eine Lanze, stampfte bis zur gegenüberliegenden Wand, drehte sich um und rannte wie ein Ritter im Turnier, doch ohne starkes Pferd, mit der Deichsel gegen die Felswand.

Die Deichsel splitterte und brach. Ihre Stücke flogen durch den ganzen Raum und hinab ins Wasser der alten *Mikwe*. Das war das Schlimmste für Eliah von Carpentras. Er stürzte über die Steinstufen nach unten, hielt sich mit einer Hand fest und sammelte mit der anderen jedes einzelne Stück Holz aus dem dunklen klaren Wasser.

Während er vor sich hin schimpfte und auch Brazzi wütend mit dem Rest der Deichsel gegen die Wand schlug, griff Seder Ben Ariel ohne irgendein Wort nach dem Leuchter. Er stieß Brazzi zur Seite und rammte dann die sieben Arme so in die acht Ringe von Wandleuchtern, dass der linke Ring frei blieb. Brazzi hob seinen Deichselrest, als ob er zuschlagen wollte. Mit großen Augen beobachtete Bertrand, wie Seder den Leuchter wie eine festgeklemmte Heugabel drehte. Jetzt kam auch Eliah mit einem Arm voll Holzsplitter wieder aus dem Wasserloch der *Mikwe*.

»Alles verunreinigt!«, fauchte er den massigen Waffenschmied an. »Du hast das Heiligste, was ich in diesem Keller habe, mit dem Schweiß des Maultieres und seinen Fellhaaren verunreinigt!«

»Was soll's?«, schimpfte Brazzi. »Du bist doch selbst nicht koscher!«

Bertrand kam sich vor wie in einem Tollhaus. Alles in seinem Kopf dröhnte und klingelte. Er verstand nicht das Geringste von der Narretei um sich herum. Wie zum Teufel konnte jeder dieser erwachsenen, welterfahrenen Männer derartig widersinnig und ohne jedes Zusammenspiel seinen eigenen Kopf durchsetzen wollen?

Zum ersten Mal in seinem Leben ahnte er, wie viel anders als junge Männer seines Alters er seine ersten Jahre verbracht hatte. Seit ihn sein Vater ins Kloster von Comminges gebracht hatte, hatte er Tag und Nacht in einer in sich abgeschlossenen und klar gegliederten Gemeinschaft verbracht. Auch wenn er nur ein winziges Staubkorn, ein Rädchen in der großen Ordnung des Himmels und der Erde gewesen war, hatte er doch seinen Platz gehabt, von dem aus er Gott und der Gemeinschaft dienen konnte.

Hier aber ging alles durcheinander. Jetzt drehten, drückten und zogen die drei völlig unterschiedlichen Männer auch noch in verschiedene Richtungen am Leuchter. Das war zu viel für Bertrand. Es tat ihm in der Seele und im Herzen weh, als er sah, wie die Zwietracht und der Stolz in ihnen gegeneinander stritten.

»Ich könnte es für euch tun!«, sagte er klar und deutlich. Sie hielten augenblicklich inne und starrten ihn ungläubig an.

»Du?«, fragte Seder. »Aber du weißt doch gar nicht ...«

Bertrand ging an ihm vorbei. Mit sanftem Druck schob er Tonio Brazzi zur Seite, dann auch Seder und Eliah. Sie waren alle derartig erstaunt, dass sie nicht widersprachen. Bertrand griff mit beiden Händen nach dem Leuchter. Er versetzte ihn so, dass jetzt der rechte Lampenring frei blieb.

»Nennt mir den Spruch«, sagte er zu Seder und Eliah.

»Den Zauberspruch, wie lange und wie oft ich nach links und rechts drehen muss ...«

»Du kennst das Geheimnis der Zaubersprüche?«, fragte der ehemalige Waffenschmied verwundert. Ein Lächeln huschte über Bertrands Gesicht. Dann nickte er.

»Meister Eckhart in Paris war zwar kein Alchemist und auch kein Schmied«, sagte er, »aber ich weiß von ihm, dass Zaubersprüche, Gebete und Rituale von Anfang an und noch bis heute viel genauer als andere Methoden ein Weg zum Einteilen der Zeit sind. Sonnenuhren sind nachts und im Schatten wertlos. Wasseruhren tropfen immer langsamer, je weniger Wasser in einem Behälter übrig ist. Doch wenn du mir einen Zauberspruch oder einen Reim aufsagst, wird die Melodie und die Zeit, die du dafür brauchst, fest in mein Gedächtnis eingegraben.«

»So habe ich das nie zuvor gehört«, sagte Seder voller Bewunderung. Wieder lächelte Bertrand. Jetzt endlich konnte er ihnen etwas beibringen, was sie noch nicht wussten.

»Probiert es aus!«, sagte er. »Nennt mir den Zauberspruch, der die Wand hier vor uns öffnet. Ich drehe dabei den Leuchter und mit seinen Armen die Ringe für die Fackeln.«

»Es ist der Priestersegen, den Aron im Namen Gottes über die Kinder Israels sprechen sollte.«

»Halt!«, sagte Bertrand. »Ich kann kein Hebräisch.«

»Dann spreche ich die Formel aus dem vierten Buch Mose mit den Worten und genau in der Zeit, wie beides auch für Christen gilt.«

»Ich bin soweit«, sagte Bertrand. Er erwartete irgendein *Abracadabra,* doch dann hörte er von dem ehemaligen Rabbi Worte, die ihn wie eine Gotteslästerung erschreckten:

»Der Herr segne und behüte dich ...«

Zitternd drehte Bertrand genau bis zu dieser Atempause nach rechts. Er wusste nicht, ob er empört oder beschämt sein sollte. Doch dann verstand er: Natürlich war das Alte Testament kein Eigentum der Christen. Auch die Juden kannten und benutzten es.

»Der Herr lasse sein Angesicht leuchten über dir und sei dir gnädig …«

Diesmal hatte er den Leuchter nach links gedreht. Er stand jetzt etwas weiter nach links als zu Beginn. Aber durften Juden, denen Kirchen und fast jedes Handwerk verboten waren, Wort für Wort die gleichen Segen sprechen wie ein getaufter Christ?

»Der Herr erhebe sein Angesicht über dich und gebe dir Frieden.«

Mit der Drehung in der Länge des dritten Satzes standen die Leuchterarme beinahe wieder dort, wo sie beim ersten Teil des Segens gestanden haben, aber eben nur beinahe …

»Und jetzt kannst du wieder umsetzen und dann leicht drücken«, sagte Eliah. Es war, als würden die Leuchterarme zusammen mit den Halterungen für die Lampen an der Wand ein verborgenes Kirchenuhrwerk oder die Mechanik aus Zahnrädern und Ketten für die Zugbrücke einer Burg in Betrieb setzen.

Brazzi stand nickend und mit vorgeschobener Unterlippe vor der langsam größer werdenden Öffnung in der Wand. Eliah von Carpentras wischte sich mit dem noch nassen Handrücken über den Mund, und Seder zwinkerte Bertrand zu.

»Jetzt sind es nicht einmal zweihundert Schritte bis zu den Kellerräumen unter dem neuen Palais von Kardinal Godin«, sagte Eliah. »Doch wenn wir Pech haben, ist der

Gang an einer Stelle noch überflutet vom letzten Hochwasser.«

»Ich sagte schon – ich kann schwimmen«, grinste Bertrand.

»Und du hast vorher nicht gewusst, wie weit oder wie lange man nach den beiden Seiten drehen muss?«, fragte Tonio Brazzi.

Bertrand schüttelte den Kopf.

»Ich habe nur ganz genau hingehört, und bei jeder Pause hat es in meinem Kopf *klick* gemacht wie bei einer inneren Glocke.«

»Erstaunlich«, meinte der ehemalige Waffenschmied. »Ganz erstaunlich, was heutzutage den Studenten verraten wird, die niemals ein Gefühl dafür bekommen, wie man den Hammer hält! Wo bleiben da die Geheimnisse der alten und großen Werte?«

Kapitel 20

Die Wege des Herrn

Sie kamen nur hintereinander und halb gebückt in den engen, verwinkelten Gängen voran. Eliah hatte die Führung übernommen. Er trug eine Lampenschale mit drei kleinen Flammen. Hinter ihm gingen Bertrand und Seder. Auch sie trugen flache Öllampen. Tonio Brazzi hatte die meisten Schwierigkeiten. Wieder und wieder schimpfte er und behauptete, dass nur gottlose Zwerge aus irgendwelchen Bergwerken im Norden oder hilfreiche Dämonen der Hölle das Labyrinth aus Stollen und Höhlen im Kalkfelsen erschaffen haben konnten.

»Ich hasse derartig enge Räume!«, fluchte der ehemalige Waffenschmied. »Das schnürt mir als freiem Mann die Luft ab, als sei ich lebendig begraben! Ich brauche einfach mehr Platz zum Schwingen der Arme!«

»Dann reiß ab jetzt deine Augen auf, du mutigster von allen welschen Schmieden!«, knurrte Eliah beinahe schadenfroh. Er wusste bereits, was direkt vor ihnen lag und sprang einen Schritt zur Seite. Gleich darauf blendete der Lichtschein aus seiner Lampe auf, der Gang verbreiterte sich und mündete in eine tonnenartige Höhle. Sofort wurden die Öffnungen von drei weiteren Gängen sichtbar. Zwischen ihnen befanden sich in drei Etagen übereinander längliche Grabhöhlen, die zum großen Raum hin offen waren.

Verwundert erkannte Bertrand, dass sie genau so aussahen wie die Zeichnungen in den Büchern der Bibliothek des Klosters von St. Jacques. Er war noch nie in der Ewigen Stadt gewesen, aber wenn er nicht ganz genau gewusst hätte, dass sie sich in der Nähe von Frankreich an der unteren Rhône befanden, hätte er schwören können, dass sie in den Katakomben der Via Salaria in Rom standen.

»Sind das etwa Gräber aus der Zeit der Christenverfolgung?«, schnaufte Brazzi.

»Vielleicht«, antwortete Eliah. »Vielleicht auch von Juden, denn auch sie wurden verfolgt ... besonders von euch Christen zur Osterzeit.«

»Kein Wunder!«, knurrte der ehemalige Waffenschmied. »Und Gott weiß, warum!«

»Ich fürchte, er weiß es nicht«, sagte Eliah sarkastisch, »aber ihr werdet ihm noch einreden, dass jedes Unglück in der Welt durch uns kommt.«

»Wie geht es weiter?«, versuchte Bertrand abzulenken.

»Ich weiß nicht, was uns weiter vorn erwartet«, sagte Eliah. »Aber du, Seder, du warst doch öfter hier, wenn ich mich nicht irre.«

Für einen langen Augenblick sahen sich Großvater und Enkel in die Augen. Auch wenn sie nie zuvor darüber gesprochen hatten, wussten sie beide, was der Alte meinte.

»Kann mich mal jemand einweihen?«, beschwerte sich Tonio Brazzi. »Wir stehen uns sonst noch die Beine in den Bauch!«

»Das Zeichen der beiden Wellen über dem rechten Gang dort zeigt an, dass er zum Fluss führt«, sagte Seder Ben

Ariel. »Vermutlich steht dort das Wasser noch von der letzten Überschwemmung. Während der Belagerungen der Stadt ...«

»Ja, das ist richtig«, unterbrach ihn Eliah. Bertrand hatte plötzlich das Gefühl, als wollte der ehemalige Rabbi nicht, dass Seder über ganz bestimmte, geheimnisvolle Dinge innerhalb des Felsens sprach. »Es gab dort früher einmal ein Hebewerk, mit dem wohl steinerne Riegel in den Gängen durch das Gewicht und den Druck des Wassers schwimmend verschoben werden konnten. Ich habe Zeichnungen von einer archimedischen Schraube in den alten Büchern über die geheime Zuflucht im *Rocher des Domes* gesehen, aber Genaueres weiß ich nicht.«

»Den mittleren Gang mit dem Christus-Monogramm kenne ich«, sagte Seder. Er führt unter dem Palais des Stadtrates hindurch bis zur Krypta unter die Kathedrale. Aber ich schwöre, dass ich aus diesem Gang nie etwas geholt habe.«

»Und von dort geht es weiter durch den *Rocher des Domes* zum alten Bischofspalais«, ergänzte Eliah von Carpentras. Er schüttelte kaum wahrnehmbar den Kopf. Trotzdem bemerkte Bertrand, dass er und Seder über gewisse Dinge oder Vorkommnisse unterschiedlicher Meinung waren. Wahrscheinlich ahnte er nicht, dass Seder ihm bereits von seinem Handel mit gebleichten Skelettknochen erzählt hatte.

»Dann müsste der linke Gang der richtige für uns sein«, stellte Tonio Brazzi fest. »Wenn ich mir den Verlauf der Straßen und Gassen über uns vorstelle, könnte der Gang das neue Palais von Kardinal Godin berühren.«

»Nur wenn er nicht nach einer Seite abbiegt«, sagte Eliah. »Ich kenne diesen Gang nicht und habe ihn erst einmal einige Schritte weit begangen ... bis ich Fußspuren auf dem Boden sah, die nicht von mir stammen konnten.«

»Was kann schon passieren?«, fragte Seder. Eliah hob die Lampe. Die vier Männer sahen sich an.

»Auf jeden Fall sieht es nicht so aus, als ob Bertrand schwimmen müsste«, grinste Seder. «Also bin ich an der Reihe und gehe voran. Bleibt ihr zurück, bis ich wie eine Ziege meckere. Doch wenn ich schreie, dann folgt mir nicht, sondern ergreift sofort die Flucht!«

Ohne auf eine Antwort zu warten, zündete er sich an der Lampe seines Großvaters seine eigene Öllampe an, duckte sich wieder und marschierte los. Gleich darauf war der schwankende Lichtschein im linken der Gänge verschwunden.

»Und wir?«, fragte Bertrand.

»Wir setzen uns auf den Boden, warten ab und beten«, sagte der alte Jude. »Jeder auf seine Art und zu seinem Gott.«

Die bis zum Kinn hochgeschlossen gekleidete, mit Spitzhaube und Schleier behütete Dame aus vornehm reichem Haus kam langsam aus der schräg abfallenden Rue Rouge und schritt sehr gemessen und wiegend auf das Ratspalais vor dem *Rocher des Domes* zu. Sie trug einen über den Kopf gelegten und bis zu den Füßen reichenden Umhang ohne Ärmel aus azurblauem Brüsseler Tuch, von dem schon eine Elle ein Vermögen kostete. Der Mantel war am Rand mit Brokatstreifen und grauweißem Wieselpelz besetzt. Er wurde vorn durch mehrere perlenbesetzte Spangen zusammengehalten. Darunter trug sie ein dunkelblaues, weich fallendes Samtgewand mit einem Ausschnitt, der eher den Töchtern der Freude in Paris angemessen war als der Ehefrau eines ehrbaren Kaufmanns, und mehrere seidene Unterröcke unterschiedlicher Länge bis zu kleinen Mailänder Stiefelchen aus weißem Ziegenleder.

Drei Schritte vor ihr bahnte ein Mohr mit einem blaugelben Seidenturban, ebenso leuchtendem Wams mit großen Perlenketten und weißen Pluderhosen den Weg. Er war nicht sonderlich groß oder kräftig, aber die Selbstverständlichkeit, mit der er innerhalb der Stadt und in der Fastenzeit ein Krummschwert in seinem doppelt handbreiten Gürtel aus grün gerafftem Ziegenleder trug, beeindruckte die frühen Gaffer und übernächtigt auf den Straßen und Plätzen herumlungernden Pilger mehr als die Palastwachen mit ihren zugelassenen Hellebarden.

Hinter ihr stampften zwei finstere Burschen aus den Bergen der Toskana durch die Morgenkühle. Mit ihren Halbhelmen, vor der Brust gekreuzten, silbern verzierten Wehrgehängen und von Kardinal Godin als Bewaffnung von Bürgern in der Stadt gerade noch erlaubten Wurzelholzknütteln wirkten sie wie nordafrikanische Piraten beim Landgang. Sie gehörten zu den Waffenknechten des *Fondaco* von Marco Ambrogio. Nebenbei beaufsichtigten sie die Leichenkocher in der Rue des Teintures. Signor Ambrogios Eheweib hatte sie ebenso wie El Moro schon bei Sonnenaufgang rufen lassen.

Das Eheweib des Kaufmanns aus Pisa gehörte längst zu den schillerndsten und auffälligsten Damen der Stadt. Sie konnte sich freundlich und schlicht wie jede andere bewegen, aber sie ließ es sich bei genügend in ihrem Haus verbrachter Langeweile auch einfallen, sich in einer mit rosa Seidentüchern verhängten Sänfte durch die Stadt tragen zu lassen, um an irgendeiner Ecke ein Säckchen frischer Pistazien oder einen Strauß getrockneter Lavendelblüten zu kaufen. Jedermann wusste, dass sie derlei Kleinigkeiten in Hülle und Fülle und dazu kostenlos im *Fondaco* ihres Gemahls bekommen konnte. Aber was war das schon gegen das Vergnügen, irgendwo huldvoll mit einer Ziegenhirtin, einer Sklavin oder einer blutjungen Nonne zu plaudern und ihr dann völlig unvermutet einige sündige, obszöne Worte zuzuflüstern …

Am frühen Morgen des zum Weinen bestimmten Greindonnerstags Anno 1314 war die Stadt noch unerwartet leer gewesen. Nur vor der verwahrlost wirkenden Suppenküche der päpstlichen Almosenausgabe am Zusammentreffen der Rue de la Balance und der Rue des Grottes in der Nähe des Brückentores versammelten sich wie an jedem Morgen die Ärmsten der Armen, die noch einige Schritte schlurfen konnten. Sie stritten nicht mehr um den besten Platz wie in den vergangenen Jahren, sondern sparten ihre Kraft für den Augenblick, an dem die *Pizze* gebrochen und verteilt wurden. Die köstlichen, fast schon gerösteten Brotstückchen gab es schon lange in der Provence, aber in Mode gekommen waren sie erst, seit der Heilige Stuhl in Avignon einen Platz gefunden und die singenden Bäcker aus Neapel nachgezogen hatte.

Viele der nächtlichen Zecher und der müden Pilger schliefen noch in irgendwelchen Ecken. Andere versorgten sich an den Feuern der Herbergen mit dem ersten lauwarmen Gerstenbrei eines langen Tages. Köche und Schlachter, Küchenmägde und Schankwirte bereiteten sich wie die Händler von Devotionalien, Reliquien und Heiligenbildchen auf den großen erwarteten Ansturm vor. Nach allem, was in den vergangenen Tagen zu hören gewesen war, konnten die kommenden vierzig Stunden zwischen der Messe zur Ölweihe des Osterfestes und dem Schlussgebet zu einem

Geschäft ohnegleichen werden. Doch nur, wer alles bereits am Greindonnerstag gut vorbereitet hatte, war ab Karfreitag dabei. Schon deshalb wirkte Elenas Auftritt keineswegs außergewöhnlich.

El Moro erreichte die Rathaustreppe. Er sprang wie verabredet einige Stufen hinauf und blieb dann ruckartig wie angewurzelt stehen. Das Weib des Kaufmanns ging an ihm vorbei bis zur ersten Treppenplattform. Die beiden Piemonteser mit ihren Knütteln folgten ihr bis zu einer Stelle, an der sie fast mit den Wächtern des Rates zusammenstießen. Diese Bewaffneten waren bei Licht besehen noch halbe Kinder. Weil niemand die schlecht bezahlten und besonders im Sommer unerträglichen Posten haben wollte, hatte sich eingebürgert, dass die eigentlichen Wächter ihren Standort samt Bekleidung und Ausrüstung tageweise an Knaben verpachteten, die sich ansonsten als Taschendiebe und mit kleinen Betrügereien bei den Besuchern der Stadt durchschlugen. Auf diese salomonische Weise hatten alle etwas davon und die Zahl der lässlichen Verbrechen sank ein wenig, solange einige der kleineren Diebe über sich selbst wachten.

El Moro hüstelte leise, rollte mit den Augen und lenkte seinen Blick zur Uhr am Turm der Kathedrale. Der Stundenzeiger wies fast gerade zum linken Rand des großen Uhrschildes, dem bisher noch alle Ziffern fehlten.

Elena von Pisa verstand. Sie und ihre Begleiter warteten, bis der Stundenzeiger genau waagerecht stand. Die dritte Stunde nach Sonnenaufgang war vollendet. Die beiden Piemonteser griffen sich zwei der falschen Wächter vor dem Rathaus.

»Los, Helme auf!«, befahl der Mohr.

Die Jungen wehrten sich, wollten schreien, aber gehorchten. Gemeinsam und mit zusätzlichen Eisenhelmen zog die eigenartige Prozession einige Schritte weiter in Richtung Papst-Palais. Doch nicht das ehemalige Palais des Bischofs von Avignon, die Brücke über die Rhône oder die Kathedrale am *Rocher des Domes* waren ihr Ziel, sondern das neue, hell im Morgenlicht erstrahlende Palais von Kardinal Pierre Godin. Genau hier begann unvermutet ein lautes und bösartig dröhnendes Helmschlagen. Der erste der Piemonteser packte sich die beiden Jungen und hielt sie mit einem Arm umschlungen. Im anderen hatte er einen der Helme. Der zweite Waffenknecht trommelte mit beiden Wurzelholzknütteln so wild auf den Helm ein, dass jedermann denken musste, die Helme der Jungen würden getroffen.

Es dauerte nur wenige Augenblicke, bis die ersten unteren Fensterläden am Palais Godin aufflogen und wütende Schmährufe über die Straße schallten. Andere Fenster öffneten sich, Türen sprangen auf und im Nu herrschte ein wildes Durcheinander vor dem Haus des Kardinals.

Elena von Pisa stand wie eine Kriegsgöttin inmitten der immer größer werdenden Menge. Sie genoss den Aufruhr ebenso wie die Aufmerksamkeit, die ihr von allen Seiten entgegengebracht wurde. Nichts war ihr lieber als ein Höchstmaß von Protest und Empörung. Denn nichts konnte die Menschen mehr ablenken als die Aufwallung ihrer eigenen Gefühle.

Und dann sah sie über die Köpfe der Menschen hinweg, wie sich oben ein lindgrüner Seidenvorhang an einem der hohen Fenster bewegte. Für einen Moment wurde dahinter eine rote Gestalt sichtbar. Sie trug einen kreisrunden Hut, dessen große und steife Krempe bis über die Schultern ragte.

Elena von Pisa lächelte. Sie war sich sicher, dass der

Meister des Palastes sie erkannt hatte. Gleichzeitig überlegte sie, wie sie ihn möglichst lange an seinem Fenster festhalten konnte.

Pierre Godin war nicht dumm oder eitel genug, um auf den Lärm und die Provokation vor seinem Palais hereinzufallen. Genau das zeigte er ihr, als er den Seidenvorhang bewegte. Sie wollte, dass er sie erkannte.

Er sah sofort, dass der ganze Lärm nur von einer Hand voll Leute veranstaltet wurde. Er hätte alles mit einem einzigen Fingerschnippen beenden können. Aber warum eigentlich? Noch hatte die Karfreitagsmesse nicht angefangen. Andererseits war noch immer Fastenzeit, und der Lärm berechtigte ihn, energisch durchzugreifen – ebenso, wie er es in den vergangenen Jahren zum Verdruss der Bürger und der Stadtverwaltung von Avignon immer wieder getan hatte. Diesmal jedoch ließ er den Lärm ohne jeden Einspruch zu.

Er lächelte hinter seinem Seidenvorhang und nickte dann zufrieden. Es amüsierte ihn, wie unten auf der Straße das Weib des Kaufmanns ungeduldig wurde. Vielleicht spielte sie schon mit dem Gedanken, ihren Mantel abzulegen und ihr sündig gelocktes schwarzes Haar so zu zeigen und auszuschütteln, dass es ein Aufstöhnen im Volk um sie herum gab. Godin schob seine Unterlippe vor. Sie irrte sich, wenn sie annahm, dass er ein derartiges Verhalten nur als weiteren Beweis für die Verwahrlosung der Sitten und das nahende Ende der Menschheit ansehen würde. Dann sagte er sich, dass er sie nicht mit einem italienischen Großbetrüger und einem jüdischen Tagedieb teilen wollte. Da gab es noch ganz andere und jungfräulichere Verlockungen unten im Palais.

Im gleichen Augenblick wurde ihm klar, was das verruchte Weib wirklich beabsichtigte. Die schwarze Schlange wollte ihn nicht herausfordern, sondern von irgendetwas ablenken! Ließ sie auf Eisenhelme schlagen, damit er und die Männer in seiner Umgebung nicht auf andere Schläge achteten?

Schläge im *Rocher des Domes*?

Godin drehte sich ruckartig um. Die beiden Mönche aus Paris fuhren unwillkürlich zusammen. Sie standen an der gegenüberliegenden Wand des großen Empfangssaals, in dem Godin auch seine Akten, Urkunden und Briefe las. Zwei seiner eigenen Schreibmönche standen zusammen mit einem Diakon und einem älteren, trotz des Lärms friedlich im Stehen schlafenden Kaplans ebenfalls vor der Wand und warteten. Vor der hohen geöffneten Doppeltür an der Seite wuselten weitere Priester, Mönche und Bedienstete herum. Den meisten war längst klar, wo das *Te Deum* mittlerweile gesungen wurde. Mochte der Heilige Vater den hohen Klerus und die Gesandten aus aller Welt ins alte Bischofspalais von Avignon bitten – entschieden wurde längst in Godins neuem Haus.

Der Meister des Palastes schickte alle mit einer Handbewegung fort. Nur den beiden Dominikanern aus Paris bedeutete er, dass sie bleiben sollten.

»Was haltet ihr davon?«, fragte er, als sie allein waren.

»Blasphemie!«, stieß Frère Jules empört hervor. »Es ist doch Fastenzeit, der Tag der Trauer und kein Karneval!«

»Und du? Was meinst du, Wulfram?«

»Da will euch irgendjemand ärgern, Eminenz«, sagte der dicke Mönch und kniff die Augen zusammen. »Und dafür muss es Gründe geben.«

»Die du nicht kennst, aber gern kennen würdest!«

»So ist es, Eminenz. Ich gebe zu, dass ich neugierig bin wie ein Waschweib am Fluss …«

»Dann kommt beide mit! Wir gehen nochmals in die Keller. Und diesmal wird das Mädchen uns verraten, wo ihr Bruder ist, oder sie fährt heute noch zur Hölle. Das verspreche ich euch! Und das gibt schöne weiße Knochen.«

Er stockte, biss sich auf die Lippen und sah sich ruckartig nach den anderen um, die er bisher nicht beachtet hatte.

Die beiden Mönche wagten nicht, sich gegenseitig anzusehen. Sie waren sich nicht sicher, ob die Worte des Kardinals als gottesfürchtig oder ketzerisch zu werten waren. Dennoch kam ihnen das, was Godin voller Schwung gesagt hatte, wie ein versehentliches Geständnis vor.

Es klang, als würden tausend Tote irgendwo in den Tiefen der Katakomben kämpfen. Die Männer an der Abzweigung der Gänge unterbrachen ihre Gebete. Sie blickten sich mit großen Augen an. Die kleinen Flammen auf den Lampen zitterten und schwankten.

»Mein Gott, was ist das?«, fragte Bertrand. Sein Mund wurde trocken und sein Herz begann zu rasen.

»Kein Grund zur Panik«, beruhigte Eliah. »Du bist hier nicht im Fegefeuer und nicht im Vorhof irgendeiner Hölle.«

»Aber das Trommeln … so hart und hohl wie auf Totenschädeln!«

»Auf leeren Eisenhelmen«, sagte Tonio Brazzi und spuckte abfällig die Schalen eines Pinienkerns zur Seite. Seit sie auf der festgestampften Erde in der Grabkammer hockten, kaute und spuckte er ohne Unterlass. »Kommt! Das ist Elena von Pisa, dieses begnadete und verdammt gerissene Weib!«

Eliah nickte und stand auf. Er reckte sich und schwankte etwas dabei. Auch Bertrand musste seine Gliedmaßen wieder ausstrecken. Sie nahmen ihre Lampen, duckten sich und folgten dem linken Gang, den Seder vor ihnen genommen hatte.

Nach nicht einmal fünfzig Schritten traten sie in eine andere höhlenartige Erweiterung im Fels. Bertrand sah sofort, dass dieser Raum vor langer Zeit einmal für Gottesdienste genutzt worden war. Noch immer warf ein aus dem Fels geschlagenes Kreuz im Licht der Öllampen lange Schatten in das Halbrund eines Altarraumes.

Im ersten Augenblick merkte er nicht einmal, was in dem Raum nicht stimmte. Der steinerne Altar war völlig leer – ohne Altartuch, ohne Leuchter, ohne Kerzen. Nur ein violettes Tuch verhüllte die deutlich zu erkennende Form eines Kreuzes.

Es war das Tuch!

Ohne die bereits zur Liturgie zum Sterben Christi gehörende Verhüllung hätte nicht einmal Bertrand irgendetwas bemerkt. Eliah konnte nicht wissen, wie ein christlicher Altar oder eine Sakristei zum Greindonnerstag und Karfreitag aussehen sollte. Und Tonio Brazzi machte nicht den Eindruck, dass er jemals über derartige Symbole nachgedacht hätte.

Im gleichen Augenblick entdeckte Bertrand in einer seitlichen Aushöhlung auch die fehlende Altarausstattung. Er sah sauber zusammengelegte schwarze Gewänder für denjenigen, der die Messe zelebrieren sollte, dazu Stola und Dalmatica für die Diakone, daneben violette Gewänder, schwarze und weiße Ministrantenkleider, Leuchter, Kerzen und das Buch mit dem Text der Liturgie.

»Wir sind drin!«, flüsterte Bertrand und hielt sofort wieder den Atem an. »Entweder sind wir bereits unter dem neuen Palais des Kardinals, und zwar in einem Nebenraum einer Hauskapelle oder aber …«

»Eine alte Höhlenkirche?«, fragte Brazzi nur mäßig interessiert. Bertrand ahnte, das es nicht so war.

»Ich denke eher, dass hier Götzendienste stattfanden oder noch immer stattfinden …«

Bertrand empfand keine körperliche Angst. Auch sein Verstand gab ihm keinen Fingerzeig für eine Falle oder eine drohende Gefahr. Aber er spürte eine eigenartige Vorahnung … eine unsichtbare, unhörbare und doch sehr deutliche Ankündigung des Bösen. Manchmal, wenn in den vergangenen Jahren außerhalb der Klostermauern von St. Jacques oder in den engen Gassen zwischen den Häusern der Magister und *doctores* an der Sorbonne irgendetwas Schreckliches geschehen war, hatte er es vorher gewusst, geahnt oder als Gefühl des Grauens in sich empfunden.

Er brauchte keine Kugelblitze, doppelköpfige Kälber, aus den Wolken regnende Fische oder frische Blutspuren aus den Wundmalen des Gekreuzigten. Seit seiner Kindheit hatte er sich stets zurückgehalten, um die Empfindlichkeit seines Verstandes und das Zittern seiner Seele im Vorfeld von Ereignissen nicht ohne Gründe zu belasten. Wo andere in ihrem Zweifel an der Gnade Gottes mit einer niemals endenden Furcht vor Dämonen, tätowierten Teufeln, Zauberei und Hexenwahn bis hin zum Fegefeuer und zur höllischen Verdammnis gequält wurden, konnte er jede Gefahr in seiner Nähe durch seinen Schutzengel erkennen.

»Wir müssen weiter nach Seder suchen«, drängte er die anderen. »Wenn wir ihn finden, kann auch Miriam nicht weit sein.«

Im gleichen Augenblick klirrte es irgendwo in der Tiefe

des Felsens. Eine Ziege meckerte. Das vorsichtige Gemecker ging plötzlich in einen halb erstickten Schmerzensschrei über. Alle drei fuhren unwillkürlich zusammen.

»Seder!«, stieß Eliah hervor. »Sie haben ihn gefasst!«

Clemens wachte mit einem tiefen Schrecken auf. Im ersten Augenblick war er voll und ganz davon überzeugt, dass er zum Armageddon erwachte, zum großen Weltenuntergang und zum Beginn des Jüngsten Tages. Die halbe Offenbarung Johannis lief vor ihm ab, flankiert von Ungeheuern und fauchenden Fabelwesen. Jetzt fehlten nur noch die apokalyptischen Reiter und die Posaunen der Engel.

Es dauerte lange, bis er begriff, wie enttäuschend und diesseitig der wirkliche Grund für sein Erwachen war. Sie schlugen schon wieder auf Helme! Hatte er nicht gerade erst sinnlosen Waffenlärm und alle Turniere verboten, jene eitlen Jahrmärkte der Wappenträger und der gespielten Kriege, der aufreizenden Minneversprechen und der Verblödung des Volkes, das doch nur gaffen und bei jeder Bösartigkeit jubeln wollte?

Der unverschämte Lärm empörte ihn. Er lag noch immer so auf dem Rücken, wie er eingeschlafen war. Vorsichtig strich er sich über seine Hände. Sofort spürte er wieder Schmerzen in seinen vorspringenden Adern. Sobald das Osterfest vorüber war, musste er sich unbedingt Blutegel setzen lassen. Dann würde auch der Druck in seinem Kopf ein wenig abnehmen. Er fühlte sich danach immer ein wenig müde, aber alles war besser als die unsichtbare Folterklammer um sein Hirn und das Gift der langen Krankheit in seinen Eingeweiden, das ihn Tag und Nacht quälte und ihn schon längst zu einem Sterbenden gemacht hatte.

Er zog an dem Stoffstreifen mit kleinen, eingewebten Heiligenbildchen, der dicht neben seinem Kopf vom Baldachin seines Bettes herabhing. Obwohl es mehrmals im Nebenraum klingelte, kam niemand, um nach seinen Wünschen zu fragen.

Clemens hasste die Sünde der eigenen Ungeduld. Seit er zum Priester geweiht worden war, hatte er stets versucht, milde und großmütig zu sein, aber die Welt belohnte diese Art von Nächstenliebe nicht. Er atmete erleichtert auf, als endlich sein Freund und Berater Arnaud d'Aux in das Kaminzimmer trat. Er brachte einige andere Priester, Ärzte aus Montpellier und Diener mit, die sich wie jeden Morgen um den Leib des Heiligen Vaters und seine Gesundheit kümmern sollten. Zum ersten Mal, seit sie zusammen waren, beteten sie nicht gemeinsam, denn dafür war es bereits zu spät.

Kardinal d'Aux beugte sich über den Papst, küsste ihm die Hände und legte sie dann sich selbst zur wortlosen Segnung auf den Kopf.

»Was für ein Tag!«, stöhnte der Papst. »Und welche Last, die in den nächsten Stunden noch auf uns liegt!«

Zum ersten Mal, seit er ihn kannte, vermisste Arnaud d'Aux die Hoffnung in den Worten des Papstes. Gleichzeitig sah er ein, dass der Heilige Vater an diesem Osterfest nicht mehr zelebrieren konnte.

Er würde sterben, denn derjenige, der außer irgendwelchen versprengten oder geflohenen Templern vielleicht noch eines der geheimen Zeichen im Stein deuten konnte, blieb verschwunden. Auch wenn er selbst den Bischofsring mit dem Kreuz im Herzen oder den verlorenen Rubin aus der Tiara des Papstes in seinen Händen gehabt hätte, wären ihre Geheimnisse ihm verborgen geblieben. D'Aux wusste, dass es noch ein drittes Zeichen im Stein gab, doch auch das half ihm nicht weiter. In ganz Avignon konnte wahrscheinlich nicht einmal der Papst selbst das geheime Alphabet der Tempelherren lesen. D'Aux wusste, dass die feinen Winkel und Dreiecke über dem legendären Kreuz im Herzen die uralten Formeln von König Salomon über Leben und Tod, Gott und die Welt, Heiltum und Gesundheit enthalten sollten, die noch auf König Gilgamesch von Sumer zurückgingen.

Eine der allerletzten Möglichkeiten für die Entschlüsselung der alten Weisheiten wären die Mystikerin Madame Porète oder Meister Eckhart gewesen. Die eine war von der Inquisition gnadenlos verbrannt, der andere aus Paris verbannt worden.

Nur deshalb war Kardinal d'Aux auf die Idee gekommen, den unehelichen Sohn des Papstes mit einem Auftrag, der angeblich von Meister Eckhart stammte, nach Avignon zu locken. Es hatte d'Aux nicht gestört, dass Kardinal Godin durch seine Lauscher im Bischofspalast davon erfuhr. Im Gegenteil – die Verfolgung und Überwachung von Bernard de Comminges durch eifrige Dominikaner war ihm sogar recht gewesen. Allerdings hatte niemand damit gerechnet, dass der Mistral den Willen Gottes gegen alle irdischen Pläne der Kardinäle durchsetzte.

Der Sohn des Papstes mit seinem Bischofsring blieb verschwunden. Und nicht einmal der junge Jude, der direkt aus dem Dominikanerkerker von Avignon nach Paris entkommen war, um die gefälschte Anweisung von Meister Eckhart im Kloster von St. Jacques abzugeben, war bisher zurückgekehrt.

Kapitel 21

Im Folterkeller

Seder Ben Ariel erwachte, starrte nach oben und spürte, dass er am ganzen Körper gefesselt war. Eiserne Bänder umschlossen seine Gelenke und seine Brust, pressten seinen Kopf zusammen und waren kurz davor, seine Zehen abzureißen. Er musste nicht lange überlegen, um zu verstehen, was geschehen war. Noch während er zur Entwarnung für die anderen wie eine Ziege meckerte, musste ihn ein Schlag auf den Hinterkopf getroffen haben.

Und nun die Streckbank!

Nur eine winzige Bewegung der *Pénitents* an den hölzernen Griffen des Spannrades vor seinen Füßen würde reichen, um seine Zehen zu brechen, seine Kopfhaut lang zu ziehen und seine Knochen an den Gelenken knirschen zu lassen.

Er hatte das Gefühl, als würde sich das nach oben gotisch spitz zulaufende, kreuzförmige Kellergewölbe langsam drehen. Kapuzenmänner leuchteten ihm mit mehreren Öllampen gleichzeitig ins Gesicht. Wie schon mehrmals in den vergangenen Wochen hatten sie ihn eingespannt wie einen Holzblock auf der Werkbank. Beim letzten Mal war er fast wahnsinnig geworden, ehe er schließlich zugab, dass er Leichen gestohlen hatte. Uralte Leichen … Leichen, die keinen Namen mehr trugen ... nicht einmal mehr Mumien, sondern nur noch Jahrhunderte alte Skelette von irgendwelchen Römern, Franken und islamischen Eroberern.

Ja, auch ein paar nicht so alte. Keine Juden, denn das war nicht auf die Steintäfelchen eingemeißelt, die er sauber zu kleinen Mosaiksteinchen zerschlagen im Fluss verstreut hatte. Aber – und das hatte er ebenfalls zugegeben – vielleicht geflohene Ketzer aus den vergangenen Jahrzehnten, die sich in Avignon und in der Grafschaft Venaissin versteckt gehalten hatten und nach ihrem Tod in der Fremde von ihren Glaubensbrüdern heimlich im *Rocher des Domes* bestattet worden waren. Er ärgerte sich noch immer, dass er dabei auch gestanden hatte, von verborgenen Zugängen gehört zu haben – vom Fluss her und auch aus der Stadt.

Ja, denn er hatte einen Raum gesehen, der wie eine Sakristei aussah. Ja, auch Gänge mit dreifach übereinander in die Wände geschlagenen Gräberhöhlen ...

Nein, er wusste nicht, ob Juden in der Grafschaft Venaissin in den Wochen nach dem 13. Oktober Anno 1307 entkommene Templer versteckt hatten. Er hatte keine Ahnung, was diese sonst so vorbildlichen Christen wirklich getan haben sollten, doch darum kümmerten sich seine jüdischen Schmerzen nicht. Und er hatte zugegeben, vielleicht auch jüngere Leichname gestohlen zu haben – mit ihren Schwertern, Helmen und Kettenhemden. Ja, auch mit Schmuck und in wertvollen Rüstungen ... Tempelritter vielleicht! Die letzten Unglücklichen, die sich der Verhaftung durch König Philipp den Schönen vor sieben Jahren entziehen konnten, aber nicht mehr stark genug gewesen waren, nach Portugal, Schottland oder dem deutschen Osten zu fliehen. Aufrechte Männer, die etwas über das Kreuz im Herzen wussten ...

Das Kreuz im Herzen!

Irgendwann während der Folter hatte er auch für möglich gehalten, dass unter den von ihm gestohlenen Leichen auch Folteropfer gewesen sein konnten.

Ein schrecklicher Gedanke zuckte durch sein Bewusstsein. Hatte er alles verraten, was sie wissen wollten? Wussten sie, wo der große Rubin aus der päpstlichen Tiara war – der Edelstein, der ihm seit dem Attentat auf Clemens V. als Erbe seines Vaters galt? Kannten sie auch schon die Zusammenhänge zwischen dem Rubin und dem Amethyst im Bischofsring, den Bertrand von seinem Vater erhalten hatte? Und was war mit dem dritten Zeichen?

Musste er die anderen verraten, damit er nicht wie ein Osterlamm geopfert wurde? Etwa den Großvater, der oft zuerst erfuhr, welcher in Avignon verstorbene Edle auf saubere Art die Rückreise antreten sollte. Oder auch Tonio Brazzi, der mehr als einmal gute Florentiner Goldstücke für echte Templer-Rüstungen gezahlt hatte?

Seine Lippen zitterten immer heftiger. Dann kam ein kläglich meckerndes Geräusch aus seinem Mund. Die Kapuzen beugten sich erneut über ihn. Ihre Köpfe warfen Schatten über die Verzierungen der Kirchensäulen an den Wänden. Und dann tauchte ein großer roter Kreis wie ein blutiger Heiligenschein über einem viel kleineren runden Gesicht über ihm auf.

Seder erkannte Kardinal Pierre Godin sofort. Er wunderte sich darüber, dass der Meister des Palastes auch in seinem Folterkeller einen großen Quastenhut trug. Er war so gekleidet, als würde er direkt von einer Messe kommen oder auf dem Weg in eine Kirche sein.

»Seder Ben Ariel«, sagte Godin leise. Hinter ihm klapperten Werkzeuge und Ketten. »Wie schön, dass du gekommen bist, um zu bereuen und deine Strafe zu empfangen. Ich wusste immer, dass du zum Schauplatz deines schändlichen Tuns zurückkehren wirst. Aber du wirst keine Knochen mehr stehlen, hast du verstanden? Keine Knochen mehr! Die Gerber, Bleicher und Färber in der Rue des Teintures haben bereits gebeichtet. Sie werden nur noch zum Lob des Allmächtigen und mit meinem Segen edles Gebein für lange Reisen präparieren. Und nun darfst du selbst deine ungeheuerlichen Verbrechen vor mir und zwei ehrenwerten Zeugen bekennen.«

Seder presste die Lippen zusammen. Er konnte seinen Kopf keinen Fingerbreit bewegen. Trotzdem erkannte er aus den Augenwinkeln die beiden Dominikanermönche, die Bertrand seit Paris verfolgt hatten. Aber er wollte nicht gestehen. Wenn er erst einmal damit anfing, würden die beiden alles aus ihm herausquetschen, was Kardinal Godin verlangte. War in Paris nicht gerade erst eine Frau auf dem Scheiterhaufen verbrannt worden, weil sie sich bis zum Schluss für rein und unschuldig gehalten hatte? Und waren nicht in Toulouse Knochen von Ketzern ausgegraben und dann zusammen mit lebenden Verurteilten verbrannt worden, damit diese durch die Höllenflammen im wahren Sinne des Wortes *angesteckt* wurden?

Es gab nur eine Möglichkeit, der kalten Folgerichtigkeit der Inquisition zu entkommen. Er musste sie mit ihrer eigenen unnachgiebigen Denkweise ersticken ... sie zwingen, das zu tun, was sie immer taten, wenn sie ein Geständnis brauchten, das schon vorher feststand.

In diesem Augenblick erinnerte er sich wieder an das, was er mit Bertrand im Hof in der Rue Jacob besprochen hatte, als sie über die Dächer entkommen wollten.

»Sie denken perfekter als eine Rechenmaschine«, hatte er zu Bertrand gesagt. Gleichzeitig versuchte er, sich an einen Abacus zu erinnern. Er musste sich ablenken, wenn er nicht irr werden wollte unter den Schmerzen der Streckbank und unter dem Gesicht seines Peinigers.

»Nicht die erstbeste Antwort ist für einen Dominikaner richtig, sondern die bis zur letzten Zählkugel berechnete«, murmelte er, während seine Stimme schon fast versagte. »Sie empfinden sogar das Wort ›berechnend‹ nicht als Schmach, sondern als Anerkennung ihrer Geisteskraft und Überlegenheit.«

Der riesige rote Kardinalshut kam immer näher.

»Und wenn du noch überlegst und zusammenzählst, kennen sie bereits das Endergebnis, das sie haben wollen. Das ist das Geheimnis und die eigentliche Waffe der gesamten Inquisition! Was du auch sagst ist wie ein Tropfen für sie. Ein Tropfen nur, mehr nicht. Sie geben sich verständig, bauen dir Brücken und lassen dich reden, immer weiter reden. Tropfen um Tropfen, bis nur noch einer fehlt. Selbst wenn du das erkennst, ist es wie bei dem Mühlespiel ... der erste Stein ist unwichtig, nur ein Zufall, aber der zweite, die Antwort, bestimmt bereits das Ergebnis. So auch dein Urteil, das die Inquisition niemals selbst ausspricht! Sie fragt und ermittelt nur bis zum gewünschten Ergebnis. Und das hast du dann immer ganz allein verschuldet ...«

Seder konnte nicht weiter reden. Er spürte, wie sein Widerstand nachließ. Aber er kannte auch das Geheimnis der Verfolgten. Er wusste, wie er die lange Leiter zunehmender Quälerei einfach überspringen konnte. Mit einem einzigen Satz konnte er es. Er musste sich nur so teuflisch und vermessen aufführen, dass sie alle zugleich aufheulten. Er musste sie beleidigen, ihnen den Respekt entziehen, ihre

Seele und den Sitz ihrer unverschämten Lügen und der eigenen Sünden treffen – ja, ihnen wie mit Eisenschuhen einer Ritterrüstung mit aller Kraft in die verehrten Eier treten ...

Seder holte langsam ganz tief Luft. Exzellenz Godin lächelte ihm fast so gnädig zu, als hätte er und nicht der Papst den Namen Clemens ›*der Nachsichtige*‹ angenommen. Zu beiden Seiten des Streckbetts standen Folterknechte, die sich als Graue Büßer vermummt hatten. Sie hatten lange Löffel mit heißem Öl in ihren Händen. Schwächliches, feiges Gesocks wie sie wurde selbst zu lustvoll wimmernden Quälgeistern, wenn es nur Schmerzen zufügen und andere klein machen konnte.

Seder konnte kein Augenlicht und kein Leben hinter ihren dunklen Augenschlitzen erkennen. Lebende Tote. Sklaven des einen, der sich selbst über den Papst erhob. Schlimmer noch – herzlos gewordene Diener der Kirche und ihrer Macht. Seder Ben Ariel nahm seinen ganzen Mut zusammen. Dann beendete er von sich aus die Befragung und ging an einen anderen Ort, wohin sie ihm nicht folgen konnten.

Unwillkürlich musste er an die anderen Zeiten des Widerstandes in seinem Volk denken – an die Zeit der ägyptischen Gefangenschaft und den langen Weg durch die Wüste Sinai, an das wahre babylonische Exil zur Zeit König Nebukadnezars und den Exodus nach der Zerstörung Jerusalems durch Rom. Ihn schauderte, als er daran dachte, was aus jüdischen Heloten geworden war, die sich auf die Herodesfestung Massada am Toten Meer gerettet hatten. Zwei Jahre lang hatte eine ganze römische Legion tausend Männer, Frauen und Kinder auf dem Berg belagert und ausgehungert. Doch diejenigen, die nicht die Kraft und nicht die Waffen hatten, um gegen die größere Macht zu kämpfen und zu siegen, hatten dennoch gewonnen, indem sie den gemeinsamen Freitod der römischen Knechtschaft vorzogen.

Seder dachte an die jüdische Familie von Jesus Christus, an Joseph von Arimathia, Maria Magdalena und all die anderen, die in die Provence geflohen waren und deren Nachkommen jetzt den verfolgten Juden aus Frankreich und Deutschland heimlich Schutz in der Grafschaft des Papstes gewährten.

Seder Ben Ariel wusste genau, was er sagte:

»Ich lasse … deine Knochen … kochen.«

Er spürte einen heißen, brennenden Schmerz in seinen Ohren und schrie auf wie ein Tier.

Zur gleichen Zeit bewegte sich westlich der Stadtmauer eine eigenartige Gestalt am Ufer des Flusses entlang. Es war Kaplan Mel Comyn, der mit wehender Soutane und unsicher wirkenden Verrenkungen der Glieder auf die Brücke von Avignon zulief.

Er hatte verschlafen. Erst der ungehörige Lärm hatte ihn aufgeschreckt. Normalerweise nahm er den direkten Weg vom Palais seines Kardinals d'Aux quer durch die Stadt zum festungsartigen Bauwerk des Brückentors. Bei jedem Wetter und zu jeder Jahreszeit eilte er dann am Rathaus, am neuen Palais von Kardinal Godin, an der Kathedrale Notre-Dame vor dem *Rocher des Domes* und am Palais des Heiligen Vaters vorbei.

Diesmal jedoch nahm er den noch immer mit allerlei Gerümpel und stinkendem Strandgut vom Hochwasser verschmutzen Uferweg zwischen dem Fluss und der Stadtmauer. Er musste vermeiden, dass er trotz der Jungfräulichkeit des neuen Tages von anderen Frühaufstehern und den bereits über die Straßen hinweg rufenden Frauen erkannt und begrüßt wurde.

Dabei war der Grund für seine Verspätung nichts anderes als löbliche Gastfreundschaft gewesen. Nachdem er am Vorabend die Kardinäle bis zu ihren großen Häusern begleitet hatte, war er auf einige frisch geweihte schottische Priester unter den Osterpilgern gestoßen. Ganz so wie er es von der provenzalischen Gastfreundschaft und aus der Tradition seiner Väter kannte, hatte er ihnen einige Kirchen und später auch noch gewisse Tavernen und Schenken gezeigt, vor denen sie sich als keusche Diener Gottes in Zukunft vorsehen sollten.

»Man kann die lässlichen Sünden und die teuflischen Fallen der Verführung nur dann bekämpfen, wenn man sie auch erkennt«, hatten sie gemeinsam beschlossen.

Seine Großzügigkeit, die auch köstlichen Hammelbraten für die schottischen Freunde und verschiedene Weinproben eingeschlossen hatte, strafte ihn jetzt mit jedem Schritt. Hätten die Morgennebel vom Fluss ihn nicht mit dem Mantel der Barmherzigkeit umhüllt, wäre selbst unter den weniger gebildeten Frühaufstehern und Pilgern am Fluss sein weitausgreifendes, immer wieder mit beiden Armen gemildertes Schwanken aufgefallen. Kaplan Mel Comyn von der Kapelle St. Nicolas auf der Brücke von Avignon war noch immer sturzbetrunken.

»Voll sch ... ottisch!«, stellte er jedes Mal nach einem neuen Schluckauf fest und taumelte zwei, drei Schritte weiter. »Ich kann nichts dafür ... Eminenz ... es war ein Wunder ... wie bei der Hochzeit von Kanaan ... das ganze Wasser war plötzlich Wein ...«

Miriam sah, wie die Ente in Richtung der Rattenlöcher watschelte. Sie war plötzlich so unruhig geworden, dass sie nichts mehr in ihrem geflochtenen Weidenkorb hielt. Beinahe wütend hatte sie die Zweige zerhackt und war losgelaufen.

Erstaunt verfolgte Miriam den Weg der Ente. Sie schien nicht die geringste Angst vor Ratten zu haben, als sie damit begann, an den beiden Löchern zwischen Fußboden und Wand zu schnäbeln. Es hörte sich wie ein genüssliches Schnattern in Matsch an. Im gleichen Augenblick bewegte sich ein Stück der Felswand – fast so, als würde es von Engelshand bewegt oder auf feuchtem Wiesengrund zur Seite schwimmen.

Miriam sprang sofort auf. Hinter der eingestürzten, wie Splitter in kleine Teile zerfallenen Mauer begann ein unterirdischer, in diffuses, kaum wahrnehmbares rötliches Licht getauchter Gang. Er wäre vollkommen dunkel für sie gewesen, wenn sie nicht viele Stunden Zeit gehabt hätte, sich an die Finsternis zu gewöhnen. Sie wusste, dass man sogar im Licht eines einzigen Sterns noch Buchstaben lesen konnte, wenn man zuvor lange genug die Augen geschlossen hatte.

Als Kind hatte sie oft genug nachts auf einer der von langen Sonnentagen noch warmen Hügelwiesen an den Weinbergen gelegen und zugesehen, wie über ihr nach und nach immer mehr Sterne sichtbar wurden. Wenn dann kein Weinstock, kein Haus und kein Baum den Blick einengte, hatte es nie lange gedauert, bis sie zu fliegen und in den Himmel aufzusteigen glaubte. Es war eines der schönsten und zugleich erhebendsten Erlebnisse, die sie kannte – paradiesisch im Verein mit Tausenden glitzernder Lichter am hohen Firmament, zu denen bereits Könige und die Völker

Babylons und Ägyptens gebetet hatten, und erschreckend zugleich, wenn sie von der Erde zu fallen und zugleich zu den Sternen aufzusteigen schien …

Sie lief hinter der Ente her, die sich vollkommen unbeeindruckt durch die entstandene Öffnung in der Wand in eine seltsame, rötliche Dunkelheit entfernte. Miriam überlegte kurz, dann eilte sie zurück und holte den hell aufglimmenden Kienspan von der Seitenwand an der Tür. Er war kaum länger als einer ihrer Finger. Noch zögerte sie einen Moment und hielt die Luft an.

Sie schützte die Glut des Kienspans mit der hohlen Hand und ging bis zur Stelle, an der die Mauer eingestürzt war. Jetzt sah sie auch die Wasserüberspülung und den keilförmigen Schwimmer, auf dem die falsche Mauer in einer glatten Rinne des Felsens festgekeilt war. Sie wusste nicht, welche uralten Geheimnisse von Zauberei, Hydraulik oder Wasserkunst im Fels verborgen waren. Wichtig für sie war nur, dass sie ihr Gefängnis verlassen konnte.

Sie drehte ihre Hand und lief mit nackten Füßen über den feuchten, gefährlich glatten Felsboden. Die Glut des Kienspans wurde von der Luft angefacht. Es war, als würde sie mit ihrer hohlen Hand den Gang im Voraus ausleuchten. Und dann sah sie vor sich wieder die Ente. Watschelnd, mit den Flügeln schlagend und gelegentlich krächzend eilte der Vogel dem Lauf des Wassers auf dem Boden nach. Rechts und links öffneten sich Kammern und Seitengänge, leere Grüfte und dann auch mit Skeletten gefüllte Grabhöhlen. Ohne groß nachzudenken vertraute Miriam dem schnatternden und aufgeregten Tier. Die Ente schien genau zu wissen, wohin das Wasser floss.

Vielleicht hätte sie die Ente auch laufen lassen, aber sie konnte es nicht, denn in ihrem Kropf steckte noch immer der Ring mit dem fliederfarbenen Amethyst. Und dann prallte sie gegen eine männliche Gestalt, die plötzlich aus einer Seitenhöhlung auftauchte. Um ein Haar wären ihr Kienspan mit dem Lichtfunken und die Öllampe in der Hand des anderen zu Boden gefallen. Gleichzeitig erkannte sie, dass sie nicht mit ihrem Bruder zusammengeprallt war.

»Bertrand!«, stieß sie erschrocken und erfreut zugleich vor.

»Miriam!«, antwortete er ebenso erleichtert. Sie hielten Öllampen und Kienspan weit von sich und umarmten sich auf einer Seite, als hätten sie sich wie Orpheus und Eurydike nach langen Irrwegen in der Unterwelt gefunden.

Funke und Flamme von Kienspan und Öllampe in ihren ausgestreckten Händen vereinten sich. Ein neuer, heller Lichtschein bezwang die feuchte Finsternis der geheimen Totenstadt. Sie pressten ihre jungen Körper gegeneinander, umschlangen sich mit ihren freien Armen und küssten sich wie zwei Ertrinkende, die auch noch glücklich dabei waren, wie sie sich fanden, und zugleich aneinander verloren.

Kaplan Mel Comyn bog um den letzten Trümmerhaufen vor der Stadtmauer. Einige Pilger hatten sich eine hölzerne Wand aufgestellt und schliefen noch im Schatten ihres Windschutzes. Comyn blickte über den Fluss hinweg zu den dicht bewaldeten Hügeln auf der anderen Seite. Dort war Frankreich, das Reich der Kapetinger, das jede Schwäche des *Imperium Romanum* und der Kirche nutzte, um sich Bissen für Bissen in seiner Kraft zu stärken. Doch wieder einmal strich nicht das leiseste Lüftchen durch den Frühlingsmorgen. Der große Strom zog friedvoll unter den Brückenbogen hindurch zum Meer. Auf der Insel in seiner

Mitte gab es schon wieder Leben. Einige, denen Avignon zu voll war, suchten bereits wieder nach abgetrockneten Plätzen unter den Brückenbogen, die wie Arkaden über die Insel führten.

Mel Comyn erreichte die Stufen für den Aufgang zum östlichen Brückenkopf. Oben standen nur zwei Bewaffnete am geschlossenen großen Tor. Einzig die Tür für Fußgänger war an diesem Morgen geöffnet. Die Wächter hatten ihre Hellebarden an das Mauerwerk gelehnt und ihre Topfhelme an Eisennägeln gleich daneben aufgehängt.

Mel Comyn streifte mit der Schulter einen der zylindrischen, vorn abgeschrägten Helme mit rechteckigen Augenschlitzen. Er fiel zu Boden und polterte vor seinen Fußen bis zur gemauerten Seiteneinfassung der Brücke.

Sofort wankte der Kaplan hinter dem topfartigen, schon etwas ausgebeulten Helm der Wache her. Er stürzte fast, als er ihn aufhob und zurückbrachte. Die beiden Wächter lachten nur. Comyn hob beide Hände zum Gruß und zur Entschuldigung. Seit der Heilige Vater Turnierkämpfe für Fürsten, Ritter und alle anderen Erwachsenen verboten hatte, grassierte überall diese neue, törichte Mode. Kinder und Jugendliche, die nicht arbeiten mussten oder in eine Schule gingen, stülpten sich Eimer aus Holzdauben oder Blech über die Köpfe, rannten angefeuert durch Rivalen oder Zuschauer blind aufeinander zu und schlugen dann mit plumpen Holzschwertern auf ihre Ritterhelme.

Vor dem Verbot waren die Bewohner Avignons keine großen Freunde von Kraftproben nach Ritterart und Raufhändeln um Ruhm und Ehre gewesen. Sie hielten die Gesetze und Verordnungen geschickt und nur soweit ein wie alle, die im Laufe der Jahrhunderte durch die Provence gezogen waren und dennoch überlebt hatten.

Als wollte er zur Insel Barthelasse hinübertanzen, hüpfte Kaplan Comyn in seiner langen schwarzen Soutane weiter auf seine winzige Kapelle am zweiten Brückenpfeiler zu.

Schon nach wenigen Schritten hörte er eine Art fernes Donnern, das sogar die Wasservögel aufscheuchte. Es klang, als würden die Franzosen ihre morgendlichen Versuche mit Schießpulver in den Festungstürmen von Villeneuve-lès-Avignon wieder aufnehmen. Der Teufelsdreck von den mongolischen Schamanenpriestern war bösartiger als viele harte Waffen. Und ihn zu mischen konnte in vielfältiger Hinsicht tödlich sein.

Comyn wusste noch aus der Zeit, in der seine Familie zusammen mit Robert the Bruce für die Freiheit Schottlands gekämpft hatte, dass nicht mehr als Schwefel, Holzkohle, Salpeter und ein verschlossener Tontopf dazu gehörte, um die Pferde der Engländer durch lautes Knallen in die Flucht zu schlagen. Aber er wusste auch, wie schwierig es für die Pferdeerschrecker war, die bekannten Stoffe der Alchemisten so zu mischen, dass ein Funke richtig zündete. Schließlich hatte der gegenwärtige König von Schottland sich zum Mord in einer Kirche hinreißen lassen, weil John Comyn sein Wissen um die Pulvermischung nicht mit ihm teilen wollte.

Seit sich auch die Franzosen damit beschäftigten, träumte der Kaplan immer häufiger davon, dass er sie eines Tages besuchen würde – und zwar an dem Tag, an dem sie sicher wussten, wie die Pulvermischung aussehen musste. Bis dahin musste er selbst ebenfalls einen Schatz vorzuweisen haben, um sich genau den richtigen Pulvertopf für seine Blutrache zu kaufen.

Er sammelte schon seit geraumer Zeit Münzen und kleine Schmuckstücke auf der langen Brücke. Wann immer an den Sonntagabenden die letzten Zecher weinselig oder Paare mit erröteten Gesichtern von der Insel zum Brückentor zurückeilten, fand er am Morgen danach fast regelmäßig eine Art Ablass für die Sünden des vergangenen Tages in den Ritzen des Straßenpflasters.

Durch den glücklichen Umstand, dass die Rhône an dieser Stelle nicht von Norden, sondern ein Stück vom Sonnenaufgang her kam, glitzerte alles, was am Vorabend in die Ritzen der Brückenstraße gefallen war, so frisch und blank, dass sich der Priester nur noch zu bücken brauchte. Inzwischen wunderten sich weder die päpstlichen noch die französischen Wachen über das morgendliche Bückritual des Kaplans, das stets von Ost nach West über die Brücke und dann mit gemessenen Schritten aufrecht zurück bis zur Kapelle erfolgte.

An diesem Morgen verzichtete Mel Comyn auf riskante Bewegungen von Kopf und Oberkörper. Es fiel ihm schwer genug, beides mit weichen Beinen und ohne Sturz voranzutragen. Ein Schwarm von aufgeschreckten Blesshühnern mit blauen Füßen und bunten Enten flog über die Brücke von Avignon hinweg. Die letzte Ente zog es genau vor der Kapelle wieder tiefer. Sie landete jedoch nicht im Flusswasser, sondern auf dem steinernen Geländer. Gleich darauf flatterte sie auch noch auf die Straße. Erst als der Kaplan näher kam, erhob sie sich erneut und flog davon.

Comyn blinzelte ihr trübe nach und wollte schwankend weitergehen. Doch dann wurde sein Blick urplötzlich klar. Unmittelbar vor dem Eingang zur Kapelle sah er zwischen zwei Pflastersteinen einen fliederfarbenen Amethyst an einem Ring.

Es war verrückt – vollkommen absurd! Wenn er nicht

selbst den Ring des Bischofs an die junge Jüdin weitergegeben hätte, dann … ja, dann würde er schwören, dass genau der gleiche Ring jetzt wieder vor ihm lag.

Kapitel 22

Der Kaufmann aus Pisa

Die beiden anderen kamen nur zögernd aus der Tiefe des Berges näher. Erst als sie sahen, dass Bertrand und Miriam nicht von Mönchen oder Priestern umringt waren, hielten Eliah und Tonio Brazzi ihre eigenen Öllampen wieder vor sich und tasteten vorsichtig über den nassen Boden.

»Beim Allmächtigen!«, stieß Tonio Brazzi kopfschüttelnd hervor. »Es geschehen noch Zeichen und Wunder in dieser elenden Welt! Zuerst dieser flatternde Dämon und nun zwei leibhaftig Auferstandene.«

»Flatternder Dämon?«, rief Miriam sofort. Sie zuckte zusammen und blickte abwechselnd Brazzi und Bertrand an.

»Die Ente! Wo ist die Ente? Sie darf nicht entkommen …«

Die anderen antworteten nicht. Sie suchten keinen Schwimmvogel, sondern einen jungen Mann.

»Die Ente hat deinen Bischofsring im Kropf«, flüsterte Miriam Bertrand zu. Dann löste sie sich schweren Herzens aus der Umarmung. Eliah legte ihr kurz und wie segnend seine Hand auf die Schulter. Mehr Freude zeigte er nicht darüber, dass er sie unversehrt wieder sah. Sie lächelte kurz, denn sie kannte ihn. Für sie war es genug.

»Wo ist mein Seder?«, fragte er ungeduldig. Miriam hob bedauernd die Schultern. Sie wusste es nicht. Brazzi schob sich an ihnen vorbei. Er stiefelte den Gang entlang bis in den großen, kreuzförmigen Raum, der Miriams Gefängnis gewesen war, ging dicht an allen Wänden und Ecken entlang, hielt seine Öllampe mal hoch über den Kopf und dann wieder tief bis an die Knie. Er stampfte über das Podest und klopfte vorsichtig die Tür ab. Die Scharniere und breiten Eisenbeschläge schienen ihn ebenso zu interessieren wie die wuchtigen Verzierungen des Schlosses.

»Das ist zu schaffen«, sagte er nach kurzer Überlegung. »Auch ohne Schmiedewerkzeug. Ich brauche nur zwei Zangen und etwas Draht.«

»So etwas gibt es hier nicht«, sagte Miriam. »Bis auf den Schemel und diese Streckbank ist der Raum völlig leer.«

»Das habe ich bereits gesehen«, meinte Brazzi. Er ging zum Schemel, hob ihn an und lachte plötzlich.

»Hier muss irgendjemand ziemlich vorausschauend den Schemel als eine Art Werkzeug zurückgelassen haben«, meinte er mit einem breiten Grinsen. »Jemand mit einem verdammt schlechten Gewissen und sehr viel Weitsicht für den Fall, dass die Inquisition auch ihn in diesem Kellerkerker weich kochen will.«

»Ein Priester?«, fragte Eliah.

»Oder auch mehr!«, sagte Tonio Brazzi und lachte nochmals. »Und höchstwahrscheinlich bereits vor dem Bau des Palais geplant, ebenso wie der Bauplatz am *Rocher des Domes* und Felswände in Katakomben, die unter ganz bestimmten Bedingungen wegschwimmen oder einfach wie spröder Stahl zerspringen.«

»Du magst vielleicht Recht haben«, sagte der alte Jude. »Das Wissen und das Können für derartige Mechanik besaßen schon die Erbauer der Pyramiden in Ägypten und beim Tempel Salomons in Jerusalem.«

»Also auch die Kathedralenbaumeister und die Templer hier in Avignon«, sagte Bertrand. »Und so gesehen hängt vielleicht alles miteinander zusammen!«

»Mich interessiert viel mehr, wie ich Seder wieder finde«, sagte Eliah mit einem tiefen Seufzer. »Vergesst nicht, dass über uns längst die Ostermessen begonnen haben. Jetzt darf sich kein Jude mehr auf den Straßen zeigen.«

»Das Frühlingsfest ist viel älter als bei den Christen oder Juden«, widersprach Bertrand.

»Also was ist nun, ihr gelehrten Schwätzer?«, drängte Brazzi. »Wollt ihr, dass ich die Tür dort öffne oder nicht? Aber ich warne euch: wenn sich auf der anderen Seite das Nachtlager der päpstlichen Wachen oder ihre Rüstkammer befindet, nützen mir meine Fäuste auch nicht viel. Als unbewaffneter Heerhaufen aus drei Männern und der Jungfrau jagen wir nicht einmal trunkenen Weicheiern unter den Grauen Büßern Angst ein!«

»Seder!«, stöhnte Eliah. »Ich will Seder, denn wie soll ich zu meinem Gott beten, wenn ich meinen Enkel dem Zorn des Kardinals und seinen Spürhunden opfere?«

»Du bist nicht Abraham!«, wandte Miriam unerschrocken ein, »und du opferst ihn auch nicht! Seder hat jahrelang darauf bestanden, allein zurechtzukommen. Wie oft war er in seinen eigenen, bestimmt nicht koscheren Geschäften unterwegs? Und wie oft hast du ihn mit deinem Gold und Überredungskunst aus verfahrenen Situationen geholt? Seder hat bei mir ständig wiederholt, er wüsste, was er tut. Sie werden ihn nicht umbringen, ohne zuvor noch möglichst viel von uns zu erpressen! Du kennst sie doch und weißt, wie Könige und Fürsten, Bischöfe und

Ratsherren überall im Abendland mit uns Juden umgehen!«.

Bertrand starrte sie mit offenem Mund an. So mutig und zugleich zutreffend hatte er noch nie ein junges Mädchen mit ihrem eigenen Großvater sprechen hören. Zugleich war er beschämt darüber, dass er selbst bisher so wenig unternommen hatte. Er wusste längst, dass er nicht länger als wohlerzogener Suchender durch eine Welt gehen konnte, die ganz anders war, als er es in seinen Klöstern und an der Sorbonne gelernt hatte.

Nichts lag so sicher und geordnet in der Hand des Allmächtigen, wie er bisher geglaubt hatte. Es kam ihm vielmehr vor, als würden nicht nur weltliche Mächte und die Kirche erbittert um die Herrschaft über die Menschen streiten, sondern auch alle untereinander wie auf einem sinkenden Schiff am Vorabend des Untergangs. Ja, das war es: Alles, was er in Avignon bisher gesehen und gehört hatte, kam ihm abwartend, bedrohlich und auf ein nahes Ende hin ausgerichtet vor.

Zu seinem allergrößten Erstaunen rügte der alte Jude seine Enkelin nicht. »Lasst uns zurückgehen«, sagte er nur. Bertrand sah zu Miriam. Sie lächelte, dann lief sie einige Schritte vor und griff nach dem leeren Weidenkorb, der die ganze Zeit unbeachtet auf dem Podest gelegen hatte.

Nacheinander verließen sie den eigenartig leeren, kreuzförmigen Kellerraum. Nur wenig später erreichten sie den Altarraum mit der zersplitterten Wand. Im Licht der Öllampen erkannte Bertrand augenblicklich die Veränderung:

Das violette Tuch über dem Kreuz fehlte, ebenso die Soutanen, die Kerzenhalter und alles andere, was vorher gut vorbereitet in den Nischen gelegen hatte. Und noch etwas hatte sich verändert: Der Gang, aus dem sie ursprünglich gekommen waren, existierte nicht mehr. Er war durch eine Felsenwand verschlossen, die weder Schlösser noch Gelenke oder Ritzen hatte.

»Gefangen!«, stieß Bertrand beinahe erleichtert hervor. Er hatte das Gefühl, dass er die ganze Zeit etwas Ähnliches erhofft hatte. Es war nicht recht, was sie in den Katakomben taten. Nichts war im Reinen, seit er Paris verlassen hatte. Am liebsten wäre er bis ins Kloster St. Jacques zurückgeritten, hätte erneut saubere Leinenunterwäsche angezogen, eine schlichte Kutte übergestreift und dann beim Abt oder zumindest bei seinem Prior alles gebeichtet. Er hatte einfach keine Erfahrung mit den Verstecken, kalten Winden und dunklen Wolken in der fremden Stadt und in den Herzen ihrer Menschen.

»Jetzt müssen wir doch noch durch die andere Tür«, meinte Tonio Brazzi.

»Es gibt noch einen dritten Weg«, sagte Miriam. Die Männer blickten sie mit großen Augen an. Miriams Mundwinkel zuckten leicht. Sie bückte sich und zeigte auf die Spuren der Ente im feuchten Boden. »Enten sind ganz anders als Gänse«, sagte sie denn. »Sie bleiben immer auf dem Weg, den sie einmal begonnen haben – gleichgültig, welche Hindernisse sich in ihren Weg stellen.«

Bertrand und Brazzi sahen Miriam verständnislos an. Nur der alte Eliah lächelte plötzlich vergnügt.

»Der Weg zum Fluss«, sagte er und pfiff anerkennend durch die Zähne. »Und dann hinüber zur Insel ... darauf hätte ich schon früher kommen können!«

»Mitten am Tag?«, fragte Brazzi misstrauisch. »Im schönsten Sonnenschein?«

»Wir können weder in die Rue Jacob noch in euer *Fonda-*

co zurück!«, sagte Eliah aus tiefster Überzeugung. »Wenn mein geliebter Enkel Seder in die Fänge vom Meister des Palastes geraten ist, suchen uns seine Schergen bereits in ganz Avignon! Außerdem achtet an diesem Tag niemand darauf, was am Fluss passiert. Vergesst nicht, dass bereits die Vorbereitungen für die große Stunde stattfinden.«

»Für welche Stunde?«, fragte Bertrand naiv.

»Der Herr lasse sein Antlitz leuchten über dir!«, antwortete Eliah kopfschüttelnd. »Was für ein christlicher Student bist du eigentlich, dass dir nicht einmal die Stunde der Kreuzigung am Karfreitag geläufig ist.«

»Also zum Fluss!«, sagte Brazzi unbeeindruckt. »Und wie weiter?«

»Zur Insel, wie ich bereits sagte. Dort gibt es einige Gebäude, in denen wir den ganzen Sabbat über bis nach dem Passah-Fest sicher sein können.«

»Aber ein Fest nach unserem Glauben wird es in diesem Jahr kaum geben«, sagte Miriam kläglich. Sie spürte, wie ihr ganz plötzlich Tränen in die Augen traten. Die langen Stunden im Verlies des Kardinals zeigten ihre Wirkung. Außerdem hatte sie die Ente mit Bertrands Amethyst entkommen lassen. Sie hatte keine Hoffnung, dass sie unter den vielen Vögeln am Fluss ausgerechnet ihre Ente wieder finden könnte. Gleichzeitig fiel ihr ein, dass sie noch etwas anderes versäumt hatte: Wenn sie Seder nicht fanden, konnte sie ihn auch nicht nach dem Rubin aus der Tiara des Papstes fragen.

Sie blickte zu Eliah. Aber sie wagte nicht, den Großvater in das einzuweihen, was Kaplan Comyn von ihr wollte.

Kardinal Niccolò da Prato bereitete sich auf die Feierlichkeiten am Nachmittag vor. Zusammen mit dem schwer kranken Heiligen Vater, seinen Ärzten und Arnaud d'Aux hatten sie beschlossen, dass er während der nächsten Stunden sämtliche Zeremonien leiten sollte, die sonst dem Papst zukamen.

Es war für alle ein äußerst schwerer Entschluss. Hunderte, wenn nicht gar Tausende von Pilgern und Besuchern in der Stadt warteten auf den Segen des *Pontifex maximus*. Die meisten waren weit gereist und hatten große Entbehrungen auf sich genommen, um am Fest der Kreuzigung und der Auferstehung Christi teilzunehmen. Einige von ihnen hatten die Osterfeierlichkeiten in Avignon für den Rückweg von monatelangen Pilgerfahrten bis zum weit entfernten Santiago di Compostela vorgesehen. Sie trugen noch die große, weiße Jakobsmuschel an Lederriemen um den Hals.

»Seine Heiligkeit wünscht von ganzem Herzen, dass du an seiner Stelle als heiliger, schuldloser und reiner Hohepriester auftrittst«, sagte Arnaud d'Aux, nachdem er nach der Mittagsstunde noch einmal am Bett des Papstes gewesen war. »Er bittet dich, in den kommenden Stunden immer wieder an Johannes eins, Vers neunundzwanzig, zu denken.«

»Des anderen Tags sieht Johannes Jesum zu ihm kommen und spricht: Siehe, das ist Gottes Lamm, das der Welt Sünde trägt …«

»*Wegträgt*«, sagte Kardinal d'Aux. »Er möchte, dass du den Gläubigen trotz all dem Schrecklichen um uns herum Hoffnung gibst.«

»Aber das ist …«

»Die Botschaft«, sagte d'Aux immer noch lächelnd. »Wir müssen uns wieder darauf besinnen, dass Christus der eigentliche Priester und Opferer ist, der mit unserer Hilfe als geweihte Priester Wein und Brot in seinen Leib und sein Blut verwandelt. Und er selbst ist es, der dann sagt ›Das ist mein Leib, das ist mein Blut‹. Er ist das Opferlamm, das die Fahne mit dem Kreuz trägt – das *Agnus Dei.*«

»Warum sagst du mir, was wir alle wissen?«

»Weil er mir aufgetragen hat, dir eben das zu sagen.«

Die beiden Kardinäle sahen sich in die Augen.

»Es war nicht nötig«, sagte da Prato. »Ich habe nie bezweifelt, dass nicht das Abendmahl als solches, sondern die Wandlung des Brotes und des Weins das eigentliche Opfer ist. Doch ich verstehe, woran er uns erinnern will. Wir sollen in den letzten Tagen seines irdischen Daseins nicht an die Machtkämpfe danach denken. Er vertraut uns beiden, und wir sind unter allen Kardinälen seine liebsten Söhne – so viel mehr verbunden als seine Neffen und die anderen Blutsverwandten überall im Klerus.«

Er unterbrach sich und ging bis zum Fenster vor dem Balkon. Sein Blick strich über die Brücke von Avignon und die kleine Kapelle. Vom anderen Ende der vielen Brückenbogen näherten sich einige Edelleute mit ihrem Gesinde, vermutlich schon die letzten Pilger, die noch aus dem Königreich der Franken kamen. Vermutlich hatten sie statt der Römerstraßen auf der Ostseite der Rhône irgendwo stromaufwärts eine Fähre genommen und waren dann am Westufer entlang über Roquemaure bis Villeneuve-lès-Avignon geritten. Die Zöllner des Franzosenkönigs auf der anderen Seite hatten sie auf die Brücke gelassen. Das hieß, sie waren wichtig oder reich genug, auch wenn sie abgestiegen waren, um zu Fuß über die teilweise vom Hochwasser beschädigte Brücke zu gelangen.

»Ich werde nach dem Ableben Seiner Heiligkeit nicht für die Wahl zum neuen *Pontifex* zur Verfügung stehen«, nahm

Kardinal da Prato den unterbrochenen Gedanken wieder auf. Er beobachtete, wie auch an einer anderen Stelle einige Personen den Fluss überquerten. Die zweite Gruppe entfernte sich vom Steilufer westlich vom *Rocher des Domes*. Sie benutzte einen kleinen Nachen, der die vier Personen auf seinen Sitzbänken kaum trug. »Und weil ich bereits einen Kaiser in Rom gesalbt und gekrönt habe, bin ich gewissen Königen und Kurfürsten viel zu erfahren und zu stark.«

Die edlen Pilger mit ihren Pferden hatten die Brücke über die große Insel im Fluss nahezu überquert. Auch die anderen im Boot näherten sich fast der gleichen Stelle, an der die letzten der zweiundzwanzig Bogen den zweiten Flussarm überbrückten.

»Und du bist auch nicht wählbar für das Konklave aller Kardinäle«, sagte Kardinal da Prato, ohne sich umzudrehen. Es faszinierte ihn, wie sich aus zwei offensichtlichen Zufälligkeiten eine wahrscheinlich auch ungewollte Begegnung an den Brückenbogen auf der Insel anbahnte. Konnte es wirklich Zufall sein, dass Reiter aus dem Königreich der Franken genau an der Brücke nach Avignon mit Menschen in einem kleinen Boot zusammentrafen, die sich ganz so benahmen, als wollten sie heimlich fliehen?

»Ich weiß sehr wohl, was man über mich denkt«, sagte Kardinal d'Aux hinter da Prato. »Für die einen bleibe ich der Franzosenknecht, der den Vorsitz beim Prozess gegen die Templer als besten aller Ritterorden hatte, und für die anderen bin ich der Versager, der sie zum Schluss von allen Vorwürfen und Anklagen freigesprochen hat.«

»Sie treffen sich«, sagte Kardinal da Prato und schnalzte mit der Zunge. »Wer hätte das gedacht – sie treffen sich genau am siebten Pfeiler ... die einen oben und die anderen unten ... ist das nun Zufall oder Absicht?«

»Ich verstehe nicht ganz …«

Da Prato winkte ihn heran, ohne sich umzudrehen.

»Dort drüben auf der Insel Barthelasse«, erklärte er. »Die oben auf der Brücke kommen von drüben, und die vier Gestalten unter dem Brückenbogen sind soeben mit einem kleinen Boot über die Rhône gerudert. Sie sind wahrscheinlich keine Fährleute oder Fischer, aber sie haben ihre Sache in der Strömung nicht schlecht gemacht, wenn man bedenkt, dass eine dieser vier Personen offensichtlich ein Weib ist.«

»Das bringt mich in der Tat auf einen eigenartigen Gedanken«, sagte Arnaud d'Aux. »Damals, als ich noch Beichtvater der Königin von England war, gehörte es zum guten Ton aller Gesandten und Spione, nicht über Brücken und durch Tore in die Stadt zu kommen, sondern mit kleinen Booten, die eigentlich jedermann sehen konnte.«

»Du meinst, die vier dort auf der Insel sind in voller Absicht just heute Mittag über den Fluss geflohen und bis zu jenen anderen auf der Brücke gerudert?«

»Um das zu klären, müsste man in Erfahrung bringen, wer die einen und wer die anderen sind«, meinte d'Aux.

Sie blickten sich an und hatten beide den gleichen Gedanken. »Wann schließt Kaplan Comyn die Kapelle?«

»Er hat sie bereits geschlossen«, sagte der Kämmerer des Papstes, »denn heute soll nicht mehr als eine Messe in Avignon gelesen werden. Ich habe deshalb Comyn als mein bestes Ohr ein wenig durch die Stadt geschickt. Mir macht Godins Umtriebigkeit große Sorgen. Er kümmert sich zu auffällig um bestimmte Juden im *Carrière*. Und wie ich vorhin hörte, hat er Ritter von Falkenhenn mit Bewaffneten in die Rue Jacob, zum Palazzo von Marco Ambrogio und zum *Fondaco* der Italiener geschickt.«

»Eine Razzia bei Juden und Italienern zugleich? Und das nur wenige Stunden vor dem Beginn der großen Messe?«

»Kaplan Comyn hat gehört, dass beide zusammenarbeiten sollen, und zwar mit geheimen Verschwörertreffen in der ehemaligen *Komturei* der Templer.«

»Trifft das etwa zu?«

»Kaplan Comyn ist mein verlässlichster Berichterstatter.«

»Dann sieht es schlimm aus um Avignon und den Heiligen Stuhl! Und wir müssen verhindern, dass Godin erfährt, was wir hier gerade an der Brücke sehen.«

»Sollen wir Godin etwa umbringen?«, fragte d'Aux sofort.

»Ich fürchte nur, dass er der nächste Papst werden könnte«, meinte da Prato.

»Wenn es die brennwütigen Dominikaner in Paris darauf anlegen, käme auch ihr Ordensgeneral Berengar von Landora infrage. Und die Italiener werden ihr ganzes Gewicht in die Waagschale werfen, damit es diesmal Sciarra Colonna wird.«

»Wem außer deinem Schotten können wir in dieser Stadt noch trauen?«, fragte Kardinal da Prato besorgt. »Wenn uns der Heilige Vater morgen oder übermorgen stirbt, wäre das eine furchtbare Katastrophe für die Kirche und den ganzen Erdkreis. Das Heilige Römische Reich hat noch keinen neuen Kaiser gewählt, und von den deutschen Kurfürsten ist keineswegs sicher, dass sie nicht doch noch auf Philipp den Schönen oder seinen Sohn setzen.«

»Genau das ist schon seit Monaten meine größte Sorge«, bestätigte Arnaud d'Aux. »Wenn dann kein Papst dagegen steht, gehört dem König der Franzosen die halbe Welt mitsamt unserer heiligen katholischen Kirche!«

»Er muss durchhalten und leben ... zumindest bis nach Ostern. Selbst, wenn wir dafür sämtliche Pilger in der Stadt belügen müssten.«

»Vielleicht gibt es doch noch einen winzigen Hoffnungsschimmer«, seufzte d'Aux. »Wenn mich nicht alles täuscht, nähert sich auf der Brücke dort unser großer Handelsherr und mein geheimer Kurier. Marco Ambrogio könnte wichtige Nachrichten von Meister Eckhart aus Straßburg oder gar über den Sohn des Heiligen Vaters mitbringen.«

Zuerst erkannten sich Eliah und Marco Ambrogio. Die beiden ungleichen Männer starrten sich überrascht an. Keiner von beiden hatte den anderen zu dieser Zeit an diesem Ort erwartet.

»Welch königlicher Empfang!«, rief der stolze Kaufmann. »Wolltet ihr etwa die größte Trauerstunde der Christenheit nutzen und ungesehen über die Grenze gehen?«

»Warum sollten wir das wollen?«, gab Eliah mühsam beherrscht zurück. »Uns reicht die Insel.«

»Jeder von euch schmuggelt Diebesgut.«

Wie gewohnt ritt die Hälfte der Männer aus der Begleitung des Kaufmanns einige Pferdelängen weiter über die Brücke, die anderen wendeten und kehrten so weit zurück, dass sie eine Rückendeckung bildeten, ohne zuhören zu können. Eliah stand halb auf der Steintreppe, die von der Insel auf die Brücke führte. Nicht jeder Pfeiler an den Brückenbogen besaß derartige Aufstiege, und nur eine einzige Rampe mit steinernen Querrillen am südlichen Ende der Insel erlaubte es auch Tieren und Karren, von unten nach oben zu gelangen. Noch ehe der Jude oder der Kaufmann irgendetwas sagen konnten, rettete Tonio Brazzi die Situation.

»Dem Himmel sei Dank!«, rief er seinem viel jüngeren Herrn zu. »Gerade noch rechtzeitig zur Nachmittagsfeier und zum Osterfest!«

Er schnaubte, schob Bertrand einfach zur Seite und verbeugte sich oben auf der Brücke vor dem Kaufmann aus Pisa. Marco Ambrogio saß stolz und mit vorgeschobener Unterlippe auf seinem staubigen verschwitzten Pferd. Er trug sein rabenschwarzes Haar unter einer weichen, mit Fasanenfedern verzierten Samtkappe lang auf die Schultern fallend. Auch er und seine sechs Begleiter sahen schmutzig, erhitzt und erschöpft aus. Dennoch mussten sie Erfolg gehabt und gute Geschäfte gemacht haben, denn sie kehrten wie Sieger aus einem langen Eroberungszug nach Avignon zurück. Brazzi und Eliah erkannten, dass der Kaufmann auf Anerkennung aus war und den Wunsch hatte, mit jedem zu streiten, der ihn nicht sofort lobte und bewunderte.

Eliah ahnte, dass er eigentlich der falsche Gegner war. Er hatte mit Ambrogio mehr als einen Handel gemacht, der sich für beide Seiten als vorteilhaft erwies. Die Person, die so oft zwischen ihnen stand, war an diesem Nachmittag nicht dabei. Vielleicht machte genau das den Handelsherren unwirsch.

Schon zweimal hatte Marco Ambrogio dafür gesorgt, dass Seder Ben Ariel ihm nicht mehr in die Quere kam. Doch beide Male hatten er und sein Großvater es geschafft, Stadträte, Richter und Priester zu finden, die seinen unwürdigen Nebenbuhler gegen ein paar Floren frei ließen, sobald er nur weit genug entfernt war.

»Wir hatten vor drei Tagen ein schreckliches Unwetter«, erklärte Tonio Brazzi.

»Wir auch«, sagte Ambrogio wegwerfend. »Noch vor

Lyon. Und dann zwischen Orange und Sorgues hat das Wasser die halbe Römerstraße weggerissen. Da kommt man nur über die Hügel und zu Pferd hindurch, nicht aber mit einem Wagen oder einer Sänfte.«

Bertrand hob die Brauen. Marco Ambrogio konnte nicht ahnen, wie aufschlussreich ihm diese Beobachtung war. Vielleicht erklärte sich auch dadurch, warum die Mönche, die ihn seit Paris verfolgt hatten, nicht mit dem nachfolgenden Seder Ben Ariel in Konflikt geraten waren. Allmählich fing er an, die Abläufe rund um seinen Ritt nach Avignon zu verstehen.

»Wollt Ihr mir sagen, Herr, wo Ihr auf die andere Flussseite gewechselt seid?«, fragte er höflich. Ambrogio lachte trocken.

»Südlich von Orange, beim Fährmann von Roquemaure. Wir wussten ja, dass wir hier über die Brücke wieder auf die deutsche Seite kommen.«

Er legte seine Hand über die Augen und blickte über die lange Brücke hinweg bis zum Tor am Stadtfelsen. Dann wandte er sich wieder an seinen stämmigen Faktor.

»Wie sieht es im *Fondaco* aus?«, bellte er ihn an. »Schäden durch das Unwetter? Einbrüche, irgendein Unglücksfall oder gelungene Verkäufe von Kommissionsware?«

»Weder ein Unglück noch Verluste«, berichtete Brazzi knapp. »Und die Geschäfte so, dass du zufrieden sein wirst.«

»Wo ist das ganze Pilgervolk hingegangen, das normalerweise auf der Insel und drüben südlich der Stadtmauern lagert?«, fragte Ambrogio schon fast angewidert. »Ich sehe keine Menschenseele mehr – nur noch eingerissene Hütten und zerfetzte Reste von Zelten.«

»Die meisten haben sich in die Stadt geflüchtet«, sagte

Brazzi. »Es gab Tote und Verletzte und keinen Platz mehr in Hospitälern und Klöstern.«

Urplötzlich schwiegen alle. Vom Turm der Kathedrale jenseits des Flusses kamen zwei Glockenschläge und dann mit langen Abständen immer ein weiterer. Die Totenglocke.

»Also zum *Fondaco!*«, sagte Marco Ambrogio. «Kommt mit!«

Er grinste plötzlich wie bei einem Hintergedanken, der ihm schon Spaß machte, ehe die anderen wussten, was er vorhatte. »Auch du, Eliah! Ich weiß, dass man dich vielleicht erschlagen wird, wenn man dich heute Nachmittag als Juden erkennt, aber wir stecken dich einfach in Kleider, die wir aus Flandern mitgebracht haben. Und einen hübschen Hut mit Spitzenschleiern von den Pariser Meisterinnen finden wir ebenfalls. Das gilt auch für deine Enkelin.«

»Wir können im Augenblick nicht ins *Carrière* zurück«, wandte Eliah ein. »Es wäre besser, wenn wir für einige Tage und Nächte auf der Insel im Fluss bleiben, auch wenn es dort nicht sehr wohnlich sein dürfte.«

»Ihr werdet alle im *Fondaco* wohnen«, beschied ihn der junge Kaufmann. »Dort seid ihr sicher vor den Hunden des Herrn und Godins Schergen. Und Gastfreundschaft sollte man in der Provence nicht leichtfertig ablehnen, wie ihr wisst!«

Kapitel 23

Karfreitag

Die vierzig Tage des Leidens Christi waren vorbei. Bei wunderbarem Sonnenschein zelebrierte Kardinal Niccolò da Prato den ganzen Nachmittag lang sämtliche Feiern, Gebete, Lesungen und Wechselgesänge in der Kathedrale und schließlich auch davor für die mitfeiernde Menge der Pilger. Es war, als würde sich der ganze *Rocher des Domes* in einen Garten Gethsemane verwandeln, und dann die Stadt in ein neues Jerusalem.

Als dann die großen Fürbitten an der Reihe waren, begab sich Kardinal da Prato mit seinen Diakonen und Messdienern vor die Kathedrale. Der Kardinal trug noch immer Schwarz als Zeichen der Trauer. Als dann für einige Minuten der Heilige Vater im vollen Ornat mit seiner dreifachen Krone auf den nur selten benutzten kleinen Balkon zur Stadt hin geleitet wurde, ging ein schmerzliches Raunen durch die schweigend versammelte Menge. Der Tod, der auch den Erlöser am Kreuz ereilt hatte, stand bereits deutlich sichtbar hinter dem *Pontifex*.

»Lasset uns auch beten für unseren Heiligsten Vater, Papst Clemens den Fünften!«, rief Kardinal da Prato mit ausgebreiteten Armen zum päpstlichen Palais hin. »Auf dass ihn Gott unser Herr, der ihn zum erhabenen Oberhirtenamt erkoren hat, heil und unversehrt Seiner heiligen Kirche bewahre, damit Sein heiliges Wort regiere und das christliche Volk in seinem Glauben zunehme. Amen.«

»Amen … Amen … Armen«, murmelten alle. Nur wenige bemerkten, dass der Kardinal die nächsten der vorgeschriebenen Fürbitten einfach ausließ. Er betete weder für Bischöfe und andere Kardinäle, noch für Jungfrauen und Witwen, nicht für die Könige und Herrscher der Völker, die Ketzer und Abtrünnigen und nicht für die Einheit der Kirche. Erst als die Juden in den Fürbitten erwähnt werden sollten, hielt sich der Kardinal wieder an die Liturgie:

»Lasset uns auch beten für die Juden, die wir ob der Verblendung dieses Volkes vor dich bringen. Möge Gott der Allmächtige den Schleier von ihrem Herzen wegnehmen, damit sie das Licht der Wahrheit erkennen und der Finsternis entrissen werden, indem auch sie unseren Herrn Jesus Christus am Kreuz in ihre Herzen aufnehmen. Amen.«

Nachdem er sich vor dem Papst auf dem Balkon seines Palais verneigt hatte, kehrte der Kardinal mit all seinen Begleitern durch die ernsthaft in Andacht stehende Menge in die Kathedrale zurück. Hier sollte die feierliche Verehrung des Kreuzes besungen und die Kommunion gefeiert werden – an diesem Tag jedoch ohne das Messopfer.

Das Ritual hätte auch draußen stattfinden können, doch da Prato wollte sich nicht vor allen Gläubigen umziehen lassen. Er zog es vor, die schwarze Trauerkleidung im Inneren der Kathedrale gegen violette Gewänder und Stolen auszutauschen. Als der Zug der Geweihten und ihrer Ministranten durch die Gasse zwischen den Menschen zog, warfen sich alle paar Schritte Pilger mit Jacobsmuscheln um den Hals vor den Kardinal. Sie wurden von überall Ordnung schaffenden *Pénitents gris* gegriffen und an den

Kardinälen, Bischöfen und Priestern vorbei hinter den Zug geschleppt. Wer sich dann noch sträubte oder in irrer Gläubigkeit kreischte, kam ohne viel Federlesens in Karren, die große Lattenkäfige trugen. Einer nach dem anderen rumpelte bis zum Seiteneingang von Kardinal Godins Palais.

Er hörte nicht, wie die Schlüssel sich im schweren Schloss drehten. Nichts dabei quietschte. Auch die eisenbeschlagenen Türen im Keller des neuen Palais von Kardinal Godin bewegten sich für ihn lautlos in ihren Angeln.

Er war taub geworden – vom Brüllen vor Schmerzen taub!

Aber nicht blind und ohne Verstand …

Zwei schweigende Knechte schlugen die Bolzen der Armfesseln mit Schnitthämmern auf, wie sie beim Schmieden von Rüstungen verwendet wurden. Er hörte kein Wort, als sie wieder gingen. Seder war zu erschöpft, um mehr zu empfinden als müde Verwunderung. Er schrie den Folterknechten des Kardinals auch nicht nach, wie es andere vielleicht in ihrer Qual getan hätten. Er fühlte sich in einem eigenartigen, beinahe schmerzfreien Dämmerzustand, aber er kam nicht mehr dazu, darüber nachzudenken.

Über die Treppen im Vorraum ergoss sich eine Welle von Lärm in den Keller, von dem er nur wie durch Schichten aus Wolle sehr weit entfernte und sehr hoch klingende Schreie hörte. Alles andere ging im Rauschen des Blutes in seinen verbrannten Ohren unter. Junge und alte Menschen, Männer und Frauen stürzten und stolperten durcheinander, schlugen sich gegenseitig und brachen wie in wilden Veitstänzen zusammen. Sie mussten nicht von den bewaffneten Knechten getrieben werden, sondern fielen in ihrer schmerzlichen Verzückung auch ohne Not übereinander her. Immer mehr schreiende, wahnsinnig gewordene Menschen fielen in den Kellerräumen von Kardinal Godins neuem Palais zu Boden. Es war, als würden die Knechte die zuckenden Leiber wie bei einem reichen Fischfang aus dem Netz in die Körbe kippen …

Seder wusste sofort, was geschehen war. Weit im Norden, gegen Köln und die Stadt Münster hin, sollte es bereits Gruppen von verblendeten Gläubigen geben, die ihr Heil darin suchten, dass sie sich selbst so lange quälten und geißelten, bis sie wie schlecht und unkoscher abgestochene, überall blutende Schweine auch den letzten Rest ihres armseligen Daseins am Straßenrand aushauchten. Gleichzeitig wurde er wieder an die schlimmsten Stunden erinnert, die er selbst je erlebt hatte …

Er spürte, wie er in Panik geriet. Mit ein paar hilflos humpelnden Schritten wich er bis zur hinteren Wand aus. Er sah, dass er nicht an den Menschentrauben im Eingang vorbei kam, geschweige denn bis zur Treppe, die im Vorraum nach oben führte. Und dann stand ihm wieder der schreckliche Tag vor Augen, an dem der Erzbischof von Bordeaux in Lyon zum Papst gekrönt worden war.

Die Mauer!

Es war die Mauer gewesen, die plötzlich nachgegeben hatte, als sich sein Vater mit ihm vor der kreischenden, jubelnden Menschenmenge in Sicherheit bringen wollte. Seder sah plötzlich wieder die Ziegelsteine, die halbrund geformten und sonnenroten Dachpfannen über sich, dann die römischen Marmorsäulen, die so groß und stark waren, dass sie in tausend Jahren nicht umgestürzt waren. Das alles brach über der Prozession des neuen Papstes auf seinem kostbar geschmückten Pferd und den dicht bei ihm stehenden Zuschauern herab.

Der 14. November des christlichen Jahres 1305 war schön und wolkenlos gewesen. Trotzdem konnte Seder schwören, dass er einen Blitz in sehr viel Rauch gesehen und einen Donnerschlag gehört hatte, wie es ihm später einige Male bei den Pferdeerschreckern aufgefallen war, wenn sie das neue Teufelszeug aus Schwefel, Holzkohle und Salpeter in Tontöpfen auf der französischen Seite der Rhône ausprobierten.

Schon damals hatte Seder von seinem Großvater den Verdacht gehört, dass das Attentat von Lyon vom gleichen französischen Großsiegelbewahrer Guillaume de Nogaret angezettelt worden sein konnte wie drei Jahre zuvor der Überfall auf Papst Bonifatius VIII. in Anagni bei Rom. Vielleicht waren Blitz, Rauch und Donnerschlag auch als Warnung und Aufforderung für den widerspenstigen, mit dem englischen Königshof vertrauten Erzbischof von Bordeaux gedacht, die neue päpstliche Gewalt nicht gegen Frankreich einzusetzen.

Das Unglück hatte nicht nur Geweihte und Gläubige, sondern auch Menschen getroffen, die eher zufällig in der Stadt am Zusammenfluss von Saône und Rhône gekommen waren. Und es hatte Ariel von Carpentras, sein *Tateleben*, getroffen ...

Seder ballte die Hände zu Fäusten. Und plötzlich spürte er ihn wieder – den großen Rubin aus dem Spitzenknauf der päpstlichen Tiara. Er sah den hohen Priesterhut wieder vor sich, den der Christenpapst nur bei Prozessionen trug. Er kam ihm wie eine pralle weiße Knospe vor ... mit drei goldenen Kronenringen und zwei breiten, bis über die Schultern fallenden Bändern wie bei einer alten Kopfbinde seiner eigenen Priester. Dennoch hatte er nie gefragt, was all das bedeutete.

Jetzt aber schien ihm die Erinnerung an den großen, sonnendurchglühten Rubin den Weg aus seinem Kerker zu weisen. Er hatte weder Schlüssel noch irgendwelches Pulver, um die Wächter mit Blitz und Donner zu erschrecken. Aber die Wände … überall in den Gängen und Räumen im *Rocher des Domes* gab es Wände, die sich bewegen ließen.

Gleichzeitig drängte es ihn, den Sohn des Papstes zu sehen. Zum ersten Mal seit dem Tod seines Vaters war er bereit, den Rubin aus der Papstkrone einem anderen zu zeigen. Er wusste längst, dass alles miteinander zusammenhing – das Zeichen in seinem Stein, das Zeichen in dem verlorenen Bischofsring und das Zeichen an der Skulptur des Opferlamms über dem Hoftor der *Komturei*.

Aber nur einer konnte eine Ahnung davon haben, was mit den Zeichen geschehen musste, wie sie gesehen werden sollten und was sie bedeuteten. Für Seder war klar, dass die drei Kreuze im Herzen und die anderen Linien darüber wie drei Schlüssel waren – drei Schlüssel zu uralten Botschaften, die er nicht deuten konnte …

Im gleichen Augenblick erkannte er, welches Spiel der Meister des Palastes von Anfang an geplant hatte. Weder beobachtende Geduld noch die Gewährung kleiner Vorteile beim Handel oder der Gewährung bestimmter Privilegien hatten Großvater oder ihn unvorsichtig werden lassen. Godin musste *wissen* und nicht nur vermuten, dass sich der Rubin aus der Tiara irgendwo im *Carrière* befand. Er hatte dafür gesorgt, dass Großvater neben dem Italiener Ambrogio eher Zugang zum päpstlichen Hof bekommen hatte als viele andere. Aber er war auch der Filter gewesen, das Nadelöhr, durch das kaum etwas hindurchging, was er nicht sah.

Zum ersten Mal kam in Seder der Verdacht auf, dass ihn

der Kardinal auch bei seinen Besuchen im Haus von Marco Ambrogio und bei den Skeletten in den Katakomben im *Rocher des Domes* stets beobachtet hatte. Waren sie vielleicht sogar an den gleichen Geschäften beteiligt, ohne dass er davon etwas bemerkt hatte?

Nicht einmal der Kämmerer des Papstes, der über jeden Silberling und jedes Goldstück mit der guten Prägung von Florenz Bescheid wissen wollte, hätte ihn deswegen aus den Kerkern von Godin geholt. Doch plötzlich begriff Seder, warum er wirklich eingekerkert worden war ...

Schutzhaft!

Der Meister des Palastes hatte ihn nicht wegen seiner Lügen und Vergehen, nicht wegen seines Glaubens oder irgendwelcher Sünden oder Laster festgesetzt. Es waren auch nicht die verwerflichen Geschäfte, sondern ganz allein Godins Vermutung oder sogar sein Wissen um einen roten Stein, der dem Papst in Lyon aus der Krone gefallen war ...

Seder hätte sich ohrfeigen könne, dass er nicht längst darauf gekommen war. Wieder und wieder in den vergangenen Wochen hatte er darüber nachgegrübelt, was Godin wirklich von ihm wollte. Er und die Folterknechte hatten nie wirklich nach dem Rubin gefragt. Doch dann musste auch Kardinal d'Aux darauf gekommen sein, dass Eliahs Enkel etwas über das Erbe der Templer wissen könnte – ebenso wie der illegitime Sohn des Papstes.

Der Kämmerer des Papstes und der Meister des Palastes! Zwei Brüder in Christo und Feinde vor dem Herrn!

Seder Ben Ariel blieb ruckartig stehen. Auf keinen Fall durfte er die Schergen Godins wieder zu Eliah und Bertrand führen. Er sah auch keine Möglichkeit, bis zu Miriam zu gelangen.

Seder stieß einen wüsten Fluch aus. Wie, bei allen siebenfach geschwänzten und gehörnten Teufel, hatte er auch nur für einen Moment seine Schwester vergessen können?

Seder drehte sich um. Er hörte nichts und sah schon lange nichts mehr. Mit vorgestreckten Händen eilte er den gleichen Weg zurück, den er gerade gekommen war. Jedenfalls hoffte er das, denn sicher konnte er sich dabei nicht einen Schritt lang sein. Trotzdem hatte er nur noch eine Möglichkeit: Er musste aufdecken, dass er Godins Ränkespiel durchschaut hatte …

Ganz anders als am Karfreitag in Jerusalem leuchtete der Abendhimmel über Avignon in allen Farben der Soutanen und des Kirchenjahres: Rot und Grün wechselte sich ab mit Purpur, Weiß und Lila. Selbst bei den Pyrenäen, an der Garonne bei Bordeaux und in seinen Studienjahren in Italien hatte Clemens niemals derartige eindrucksvolle Sonnenuntergänge gesehen. Es war der Mistral, der den Himmel für die Farben hoch über dem nun golden wirkenden Brückenbogen von Avignon polierte.

»Als wäre es nicht mehr die Welt, die wir alle kennen«, sagte der Heilige Vater voller Bewunderung und zugleich tiefer Demut vor dem Werk Gottes.

»Vielleicht will uns der Allmächtige in solchen Augenblicken nur daran erinnern, dass er der Schöpfer ist, dem ungezählte Weisheiten und viel mehr Farben zur Verfügung stehen, als wir erhoffen können.«

Clemens V. holte tief Luft. Noch einmal trank er mit all seinen Sinnen die ganze Schönheit des unvergleichlichen Anblicks. Es war, als dürfe er bereits einen Blick ins Paradies werfen. Zugleich empfand er Trauer darüber, dass er gehen musste, obwohl noch viel zu tun war. Dann aber sagte er sich, dass vor Gott tausend Jahre immer noch wie ein Tag waren und noch viel Zeit vergehen würde, bis Frieden auf Erden herrschte.

In diesen Abendstunden empfand der Papst seltsamerweise keine große Trauer wie in den vergangenen Jahren. Er spürte in sich viel eher eine freudige, beinahe ungeduldige Erwartung von Tod und Auferstehung. Ihm war, als würde er selbst eintauchen in die seltsame, geheimnisvolle Schwebe zwischen den dramatischen letzten Augenblicken, die der Erlöser am Kreuz verbracht hatte, und der Osternacht.

Er spürte kaum, wer in sein Kaminzimmer kam und wer es wieder verließ. Stunde um Stunde saß er an den inzwischen dunkel gewordenen Fenstern. Drüben, auf der Insel Barthelasse, blinkten inzwischen wieder einige Lichter auf. An mehreren Stellen stiegen helle, vom Schein der Feuer beleuchtete Rauchfäden in den Nachthimmel. Auch auf dem Fluss bewegten sich wieder einige nächtliche Fischerboote mit ihren Hecklaternen.

Erst als Arnaud d'Aux sich einen der Lehnstühle neben ihn stellen ließ, blickte er auf.

»Sollen die Diener Licht machen oder das Holz im Kamin anzünden?«, fragte er.

»Nein«, antwortete Clemens. »Mir geht es gut und ich möchte noch etwas nach draußen sehen.«

D'Aux respektierte den Wunsch des Heiligen Vaters. Er setzte sich neben ihn und schwieg. Auch ihm tat es gut, eine Weile auszuruhen und sich zu besinnen. Eigentlich war alles getan. Jedenfalls alles, was die Fastenzeit, die Karwoche und die Osterfeier betraf. Die Nacht und der morgige Samstag würden vergleichsweise ruhig bleiben. Es gab keinerlei Hinweise auf eine Verschlechterung des Wetters. Viele der Pilger waren nach der Kommunionsfeier auf die Insel im Fluss zurückgekehrt.

D'Aux wusste ebenso wie einige andere Eingeweihte, das dies nur mit einer gewissen Notlüge möglich geworden war. Unmittelbar nachdem die Kerzen in der Kathedrale gelöscht und die Tücher wieder vom Altar genommen worden waren, hatte der Meister des Palastes wieder das Zepter übernommen.

Er ließ verbreiten, dass die Insel Barthelasse wieder für alle Pilger zugänglich war und dass dort kostenlos Brot und Pizze, Olivenöl, Käse und echter Trockenfisch aus Britannien verteilt würden.

»Dann ist der geschickte alte Jude seinen vertrockneten Fisch doch noch losgeworden«, dachte Kardinal d'Aux. Er musste unwillkürlich lächeln, denn er kannte die tagelangen vergeblichen Versuche Eliahs, mit seinem Stockfisch keinen Verlust zu machen. Er wusste nicht, wie der ehemalige Rabbi einen so gewieften Händler wie Godin über den Tisch gezogen hatte, aber der Kardinal würde sich seine Geschenke an die Pilger reichlich mit Ablasspfennigen vergüten lassen.

Der Papst räusperte sich und richtete sich etwas auf. D'Aux beugte sich sofort zu ihm.

»Ich denke, ihr solltet mich doch nicht hier in Avignon oder in der Kathedrale von St. André in Bordeaux begraben«, sagte Clemens versonnen. »Hier war ich Papst und in Bordeaux Erzbischof, aber ich brauche das Gefühl einer *famiglia* um mich – kein großes Gotteshaus und keinen Petersdom, sondern eine Gemeindekirche, wenn du verstehst, was ich meine.«

»Ich verstehe dich sehr gut«, antwortete Arnaud d'Aux. Er hatte etwas in seinem Brevier gelesen, wie er es oft tat, wenn er beim Heiligen Vater wachte und auf seine Worte und Gedanken wartete. Diesmal hatte er schon viele seiner Trockenblumen zwischen den Seiten umverteilt. Er probierte aus, wie weiße Blüten zu Pfingsten und lavendelfarbene zu den Sonntagen ihrer Ernte passen würden.

»Ich denke dabei auch nicht an Comminges«, fuhr der Heilige Vater fort, »sondern eher an eine dieser kleinen Landkirchen, die noch nicht einmal gotisch gebaut wurden, aber dort könnte man ja den Chor umgestalten und vielleicht auch einige Mauern durchbrechen, um schöne neue Fenster mit bemaltem Glas einzusetzen.«

»Das klingt jetzt aber sehr danach, als würdest du noch nach deinem Ableben eine Kirche für dich in deinem Geburtsort Villandraut vorsehen. Ich glaube nicht, dass du dir damit Freunde schaffst. Sie schreien doch schon überall, dass du der Papst bist, der zuerst an sich und seine vielen Familienangehörigen denkt.«

»Schnöde Verleumdung!«, protestierte Clemens. »Du weißt genau, warum wir uns mit zuverlässigen Bischöfen und Kardinälen umgeben mussten.«

»Ich weiß es und die von dir Ernannten wissen es. Aber das macht die Lage ebenfalls nicht leichter.«

»Also gut, dann begrabt mich nicht in Villandraut, sondern stellt meinen Sarkophag meinetwegen in Uzès auf. Das ist etwas weiter von Bordeaux entfernt und näher an Comminges. Ich habe die alten Gotteshäuser in den beiden Dörfern schon zuvor zu Kollegialkirchen gemacht, also wird auch die Nachwelt nichts gegen diesen meinen letzten Willen einwenden können.«

Zum ersten Mal, seit der Papst krank war, sah Arnaud d'Aux wieder den Erzbischof und bodenständigen Priester Bertrand de Goth vor sich. Er sah auch, dass die Schuhe des Fischers stets zu groß für ihn gewesen waren. In seinem misstrauischen Gedanken malte sich sein Freund und Gefährte aus, ob dieser Mann vielleicht sogar durch irgendwelches Teufelszeug heimtückisch krank gemacht worden war. Es wäre nicht das erste Mal in den beiden vergangenen Jahrzehnten gewesen …

Wie nie zuvor sehnte der Kardinal den Sohn des Papstes herbei. Wenn es ein Gift war, das den Körper des *Pontifex* verzehrte, konnte die Formel mit dem uralten Heilwissen der Templer vielleicht sein Leben noch verlängern und ihn gegen alle Machenschaften des Franzosenkönigs und Kardinal Godins beschützen. Auch vom zweiten Mann, der über den Rubin Rettung bringen konnte, hatte er nichts mehr gehört.

Und selbst der Dritte, den er ausgeschickt hatte, war noch nicht eingetroffen. Es gab in all dem Durcheinander noch keine Meldung, wann der Kaufmann Marco Ambrogio von seiner Reise zurückkehrte. Ihm hatte d'Aux aufgetragen, noch einmal mit dem Mann zu sprechen, den viele andere in Avignon, Paris und Köln bereits als Ketzer anklagen wollten. So kam denn auch von Meister Eckhart keine Hilfe. Zugleich verrann das Leben des todkranken Papstes von Stunde zu Stunde sichtbarer.

Später, als der Karfreitag trotz der vielen Menschen in der Stadt ohne Saufgelage und Musik zu Ende ging und die ersten sich wieder über die Brücke auf die Insel gewagt hatten, legte sich eine schon unheimliche Stille der Nacht wie ein großes Leichentuch über die Häuser und die Gassen der Stadt.

Gleich nach ihrer Ankunft hatten sich Marco Ambrogio und Tonio Brazzi wortlos in die Schreibstube zurückgezogen. Kurz darauf war der Kaufmann aus Pisa wieder auf ein frisch gesatteltes Pferd gestiegen und allein zu seinem Haus geritten. Jeder andere wäre die wenigen hundert Schritte zu Fuß gegangen – nicht aber der große Handelsherr aus Pisa. Die anderen blieben enttäuscht und ohne neues Ziel im ehemaligen Refektorium der *Komturei* zurück.

Der alte Eliah hatte sich auf eines der Lager in einer Kemenate neben dem Saal zurückgezogen. Brazzi war noch einmal über den Hof gegangen, hatte nach den Tieren gesehen und wollte einen der Pferdeknechte im Auftrag von Eliah in die Rue Jacob schicken, damit auch dort die Tiere versorgt wurden.

Miriam hantierte in der offenen Küche. Nur Bertrand saß bewegungslos am großen Tisch und starrte schweigend auf die Feuerstelle. Das Holzkohlefeuer im Herd am Ende des Refektoriums strahlte im rötlichen Licht wie die Glut im Ofen eines Alchemisten. Obwohl die Bilder der letzten Tage in Bertrands Kopf ihn immer wieder ablenkten, fand er keine Antwort auf die Frage, wie er doch noch zu seinem Vater gelangen könnte.

»Das mit der Ente und deinem Ring tut mir sehr Leid«, sagte Miriam, als sie mit einer großen Silberplatte zurückgekommen war und sich ebenfalls an den Tisch gesetzt hatte. Sie hatte etwas Essbares gefunden und wie zu einem Seder-Mahl zum Beginn des Passah-Festes auf einer großen Silberplatte angerichtet.

»Du konntest nichts dafür«, sagte Bertrand. »Schließlich war ich es, der den Ring schon auf der Brücke verloren hat.«

»Komm, iss etwas!«, sagte sie. »Das jüdische Osterfest beginnt eigentlich erst übermorgen und dauert dann eine ganze Woche. Genau genommen dürften wir diese Seder-Mahlzeit mit den symbolischen Speisehäppchen erst dann einnehmen. Aber es gibt hier ohnehin kein ungesäuertes Brot, deshalb müssen uns die Rettichstückchen, das Mus von getrockneten Äpfeln und die bitteren Kräuter genügen.«

Er seufzte tief, legte seine Hand auf ihre, beugte sich vor und berührte ihre Lippen sanft mit seinen.

»Bei uns ... in meiner Religion ... würden die Menschen jetzt nicht über eine Kreuzigung trauern, sondern den Vorabend des Sabbats feiern«, erklärte sie errötend. »Unser geheiligter Ruhetag beginnt schon eine Stunde vor dem Einbruch der Nacht. Dann muss das Haus sauber sein, alle Mahlzeiten gekocht und der Tisch gedeckt. Wir haben dann ein Bad genommen und unsere beste Kleidung angelegt.«

»Und dann tut ihr einen ganzen Tag lang gar nichts?«, fragte Bertrand, obwohl er mit seinen Gedanken ganz woanders war. Sie schmiegte sich eng an ihn.

»Ist denken, träumen, beten oder singen und die Begegnung mit dem Heiligen und den verborgenen Geheimnissen denn nichts?«

»Es kann viel mehr als alles sein, was wir mit unseren Sinnen wahrnehmen«, sagte er. »Ich muss die ganze Zeit daran denken, dass ich eigentlich in Paris aufgebrochen bin, um hier für meinen leiblichen Vater einen Weg zu suchen, der ihn vor dem Tod rettet und vielleicht sogar wieder gesunden lässt.«

»Er ist sehr krank, wie es heißt.«

»Ja, aber ich wurde gerufen, weil der letzte Großmeister der Templer auf dem Scheiterhaufen einen Fluch über meinen Vater und den König von Frankreich ausgestoßen hat. Das ist die Strafe Gottes und etwas anderes als eine Krankheit, Miriam! Gegen Krankheiten helfen Blutegel, gestampfte Pulver oder Kräuter und Tinkturen, wie sie die Beginen herstellen.«

»Oder wir seit mehr als zwei Jahrtausenden«, warf sie lächelnd ein. Er nickte, ohne richtig zuzuhören.

»Gegen Flüche oder Zaubersprüche hilft keine noch so starke Arznei! Derartig magische Gefahren kann man nur mit der Bibel oder anderen magischen Zeichen bannen! Ich müsste sie nur finden!«

»Du meinst die drei Zeichen mit dem Kreuz im Herzen?«, fragte sie. Er nickte.

»Eines davon hattest du im Stein des Bischofsrings, das zweite kennt mein Bruder …« Sie stockte, sah ihn lange an und sagte dann: »Es ist im großen Rubin aus der Tiara, die deinem Vater beim Attentat von Lyon vom Kopf gefallen war.«

»Hat Seder den Rubin?«

»Ja«, sagte sie nur.

Bertrand sah sich nach allen Seiten um, dann flüsterte er: »Und ich weiß jetzt auch, wo das dritte Zeichen ist …«

»Ein Kreuz im Herzen in einem Stein. Mit Dreiecken und Linien aus dem Templeralphabet darüber?«, fragte sie verwundert.

Er legte einen Finger auf ihre Lippen, dann sagte er sehr leise: »Das dritte Zeichen ist nicht in einem Edelstein verborgen. Du kannst es sehen, wenn du im Hof der *Komturei* stehst und zur Skulptur mit dem Lamm Gottes über dem Eingangstor aufblickst.«

Sie schwiegen beide und dachten lange über die verborgenen Dinge nach, wie es am Sabbat recht war.

»Das Zeichen des Vaters ist demnach im Rubin des Papstes«, sagte Bertrand schließlich, »das Zeichen des Sohnes hatte ich im Bischofsring und das Zeichen des Heiligen Geistes betrifft die Ideale, wie sie der Templerorden einmal hatte. Ich kenne eigentlich nur einen Menschen, der Botschaften aus dem Templeralphabet lesen kann, und das ist Meister Eckhart.«

»Und dein Vater?«, fragte sie verwundert, »war dein Vater nicht ebenfalls sehr eng mit den Templern verbunden?«

»Das habe ich mich auch bereits gefragt«, antwortete Bertrand. »Ich habe darauf keine klare Antwort …«

Sie hob die Brauen und ihre Augen glänzten voller Erwartung.

»Das Buch, für das die große Begine Marguerite Porète brennen musste und das auch Meister Eckhart kannte. Sie hat darin Vieles von dem gesammelt und verschlüsselt oder erklärt, was bis auf eure heiligen Schriften, die *Kabbala* und die Apokryphen zurückgeht. Erkenntnisse, die in den vergangenen Jahrhunderten immer hartnäckiger verboten und getilgt wurden.«

»Du meinst, wenn man die Zeichen und das Buch zusammen liest …«

»Wenn ich Meister Eckhart richtig verstanden habe, geht es viel einfacher«, sagte Bertrand. »Dann nämlich muss man nur den Stein über die Seiten des Buches schieben, dessen Zeichen an der Kopfleiste vermerkt ist. Es ist der Schliff der beiden Steine, der die Buchstaben derart verspiegelt, dass sie einen anderen Sinn ergeben. Manchmal braucht man auch beide Steine, aber das hätte ich noch herausgefunden.«

»Und das Zeichen im Hof?«, fragte sie.

»Es ist das gleiche wie auf ihrem Buch«, antwortete er.

»Das Zeichen für den Geist, mit dem man sich ihr Werk vom *Spiegel der einfachen Seele* ansehen soll …«

»Ist es denn nicht mit ihr verbrannt worden?«, fragte sie erstaunt. »Ich meine dieses ketzerische Buch.«

»Es liegt, nach allem, was ich weiß, nicht beim Heiligen Stuhl, sondern im Palais von Kardinal Godin.«

In dieser Nacht, in der auch Miriam keine weiteren Vorbereitungen für den Sabbat und ihr Passahfest mehr treffen konnte, wurde die Stille in der Stadt zum Verbündeten von ihr und Bertrand, als sie beisammen lagen und sich ganz fest umarmten.

Kapitel 24

Osternacht

Es war bereits Mittag, als Marco Ambrogio und Tonio Brazzi wiederkamen. Der Handelsherr aus Pisa war nicht sehr gut gelaunt. Trotzdem sprach er noch einmal mit Bertrand, als er ihn und Miriam im Hof des *Fondaco* antraf.

»Und du weißt nicht, warum du hier bist«, begann er abfällig. Bertrand fühlte eine Welle von Zorn in sich aufsteigen.

»Ich wäre um ein Haar im Fluss ertrunken«, sagte er. »Ich kam auf der alten Römerstraße aus Paris und stürzte mit meinem Pferd bei Sorgues in den Fluss.«

»Seid Ihr …« Ambrogio lachte wie über ein Versehen mit der falschen Anrede. »Bist du ein Kurier des Königs oder irgendeines Abtes in Paris?«

»Nein«, antwortete Miriam an seiner Stelle. Auch ihr wurde das Gehabe von Ambrogio langsam zu viel. Vielleicht gerade deshalb wollte sie ihm zeigen, dass sich auch in seinem Handelshof ein besonders seltenes Schmuckstück befand. »Eher das Gegenteil! Er ist der illegitime Sohn des Papstes und weiß bisher nicht, wie er zu einer Audienz beim Heiligen Vater kommen kann …«

Der Kaufmann aus Pisa erstarrte für einen Moment, aber nicht vor Respekt oder Bewunderung, sondern eher mit dem kalten, abschätzenden Blick einer Natter. Er bewegte seine vollen Lippen, als würde er die Qualität eines Schlucks Wein prüfen.

»Sohn seiner Heiligkeit Clemens V. also?«, fragte er. Miriam und Brazzi nickten. Bertrand selbst blieb verhalten.

»Was ist so schwierig daran?«, fragte Marco Ambrogio herablassend. »Ich bekomme jede gewünschte Audienz innerhalb eines Tages, selbst wenn der Heilige Vater im Fieber läge und mich nicht mehr erkennen könnte.«

»Noch ist es nicht soweit«, sagte Tonio Brazzi.

Auch Bertrand schüttelte den Kopf. Er mochte den herablassenden Kaufmann aus Pisa nicht. Er war ihm zu sehr von sich eingenommen und zu glatt in seinen Urteilen. Ein Könner und begnadeter Verhandler vielleicht, aber für seinen Geschmack zu aufgeblasen und italienisch ...

»Bertrand will keine Befragungen durch den Meister des Palastes«, sagte Miriam furchtlos. »Keine endlosen Verhöre und möglicherweise die Kerkerhaft bis zur Anklage wegen Ketzerei, Gotteslästerung oder Sodomie.«

»Es ist der Beweis, der mich behindert«, sagte Bertrand. »Ich kann nicht beweisen, wer ich bin.«

»Hättest du diesen Beweis gehabt, wenn du wie ein anständiger Christenmensch und nicht mit dem Hochwasser hier an der Brücke angekommen wärst?«

»Dann hätte ich mit Kardinal d'Aux gesprochen, wenn ich vorgelassen würde.«

»Trotzdem hättest du auch dann Beweise benötigt.«

»Die sind hier«, sagte Mel Comyn. Zusammen mit Eliah und Seder trat er unter dem Zeichen vom Lamm Gottes hindurch in den Hof des *Fondaco*. Mit einem Aufschrei lief Miriam auf Seder zu und fiel ihm um den Hals.

»Zwei Edelsteine«, sagte der Kaplan und wickelte ein

Tuch in seiner Hand aus. »Einmal der Bischofsring, den Clemens nach seiner Wahl zum Papst seinem Sohn Bertrand von Comminges überließ ... und dann der große, lange vermisste Rubin aus der Tiara.«

Bertrand starrte auf die beiden Edelsteine. Der Amethyst, den er schon verloren geglaubt hatte, und jener Rubin, der seit fast neun Jahren verschollen war. Der große Fluss an der Brücke von Avignon oder auch göttliche Fügung hatte sie buchstäblich jenen Menschen in die Hände gespült, die den Schlüssel zum Vermächtnis der Templer besaßen.

Zum ersten Mal, seit Bertrand ihn kannte, verlor Marco Ambrogio die Fassung.

»Wo ... wo zum Teufel hast du verdammter Jude den Rubin bisher versteckt gehalten?«, schnauzte er Seder an. Der aber grinste nur bis an die Ohren, mit denen er noch immer nicht viel hörte. Da er aber ahnte, was er gefragt worden war, rief er so laut, wie es Schwerhörigen eigen ist, über den ganzen Hof:

»Ich hatte diesen roten Rubin aus der Tiara eures Papstes im Bett deines Weibes versteckt! Da war er doch wohl sicher vor dir und dem Kardinal Godin, oder etwa nicht?«

Seder Ben Ariel grinste noch immer. Er genoss die Zornesröte in Ambrogios Gesicht und dazu die weit aufgerissenen Münder all der Knechte, Fuhrleute und Schreiber, die sich neugierig im Hof versammelt hatten.

Der sonst so großspurige Handelsherr aus Pisa zitterte am ganzen Körper.

»O ja, das müsste reichen als Schlüssel zu den päpstlichen Gemächern!«, keuchte er dann. Er wandte sich direkt an Bertrand. »Doch du zahlst trotzdem, wenn ich dir einen Kuss deines Vaters verschaffe ... eine Audienz bei Seiner Heiligkeit Clemens V., für seinen blonden Bastard?«

Der Kaufmann aus Pisa erhielt tatsächlich noch am gleichen Tag Zugang zu Kardinal d'Aux. Doch die Audienz blieb kurz und unerfreulich, denn Marco Ambrogio konnte nichts von Meister Eckhart berichten, was dem Heiligen Vater geholfen hätte. Stattdessen wurde Ambrogio mit dem Auftrag zum *Fondaco* zurückgeschickt, eine Sänfte zu beschaffen, mit der der todkranke Papst noch in der gleichen Nacht und mit wenig Licht aus der Stadt gebracht werden konnte.

Überall in Avignon bereiteten sich die Gläubigen auf die Ostermesse zur Mitternacht vor. Zur gleichen Zeit stritten sich Ambrogio, Brazzi und Seder über die Frage der rechten Tarnung für die Sänfte.

»Wir könnten nützliche Verwirrung schaffen, indem wir unsere eigenen Knechte und so viele Juden, wie in der Stadt noch aufzutreiben sind, in Kutten der Büßer stecken und dann in der Stadt herumlaufen lassen«, sagte Tonio Brazzi schließlich zu Eliah und Seder. »Ich habe davon noch einige Dutzend aufgearbeitete Kutten mit neu gesäumten Augenschlitzen im Speicher.«

»Wozu eigentlich eine Sänfte«, meinte auch Eliah versöhnlich. »Zumindest für den ersten Teil des Weges könnte ich meinen Maultierkarren zur Verfügung stellen. Dem kranken Papst wird der Gestank nichts mehr ausmachen, wenn er nur gut gepolstert liegt.«

Die anderen sahen den pfiffigen alten Juden skeptisch an.

»Nur die Deichsel müsste erneuert werden«, sagte er, »die haben ein paar grobe Kerle mir zerbrochen.«

»Wir haben noch wunderschöne und stabile Turnierlanzen«, sagte Brazzi sofort. »Ich denke, dass wir damit einen rechten Ersatz hätten.«

»Aber der Papst hat gerade erst Turniere verboten!«, protestierte Mel Comyn. »Wenn er bei Tage sieht, womit er gezogen wird …«

Brazzi winkte ab, als wäre er wieder in seinem alten Element als Waffenschmied und Händler kriegerischer Ausrüstungen.

»… sind wir längst aus Avignon und Villeneuve heraus, machen einen kleinen Umweg und lassen ihn dann nicht mehr fahren, sondern tragen.«

»Nun gut«, sagte Kaplan Comyn. »Aber was wird jetzt aus den Edelsteinen?«

»Ich denke, dass ich sie so schnell wie möglich meinem Vater geben muss«, sagte Bertrand bestimmt »Er selbst und Kardinal d'Aux sollen entscheiden, ob sie ihm helfen können und was sie im Buch der verbrannten Begine entschlüsseln mögen.«

Während die Kathedrale am *Rocher des Domes* und die anderen Kirchen der Stadt sich langsam für die Messe in der Osternacht füllten, blieb die kleine Kapelle auf der Brücke von Avignon geschlossen.

Mehrere gut gefüllte Geldkatzen wechselten ihre Besitzer, ehe die Wachen am Brückentor und einige andere wichtige Männer in der Stadt ihre Bereitschaft zum Wegsehen erklärten. Nur Kardinal Godin wusste von alledem nichts. Er hatte Seder Ben Ariel aus seinen Kerkern freigelassen, um ihn wie einen menschlichen Spürhund zu benutzen. Er wollte den Rubin und zugleich den Amethyst vom Bastard des Papstes haben und hoffte, dass ihn der Jude zu beiden Spuren führte.

Vollkommen unangefochten war Seder Ben Ariel durch den Haupteingang seines Palais zu den Lebenden zurückgekehrt. Doch dann war der Meister des Palastes ein Opfer seiner eigenen Perfektion und Intrigen geworden. Schneller als er in seinem Palais reagieren konnte, wimmelte es plötzlich zwischen seinem Palais und der Brücke über die Rhône von weißen, grauen und schwarzen Büßern in langen Kapuzenkutten mit Augenschlitzen. Zwei von ihnen bewegten sich bis zum Palais des Papstes. Sie gingen leichtfüßig, stolz und keineswegs bußfertig an Bewaffneten und einem misstrauisch blickenden Ritter Utz von Falkenhenn vorbei, der sich in voller Rüstung an der Eingangstreppe aufgestellt hatte und Kardinal Godin sofort berichten sollte, sobald ihm irgendetwas auffiel.

Ihm fiel nichts auf. Nur wenige Augenblicke später streiften Bertrand und Miriam ihre Kutten ab, küssten sich kurz und betraten wie vorher vereinbart zwei verschiedene Räume im oberen Stockwerk. Bertrand wählte das Kaminzimmer, Miriam den großen Audienzsaal.

Und dann sah Bertrand de Comminges zum ersten Mal nach neun Jahren seinen Vater wieder. Er saß in seiner weißen Soutane in den Kissen eines hohen Lehnstuhls am Kamin. Neben ihm stand ein Schachbrett mit Kreuzrittern als weiße Partei und schwarzen französischen Adligen.

Kardinal d'Aux trieb Ärzte, Diener und Priester mit einigen Handbewegungen aus dem Raum. Sie gingen am Vorhang vorbei, doch keiner sah nach, wer dahinter stand. Bertrand wartete lange, bis er sich ein Herz fasste und hinter dem Vorhang hervortrat.

»Komm nur, Smaragdus«, sagte der Heilige Vater vollkommen ruhig. Er sah sehr schwach aus, doch seine Augen leuchteten mild und freundlich. Kardinal d'Aux stand an der Seite des Schachbretts und lächelte kaum merklich. Bertrand wusste nicht, ob er sich wundern oder fliehen sollte. Er spürte die beiden Edelsteine im Tuch, das er in der Hand trug.

»Es sind nur zwei«, sagte er und streckte die Hand aus. »Das dritte Zeichen befindet sich an einer Wand in der *Komturei* der Templer.«

»Es ist zu spät«, sagte Clemens. »Wir haben das richtige Buch nicht, das mit den Zeichen in den Steinen entschlüsselt werden kann. Dennoch danken wir dir für all die Mühen, die du auf dich genommen hast.«

Bertrand schlug das Tuch in seiner Hand auf und zeigte den Amethyst und den Rubin. Die Farben der Steine leuchteten im Kerzenlicht. Für einen Moment kam es allen so vor, als würde die Zeit stillstehen.

Erst kurz vor Mitternacht kamen Vater und Sohn noch einmal auf die Fragen zurück, die sie beide schon lange beschäftigten. D'Aux und Bertrand hatten den Heiligen Vater ohne fremde Hilfe wieder zu seinem Bett gebracht.

»Dann war der Untergang der Templer überall in Frankreich von euch selbst geplant?«

»Gelobt, geplant und mit dem Organisationstalent, das wir in zwei Jahrhunderten erworben haben, so perfekt durchgeführt, wie es kein König und kein Herrscher dieser Welt vermocht hätte.«

Es war, als würde ein unsichtbarer Engelsflügel über den schwer kranken Mann auf dem Bett streichen. Alle Verkrampfung und Anspannung fielen von ihm ab. Er schien seine Schmerzen nicht mehr zu spüren, weder sein Alter noch die Erinnerung an jene grauenhaften Tage und Nächte der Versuchung vor sieben Jahren machten ihm weiterhin zu schaffen.

»Schließ deine Augen, wenn du mich verstehen willst«,

sagte er, »und höre, was wir damals beschlossen haben – gemeinsam beschlossen ... zusammen mit dem Großmeister Jacques de Molay und den Auserwählten unter den Brüdern bei einer geheimen Zusammenkunft in der *Komturei* des Templer-Ordens hier in Avignon.«

»Molay war nie in Avignon!«, widersprach Bertrand.

»Zweimal sogar«, beharrte Clemens nachsichtig. »Beim ersten Mal gleich nach meiner Wahl, als er mit seinen Pferdewagen voll Silber von seiner Insel Zypern kam. Sie waren als die Anzahlung für einen neuen Kreuzzug nach Jerusalem gedacht. Vergiss nicht, dass ich Molay aufgetragen hatte, darüber nachzudenken, wie die vielen Ritterorden nach dem Fall von Akkon vereint und sinnvoll eingesetzt werden könnten. Molay lehnte das alles ab und bestand auf einer Rückeroberung des Heiligen Landes. Für einige Zeit hat er mit diesen Hirngespinsten viele Herrscher verrückt gemacht, sogar den König von England und Philipp den Schönen. Und dann kam er mit seinem riesigen Silberschatz und glaubte wohl, dass er mich damit kaufen könnte.«

»Aber der Tempel, das Hauptquartier der Tempelritter in Paris, war leer, als Philipp der Schöne ihn nach der großen Verhaftungswelle aufbrechen ließ.«

»Das Silber war tatsächlich zuerst im Tempel an der Seine. Aber im Herbst des Jahres 1307 ging es zum zweiten Mal auf eine Reise – diesmal nicht mehr in Wagen, sondern in kleinen Booten und auf den Rücken vieler Pferde. Einige der Schiffe fuhren seineabwärts und versanken in den Stürmen vor den Klippen von La Rochelle im Meer. Sie hätten Portugal und Spanien umrunden und dann an der Küste entlang bis zur Rhônemündung fahren sollen.«

»Und von dort aus flussaufwärts bis hierher in die alte

Komturei«, ergänzte Bertrand ahnungsvoll. Er öffnete die Augen wieder. »Oder direkt in den *Rocher des Domes* ...«

Sein Vater sah ihn lange an.

»Und ein anderer Teil des Templerschatzes kam ungefähr den gleichen Weg, den ich vor wenigen Tagen von Paris hierher geritten bin!«, stieß er fast atemlos hervor. »Ist es so?«

»Nein, nicht ganz. Die Ladungen der Nordroute blieben bis Troyes auf der Seine, wurden dann bis zur Saône auf Pferde umgeladen und schwammen dann flussabwärts bis Lyon und von da an auf der Rhône hierher.«

»Hierher! Das heißt ...«

»Nimm einfach an, dass mit all dem Gold und Silber der Templer ein viel größerer Schatz erworben werden sollte«, sagte der Papst und lächelte. »Nimm diesen Hinweis als mein Vermächtnis und mein Erbe für dich an. Denn was die Templer nicht bewahren durften, ist nicht verloren, sondern existiert noch immer an anderer Stelle und in anderer Form. Es ist das Wissen der gesamten Menschheit, Bertrand! Die Geheimnisse der Babylonier und Ägypter, der großen Griechen und der Weisen aus dem Morgenland. Ich wollte das alles nach und nach zurückholen und für den Heiligen Stuhl erwerben. Denn all dies ist aufgeschrieben, von Juden und Arabern in Spanien übersetzt und in diesen unchristlichen Ländern frei zu jedermanns Erbauung ...«

Er stockte, hüstelte und ließ sich dankbar von seinem Sohn den Schweiß von seiner Stirn wischen.

»Ganz anders als bei uns,« fuhr er schließlich fort, »wo viel zu oft selbst Priester nicht schreiben und nicht lesen können und auch ein Eingeweihter wie der große Dante alle arabischen Symbole in seiner ›Göttlichen Komödie‹ in

Rätsel kleiden musste, und wo es Ketzerei ist, wenn Madame Porète oder Meister Eckhart ihre Erkenntnisse in der Sprache des eigenen Volkes mitteilen.«

Sie schwiegen beide und hingen lange ihren Gedanken nach. Dann sagte Bertrand: »Nur eines möchte ich noch wissen: Sind diese Vorgänge und der verschwundene Schatz der Templer der Grund dafür, dass du niemals in Rom Papst sein wolltest, sondern zum Schluss die Grafschaft Venaissin und Avignon gewählt hast?«

»Einer der Gründe, Smaragdus«, sagte der Papst und holte tief Luft. »All das ist letztlich doch nur einer der Gründe. Natürlich ging es auch um Politik, um die verderbliche Habgier des Franzosenkönigs, die Eifersucht des mörderischen römischen Adels und seiner Kardinäle und nicht zuletzt meine eigene Schwäche. Aber ein weiterer, für mich besonders wichtiger Grund für Avignon als neuen Sitz des Heiligen apostolischen Stuhls liegt darin, dass der *Rocher des Domes* auch ein Kalvarienberg geworden ist ... eine Schädelstätte für einige der letzten Tempelritter, die nicht verhaftet und gefoltert werden wollten. Sie gingen freiwillig aus diesem Leben – wie damals die Juden von Massada.«

»Was ist geschehen?«, fragte Bertrand. »Ich meine die Überraschungsaktion, bei der sämtliche Seneschalle des Königs verschlossene Schreiben mit dem Befehl zur Verhaftung aller Templer erhielten, dessen Siegel sie überall erst in der Nacht zum dreizehnten November 1307 brechen durften?«

»Es gab keine Überraschungsaktion«, sagte der Papst ganz ruhig. »Das alles sind nur nachträgliche Verleumdungen gegen mich aus Rom. Die Wahrheit ist, dass Jacques de Molay mich selbst gebeten hatte, eine juristisch einwandfreie Untersuchung einzuleiten, um die Vorwürfe der

Gotteslästerung, Ketzerei und Sodomie gegen den Orden auf diese Weise aus der Welt zu schaffen. Er wusste, dass ich selbst beide Rechte studiert habe und objektiv urteilen würde. Am 24. August 1307 habe ich deshalb König Philipp schriftlich mitgeteilt, dass ein Ermittlungsverfahren gegen den Orden eingeleitet sei.«

Er schnäuzte sich in einen kleines, schon etwas blutiges Seidentuch. Dann deutete er auf die Karaffe mit warmem Würzwein.

»Schenk mir noch einmal nach, mein Sohn! Natürlich hatte ich mit Jacques de Molay vereinbart, dass er alle Bücher und wichtigen Dokumente des Ordens, die nicht in fremde Hände fallen durften, an verschiedenen Plätzen sichern sollte ... hier in Avignon, in einigen Kirchen und Klöstern, die nicht zu den Templern gehörten, in Spanien, Portugal und sogar bei den deutschen Kreuzrittern auf der Marienburg. Was nicht mehr rechtzeitig aus dem Tempel in Paris entfernt werden konnte, sollte verbrannt werden. Und eines dieser Bücher war die erste Fassung eines Werkes über den *Spiegel der einfachen Seele*, geschrieben von einer Frau, einer der klügsten Beginen überhaupt.«

»Es ist hier?«, fragte Bertrand erregt. »Das Buch, das ich bei Kardinal Godin vermutete, ist hier?«

»Das richtige Buch ist in Sicherheit – in Spanien«, sagte der Papst. »Du wirst es lesen können, Smaragdus, wenn die Zeit gekommen ist. Godin hat nur eine fehlerhafte Kopie, mit der er auch mit den Zeichen in den Steinen nichts anfangen kann. Ich bitte dich deshalb: Bleib in der Nähe des Heiligen Stuhls, wenn ich nicht mehr bin. Aber beachte auch, was du von Juden oder den Muselmanen hörst. Sie hüten ebenfalls ihre Geheimnisse, aber sie foltern und verbrennen keinen, der eigene Gedanken hat! Und nun sollst du auch erfahren, dass alle Gerüchte über meine angebliche Untätigkeit falsch sind …«

Er nahm den Kelch mit warmem Wein aus der Hand seines Sohnes, trank einen Schluck und lehnte sich nach Kraft suchend zurück.

»Ich habe alle gewarnt«, sagte er mit geschlossenen Augen. »Ich residierte in diesen Jahren nach einem Aufenthalt in Poitiers wieder in meinem alten Erzbistum in Bordeaux. Dort hat mich auch Großmeister Jacques de Molay besucht. Ich wusste, dass die Templer keine Zukunft mehr hatten und bot ihnen deshalb an, dass sie sich mit den Johannitern vereinigen könnten. Doch Jacques de Molay lehnte ab – ebenso wie die anderen Oberen der Ordensprovinzen. In meinem alten Kloster der Grammontenser in Comminges wurde Tag und Nacht an Kopien eines Briefes gearbeitet, den ich an alle *Komtureien*, alle Schlösser und alle Klöster der Templer schicken ließ. In meinem Schreiben habe ich angeordnet, dass keinerlei Auskünfte den Orden betreffend gegeben werden durften. Das galt auch für die Inquisition, die schließlich mir und nicht dem König von Frankreich verpflichtet war. Doch dieser Brief war wahrscheinlich der größte Fehler meines Lebens …viel größer als meine spätere Bereitschaft, den Orden aufzulösen, um Philipps Anklage gegen meinen Vorgänger Bonifatius VIII. wegen Ketzerei aufzuheben.«

»Dieser Brief«, sagte Bertrand, »war dieser Brief der Grund dafür, dass so viele der Templer nicht geflohen sind, keinen Widerstand geleistet haben und sich unbesorgt abführen ließen?«

»Ja, mein Sohn, das war der Grund und mein Fehler. Die meisten konnten doch darauf vertrauen, dass ich auf ihrer Seite stand und die Inquisition keine falschen Geständnisse durch peinliche Befragung und Folter aus ihnen herauspressen würde. Anfänglich tat sie es auch nicht, denn die Verhaftungen erfolgten ja nicht durch Dominikaner, sondern durch Schergen des Königs. Wir Kirchenmänner erfuhren zunächst nicht einmal, was geschah. Und die Büttel Philipps hatten nicht das geringste Recht, einzelne Templer festzunehmen, denn jeder von ihnen unterstand ausschließlich meiner Obrigkeit!«

»Dann war alles nur ein Irrtum?«

»Nein, ganz und gar kein Irrtum!«, stieß der Papst hervor und bäumte sich in seinem letzten großen Zorn auf. »Ebenso wenig wie der Überfall auf Bonifatius VIII. und der Giftmord an seinem Nachfolger, Papst Benedikt XI. Ich sollte dann der dritte in einer Reihe sein! Ein schreckliches Komplott, Intrige, Irrtum und Verrat!«

»Von König Philipp?«

»Und seinen mörderischen Beratern! Philipp war hoch verschuldet bei den Templern. Er war beleidigt, weil sie ihm nichts mehr geben und ihn auch nicht in den Orden aufnehmen wollten. Er hätte nie in einem offenen Krieg gegen die Templer gewinnen können. Für den Großmeister und für mich wäre es leicht gewesen, die im Kampf erfahrenen, gut bewaffneten Tempelritter zu einem Kreuzzug aufzurufen – zu einem Kreuzzug gegen den Antichrist und Moloch in Paris.«

»Ihr habt es nicht getan.«

»Vielleicht nur deshalb, weil ich auf Recht und Gesetz in dieser Welt vertraut habe und weil ich die Ehre eines zu Unrecht der Ketzerei verdächtigten Papstes retten wollte.«

»Aber du hast doch selbst gegen Bonifatius den Prozess eröffnet«, wandte Bertrand ein. Er wollte endlich alles wissen – und zwar von dem Mann, der immer wieder in Paris an der Sorbonne für sein Verhalten geschmäht und verächtlich gemacht worden war.

»Du hast vollkommen Recht«, sagte Clemens nachsichtig. »Ich habe Bonifatius wegen Häresie angeklagt. Ich habe auch seine Bulle *Clericis laicos* widerrufen und die Bulle *Unam sanctam* abgeschwächt. Viel mehr muss ich mir vorwerfen, dass ich vor drei Jahren mit der Bulle *Rex gloriae* auch noch die Verbrechen des Königs und seiner Räte gegen Bonifatius VIII. gut geheißen und alle seit dem Heiligen Jahr 1300 verhängten geistlichen Strafen aufgehoben habe.«

»Du hast die wegen des Überfalls von Anagni verurteilten Kardinäle wieder eingesetzt und Guillaume de Nogaret gegen eine kleine Bußzahlung vergeben«, stieß Bertrand immer noch empört hervor. »Warum nur? Warum so viel Schwäche?«

Plötzlich lächelte Clemens V.

»Könnt ihr das alle nicht verstehen?«, fragte er beinahe verschmitzt. Er zuckte einige Male von den Schmerzen in seinem Leib, dann lächelte er wieder.

»Es ist mir dadurch gelungen, dass Bonifatius, dieser große, aber auch gefährlich in die geheimen Lehren Salomons und der spanischen Araber abweichende Papst, niemals wegen Ketzerei verurteilt worden ist. Ich folge ihm in vielem, was er gedacht und getan hat. Und alles, was ich getan habe, war der Preis für seine Ehrenrettung!«

Er lehnte sich zurück und schloss die Augen.

»Versprecht mir, dass ihr nichts tut, um mich an meiner Abreise zu hindern«, sagte er. »Ich will nicht mehr durch irgendwelche Quälerei der Ärzte in meinem kranken Blut geschröpft oder mit übler Jauche angefüllt werden.«

»Ich verspreche es«, sagte Bertrand.

»Wir ebenfalls«, stimmt Kardinal d'Aux zu.

»Ich sorge dafür, dass auch andere deinen Wunsch erfüllen«, sagte Kardinal da Prato. Sie wussten alle, wer damit gemeint war.

»Gebt Godin irgendein Bistum, das ihn reich macht«, sagte der Heilige Vater, »aber sorgt dafür, dass er nicht länger diese Stadt vergiftet. Und seht zu, dass mein hitzköpfiger schottischer Beichtvater keine Töpfe mit schwarzem Pulver von den Franzosen hortet. Er könnte sonst auf den Gedanken kommen, beim Schottenkönig Pferde zu erschrecken.«

Kardinal d'Aux nickte, als er sah, wie der Papst lächelte. Es war nur noch ein letztes Aufwallen von Sorge und Verständnis. So schlecht war es dem Heiligen Vater schon lange nicht mehr gegangen.

»So oder so – wir haben ausgedient und werden sterben. Entweder mit unserem Geist und unserer Seele als die bedingungslos gehorchenden Vasallen des schönen Frankenkönigs. Oder mit unseren Körpern, die sie foltern lassen, bis wir für alle zugeben, dass wir nur Ketzer, Gotteslästerer und unzüchtige Brüder sind.«

Bertrand sah, wie die Lippen des Papstes bebten. Doch dann kam eine Kraft in ihn, die er noch nie zuvor an ihm bemerkt hatte.

»Schon vor langer Zeit fassten die Templer den Entschluss, dass sie lieber ihren Orden auflösen wollten als ihre im Morgenland erworbenen Geheimnisse zu verraten und ihre irdischen Schätze an irgendeinen weltlichen Herrscher auszuliefern. Sie wollten niemandes Untertanen sein – keine Vasallen der heidnischen Eroberer Jerusalems, keine Speichellecker der römischen Intriganten und keine Knechte der Könige von Frankreich.«

»Aber, was ist mit …«

»Mit den angeblich zweitausend Templern, die nach dem 14. September 1307 durch den Haftbefehl Philipps in ganz Frankreich binnen weniger Tage eingekerkert und dann von der Inquisition angeklagt wurden? Nach diesen zu schwachen Brüdern fragst du?«

»Ja.«

»Sie wussten nichts«, antwortete der Papst. »Einige hatten sich versteckt, andere waren noch nicht einmal richtig in den Orden aufgenommen. Viele gehörten auch zu den heimlich von Philipp eingeschleusten Verrätern aus den Kreisen der Johanniter und Hospitaliter, der Dominikaner, Zisterzienser und Minoriten. Wir kannten jeden – sogar die verwegenen Studenten aus Montpellier und Paris, die sich als Heilkundige und Astrologen eingeschlichen hatten …«

Der Papst schwieg sehr lange.

»Es gab nur eine Brücke, über die ich gehen konnte«, sagte er schließlich mit einem stillen Lächeln. Bertrand wusste plötzlich, was er meinte. Es war die gleiche Brücke, die ihm aus wilder Flut sein armes Leben rettete.

»Ja, mein geliebter Sohn – die Brücke eines Hirten, der ebenso wie ich mit Engelshilfe zum *Pontifex* geworden ist.«

»Ich glaube, jetzt verstehe ich, warum du Avignon Rom vorgezogen hast.«

»Ja, es ist Zeit für mich«, sagte er. »Und du mein Sohn, weißt jetzt, was du zu tun und zu verhindern hast. Ich aber folge meinen Brüdern über die Brücke von Avignon.«

»Ich möchte auch eine Brücke bauen«, sagte Bertrand. »Nicht über die Rhône und noch nicht ins himmlische Jerusalem, aber vielleicht eine Brücke zwischen den Menschen. Denn damit sollten wir anfangen, ehe wir nach dem Göttlichen streben.«

Er stand auf und ging bis zur Tür mit jenem Vorhang, hinter dem sich leicht jemand verbergen konnte, der etwas von den Geheimnissen des Heiligen Vaters erfahren wollte. Diesmal trat keine Lauscherin hinter dem Vorhang hervor. Zwar hatte sie alles gehört und auch einiges verstanden, doch darum ging es nicht. Sie kannte den jungen blonden Mann vor ihr noch nicht lange. Sie wusste nur, dass er aufrichtig fühlte und ein Bastard war.

Er streckte ihr seine Hand hin. Sie zögerte nur einen winzigen Augenblick, dann lächelte sie scheu und ihre Augen strahlten. Sie legte ihre Hand in seine. Er hielt sie ebenso fest wie die seines Vaters vor langer Zeit. Dann führte er sie vor Papst Clemens V.

»Miriam, die Enkelin des Juden Eliah von Carpentras«, sagte er und seine Stimme klang plötzlich rau und männlich. »Ich möchte sie zu meinem Eheweib nehmen.«

Der Papst sah sie lange und prüfend an.

»Willst du Jude werden oder habt ihr vereinbart, dass sie sich taufen lässt?«

»Das wissen wir noch nicht«, antworteten beide gleichzeitig. »Aber wir werden dich begleiten, so lange du es erlaubst.«

Die Glocke der Kathedrale schlug zur Mitternachtsstunde.

»Christus ist auferstanden!«, sagte der Papst mit bebender Stimme. »Er ist wahrhaftig auferstanden! Ich danke ihm und Gott dem Allmächtigen für alles, auch wenn ich schwach war und seinen Ratschluss nicht immer ganz verstehen konnte.«

Er schloss die Augen. Die Schmerzen seines Leibes quälten ihn immer heftiger, doch sein Gesicht sah glücklich aus.

»Findet die Antworten in den Schriften!«, sagte er. Dann fügte er fast beschwörend noch einen Satz hinzu, der jedem anderen ketzerisch erschienen wäre:

»Es gibt nicht nur die Bibel, sondern auch Weisheit und Erkenntnis in Koran und Talmud und vielen anderen Büchern Spaniens und Arabiens.«

Epilog

Der Hofstaat des Heiligen Stuhls hielt sich an die Versprechen aus der Osternacht – auch als Bertrand drei Tage später zusammen mit Miriam und der Nachricht nach Avignon zurückkam, dass die Sänfte mit Papst Clemens V. nicht mehr nach Bordeaux unterwegs war.

Am gleichen Abend gingen der Sohn des Papstes und der Kardinal, der schon einen Kaiser gekrönt hatte, langsam über den schmalen Fußweg bis zur Spitze des Kalkberges, um den die Rhône einen Bogen machte. Von hier aus konnten sie die große Insel im Fluss überblicken. Die Wachtürme auf der französischen Seite wirkten vom *Rocher des Domes* aus noch mächtiger und bedrohlicher.

»Bereits in Villeneuve beichtete Clemens uns, dass sein geschwächter Körper es nicht mehr bis nach Bordeaux zur Kirche in Uzès schaffen würde«, berichtete Bertrand. »Ich wollte ihn hierher zurückbringen, aber er bestand auf der Erfüllung unseres Versprechens. Außer seinen alten Dienern und Ritter Utz von Falkenhenn mit seinen Bewaffneten sollte nur Kardinal d'Aux bei ihm bleiben. Er wollte auch, dass sofort Boten an all seine Verwandten ausgeschickt wurden, die von ihm während der acht Jahre seines Pontifikats zu Bischöfen und Kardinälen geweiht oder ernannt wurden.«

»Viele von ihnen leben schon nicht mehr«, sagte Niccolò da Prato.

»Das mag schon sein«, sagte Bertrand. »Aber diejenigen, die sich weiter gegen das korrupte Rom zur Wehr setzen wollen, sollen durchsetzen, dass auch das nächste Konklave nicht in Italien, sondern hier in Avignon oder noch besser in Carpentras abgehalten wird.«

Nicht einmal drei Wochen später, am 20. April 1314, starb Papst Clemens V. zu Roquemaure in Languedoc am rechten Rhôneufer. Seltsamerweise lag der kleine Ort etwas nördlich der Straßen nach Bordeaux – fast schon auf dem Weg nach Lyon und dann vielleicht nach Paris, Straßburg oder gar Köln.

Bis auf seine Verwandten und Vertrauten trauerte kaum jemand um den Mann, dem später nur noch Vetternwirtschaft, Korruption und der Untergang des Templerordens vorgeworfen wurde. Wider besseres Wissen wurde behauptet, er sei durch Korruption auf den Heiligen Stuhl gekommen und er habe als Knecht des französischen Königs das Papsttum aus Rom, seinem geheiligten Sitz, in die französische Gefangenschaft geführt. Kein Wort wurde darüber verloren, dass Avignon und das *Comtat Venaissin* damals und noch viele Jahrhunderte zum Heiligen Römischen Reich deutscher Nation gehörten.

Dreiundzwanzig Kardinäle fanden sich nur wenige Wochen später in Carpentras ein. Hier hatte Clemens länger Hof gehalten als in der Sommerhitze von Avignon. Und hier musste demnach auch das Konklave stattfinden. Vierzehn der Kardinäle zählten zum französischen Lager, die anderen zum italienischen. Die Gascogner aus der Verwandtschaft von Clemens verlangten einen gascognischen, die Franzosen einen französischen Papst und die Italiener wollten ihre Beteiligung an der Wahl von Clemens in Perugia durch die Wahl eines Mannes wieder gutmachen, der das Papsttum wieder nach Rom führte.

Es kam zu einem erbitterten Streit, als auch noch der einflussreiche Dichter Dante die italienischen Kardinäle aufforderte, den Gascognern und Franzosen mit Einigkeit zu widerstehen und dem verwaisten Rom den Papst zurückzugeben.

Daraufhin überfielen die Verwandten von Clemens V. am 24. Juli 1314 das Konklave in Carpentras mit einem Haufen von Gascognern und warfen Feuer in die Stadt. Nur durch schnelle Flucht konnten die italienischen Kardinäle dem Tode entrinnen.

All das verzögerte die Wahl eines neuen Papstes zwei Jahre lang. König Philipp der Schöne erlebte sie nicht mehr. Er starb am 29. November 1314 bei der Jagd im Wald von Fontainebleau.

Erst am 7. August 1316 wurde schließlich Jacques Duèse, der ehemalige Bischof von Avignon und Kardinal von Porto, im Alter von zweiundsiebzig Jahren zum neuen *Pontifex* gewählt. Er war der schwächste von allen Kandidaten, ein kleiner, hässlich gewordener Greis. Aber der neue Papst erwies sich mit dem Namen Johannes XXII. achtzehn Jahre lang als gewandt in allen kirchlichen Geschäften, unbeugsam in der Verfolgung der weiblichen Spiritualität in den Klöstern und bei den Beginen. Deren langjährigen Aufseher Meister Eckhart ließ er durch Heinrich von Virneburg, den unnachsichtigen Erzbischof von Köln, schon bald als Ketzer anklagen.

Nach und nach verwischte Johannes XXII. alle Gerüchte über geheimnisvolle Botschaften der Templer und der Uralten in gewissen Steinen, indem er jedes Jahr zur Hälfte der Fastenzeit, am Freudensonntag *Laetare*, eine kunstvoll geschmiedete, nach Moschus und Balsam duftende goldene Blume an ausgesuchte Männer verlieh.

Jahre später, als der deutsche Kaiser Ludwig von Bayern in Italien einfiel und von Papst Johannes XXII. exkommuniziert wurde, sollte sie dann Bertrand von Comminges, genannt Smaragdus, für seine Verdienste als geheimer Vermittler des Heiligen Stuhls erhalten:

Die Rose von Avignon

Dramatis Personae anno 1314

Antonio Brazzi, 44, Waffenschmied, als Händler durch den Tod von Kaiser Heinrich VII. Konkurs, jetzt Faktor im italienischen *Fondaco* von Marco Ambrogio in Avignon.

Arnaud d'Aux, 49, Bischof von Poitiers (1305), Gesandter in Paris und England, von Clemens V. zum Kardinal ernannt, päpstlicher Kämmerer, Vorsitzender im Templerprozess.

Clemens V., 63, Raimond Bertrand de Goth, durch Bonifatius VIII. Bischof von Comminges (1295) und Erzbischof von Bordeaux (1299). Am 5. 6. 1305 in Perugia von 16 Kardinälen zum Papst gewählt und am 14. 11. 1305 in Lyon in Gegenwart Philipps IV. des Schönen gekrönt. Verliert bei einem Mordanschlag den Stein aus der Krone (Rubin der Tiara). Wählt nach 4 Wanderjahren Avignon als Wohnsitz nahe beim pontifikalen Besitz des *Comtat Venaissin.*

Elena di Pisa, 27, Eheweib von Marco Ambrogio.

Eliah von Carpentras, 63, Jude, ehemaliger Rabbiner, Händler mit Waren und Nachrichten, Großvater von Seder und Miriam.

Marco Ambrogio, 30, Kaufmann aus Pisa, Herr des italienischen *Fondaco* (Handelshauses) in der ehemaligen

Komturei der Tempelritter in Avignon, Makler, Kurier des Papstes.

Mel Comyn, 30, Schotte, Kaplan von St. Nicolas auf der Brücke von Avignon, in Blutsfehde zu König Robert the Bruce.

Miriam, 17, Enkelin von Eliah, Schwester von Seder.

Niccolò da Prato, 64, Kardinal (1303), krönt stellvertretend für Papst Clemens V. Kaiser Heinrich VII., Provinzialprior der Dominikaner in Rom, Bischof von Spoleto (1299).

Pierre Godin, (Guillaume) Kardinal, Dominikaner (O.P.), Meister des Heiligen Palasts, Vertrauter (und Spion) des verstorbenen französischen Kanzlers de Nogaret, erbitterter Feind von d'Aux, baut sein Palais mit Folterkellern neben dem Palast der Commune von Avignon.

Seder Ben Ariel, 23, Enkel von Eliah, Bruder von Miriam, hieß bis zum Tod seines Vaters beim Anschlag auf den Papst Seraphim.

Bertrand de Comminges, 19, Student, naiv, keusch, *1295, genannt Smaragdus.

Utz von Falkenhenn, 30, Schweizer, Ritter der Palastwache in Avignon.

Einige erwähnte,
nicht selbst auftretende Personen:

Benedikt XI, Papst (1303-1304) vor Clemens V., Dominikanergeneral, vergiftet.

Berengar von Landora, Generalmagister, Leiter des Dominikanerordens in Paris.

Bonifatius VIII., Papst, ermordet in Anagni (7.9.1303) durch den Großsiegelbewahrer Philipps IV. des Schönen, Guillaume de Nogaret und Kardinal Sciarra Colonna.

Guillaume de Nogaret, *um 1260, Doktor der Rechte, Kanzler, Berater und Freund von König Philipp IV., organisiert die Vertreibung der Juden mit Konfiskation ihrer Güter (1306) und die Verhaftung der Templer (1307), † zwischen 25.3. und 26.4.1313.

Heinrich von Virneburg, Erzbischof von Köln, wählt und krönt deutsche Könige und verhandelt gleichzeitig mit Papst Clemens V. und König Philipp IV. von Frankreich.

Jacques de Molay, Großmeister der Templer, widersetzt sich der Vereinigung mit den Johannitern, am 11. März 1314 verbrannt in Paris.

Jacques Duèse *auch Jacques d'Euze, um 1245, Bischof von Fréjus (1300), ab 1308 Kanzler des neapolitanischen Königs Karl II. von Anjou († 1309) und seines Nachfolgers Robert I., Bischof von Avignon (1310), Kardinalbischof von Porto (1312), ab 5.9.1316 Papst Johannes XXII.

Ludwig IV. der Bayer, Wittelsbacher, * um 1283, † Kloster Fürstenfeld. – In zwiespältiger Wahl gegen den Habsburger Friedrich den Schönen zum Römischen König.

Marguerite Porète, Begine, am Pfingstmontag, dem 1. Juni

1310 nach einem Inquisitionsprozess wegen Weiterverbreitung ihres Buches über die Gottesliebe »Der Spiegel der einfachen Seele« in Paris auf dem Scheiterhaufen hingerichtet.

Meister Eckhart, Von Hochheim, Magister an der Sorbonne, Mystiker, Aufseher über die gefährliche weibliche Spiritualität (Hexerei) in den süddeutschen Frauenklöstern und Beginen-Konventen, später unter Papst Johannes XXII. als Ketzer verurteilt.

Philipp IV. der Schöne, *1268 in Fontainebleau, † 29. November 1314 ebenda, König (1285-1314) von Frankreich.

Robert von Anjou, König von Sizilien, Graf der Provence, Gegner von Kaiser Heinrich VII.

Robert the Bruce, König von Schottland.

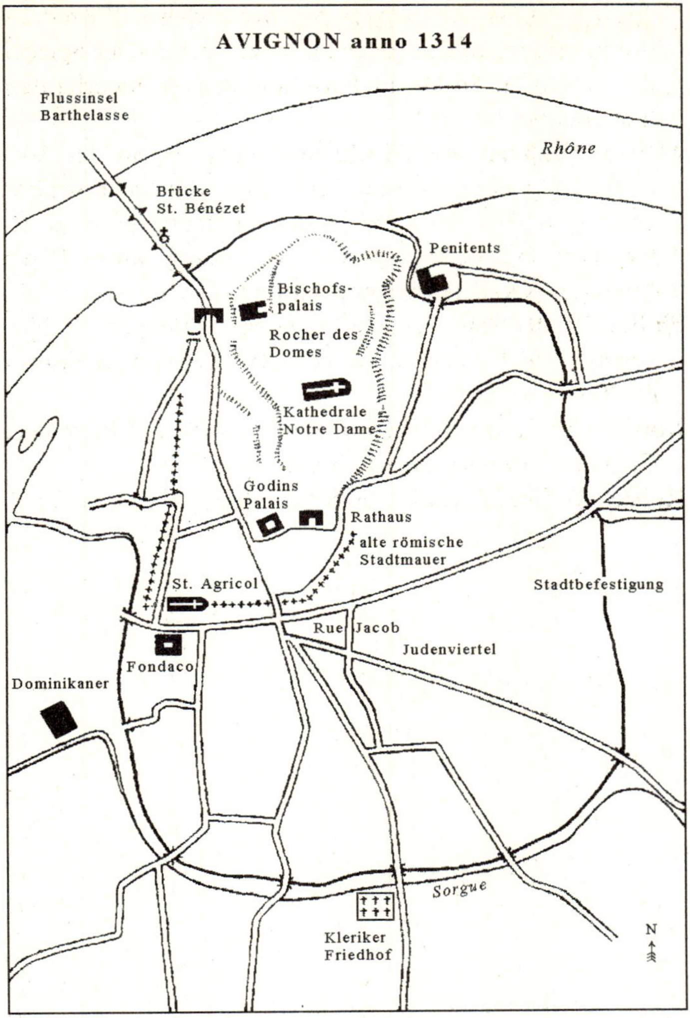
AVIGNON anno 1314
Flussinsel
Barthelasse
Rhône
Brücke
St. Bénézet
Penitents
Bischofs-
palais
Rocher des
Domes
Kathedrale
Notre Dame
Godins
Palais
Rathaus
alte römische
Stadtmauer
St. Agricol
Stadtbefestigung
Rue Jacob
Judenviertel
Fondaco
Dominikaner
Sorgue
Kleriker
Friedhof
N